황제의 외동딸

* 이 책은 ㈜디앤씨미디어가 저작권자와의 계약에 따라 발행한 것으로 저작권법의 보호를 받는 저작물입니다. 본 서의 내용을 무단 전재 및 무단 복제하는 것을 금합니다.
* 작가와의 협의에 의해 인지는 생략합니다.

황제의 외동딸

4

윤슬 장편소설

파피루스

1. You're so fine · 9

— End. Gemini · 129

2. Why so serious? · 141

— End. Libra · 259

3. I'm here · 269

— End. Cancer · 391

Arca Ⅲ · 401

1. You're so fine

1. You're so fine

기억의 첫 페이지는 그리 난해하지 않았다.

늘 그렇듯 눈을 뜨면 보이는 건 다양한 정령이 조각된 천장, 그리고 시작되는 또 다른 하루.

씻고 간단하게 옷을 갈아입고 아침을 먹으러 간다. 간간이 중요한 파티는 가서 얼굴도 비춰 주고, 아빠랑 단둘이 산책도 하고, 가끔은 다투기도 하는 그런 일상.

막상 그렇게 지나간 하루하루는 무척 알차서 무언가 되게 길고 길었던 것 같은데, 이렇게 돌아보니 어느새 벌써 나는 열여덟의 어엿한 숙녀가 되어 있었다.

……비록 키는 156밖에 되지 않지만.

흡, 괜찮아. 나는 울지 않아.

언젠가 어른이 될 거라는 건 알고 있었지만 그래도 내가 다시 어른이 되는 건 아주 먼 훗날의 일이라고 생각했다. 그래, 아주 오래

걸리는 일이라고.

　진짜 인생은 참 빨라.

　전생도 그러했지만 이번 역시 나는 어른이 될 마음의 준비조차 제대로 하지도 못하고 어른이 되었다. 아직 내가 내 인생을 제대로 책임질 수 있을지 없을지도 잘 모르겠는데, 덜컥 열일곱 성인식부터 치르고 나니 쏟아지는 걱정에 숨이 턱 막혔다.

　내가 과연 잘해 나갈 수 있을까?

　정말 내가 올바른 판단을 할 수 있을까?

　전에도 느꼈던 불안이지만 그때도 그러했듯 이 질문들은 마냥 앉아서 고민한다고 해결되는 종류가 아니었다.

　"그동안 너무 어린애로 있었나 봐."

　정신이 어린애가 아니라고 해도 내 몸은 어린아이고, 다른 사람이 날 대하는 태도도 영락없이 어린애 대하는 투라. 그래, 이렇게 된 거 실컷 응석이나 부리자 했던 게 어느새 몸에 그대로 배어 버린 모양이다. 하긴 거기에 난 둘도 없는 귀여운 아이였으니 고집을 부리거나 응석을 부려도 모두가 그대로 받아 주고 귀여워해 줘서 더 문제였다.

　혼자 안 되는 게 있으면 바로 누군가에게 손을 뻗으면 모든지 손안에 들어오는 환경에서 아이가 스스로 버릇없이 자라지 않는 게 정말 얼마나 힘든 건지 나는 공주로 자라면서 깊이 깨달았다.

　이래서 왕족들 성격이 하나같이 거지 같구나. 알 만하다.

　그런 의미에서 난 우리 세르이라한테 백번 절을 해도 모자랐다. 엄마는 언제나 항상 옳습니다.

　"공주님!!"

오후에 있을 티파티 때문에 세르이라와 한참 옷을 고르고 있는데, 별안간 날 부르는 목소리에 고개를 갸웃했다.

뭔데 날 저렇게 애타게 찾아?

하지만 막상 달려온 시녀는 너무 열심히 뛰어온 모양인지 숨이 차서 말도 못하고 벽을 잡고 서 있기만 했다. 필사적으로 숨을 고르는 모양새가 너무 가여웠다. 그래, 이게 다 먹고살자고 하는 짓인데.

"차가운 물이라도 주어라."

다른 시녀가 잔을 쥐어 주자 벌컥벌컥 마시더니 별안간 큰 숨을 들이쉰다. 그러더니 날 보며 시녀가 외쳤다.

"공주님, 큰일 났어요!"

"내가 얌전히 도망도 치지 않고 티파티에 갈 준비를 하고 있는데, 대체 무슨 큰일이 났다는 거야?"

심드렁한 대답에 시녀가 답답하다는 듯 제 가슴을 두들긴다.

나는 고개를 갸웃했다. 어째 옆에서 날 보는 세르이라의 시선이 범상치 않았지만 나는 꿋꿋이 버텼다.

엄마, 그래도 도망치진 않았잖아요. 그걸로 봐주시죠?

아, 안 된다고요?

네…….

그때 날 구원이라도 해 주듯 시녀가 다급히 소리쳤다.

"폐하께서 포더르 별궁 관저로 가셨어요!"

"……."

아―.

할 말은 많지만 하지 않겠습니다. 나는 조용히 이마를 짚었다.

다년간의 경험으로 나는 재빨리 이게 대체 무슨 상황인지 알아차릴 수 있었다. 지금 옷이 문제가 아니다. 나는 당장 내 궁을 나갈 준비부터 했다.

"기사단 가서 아시시 좀 불러와."

"예, 공주님!"

* * *

아무래도 지나간 시간이 시간이고 나도 나이를 먹었으니 예전과 많은 것이 바뀌었다.

우선 가장 달라진 점은 아그리겐툼 황궁에 내 소유의 궁이 새로 생겼다는 것이었다. 물론 이 궁을 세우려고 기존의 황후궁으로 쓰였던 궁을 밀어 버리고 새로 지었다는 게 유머라면 유머였지만······.

뭐, 우리 아버지가 이런 일을 벌이는 게 한두 번이 아니니까, 하.

그것 말고도 내 밑의 시녀들이 많이 늘어난 것과 사교계의 정점이 되었다는 것도 있지만 뭣보다 중요한 건 이제는 나도 어엿한 황실의 인원으로 황궁의 일을 돌보게 되었다는 사실이었다.

사실 그건 황후 같은 황실의 안주인이나 태후 같은 황가의 큰 어른이 맡아서 봐야 하는 일이었으나 누구나 다 아는 그 이유로 황실의 살아 있는 유일한 황족 여성인 내가 맡게 되었다. 그 전엔 내 대모인 시르비아가 세르이라의 도움을 받아 아름아름 처리해 주었는데, 성인식을 치르고 나니 얄짤없이 전부 내 몫으로 고스란히 돌아왔다, 엉엉.

아무튼 세르이라도 유모이자 내 궁의 시녀장으로 지위가 하나 늘었고, 시집간 일린 대신 새로운 수석 시녀가 내 옆에 붙은 뒤 세 번은 더 바뀌었다. 정말 가끔 일린을 보긴 하는데, 벌써 두 아이의 엄마가 된 일린을 볼 때마다 나는 인생무상을 깊이 느끼고는 했다. 그래도 여전히 덜렁거리는 건 심하다지?

아시시는 내가 공부를 하거나 공무를 보고 있을 땐 주로 연무장에서 시간을 보냈다. 그러다가 발르랑 시토를 가르치게 되었는데, 그게 계기가 되어 지금은 황실기사단의 수석 교관이 되었다.

짝짝짝!

처음엔 여러모로 힘들어 하더니 이젠 제자들을 보며 보람을 느끼는 것 같아 지켜보는 나는 그저 흐뭇했다.

하지만 그렇게 많은 것이 바뀌었음에도 불구하고 유일하게 바뀌지 않는 것이 있었으니.

그건 바로 우리 애비의 성질머리였다.

"또 시작이네."

아시시가 오자마자 바로 별관으로 갔으나 이미 별관은 입구부터 난장판이었다.

대체 이건 무슨 정기 행사도 아니고 주기적으로 이 난리야.

"공주님!!"

별관으로 들어서니 분명 아빠 옆에 딱 붙어 있어야 할 시종장 Lord Chamberlain이 날 보자마자 한달음에 달려온다. 그 얼굴을 보자마자 이미 상황 파악은 다 끝났다. 나는 별다른 말은 하지 않았다.

"아빠는?"

"안쪽에 계십니다."

제발 가서 말려 달라는 시선이 사방에서 쏟아진다.

으으, 나는 일단 무거운 한숨을 내뱉었다.

내가 무슨 '긴급구조 119'도 아니고 이런 사태를 진압하는 데 나만 투입이 되니 이젠 지겨운 걸 넘어서서 힘들다. 어디선가 누군가에게 무슨 일이 생기면 달려 나가는 슈퍼맨의 심정이 이해가 가.

하, 영웅은 고단한 직업이었다.

카이텔의 뒤꽁무니를 쫓아다니던 폭군의 악명이 대체 언제 적 일인데, 그래도 아직까지 우리 애비는 황궁 안에서만큼은 그놈의 폭군 소리를 떼어 내지를 못했다. 그래도 이제 제법 나이가 들어서 괜찮아진 거라는 생각— 이 들지만.

어, 음, 미안. 약을 팔았네.

"일단 내가 들어가 볼게. 다들 물러나 있어."

"예, 공주님!"

모두들 금세 활기찬 얼굴로 열심히 고개를 끄덕인다.

어차피 같이 들어가자 해도 들어오지 않을 테지.

뻔했다. 이런 일이 한두 번이어야지.

건물 안쪽으로 성큼 들어가니 안은 더 가관이었다. 이것저것 닥치는 대로 집어 던지기라도 한 건지 바닥에 깔린 파편들이 장난이 아니다.

나는 그걸 보며 혀를 찼다.

분명 이게 다 한때는 수십억을 호가하는 사치품이었을 텐데……

그는 좋은 장식이었습니다.

다 버리고 다시 꾸며야겠다고 생각하며, 나는 더 안쪽으로 들어갔다. 그나저나 시종장이 이런 걸로 또 돈 나간다고 겁나 싫어하겠네. 물론 시종장뿐만이 아니라 집사장과 재무 대신도 싫어할 게 뻔했다.

그래도 뭐 지들이 싫어해도 어쩌겠는가.

위에서 까라면 까는 거지.

행여 내가 유리 파편 같은 걸 밟지는 않을까 아시시가 걱정했으나 나는 거침없이 안을 휘젓고 돌아다녔다. 밟으면 밟는 거지.

"아빠님―."

별관 안의 시종들은 전부 밖으로 피신이라도 나간 모양이다. 어째 건물이 심하게 조용한데? 혼자였다면 무서웠겠지만 다행히 아시시가 있어서 괜찮았다.

근데 진짜 왜 이렇게 조용하지? 조용할 수가 없을 텐데?

쾅!

"악!"

갑자기 난 소음에 나도 모르게 몸을 움츠렸다. 아시시가 반사적으로 내 몸을 감싸 주었으나 다행히 그럴 일은 아니었던 모양이다.

이거…… 분명 뭐가 박살 나는 소리였는데.

소리의 정체를 파악하기도 전에 다시 한 번 큰 소리가 울렸다. 쾅쾅쾅 끊임없이 이어지는 소리에 몸이 저절로 움찔움찔했다.

엉엉, 뭐야? 깜짝 놀랐잖아!

일단 깜짝 놀라 반사적으로 아시시한테 달라붙었지만 건물을 깨부수기라도 할 듯 커다란 소리는 좀처럼 사라지지 않았다.
 이젠 하다하다 별걸 다하는구나.
 상황에 웬만큼 적응이 되자마자 나는 당장 소리가 시작되는 쪽으로 달려갔다.
 "아빠님!"
 분명 여기 있을 텐데?
 소리가 들린 방으로 바로 들어가 봤지만 카이텔이 있을 거란 내 예상과 달리 엉망진창이 된 방만 나를 반겨 줄 뿐이었다.
 왜죠? 왜 카이텔이 보이지 않는 거죠? 어째서죠?
 여기가 아니면 다른 곳이란 말인가.
 뭔가 싶어서 턱을 괸 채 분명 소란의 진원지인 방 안을 둘러보고 있는데, 별안간 한쪽에서 바스락거리는 소리가 들리더니 쾅— 하는 날카로운 소음과 함께 문이 열린다. 그리고 그곳에서 나오는 한 남자.
 나는 가슴 깊이 묵혀 뒀던 한숨을 가만히 내쉬었다.
 "다 갖다 버려."
 오늘도 여전히 비범하시군요, 아버지.
 처참해진 몰골로 끌려 나오는 남자는 대충 무슨 죄를 지었는지 알 만했다. 그래도 안쓰러웠지만.
 도대체 무슨 패기야, 대체.
 미래가 뻔히 보이는 약속된 패망의 길이었을 텐데, 정말 남의 속은 알다가도 모를 일이었다.
 그건 그렇다 치고 나는 내 존재를 알리기 위해 헛기침을 했다.
 애비야, 내가! 여기에! 있다!

제 수행원에게 끌고 나온 뭔가(?)를 넘기던 카이텔이 몸을 돌린다. 그리고 우리의 시선이 딱 허공에서 마주쳤다.

"아빠님, 안녕?"

빙그레 웃으며 손을 흔드니 단번에 애비의 표정이 굳어진다.

그래, 아빠, 나야. 내가 왔어.

날 보는 시선에 달갑지 않은 기색이 한 가득이다.

뭐 아빠도 눈치라는 게 있는 인간이니만큼 내가 왜 여기에 있는지 알아차린 거겠지. 하지만 애비야, 그렇게 노려본다고 해도 딱히 물러설 내가 아니거든?

"우리 따님이…… 여긴 무슨 일이지?"

켕기는 게 없지는 않은 모양인지 말꼬리를 끌며 카이텔이 한 걸음 물러난다. 난감해 하는 게 너무 빤히 보여서 굳이 몰아붙이고 싶지 않아 나는 그저 조용히 미소만 지었다.

"지나가다가 들렀어."

카이텔이 인상을 찌푸린다.

어쩌겠어? 다른 사람도 아니고 내가 그렇다는데.

어째 크면서 내가 어디의 재상님과 닮아 가는 느낌이다만 그냥 기분 탓이겠지. 근데 저렇게 노골적으로 싫어하면 나도 인간이라 기분이 상하는데.

이미 아빠를 따르는 수행원들은 안도의 한숨을 내쉬며 나를 무슨 구세주 바라보는 양 바라보았다. 그 표정과 눈짓만 보고도 나는 모든 상황을 짐작했다.

그래, 다들 오죽했으면 나를 소환했겠어.

안 그래도 대적할 사람 하나 없는 지고한 황제 폐하이시거늘, 대체 누가 이 남자의 앞을 막으리. 나는 그저 어깨를 으쓱였다.

"근데 뭐해?"

"아."

내 질문에 이제야 제가 하던 일이 기억난 건지 애비가 제 손에 쥐어진 한 가련한 아저씨의 멱살을 들었다가 놓는다.

멱살 잡힌 채 끌려 나온 것도 안쓰러워 죽겠는데, 저런 취급이라니.

나는 그 아저씨가 못 견디게 불쌍했건만 카이텔의 입장에선 아닌 모양이었다. 진지한 표정으로 제 손에 들린 남자를 내려다보더니 단박에 대꾸한다.

"분리수거."

······아버님.

도대체 무슨 표정을 지어야 하는지 모르겠다. 저도 모르게 대체 이건 뭘까 싶은 표정으로 빤히 응시하려니 카이텔도 많이 민망한 모양이었다.

"아빠님."

가만히 불러 보았으나 시선을 피하는 아빠에게서 오는 반응이라는 게 없었다.

아빠, 그런다고 내가 그냥 넘어갈 것 같아?

"아빠."

"······."

"아버지."

"······."

"아버님."

대체 얼마나 더 불러 드려야 그 수줍은 새색시처럼 돌아간 고개를 들어 주실까? 응?

원한다면 하루 종일 불러 줄 용의도 있었는데, 그건 우리 아버지가 원하지 않는 모양이었다. 잠깐 꿋꿋이 버티더니 이내 한숨과 함께 제가 끌고 나온 놈을 수행원에게 넘겨 버린다.

"치워 버리고 다신 내 눈앞에 보이지 않게 해."

"예, 폐하."

이제 살겠다는 표정으로 사라지는 수행원들을 보며 나는 물끄러미 우리 애비를 응시했다.

아직 내 시선을 대놓고 마주 보기엔 용기가 모자란 건지 자꾸 카이텔이 내 시선을 피한다. 우리 사이에 마치 얼굴만 아는 친구와 단둘이 엘리베이터를 탄 것처럼 어색하고 불편한 침묵이 흘러내렸다.

인사를 하고 나면 할 말이 없어지는 그 기분 말이지.

"……."

"……."

그래, 내가 졌다.

말없이 노려보는 건 이쯤에서 그만두기로 하고, 나는 잔뜩 울상을 지었다.

"아빠, 전에 분명 내가 아무리 그래도 폭력은 좋지 못하다고 말했었지?"

그게 십 년 전의 일도 아니요, 일 년 전의 일도 아니요, 불과 일주일 전의 일이다.

일주일 전만 이야기했으면 말을 안 해. 그 전주도, 그 전의 전주도 분명 이런 말을 바로 코앞에서 했었다.

이제 좀 양심이 제대로 찔리는 건지 아빠가 헛기침을 한다.

혹자들은 이젠 많이 좋아졌다고 했지만 내가 보기에 우리 애비의 성질머리는 그대로였다. 혈기 왕성한 이십 대도 아니고, 대체 이게 뭔데.

나는 아예 대놓고 우는 척을 시작했다.

"나는 분명 우리 아빠가 상냥하고 다정하게 모든 일을 처리했으면 좋겠다고……. 그런 아빠가 되어 준다면 정말 행복하겠다고……. 더 바랄 게 없다고……."

"저녁 먹을까?"

이 아저씨가!

"지금 점심이거든?"

카이텔이 아쉬운 표정을 짓는다.

지금 그 표정 지을 때가 아니거든요, 아버지?

아무튼 말 돌리는 것도 진짜 수준급이다. 하지만 그렇다고 넘어가 줄 내가 아니었다.

나는 일단 큰 숨을 들이마셨다.

"페르델이 말하길, 이렇게 큰 제국에 부패한 관리가 없는 것이 더 부자연스러운 거랬어."

"그래도 눈앞의 벌레는 치워야지."

그래서 그게 자랑이신가요, 아버님.

물론 부패한 관리가 나쁘다는 건 나도 동의하고 도려내든 뽑아내든 어떤 식으로든 제거를 해야 한다는 것도 같은 생각인데, 적어도 이렇게 처리하는 것엔 나는 반대였다. 아빠가 전쟁을 하지 않는 건 좋지만 그렇다고 보고서 올라온 것 중에 제 맘에 들지 않는 게 있으면 이렇게 와서 깽판부터 치는 게 좋다는 건 아니었다고!

내가 죽일 듯 노려보니, 애비가 이제야 미안한지 한마디 한다.

"안 죽였잖아."

이 인간이?

"안 죽이면 상냥한 거야?"

말이 되는 소리를 해야 사람의 말이라고 들어주지. 대체 저건 무슨 멍멍이 논리여? 기가 차서 웃으니 내 대꾸에 카이텔이 당당하게 고개를 끄덕인다.

"어디 손 하나 팔 하나 다리 하나 안 잘랐잖아. 충분히 상냥하다고 생각한다."

"……"

대체 그 어디가 상냥한 건데.

하루에도 수백 번씩 우리 애비가 비범하다고 항상 느끼지만 정말 이럴 때면 가끔은 다른 세상에서 뚝 떨어진 사람 같았다.

아니, 저기 막상 다른 세계에서 떨어진 사람은 저거든요?

설마 이 세계 사람들은 다 이런 가치관인 건가 한땐 심각하게 걱정이었는데, 다행히 이런 인간은 우리 아빠밖에 없었다.

잠깐, 좋은 거야? 나 좋아해야 되나?

아, 모르겠다. 나는 그냥 생각하는 걸 포기했다.

"그래, 저녁이나 먹자."

"점심이라며."

……이건 싸우자는 걸까?

내가 인상을 찌푸리니 카이텔이 웃는다. 뭐가 웃긴지는 몰라도 웃는 걸 보니 괜히 새삼스러웠다.

그래, 뭐 좋은 게 좋은 거지.

나는 도도하게 고개를 치켜들었다.

"그래서 안 먹을 거야?"

"먹어야지."

당연하다는 듯한 대꾸에 손을 내미니 내 손 위로 카이텔의 손이 겹쳐진다.

나는 어쩔 수 없다는 듯 깊은 한숨을 내쉬었다.

뭐 어쩌겠어. 하지만 그래도 뒤처리는 해야겠지?

별관을 뜨기 전에 나는 카이텔의 뒤를 쫓아다니는 수행원들을 돌아보았다.

"나머지는 재상 관저에다가 일임해 줘."

"예, 공주님."

* * *

당연한 말이지만 페르델은 아직도 재상이었다.

본인은 이제 그만두고 싶다고 매년 카이텔한테 구구절절한 사연이 담긴 길고 긴 청원을 넣는데, 그게 매년 까여서 어쩌다 보니 이제 페르델이 아그리젠트 역사상 가장 오래 재상을 해 먹은 인물이 되어 있었다.

사실 중간에 삼 개월 정도 재상에서 해방된 적이 있는데, 바로 나라가 개판이 되는 바람에 카이텔이 도로 끌어다 앉혔다. 참고로 페르델은 그때 다시 돌아가지 않겠다며 시르비아와 해외 도피를 감행하기까지 했다.

하지만 우리 아버지가 왜 카이텔이겠는가.

군대 끌고 바로 쳐들어간 카이텔의 패기에 앤시프 왕가에서 페르델을 잡아다 우리 애비 앞에 고이 갖다 바쳤더란다. 덕분에 두 부부는 튄 지 일주일 만에 바로 잡혀 본국으로 연행되었다.

쯧쯧, 불쌍한 놈. 넌 자유의 몸이 아니야.

물론 그건 나도 똑같다, 엉엉.

"이야기는 전해 들었습니다. 아, 역시 우리 공주님밖에 없어요."

"아부 필요 없거든?"

저놈이야말로 내가 응애응애 애기 적일 때부터 날 이용해서 교묘하게 우리 애비를 주물럭거렸던 걸 기억한다. 어릴 땐 뭣 모르고 당했지만 지금 생각해 보면 괜히 저놈 때문에 내 목숨이 위태로웠던 거라 짜증만 치밀었다.

아오.

내가 대놓고 째려보니 페르델이 밉살맞게도 웃는다.

으으, 얄미워. 근데 밉지 않은 게 함정이라면 함정이겠지.

페르델이 갑자기 우는 척을 한다.

"하지만 어쩌겠습니까? 그 망할 놈의 성질머리를 잠재울 수 있는 분은 우리 공주님 한 분뿐이신 걸요, 흑흑."

나도 알고 있는 내용이지만…….

이상하게 페르델이 말하니까 짜증난다. 아니, 이건 그냥 페르델이 짜증나는 것뿐인가.

다행히 나는 곱고 올바르고 예쁘게 자라났다지만 아직도 내가 온화하다는 걸 믿지 않는 궁내의 일부 세력들은 여전히 공주님도 언제 저렇게 될지 모른다고 수군거렸다.

그걸 들었을 때의 내 심정이란, 하.

그래, 카이텔이 요샌 옛날보단 덜하다지만 그건 옛날과 비교했을 때의 이야기고, 우리 애비는 여전히 궁내의 공포로 군림했다. 카이텔의 성질머리는 그만큼 대단한 것이었다.

아빠가 나이를 먹고 세상을 더 넓게 보게 되면 성질 좀 죽을 거라 생각했던 과거의 나!

반성해라, 흡.

괜히 솔레이 궁의 인원 교체가 제일 빈번한 게 아니지, 허허.

"도대체 이번엔 뭐 때문에 또 화가 난 거야?"

나도 이유나 알자.

맨날 일이 터지면 수습만 하고 다녀서 이젠 무슨 일 때문에 우리 애비가 그러는 건지도 모를 지경이었다. 일단 그놈의 성질머리를 달래는 게 우선이니.

페르델은 잠깐 고민하는 기색이었다. 검지로 제 뺨을 긁다가 이내 어깨를 으쓱인다.

"아, 리아 님은 모르시겠지만 그 백작이 공주님 욕을 하면서 돌아다녔거든요."

"내 욕?"

"인사했는데, 안 받아 줬대요."

엉? 그게 뭐야?

황당하기도 하고, 어이없기도 하다.

나는 그냥 얼굴을 찌푸렸다. 얼굴을 보긴 했는데 워낙 특징 없는 인사라 그런지 어떻게 생겼는지도 기억나지 않았다. 근데 나는 인사하는 사람한텐 일일이 다 답인사를 해 주는 상냥한 공주인데 말이야.

대체 언제 인사를 했다는 거지?

"기억 안 나는데."

아무리 기억해 보려고 해도 진짜 하나도 기억나지 않는다.

하긴 내가 하루에 인사를 한두 번 받아야 기억을 하지. 나한테 인사하는 사람을 따져 보자면 시동들까지 합쳐서 거의 수십, 수백에 달했다.

거기다 내 머리는 이미 용량 초과인 지 오래였지.

그래도 우리나라 귀족이랑 외국의 웬만한 주요 인사는 다 기억하고 있으니 다행이었다.

페르델이 어깨를 으쓱인다.

"그냥 욕만 하고 다녔으면 모르겠는데, 그게 하필 카이텔 귀에 들어가는 바람에 일이 그렇게 된 거죠."

"운도 더럽네."

불쌍한 놈, 진짜 잘못 걸렸구먼.

나를 욕했다니 동정할 기분은 사라졌다만 일단 불쌍한 건 불쌍한 거였다.

페르델이 빙그레 웃는다.

"삭탈관직하고 작위도 강등당했습니다. 카이텔치곤 너그러운 처분이죠."

"그게 너그럽다니, 좀 슬프다."

하기야 이것도 황족 모독이라면 황족 모독이라 불과 오 년 전이었다면 그대로 사형당했을지도 모르는 일이었다.

그래, 사형에서 이 정도 처벌이면 너그럽긴 하지. 뭣보다 전에 감히 말대답했다고 끌려 나가 죽은 외국 공주의 시녀를 직접 눈앞에서 봤던 터라 요새는 카이텔의 가차 없음이 점점 완화되어 가는 것 같아서 뿌듯하기까지 했다.

잔소리한 보람이 있군.

아, 이런 것에 보람 같은 거 느끼면 안 되는데, 흡.

"그래도 그놈이 요번에 새로 들어온 놈들 중에선 제일 쓸 만한 인재였는데."

페르델이 아쉬운지 입술을 삐죽인다.

"뭐, 그렇게 멍청한 놈은 언젠간 일을 치겠지만 말입니다."

그래서 뭐라는 거지?

나는 가만히 페르델을 올려다보았다. 싱글벙글 웃음 가득한 페르델의 얼굴이 보인다. 원래 여기 사람들은 잘 안 늙는 건지, 아니면 내 기준이 이상해서 좀체 늙은 것처럼 못 느끼는 건지 모르겠다만 분명 마흔에 접어드는 나이인데 페르델은 여전히 서른 초반인 것처럼 보였다.

주름 없는 것 좀 보게.

그래도 웃을 때마다 눈주름이 지는 건 어쩔 수 없다지만 하도 잘 어울려서 이젠 그게 매력으로 보일 지경이었다.

"아쉬운 것치곤 너무 좋아하는데?"

내 대꾸에 페르델이 딱 손뼉을 친다. 그가 과장된 표정으로 소리쳤다.

"눈치가 빠르시네요. 역시 공주님이십니다. 가르친 보람이 있어요!"

"내 눈치는 원래 빨랐거든?"

이놈 또 바보짓 한다.

페르델은 하는 짓만 봐선 아직도 소년 같았다. 정신 덜 차린 소년. 여전히 카이텔을 골리는 재미로 살고 있기도 하고, 그것 때문에 여전히 처맞기도 해서 더 그랬다.

내 말에 페르델이 어떻게 알았냐는 듯 두 눈을 동그랗게 뜬다.

가증스러운 놈, 저거 다 연기잖아.

내가 속을 줄 알고.

"그래도 이렇게 공주님이 바르게 자라다니……. 이 아버지는 기쁩니다."

나오지도 않는 눈물을 찍어 내며 페르델이 우는 척을 한다.

나는 그냥 고개를 설레설레 가로저었다. 방금 그 대사, 분명 카이텔 귀에 들어갔으면 어제 그 백작처럼 처맞는다에 내 궁을 통째로 걸 수도 있다. 물론 대부도 넓은 의미로는 아버지라 할 수도 있겠지만…….

페르델, 지켜 주지 못해서 미안.

"이게 이번에 처리해야 하는 서류입니까?"

"어, 더럽게 많아."

책상에 쌓여 있는 서류가 내 미래를 어둡게 만든다.

이것이 약속된 서류 지옥의 길이란 말인가. 나는 대체 왜 다시 태어났는가! 전생에도 서류와 씨름했는데, 다시 태어나서도 서류와 씨름이라니!

나는 괜히 울분이 터졌다.

"대체 왜 내가 왕실부랑 궁내부 일을 같이 돌봐야 하는 건데!"

"어쩔 수 없지 않습니까. 황실에 어른이 없는 걸 어쩝니까?"

뒤적뒤적 내 집무실 책상에 쌓여 있는 서류들을 살펴보더니 페르델이 껄껄 웃는다.

어쩐지 그게 자랑스러워 하는 것 같기도 해서 나는 좀 기분이 묘했다. 진짜 장성한 자식을 보며 뿌듯해 하는 아버지 같은 느낌이랄까. 괜히 머쓱해진다.

뭐, 그래. 페르델이 날 키우지 않았다라고 딱 잘라 말할 수는 없지.

그걸 보니 또 마음이 누그러진다.

"어린애일 때가 좋았어."

"옳으신 말씀."

투정 어린 불평에 페르델이 허허 웃는다.

"어린아이에겐 잘 자라야 하는 의무밖에 없으니 당연히 편하겠죠."

그러면서 나를 돌아보며 페르델이 소리 없이 웃었다. 날 흐뭇하게 바라보는 아빠 미소가 괜히 쑥스러워서 나는 시선을 다른 데로 돌렸다.

낯간지럽다고 해야 할까?

그래, 맨날 바보짓만 하는 페르델이 이럴 때마다 전혀 다른 사람 같아서 아직도 적응하기가 힘들었다. 그래도 그렇게 날 보며 웃는 게 싫단 건 아니었다. 단지 누가 내 아빠인지 헷갈려서 그게 슬프긴 하지만.

"회의 있는 거 아니었어? 아까 서기관이 그러던데."

"아, 맞다. 그랬었죠. 가 봐야겠네요."

회의하러 가던 도중에 들른 거란 말이 언뜻 떠올라서 물어본 건데, 잊고 있었던 건지 페르델이 손뼉을 치며 고개를 끄덕인다.

나는 어서 가 버리라고 고개를 끄덕였다.

그런데 페르델은 정작 간다고 말해 놓고 갈 생각이 없어 보였다. 빤히 시선을 마주하는 페르델을 쳐다보고 있노라니 그가 씨익 웃었다.

······이거 어째 불안한데?

"그럼 수업 때 봐요, 우리 공주님. 나 없다고 울지 말고! 밥도 꼭꼭 챙겨 먹고! 보고 싶다고 슬퍼하지도 말고!"

"······."

불길한 예감은 왜 항상 틀리지 않는가.

우리가 헤어지는 연인 사이도 아니고, 네가 내 엄마도 아닌데, 뭔 소리여? 대놓고 얼굴을 찌푸리자 페르델이 흐르지도 않는 눈물을 닦으며 아련아련한 시선을 보낸다.

"그럼 우리의 운명이 다시 닿을 때까지 이만."

뭐랄까. 나는 진지하게 되물었다.

"그 운명 여기서 끝내는 게 어떨까?"

"아잉."

"······."

순식간에 많은 생각이 머리를 점령한다.

대체 이놈은 왜 이러는 걸까? 나한테 무슨 원한이 있는 걸까? 그게 아니라면 왜 이 모양인가? 무슨 의도로 이런 짓을 하는 걸까?

물론 페르델이 이러는 이유야 안 봐도 뻔했지만 그래도 막상 눈앞에서 이러면 뭐라고 할 말이 없는 게 현실이었다.
 나이 사십 넘은 아저씨의 애교에 잔뜩 굳은 날 보며 페르델이 소리 내어 웃는다.
 좋아요? 좋아 죽겠어요? 아오!
 내가 무슨 말을 하려고 입을 벌리는데, 그보다 한발 앞서 페르델이 홱 방을 나가 버렸다.
 "그럼 이따 봐요!"
 ……아무튼 못 말려.
 "어휴."

* * *

 황실기사단의 수석 교관이 된 이후 아시시는 하루 중 거의 반나절을 기사단에서 보냈다. 물론 그 전에도 가끔 가긴 했지만 그건 아침 시간에 가벼운 훈련을 하거나 이따금 기사단장으로서 업무를 처리하기 위함이었던 터라 막상 내가 하루를 시작하면 아시시는 거의 모든 시간을 내 곁에 있었다.
 그마저도 내 나이 아홉 살에 아시시가 기사단장 직을 사퇴하면서 끝났고 말이지.
 아무튼 손을 뻗으면 항상 닿는 거리에 있던 기사님이라 나는 가끔 아시시가 내 곁에 없을 때 내가 먼저 아시시를 보러 갈 장소가 있으면 좋겠다고 가만히 생각했다. 카이텔을 보기 위해 집무실에 간다든가, 정말 드문 일이긴 하지만 페르델을 보기 위해 포더르 궁으로 간다든가, 시르비아 보려고 볼세나에 간다든가 하는 것처럼.

아시시가 날 찾아오지 않으면 내가 찾아갈 장소를 알 수 없는 게 조금……. 아니, 꽤 많이 그렇다고 해야 할까. 그래, 뭔가 좀 그래.

그래서인지 아시시가 견습 기사들을 가르치는 수석 교관으로 임명되었을 때 내가 더 괜히 뛸 듯이 기뻤더란다. 그것 때문에 우리끼리 파티도 조촐하게 열어 주고 말이지.

지금 생각하면 별거 아닌데, 내가 너무 설쳤나 좀 부끄럽기도 하고.

뭐 어쩌겠어. 좋은 건 사실인데.

"기사단 가시려고요?"

궁내부 일도 끝냈겠다, 다른 할 일도 없고, 이제 자유의 몸이나 다름없어서 아시시나 보러 갈까 하며 몸만 돌렸는데, 리비가 곧바로 묻는다.

대체 어떻게 알아차린 거지? 귀신일세.

"응. 어차피 가깝잖아. 이왕 여기까지 온 김에 기사단 들러서 아시시 좀 보려고."

리비는 일린이 시집간 후 바뀐 시녀 중에 제일 마지막으로 내 시녀가 된 아이였다. 일린과 다르게 별로 말이 없고, 일도 잘하고, 표정 변화도 적었는데, 어쩐지 보는 내내 일린이 생각나서 괜히 더 친근한 아이였다.

내 대꾸에 리비가 살짝 웃는다.

얘 웃는 거 정말 쉽게 볼 수 없는 건데. 일단 희귀한 미소를 봐서 좋긴 좋은데, 대체 왜 웃는지 몰라서 의아했다. 뭐지?

"맨날 옆에만 있다가 기사님께서 다른 일 하시니까 서운하거나 그러진 않으세요?"

"어?"

리비의 질문에 자동적으로 내 발이 멈춰 선다.

어, 음, 그러니까 그게 말이지.

"사실 좀 허전한 감이 없지 않아 있긴 한데……."

허전하지 않다고 말하면 거짓부렁이겠지. 괜히 멋쩍어서 제 뺨을 쓰다듬는다.

사실 내가 없어도 되는 아시시를 보는 기분이라는 건 좀 복잡 미묘한 것이었다. 좋기도 하고, 아니기도 하고.

하지만 난 아시시가 행복하길 바라니까, 그 행복에 내가 붙어 있는 게 방해가 된다면 기꺼이 사라져 줄 의향도 있었다. 물론 가장 좋은 건 내 옆에서 아시시가 행복해지는 거지만!

"그래도 아시시는 사실 내가 생각해도 심각할 정도로 내 옆에 붙어 있었잖아. 나 아침에 눈 떠서 저녁에 잘 때까지 옆을 떠나지 않으니까."

나는 말해 놓고 곧 내 말을 부정했다.

"아니지. 아시시라면 아마 나 자고 있는 동안에도 지킬걸?"

그래, 그놈이라면 충분히 할 수 있어.

비교적 최근에서야 알게 된 사실이지만 내가 잠을 자고 있더라도 아시시는 항상 내 곁에서 날 지켜 주고 있었다. 어릴 적에 한 번 들킨 이후로 내가 그러지 말라고 해서 안 그러는 줄 알았는데, 내가 싫어하니까 안 들키게 그러고 있었던 모양이었다.

그렇게까지 날 지킬 필요가 없다니까, 정말.

그래, 뭐 자기도 인간인지라 아시시도 잠을 자긴 했다. 근데 문제가 그 잠이라는 게 나 아닌 다른 사람의 기척이 느껴지기만 하면 바로 눈을 뜰 정도의 선잠이라서 나는 그 이야기를 듣고 괜히 마음이 아팠다.

잠은 좋은 침대에서 푹 자야 하는 건데.

항상 생각하는 거지만, 왜 저렇게 자기 자신을 혹사시키는 건지 모르겠다.

당연히 마음이야 그러지 말라고 말리고 싶은데, 말해 봤자 들어 처먹을 인간이 아니라서 그냥 내버려 뒀다. 딱히 뭔가 뾰족한 해결책이 있는 것도 아니고.

괜히 그것 때문에 내가 몰랐을 동안 가만 내버려 둔 우리 아빠가 더 미웠다지, 흥.

"아무튼 그렇다 보니까 사실 좀 미안했어."

마치 날 위해 모든 걸 희생하는 엄마를 보는 기분이라고 할까.

자기 꿈도 자기 인생도 없이 나만을 위해 살아온 엄마. 내가 엄마 인생의 답이 되어 줄 수는 없을 텐데. 그리고 모든 걸 받을 만큼 그렇게 대단하거나 뛰어난 사람은 아닌데.

괜히 미안하고 괜히 고맙고 괜히 더 서글프다.

아시시가 내 엄마는 아니지만 그를 대하면 그런 복잡한 감상에 젖어 들었다.

별것도 아닌 고작 자그마한 어린애에 불과한데 과분할 정도로 지켜 주고 있었구나.

그래서였을까? 아시시가 황실기사단의 수석 교관이 된 이후로 가장 마음의 부담을 덜게 된 것은 다름 아닌 나였다. 그동안 분에 넘칠 정도로 지켜졌으니, 이제는 내가 지켜 주겠다는 그런 마음이라고 할까.

"여전히 날 과잉보호하는 건 똑같은데, 그래도 자라고 나니까 걱정하는 건 좀 덜해져서 좋아."

내 대답에 리비가 빙그레 웃는다.

나보다 나이도 어린 게 가끔 엄마처럼 날 바라볼 때가 있었다. 지금이 딱 그러네. 나를 너무 흐뭇한 시선으로 쳐다봐서 괜히 머쓱하다, 흠흠.

"공주님께선 기사님을 정말 좋아하시는 것 같아요."

"사실이잖아?"

내 입으로 말하기 조금 부끄럽긴 하지만 사실은 사실인걸!

리비랑 겨우 한두 마디 이야기한 것 같은데, 어느새 나는 기사단 건물에 도착했다.

이렇게 빨리 오다니, 역시 수다의 힘이란.

기사 관저. 이곳도 처음에 왔을 땐 마냥 신기했는데.

아무래도 군사 시설이다 보니 기사 관저는 웬만한 신분이라도 출입이 엄격히 통제되어 있는 곳이었다. 단지 카이텔의 화끈한 허락과 봄새벽기사단의 주인이라는 특수함 때문에 나는 마음껏 이 금녀의 구역에 출입을 할 수 있었다.

그래서 그런지 여기 올 때마다 마치 동생 군대 면회 오는 기분이란 말이지.

"어? 아시시다."

기사단 입구가 이 층이라 난간에서 아래를 내려다보니 기사단의 연무장이 바로 한눈에 쏙 들어온다. 다른 연무장도 많지만 이곳의 연무장이 제일 큰 터라 견습 기사들의 총 훈련은 거의 이곳에서 이루어졌다. 혹시나 해서 내려다본 건데, 견습 기사들의 자세를 봐 주며 돌아다니는 아시시가 멀찍이 보인다.

나는 반가움에 아시시를 향해 손부터 흔들었다.

"아시시!"

여자 목소리라 그런가 기합 소리로 쩌렁쩌렁한 가운데 아시시가 내 목소리를 듣고 바로 돌아본다. 기사단에 있어서 항상 입는 제복이 아니라 간편한 복장인 데도 아주 빛이 났다.

어휴, 누구 기사인지는 모르겠지만 정말 빛이 나네.

아시시를 보자마자 계단으로 내려가 연무장으로 가니 그가 이쪽으로 다가온다. 나는 아시시를 보고 함박웃음부터 지었다.

"놀러 오신 겁니까?"

"응. 아, 훈련 중이지? 내가 방해한 건가?"

"괜찮습니다."

정말 괜찮은가?

아시시 너머로 기사들을 보았으나 내가 봐야 뭘 알겠는가. 그냥 괜찮다는 아시시의 말을 믿을 뿐이었다. 물론 아시시가 말하는 괜찮다는 거의 구십구 점 구 퍼센트가 괜찮지 않다는 거긴 하지만.

"어차피 다들 지쳐서 휴식 시간을 줘야 합니다."

내가 석연치 않아 하는 걸 느낀 건지 아시시가 덧붙여 말한다.

그래? 그렇단 말이지?

바로 헤헤 웃는 나를 보며 아시시가 웃는다. 그래도 하고 있던 자세는 마저 끝내려는 모양이었다. 그럼 응접실로 올라가서 기다리고 있어야지.

견습 기사들이 내가 신기한지 자꾸 돌아보는 게 느껴진다.

하긴 신기할 법도 하겠지.

저들 눈에 내가 어떻게 비춰지고 있는지는 내가 제일 잘 알기 때문에 나는 알아서 조신한 척을 시작했다. 기사들의 꿈과 환상을 지켜 줘야지.

"리아."

어? 이 목소리는?

익숙한 목소리에 뒤를 돌아보니 역시나 익숙한 놈이 눈에 들어온다. 나는 반가워서 조신한 척이고 뭐고 냅다 달려 나갔다.

"산세!"

내가 달려들자 산세가 팔을 벌려 안아 준다.

키 때문인지 꼭 어린애가 아빠 품에 매달리는 꼴이었으나 나는 개의치 않았다. 산세는 이제 열일곱인 주제에 키가 벌써 180을 넘어섰다.

나보다 나이도 어린 게, 엉엉.

아무리 잘 먹고 잘사는 집안 아들이라지만 고작 160도 안 되는 나랑 비교돼서 가끔은 좀 슬프다.

그래서인지는 몰라도 이놈이 내 키를 추월할 때부터 슬슬 오빠처럼 굴더니 요새는 시도랑 짝짜꿍해서 돼먹지도 않은 오빠 노릇을 했다.

가당치도 않지, 진짜.

하지만 그게 다 날 좋아해서 하는 행동이니 나는 너그럽게 봐주고 있었다.

나는 관대하다. 근데, 그건 그렇다 치고.

"스헤르토헨보스 다녀오고 나한테 인사도 안 왔지, 나쁜 놈아!"

"아, 미안. 바빴어."

이제 생각난 건지 산세가 뜨끔한 표정으로 물러난다. 나는 절대 그냥 넘어가지 않겠다는 의사를 내비쳤다.

해외여행도 갔는데 선물도 안 사 오고, 나쁜 놈!

다녀왔으면 다녀왔다고 보고를 해야 할 거 아니야!

"누나 보러 못 올 만큼 바빴어?"

"잘못했습니다."

내 서운한 표정에 산세가 바로 찍소리도 못하고 입을 다문다. 금세 안절부절못하는 걸 보니 내 마음이 스리슬쩍 풀린다.

어릴 때 산세는 마냥 발르의 뒤만 쫓아다니면서 같이 사고를 저지르는 사고뭉치였을 뿐이었는데, 나이를 더 먹고 검을 배우기 시작하더니 완전히 달라졌다. 비록 페르델은 검을 더럽게 못 다룬다지만 원수부 집안 핏줄이 어디 가는 게 아닌 모양인지 산세는 천재 소리를 들을 만큼 기사로서의 재능이 뛰어났다. 거기에 본인이 두말할 것도 없이 성실해서 이제 열일곱인데 겨울달기사단에 들어가 수석 기사가 되어 버렸다.

키도 많이 크고 성격도 좀 진중해지고 말수도 적어져서 과묵해지기도 하고……. 좀 새삼스럽네. 어렸을 땐 맨날 나 좋다고 졸졸 쫓아다니던 꼬맹이였는데.

그래도 내 눈엔 여전히 애기였다, 애기. 우쭈쭈.

"근데 겨울달 수석 기사가 왜 여기 있어?"

"훈련 도우미."

"아항."

미래의 겨울달 기사를 봐 두려는 것이었군. 그건 또 내가 몰랐지.

내가 고개를 끄덕이니 산세가 피식 웃으며 내 머리를 쓰다듬는다. 물론 그 손은 가열히 거절해 주었다.

"음, 근데 그럼 발르는?"

그냥 발르도 같은 기사니까 여기 어디 있나 해서 물어본 건데 내 질문에 산세의 표정이 눈에 띄게 달라진다. 어색하게 웃으며 대답을 회피하는 산세를 보며 나는 그냥 한숨을 내쉬었다.

"아니야. 안 들어도 알 것 같다."

그놈이 뭐 그렇지.

분명 어디 파티에 갔거나 술집에 갔거나 놀러 갔거나 셋 중 하나였다.

그에 비해 우리 산세는 정말 바르게 자랐습니다.

흡, 누나는 네가 자랑스럽다.

"아, 삼촌 오신다."

정리가 끝난 건지 아시시가 이쪽으로 다가온다.

산세는 이제 가 봐야 하는 모양이었다. 산세랑 몇 마디도 못해 봤는데. 진한 아쉬움이 몰려들었지만 장소가 장소인지라 어쩔 수가 없다.

"나중에 봐."

인사하는 산세에게 손을 흔들어 주며 나는 최대한 예쁘게 웃어 주었다. 내 미소를 보더니 산세도 웃는다.

내 동생 웃는 것도 참 예쁘네.

중간에 아시시랑 몇 마디 나눈 것 빼고 산세는 바로 연무장으로 돌아갔다. 넓은 연무장엔 쉬러 들어간 견습생 말고 남아 있는 몇몇이 있었는데, 그 견습생들을 지도하는 게 산세가 맡은 일인 모양이었다.

빤히 산세를 보고 있자니 어느새 아시시가 성큼 다가온다. 나는 가까이 온 아시시를 보며 환하게 웃었다.

"바쁜데, 내가 괜히 왔나?"

물론 그냥 해 본 말이었다. 정말 민폐가 될 줄 알았다면 애초부터 오지 않았겠지.

내 말에 아시시가 단호히 고개를 내젓는다. 항상 깔끔한 모습만 봐서 그런지 땀에 전 아시시의 모습은 꽤나 신선했다. 쉽게 볼 수 없는 거라 그런가? 마치 안경 쓴 카이텔을 보는 기분이다.

"아닙니다. 왕실부 다녀오시는 길이십니까?"

"아니, 궁내부."

자기 일에 열심인 남자가 멋있다는 말처럼 아시시는 검을 쥐고 있을 때가 제일 멋있었다.

단순히 검을 쥔 기사에 대한 환상 때문이 아닐까 싶어도 막상 검을 쓰는 걸 본 건 아빠가 더 월등히 많아서 그건 좀 설득력이 떨어졌다.

아빠가 검을 쥐고 있으면 그냥 걱정밖에 안 든단 말이지.

그에 비해 검을 휘두르는 걸 몇 번 보지도 않은 아시시가 검을 쥐고 있으면 괜히 막 설레었다. 아니, 이건 단지 아빠가 검을 쥐고 있으면 주변을 초토화로 만들겠다는 신호여서 그런 건가.

뭐가 됐든 아시시가 검을 쥐고 있는 모습이 황홀할 정도로 눈부신 건 사실이니까, 뭐.

내 진중한 시선에 아시시가 고개를 갸웃한다.

나는 그냥 빙그레 웃었다.

"품위 유지비로 받은 궁의 예산이 엄청 남아돌아서 돈 없고 재능 출중한 예술가나 찾아서 후원이나 할 거라고 찾아보라고 하고 왔어."

"또 남은 겁니까?"

"응."

아시시가 걱정스레 물끄러미 쳐다본다.

안 그래도 그것 때문에 아까 시종장이 불만 가득한 시선으로 나를 추궁했었다. 혹시 일부러 그러는 거 아니냐고.

뭐 안 그러려고 해도 돈이 남아도는 걸 어쩌겠는가?

나는 어깨를 으쓱였다.

"어쩔 수 없잖아. 보석이라면 매달 과분할 정도로 귀족들이 선물해 대고, 드레스라면 달란 말도 안 했는데 제발 입어 주십사 하며 디자이너들이 수백 벌씩 진상하는데. 딱히 날 꾸미는 데 돈 쓸 데가 없더라고."

"그래도 마음에 드는 것이 없다며 이것저것 사들이는 게 보통 귀족 영애들의 패턴입니다."

"근데 그게 내 얘기는 아니잖아?"

내 태평한 미소에 아시시가 한숨을 내쉰다.

근데 아시시, 그거 아니? 내 보석 지분의 오십 퍼센트를 네가 가지고 있다는 거. 우리 애비도 우리 애비고 시르비아도 시르비아지만 그래도 내가 자주하는 액세서리는 아시시가 사 준 것들이 대부분이었다.

불만 가득한 표정으로 내려다보는 아시시를 올려다보며 나는 헤헤 웃었다.

"어쩌겠어. 내 미모가 워낙 출중해서 아무거나 걸쳐도 빛나고 아름다운 것을."

아시시가 웃는다. 그치만 사실이잖아?

"공주님께서 검소하신 겁니다."

"누구 밑에서 아주 잘 자랐거든요."

엇나가고 막장으로 치닫고 싶어도 그럴 수 없게 키운 사람들이 너무 많아서 말이지.

내 대답에 아시시가 동의하는 듯 묵묵히 고개를 끄덕인다.

그 사람들 중에 자신이 포함된다는 걸 아시시는 전혀 모르는 눈치라 나는 그저 조용히 웃었다.

"다들 엄청 잘 따르네."

"예, 의욕이 엄청납니다."

"가르치는 보람 있겠다!"

농땡이 같은 것도 피울 줄 알았는데, 역시 꿈에 그리던 직장이라 그런지 견습 기사들은 하나같이 의욕적이었다.

그저 흘긋 보는 데도 그게 느껴져서 나는 괜히 좋았다. 언뜻 아시시가 제자들을 자랑스러워하는 것 같기도 해서 더 신이 난다고 해야 할까.

"다들 워낙 기량과 자질이 뛰어난 터라 딱히 제가 더 가르칠 것이 없습니다. 전 그저 자기 자신이 할 수 있는 걸 이끌어 내 주는 것뿐입니다."

"그게 가르쳐 주는 거죠, 스승님."

물론 아시시의 말도 딱히 틀린 건 아니었으나 나는 제가 한 일을 과소평가하는 아시시는 마음에 들지 않았다.

남을 가르치는 게 얼마나 힘든 건데.

"페르델이 그런 거 아무나 할 수 없는 거랬어."

정해진 틀대로 가르치는 건 쉽지만 개개인의 특성이나 성취 상태를 파악해서 이끌어 주는 건 무척이나, 매우 엄청 어려운 거라고 전에 페르델이 말한 바가 있었다. 물론 페르델은 그러니까 공주님을 가르치는 제가 대단한 거예요, 찬양해 주세요—라는 의미로 말한 거지만 내가 알게 뭐람.

"바쁘지 않아? 뭣하면 내 수호 기사 때려치우고 아예 그 길로 나서도 되는데."

"그저 취미일 뿐입니다."

진심이었는데, 그 말을 듣자마자 아시시의 표정이 눈에 띌 정도로 굳어진다. 딱 잘라 말하는 아시시를 보고 있노라니 복잡한 감상이 교차되었다.

"제 의무는 언제나 공주님을 지켜 드리는 것뿐이니까요."

"그거야 고마운데……."

고맙다는 말로 끝나지 않을 정도로 고마운 일이긴 한데.

그래도 말이지.

"가끔은 내가 아시시를 너무 구속하고 있지 않나 그런 걱정이 들어."

아시시가 날 떠나서 좀 더 자신의 일을 찾아도 될 텐데. 이제 그만 나에게 얽매이지 않아도 될 텐데. 물론 지금은 뭔가 달라졌다고 하지만 그래도 아시시의 주된 일과는 내 중심으로 돌아가고 있어서 미묘했다. 내가 원하는 건 그런 게 아니니까.

뭐, 진짜로 아시시가 내 수호기사를 그만두겠다고 하면 서운하거나 허전하다는 말로는 표현할 수 없을 정도로 복잡한 감정이겠지만……

그래도 아시시를 위해 그렇게 되었으면 좋겠다.

가볍게 언급만 했을 뿐인데, 그 기색을 자신도 느낀 건지 아시시의 안색이 눈에 띄게 어두워진다.

"그 말씀은…… 제가 더 이상 필요 없다는 말입니까?"

"아니, 아니, 그런 말이 아니라……."

나는 당황했다. 괜히 말한 건가?

그치만 이미 엎어진 일이고 벌어진 일이라 뭐라 주어 담을 수 없었다. 괜히 어설프게 주어 담았다간 아시시가 더 깊은 상처를 입을 것 같기도 하고.

아, 이걸 어째야 하지?

난감하다. 정말 곤란했다.

하지만 아시시를 보건대 절대 그냥 넘어갈 순 없을 것 같아 나는 얌전히 포기했다. 그냥 솔직하게 말하자.

"창창한 젊은 시절을 모조리 나한테 쏟아부었잖아. 남들처럼 연애도 하고 사랑도 하고 결혼도 하고 가족도 만들어야 하는데."

그런 생각을 한 건 일곱 살 때부터였지만 그동안 흐른 십여 년의 시간 동안 딱히 달라진 건 없었다. 아시시는 여전히 결혼할 생각이 없었고, 나는 아시시가 평범하고 소박한 행복을 하나둘씩 찾는 걸 원했는데, 정작 아시시는 온통 나에 관련된 생각밖에 하지 않았다.

나보다 좀 더 자기 자신을 생각한다면 좋을 텐데. 그래서인지 아시시를 볼 때마다 괜한 죄책감이 엄습한다.

"문득 내가 아시시의 삶을 망치고 있는 건 아닐까, 그런 생각이 들었어."

"그런 일은 없습니다."

아시시가 단호하게 부정한다. 나는 그저 쓴웃음을 지었다.

"리아 님이 아니셨다면."

아시시가 숨을 삼킨다.

"전 아직까지도 죽을 자리를 찾으며 방황하고 있었을 겁니다."

그가 하는 말을 모르는 바는 아니다. 이해를 못하는 것도 아니었다. 내 수호기사가 되기 전의 아시시가 얼마나 처참한 상태였는지 모르는 바도 아니었다. 시르가 말하고 페르델이 말하는 것처럼 아시시가 내 수호기사가 된 뒤에 많이 좋아졌다는 건 나도 안다.

하지만, 하지만······.

그래도 여전히 나를 위해서라면 기꺼이 죽겠다는 아시시를 이해할 수 없었다.

이미 해 주었던 걸로도 충분한데.

그래서 이제 그만했으면 좋겠는데.

이젠 내가 해 주고 싶은데.

"매 순간 매 초마다 제 손에 죽어 간 영혼들의 얼굴이 눈앞에 보이는 듯합니다. 그 어떤 타당한 이유를 댄다 해도 제가 그들의 삶을 송두리째 빼앗았다는 것엔 일말의 반론도 할 수 없겠지요. 가끔은 이런 제 손이 당신의 손에 닿아도 되는 걸까 걱정이 듭니다. 제 존재가, 제 죄악이 당신께 해를 끼치는 건 아닌가 하는······."

"미안해. 내가 잘못했어."

너무 섣불리 건드렸다. 안타까움에 나도 모르게 재빨리 손을 뻗는다. 아시시가 무너지지 않게, 아시시가 망가지지 않게.

아시시의 상처를 모르는 바는 아니었는데, 도대체 이 순하디순한 사람 속에 무엇이 들어 있기에 이런단 말인가. 너무 애처롭고 안쓰러워서 말도 제대로 나오지 않았다.

"그런 걱정은 하지 마."

결코 아시시를 밀어내겠다는 의미는 아니었는데.

아시시는 아직 내 곁을 떠날 준비가 되어 있지 않은 것 같았다.

천천히 하자, 하나씩.

예전엔 겁부터 먹고 어디서부터 손대야 할지 몰라 물러섰지만 이젠 괜찮았다. 언제까지 이렇게 묻어 버린다고 시간이 해결해 주는 이야기도 아니고.

나도 이 손을 놓을 생각은 절대 없으니까.

"아시시 손을 먼저 잡는 건 항상 나잖아?"

아시시가 입을 다문다.

어느새 날 내려다보는 녹금빛의 눈동자가 촉촉하게 젖어 있었다. 방부제라도 먹은 건지 아시시의 미모는 여전히 빛난다. 물론 아예 달라진 게 없다고 말할 수는 없지만 더 성숙해 보인다면 성숙해 보이는 거지 늙었다는 생각은 전혀 들지 않았다.

이거 뭔가 억울한데.

"근데 진짜 안 늙는다. 난 이렇게 자랐는데, 아빠랑 아시시는 나 어릴 때랑 똑같은 것 같아."

"같지 않습니다."

내 불만에 아시시가 고개를 가로저었다.

"공주님께서도 어릴 때와 달라지신 것이 하나도 없습니다."

"……그 말은 내가 여전히 꼬맹이라는 거야?"

불만스럽게 인상을 찡그리며 내가 올려다보자 아시시가 웃는다.

울다가 웃으면 엉덩이에 뿔난다고 했는데. 그래도 웃는 쪽이 훨씬 보기 좋은 건 어쩔 수 없었다.

근데 왜 웃는 거지? 내가 꼬맹이라는 게 웃겨?

"웃지 마! 나 꼬맹이 아니야!"

"폐하께서 또 꼬맹이라고 놀리셨습니까?"

"아니거든!"

단호하게 부정했는데, 아시시는 도리어 내 말에 웃음이 터졌다.

"아시시!"

이젠 날 신경 쓰지도 않고 막 웃는다.

대체 어디가 웃긴 건데! 어떤 부분이!

"아시시, 명령이다! 웃지 마!"

억지로 직권남용까지 해 보지만 아시시는 내 명령에 굴하지 않았다. 도리어 웃음을 참다가 힘이 드는지 대놓고 포기한다.

"……송구합니다만, 좀 웃겠습니다."

왜죠? 대체 왜 웃는 거죠?

아시시가 좋다면 나야 기쁘지만, 그래도 뭔가 석연치 않은 것이 있었다.

하, 나는 웬만해서 눈물이 나지 않는 사람인데 갑자기 눈물이 나네.

* * *

 웬만하면 파티에 참석하지 않는 게 내 주의라지만 오늘밤 파티에는 참석할 수밖에 없었다. 그도 그럴 게 일 년에 단 하루밖에 없는 그레시토의 생일이었으니, 어쩔 수가 없었다.
 파티 준비를 위해 파우더 룸으로 들어서니 가운을 걸친 내 몸을 비추는 전신 거울이 사방에서 나를 반겨 준다. 원래도 좋은 피부였지만 마사지를 받아서 그런지 오늘따라 거울에 비친 내 피부는 더 윤기가 흘렀다.
 "세르이라도 옷 입으러 갔지?"
 "예, 아까 준비하러 가셨습니다."
 아, 벌써부터 진이 빠진다.
 의욕 없는 내 표정을 보고 리비가 혀를 찼다.
 그래도 어쩌겠니, 성가신 것을.
 그도 그럴 게 이 짓거리가 매일 똑같이 반복되고 있다 보니 아무리 자신을 꾸미는 걸 좋아하는 인간이라도 질릴 만했다.
 뭐, 매번 같은 식으로 입고 꾸며서 나갈 수는 없는 법이니까. 안 그래도 그것 때문에 시녀들이 엄청 골머리를 앓고 있다지만 나와는 먼 이야기.
 그냥 아무거나 대충 입고 나가고 싶다, 엉엉.
 "자, 그럼 옷부터 입으셔야죠?"
 "그래."

가운을 벗고 속옷부터 챙겨 입는다.

여성의 속옷이라는 건 다 비슷비슷한 모양새인지 이곳에서도 코르셋이나 슈미즈나 페티코트 같은 속옷들이 많았다. 물론 내가 아는 그것과 많이 다르긴 했지만 그래도 이 속옷들을 처음 봤을 때는 나름 충격이었다.

"자, 가만히 계세요. 입혀 드릴게요."

속옷을 다 입고 나니 금세 드레스가 몸에 걸쳐진다.

평상시에 입는 드레스도 내 기준에서는 화려하다면 엄청 화려했건만, 파티용 드레스는 상상 그 이상이었다. 그나마 장식이 과하지 않고 자칫 잘못하면 사치스러워서 천박해 보일 수 있는 디자인은 피해서 골라서 입는데, 그 정도가 이 모양이라니.

정말 여자가 예뻐지려면 본판 이상의 노력이 필요했다. 물론 그 노력을 내가 하지 않고 내 시녀들이 하고 있다는 게 문제지만.

"저번 드레스보다 예쁘네?"

"저번 드레스가 더 화려했어요."

"내 눈엔 이게 더 예뻐 보여."

"폐하께서 하사하신 거예요."

어쩐지 나랑 취향이 비슷하더라.

분명 옷 하나를 입고 있는데, 나에게 달라붙은 시녀는 열 명이었다. 아래에서 시녀들이 길게 늘어지는 드레스의 핏을 잡고, 뒤에선 드레스에 달린 장식을 점검한다.

의자를 밟고 올라선 시녀들은 내 머리를 만지는 중이었다. 얇게 딴 머리와 함께 같이 우아하게 틀어 올려서 머리에서 작게 부풀리고, 그 옆에 크고 화려한 머리 장식을 붙인다. 내가 선호하는 건

주로 꽃 모양이었는데, 아무래도 옷의 화려함이 덜한 만큼 머리 장식이 더 화려해질 수밖에 없었다.

그렇다고 요새 유행하는, 머리를 크게 부풀리는 걸 하는 건 아니었지만.

"오, 괜찮네."

거울로 보니 제법 예쁘다.

시녀들이 들으면 자신들의 노력을 이렇게밖에 표현하지 못하겠냐며 울먹이겠지만 내 솔직한 감상은 이러했다. 무엇보다 나는 나 자신이 봐도 정말 꾸미는 맛이 나는 인간이었다.

어릴 땐 내심 다 크면 역변하는 게 아닐까 불안했었는데, 그걸 비웃기라도 하듯 다 큰 내 모습은 완전히 카이텔을 빼닮았다. 어릴 때도 누구 못지않게 예뻤다고 생각했는데, 다 자란 모습은 상상 이상이었다.

역시 유전자가 어디 가는 게 아니구나.

눈이 즐겁다는 말은 이럴 때 쓰는 거겠지, 하.

사방에 세워진 전신 거울이 푸른 드레스를 입은 내 모습을 깨끗이 비춰 준다. 워낙 미모가 미모인지라 뭘 걸치든 다 어울렸다.

하기야 뭔들 안 어울리겠어.

하얗고 뽀얀 피부는 티 하나 없이 투명하고 매끄러웠다. 입고 있는 푸른 실크와 확연히 대조될 만큼 희다. 얼굴과 몸을 그리는 선은 여리고 섬세했다.

오밀조밀한 이목구비와 둥글고 각진 어깨, 쏙 들어가는 허리 라인에 확연한 곡선을 뽐내는 골반 라인까지.

하, 심지어 몸매도 좋아.

유려하게 뻗은 긴 속눈썹 아래 루비라도 박은 듯 짙은 붉은 눈동자가 거울 속의 나를 응시한다. 나이를 먹어 감에 따라 더 깊어진 시선 탓에 붉은 눈동자는 더 고혹적으로 빛나고, 그 아래 도톰한 입술과 가녀린 목선은 누구라도 손을 뻗고 싶게 충동질했다.

"으음."

예전에 간혹 예쁜 사람들을 보면 그런 생각을 했던 때가 있었다.

예쁜 사람으로 사는 기분은 대체 어떤 걸까?

정말 예쁘구나 감탄하면서도 부럽기도 했다. 아, 저 사람들은 정말 얼굴만 봐도 배가 부르겠구나. 비록 그게 외모지상주의의 발로라고 해도 예쁜 거 싫어하는 사람은 없고, 예쁠수록 사람의 눈을 현혹하는 건 어쩔 수 없으니까.

예뻐 본 기억이 없어서 그게 어떤 기분인지는 평생 모를 줄 알았는데.

역시 인생은 살고 볼 일이야.

그러나 안타깝게도 막상 예쁘게 태어난 내 감상은 그저 '예쁘구나' 일 뿐이었다. 예쁜 건 알겠는데, 뭐가 좋은지는 잘 모르겠다.

이게 가진 자의 여유라는 건가. 뭐, 좀 다른 것 같지만.

그래도 이 얼굴을 볼 때마다 알 수 없는 사명감이 막 샘솟았다. 정말 이 미모를 널리널리 알리고, 오래오래 남겨 놔야 할 것 같은데, 내가 할 수 있는 거라곤 매년 초상화 그리는 거랑 나중에 결혼하면 애를 많이 낳는 것밖에 없다, 엉엉.

근데 초상화는 오히려 실물을 못 따라온다는 게 문제고, 결혼은 우리 애비가 결사반대해서 힘들어 보인다는 게 문제였다.

망했네.

아, 이 미모를 널리 이롭게 하지 못한다는 게 정말 서글프다.

"공주님!"

아주 조금 움직였는데, 그거 가지고 시녀들이 바로 달려든다.

날 예쁘게 꾸며 주는 너희들의 열정과 성의는 잘 알겠는데, 가끔 이럴 때는 너네가 좀 무섭단다.

내 생각을 읽기라도 한 듯 브렌다가 인상을 찌푸린다.

그래, 그래, 알았어.

내가 다 잘못했다.

결국 가만히 꼿꼿이 서서 다시 거울이나 쳐다봤다.

"흐음, 역시 예뻐."

이리 보고 저리 보고 요리 보고 조리 봐도 정말 흠 잡을 데가 하나도 없었다.

어디 불평할 데가 눈에 보이지 않네. 나는 왜 이렇게 예쁜 건가.

진지하게 거울 앞에 얼굴을 들이밀고 내 얼굴을 관찰하고 있으려니 갑자기 뒤에서 살짝 한심하다는 목소리가 들려온다.

"자기 얼굴 보고 그만 좀 감탄하시지? 맨날 보는 얼굴 질리지도 않나."

굳이 뒤를 돌아보지 않아도 나는 목소리만으로도 누군지 알 수 있었다.

발토르타, 저 자식이!

언제 온 건지 발르가 그새 파우더 룸에 들어선다. 낯선 신사였으면 다분히 무례한 난입이었지만 저놈이 저놈인지라 파우더 룸의 그 누구도 내 쪽으로 다가오는 발토르타를 막지 않았다.

나는 당당하게 뒤를 돌아보았다.

"이렇게 예쁜데 어떻게 질리냐?"
"와, 저거 또 시작이다."
이 몸을 보고 저거라니. 저게 죽을라고.
나는 혀를 찼다. 어릴 때는 우리 리아, 리아 하면서 졸졸졸 쫓아다니더니, 이제 다 자랐다고 저 호래자식이 키워 준 누나를 몰라본다.
이래서 남의 자식 키워 봤자 소용이 없다는 건가. 물론 키우려고 키운 건 아니었지만.
"오늘은 무슨 콘셉트야?"
"사랑스러운 공주님?"
뭘 잘못 먹었는지 발르가 인상을 찌푸린다.
"우웩."
"저게 누나한테."
괜히 얄미워서 옆에 있던 빗을 집어 던지니 안타깝게도 발르가 날렵하게 피해 버렸다.
어머, 짜증나라.
맞추지 못한 게 아쉽긴 한데, 명색에 원수부의 떠오르는 샛별이 이런 거 하나 못 피하면 이 나라는 이미 끝장난 거지.
어느새 머리치장이 다 끝났다. 다시 거울에 내 모습을 비춰 보니 금세 머리에 얹어진 티아라가 시선을 사로잡는다. 머리에 꽂은 장식들은 하나같이 뒷머리 장식이라 앞에서 보면 잘 보이지 않았는데, 그래서인지 백금에 다이아몬드로 치장된 작은 티아라가 더 눈에 띄었다.
음음, 이 정도면 적당히 화려하고 우아하다.

나는 만족했다는 듯 고개를 끄덕였다. 시녀들이 환하게 웃으며 물러난다.

거울에서 물러나니, 발르가 어느새 바로 앞에 있었다.

"에헴, 안 맞았지롱!"

"나가 죽어."

냉정한 대꾸에 발르가 인상을 찌푸린다.

"아오, 진짜 여자 맞아? 말하는 거 들으면 완전 선머슴이 따로 없어."

"뒈질래?"

저게 누구더러 선머슴이래.

빗 하나를 더 들어 보이며 던져 줄까 쳐다보고 있는데, 발르가 과장된 어조로 우는 척을 한다.

"흑흑, 불쌍한 아그리젠트 남자들. 모두가 우리 공주님은 성스럽고 아름답고 착하고 사랑스런 천사라고 알고 있는데, 그 천사의 실체가 이렇다는 걸 알면 얼마나 낙심할까?"

저놈이?

물론 아그리젠트 남자들이 불쌍하다는 말은 나도 동의하지만 그건 내가 이런 성격이라서가 절대 아니었다. 난 하자 없다고!

내가 잔뜩 노려보니 발르가 입술을 삐죽인다.

그래도 어릴 땐 귀여운 맛이라도 있었는데, 이제 다 크니 징그럽다, 어휴.

"그치만 사실이잖아! 리아, 네가 예쁜 건 사실이지만 착하고 사랑스럽다는 건 거짓말 아냐?"

"네가 오늘 기어이 사망하고 싶구나?"

나는 더 이상 경고하지 않았다. 그저 방 한구석에서 잘 놀고 있는 돼토를 보며 그대로 명령한다.

"돼토 주니어, 가서 물어!"

"으악!"

내 명령에 토끼 주제에 덩치가 산만 한 토끼가 껑충껑충 달려간다.

이름하야 돼토 주니어!

비록 돼토와 토실이는 수명을 다해 내 곁을 떠났지만 그 자식들이 내 곁에 남아 내가 외롭지 않게 항상 지켜 주었다.

그 최전방에 있는 것이 바로 돼토 주니어. 내 명령에 돼토 주니어가 어마어마한 몸통으로 몸통 박치기를 하고 긴 이빨로 발르의 바지를 물어뜯는다.

"미안, 살려 줘! 누나! 누나!"

지그시 놈을 내려다보다 나는 코웃음을 쳤다.

아무튼 누가 페르델 아들 아니랄까 봐 얄미워 죽겠다. 어릴 땐 그냥 악동일 줄 알았는데, 다 크고 나니 사회악 같은 놈이 됐다.

나는 그저 아그리젠트의 레이디들이 불쌍했다. 엉엉, 저런 놈을 좋다고 따라다니는 레이디들이 불쌍해. 눈에 콩깍지가 쓰여도 단단히 쓰였지. 저놈이 뭐가 그렇게 좋다고.

오히려 산세를 좋아하라고 추천하고 싶은데, 그래도 인기는 발르가 더 많았다. 왜죠?

그러고 보니 산세가 안 보이네.

"산세는 어디 갔어?"

"몰라? 알게 뭐임."

……갑자기 산세가 격하게 불쌍하다. 이놈도 형이라고, 에라이.

돼토 주니어를 붙잡고 아등바등하는 발르를 내려다보며 나는 혀를 찼다.

어릴 때나 지금이나 둘이 죽고 못 사는 사이인 건 여전했는데, 어쩐지 다 크고 나니 쌍둥이가 정반대의 타입으로 자랐다. 진중하게 자라 듬직하기까지 한 산세와 달리 어릴 때부터 지독한 악동이었던 발르는 커서도 장난기가 많고 약간 건들건들한 어마어마한 바람둥이가 되었다. 대체 여자가 몇인지 이젠 궁금하지도 않다.

이렇게 보니 산세가 더 형 같네.

"동생 좀 챙겨라."

보다 못한 내 한마디에 발르가 무슨 소리냐는 듯 대꾸한다.

"쌍둥인데 뭘 챙겨. 알아서 잘 살겠지."

"아오, 네가 그러고도 형이냐?"

"응."

대체 저 뻔뻔함은 누구한테 배운 걸까.

아, 물론 말을 안 해도 알 것 같아. 분명 페르델이겠지, 흡.

누가 그 아버지의 그 아들 아니랄까 봐 발르는 완전 페르델 판박이였다.

그러고 보니 산세는 시르비아를 쏙 빼닮았구나.

생긴 건 반반이라도 성격이 갈리는 건 어쩔 수 없었다.

나는 아기 적부터 매일 쳐다본 얼굴들이라 전혀 남자로 느껴지지 않는다지만 이미 둘은 사교계에서 제일 관심이 높은 일등 신랑감이었다. 하긴 집안 좋고, 몸매 좋고, 직업 좋고, 외모 잘생기고, 부족한 게 없긴 하지.

"원수부의 떠오르는 샛별, 겨울달기사단의 신예 발토르타! ······ 아니었냐고, 너."

"신예는 이미 산세한테 뺏긴 지 오래거든."

"뭐, 그건 그렇지만."

가볍게 대꾸하고 빙그레 웃으니 발르가 인상을 찌푸린다. 얄미워 죽겠다는 표정에 나는 더 상큼하게 웃어 주었다.

하긴 아시시를 이을 새로운 검술 천재의 탄생이라고 그렇게 잔뜩 띄워 줬는데, 그 일 년 후에 그 타이틀을 고스란히 제 동생에게 뺏길 줄 누가 알았겠나. 뭐, 나도 산세가 그렇게 검술에 뛰어난 재능을 가졌을 거라고는 상상도 못했었다.

내 치장을 끝낸 시녀들이 방을 정리하더니 나간다.

나는 카우치에 앉으며 시녀가 가져온 주스를 마셨다.

역시 주스가 최고야. 칵테일이나 와인은 영 입맛에 안 맞아서 큰일이었다. 알코올 싫어.

"북제국 다녀오고 처음 보나? 예하께선 어때?"

"뭘 어때? 늘 똑같지."

발르에게서 돼토 주니어를 받으며 내가 물으니 발르가 귀찮다는 듯 대꾸한다. 의례적이긴 해도 내가 이렇게 안부를 묻는데 그렇게 건성으로 대답하기냐, 못된 놈아!

아힌은 그때 이후로 단 한 번도 본 적이 없었다. 뭣보다 그대로 스헤르토헨보스의 성황 스히나의 양자가 되는 바람에 함부로 움직일 수 없게 되었기 때문이라는 게 제일 큰 이유였다. 물론 매년 내 이름 앞으로 연하장과 함께 북제국의 초대장을 보내 주기는 하는데······.

아무리 조르고 졸라도 우리 애비가 허락을 해 주지 않았다.

엉엉, 나도 가 보고 싶어. 북제국, 가 보고 싶다고!

무엇보다 이 지긋지긋한 황궁을 좀 벗어나고 싶었다. 이런 내 맘도 몰라주고 발르가 지루하다는 듯 인상을 찌푸린다.

"거긴 너무 조용해."

저 자식이 진짜 복에 겨운 소리를 하고 앉아 있네.

뭔가 해 달라는 건 아니었지만 막상 저렇게 구니까 짜증이 나는 건 어쩔 수 없다.

"가고 싶어도 못 가는 누님 앞에서 너 자꾸 이럴래?"

"왜 못 가? 가 보시든가."

이놈이 진짜!

"네가 우리 아빠를 모르냐?"

"……."

내가 이런 말까지 내 입으로 해야겠냐고!

내 대꾸에 바로 발르의 입이 다물어진다.

나는 알 수 없는 슬픔을 느껴야만 했다. 조용히 발르가 내 앞으로 다가오더니 내 어깨에 손을 올려놓는다.

"동정한다, 누님아."

"까분다."

그 손을 쳐 냈지만 사뭇 뭔가 진 기분인 건 어쩔 수 없는 거였다.

나도! 외국 여행! 가고 싶다고!

"너 자꾸 나한테 이런 식으로 나오면 어릴 적에 나 좋다고 쓴 연하장 네 레이디들에게 확 공개해 버린다?"

"누님! 잘못했습니다, 누님! 제가 뭘 하면 될까요?!"

그러게 처음부터 까불긴 왜 까불었니? 나대지 마라.

"알아서 기어."

"넵."

고분고분.

어차피 오래가지도 않을 발르의 인스턴트 순종을 만끽하고 있는데, 문이 열리며 열 살짜리 꼬맹이 하나가 안으로 들어온다. 바로 시르비아와 페르델의 셋째 아들, 오데우르였다.

"누나!"

쪼르르 달려와 날 찾는 오데우르는 귀여웠지만 나는 의아해 하지 않을 수 없었다.

얘가 이렇게 혼자 다닐 리가 없는데?

"오데우르, 하카는 어디다 두고 너 혼자야?"

"몰라. 지 알아서 있겠지."

무관심한 대답에 나는 나도 모르게 발르를 돌아보았다.

"……누가 형제 아니랄까 봐. 지 동생을 버려두고 와 놓고 말하는 본새 보소."

발토르타가 차마 눈을 마주치지 못하고 고개를 돌린다.

설마 궁 안에서 미아가 될 리는 없다고 생각했지만 그래도 걱정스러워서 인상을 찌푸리고 있는데, 다행히 곧 시녀 하나가 하카의 손을 잡고 방으로 들어왔다.

"누나—."

"하카—."

나를 보자마자 달려오는 하카는 어째서인지 드레스 차림이었다. 뭐, 안 봐도 뻔한 이유일 테지만. 분명 페르델이 입혀 놓은 거겠지. 이런 거 볼 때마다 두 부부의 딸을 향한 집념이 느껴지는 것 같아 어쩌 불쌍했다.

나와 같은 생각인 건지 턱을 괸 발르가 한탄한다.

"우리 아빠도 참 불쌍해. 딸 하나 보겠다고 대체 아들을 몇 명이나 본 거야?"

"시르비아가 불쌍한 거지. 너네 때문에 육아 스트레스에 시달리는 네 엄마는 불쌍하지도 않냐?"

"내가 뭐!"

발르가 발끈했으나 나 대신 내 옆에 선 오데우르가 외친다.

"발르 형, 나빠."

"맞아. 나빠."

하카까지 고개를 끄덕끄덕하니 발르는 억울하다는 듯 두 눈을 크게 떴다.

"와, 니들까지 이러기냐! 너네 대체 누구 동생이야?!"

그러거나 말거나 나는 주저앉아서 귀여운 꼬맹이들의 머리를 쓰다듬어 주었다.

옳지, 말 잘 듣는다.

"우쭈쭈쭈, 우리 귀요미들, 발르 형아 나쁘죠?"

"응, 나빠!"

"맞아. 나빠!"

오르와 하카가 고개까지 끄덕이며 수긍한다.

억울하다는 듯 두 눈을 크게 뜬 발르는 그걸 지켜보다 나지막이 탄식했다.

"……세상에 믿을 사람 하나 없네."

이게 다 평소에 네가 쌓은 은덕이다, 이놈아.

나는 인생의 진리를 깨달은 동생에게 상냥하게 충고해 주었다.

"더 강해져서 돌아와라."

* * *

어째서인지는 모르겠지만 다 자란 그레시토와 쌍둥이의 사이는 상당히 좋았다.

이제 다 커서 어릴 때의 다툼 따위 추억이 된 건지 어쩐 건지는 모르겠다만, 일단 사이좋게 지내니까 늘 가운데에 끼어 고생이던 나는 그냥 좋다. 물론 일곱 살 전까지만 개처럼 싸우고, 그 이후엔 나랑 함께 셋이 같이 노는 빈도가 늘어나면서 상당히 친해진 건 알지만.

그래도 제법 배타적인 쌍둥이들이 이렇게 쉽게 그레시토를 피를 나눈 형제처럼 대하게 될 줄은 몰랐다. 그래서인지 좀 많이 놀랍다.

도대체 어떻게 이리 친해진 거지?

"생일 축하한다!"

발르가 손을 뻗자 그레시토가 그 손에 자기 손을 부딪치며 남자들끼리 한다는 우정의 인사를 나눈다.

어휴, 좋단다.

그래도 저 둘의 사이엔 한 살이라는 나이 차이가 있는데, 하는 꼬라지만 보면 완전 친구였다.

그래서 요새 발르가 나한테 개개는 건가.

따로 온 건지 제복 차림의 산세는 우리가 와 보니 이미 자리를 지키고 서 있었다.

괜히 산세를 찔러 보며 나는 홀 안으로 시선을 주었다. 홀에는 뭐 때문인지 모르는 사람들이 한 가득 저마다 화려한 옷차림으로 분위기를 띄우고 있었다.

하긴 오랜만에 아그리젠트 유일의 공주님이 주최하는 파티니 당연히 떠들썩하겠구나.

앞으로 닥칠 일에 우울해 하고 있는데, 산세가 안을 힐끔 보더니 내게 말을 건다.

"귀족들 많이 왔어."

"응. 그래 보여."

한숨을 내쉬자 산세가 웃으며 손을 뻗는다. 이마에 진 주름을 툭툭 누르는 게 마치 인상을 쓰지 말라는 뜻 같았다.

그치만 산세야, 이 누나가 어찌 한숨을 안 쉴 수 있겠니?

아무래도 오랜만의 파티 참석이다 보니 벌 떼처럼 몰려들 사람들 상대할 생각에 벌써부터 진이 빠진다.

어릴 때는 어리다고 넘어갔지만 이제 다 커서 그런 변명은 통하지 않았다. 정치, 예술, 음악, 패션에서부터 미용, 경제, 종교, 역사까지 이리저리 넘나드는 대화를 이끌고 정리하려면 보통 힘으로 끝나는 게 아니었다.

엉엉, 이게 다 우리 아빠 때문이야!

"인상 쓰지 마."

"힝."

아빠가 황궁 밖에 나가는 걸 선선히 허락해 주기만 해도 내가 이런 고생은 안 해도 되는데, 엉엉.

아무래도 이건 다 우리 애비가 내가 황궁 밖으로 나가는 걸 병적으로 싫어하는 탓이었다. 그거 때문에 어쩔 수 없이 나와 친한 귀족들의 파티는 거의 이렇게 황궁에서 열리는 실정이라 피하려고 해도 피할 수 없는 고위 귀족들을 꼭 상대해야만 했다.

아, 가련한 나의 운명이여.

"이제 열아홉이니 슬슬 남자가 되어야 할 때네?"

"됐거든."

"왜? 이 형님이 괜찮은 여자 하나 소개시켜 주마."

"까불지 마라."

저건 또 뭔 헛소리야.

잠깐 홀 안을 훔쳐본 사이에 뒤에서 이상한 대화가 오고 간다.

인상을 쓰며 돌아보니 한창 발르가 시토한테 깐죽깐죽거리고 있었다.

저게 부끄러움도 없이.

그러다가 곧 한 대 맞고 얌전해졌지만.

발르를 잠재우고 곧 그레시토가 내 쪽으로 시선을 돌린다.

"와 줬네?"

"그럼 네 생일인데 안 와?"

단순히 와 줄 줄 몰랐다는 감탄이었지만 그 말을 들으니 괜히 서운했다.

아무리 바빠도 당연히 오는 거잖아.

내 뾰로통한 반응에 시토가 빙그레 웃는다. 어릴 땐 마냥 토실토실해서 토끼 같았는데, 다 큰 그레시토는 토끼라기보단 한 마리의 사슴 같았다. 눈망울이 선해서 도저히 검을 잡는 사람으로 보이지 않는다고 해야 할까?

그래도 매우 잘 자라나서 보는 내가 괜히 뿌듯했다. 인기도 많고.

"어릴 땐 쌍둥이랑 그렇게 거품 물고 싸우더니, 쯧쯧."

"오빠한테 까분다."

"누가 오빤데?"

내 반문에 그레시토가 당연하다는 듯 고개를 끄덕인다.

나는 그냥 비웃었다. 내가 인정해 주지 않는 데도 그레시토는 여전히 꿋꿋이 자기가 오빠라고 우겼다. 뭐, 가끔은 진짜 오빠 같은 느낌이기도 하지만 뭔가 인정하면 지는 느낌이라 이 신경전은 아직도 지속되고 있다.

시토가 지그시 나를 내려다본다.

응? 뭐 있나?

내가 고개를 갸웃하며 그 시선에 의아할 때쯤 그가 빙그레 웃었다.

"오늘 예쁘네."

"난 원래 예쁘잖아."

내 물 흐르듯 자연스러운 대꾸에 갑자기 찬물이라도 뒤집어쓴 듯 분위기가 식는다. 웃던 그레시토도 멀거니 보기만 하던 산세도 발르도 모두 입을 다문 채 나를 쳐다보고 있었다.

뭐, 왜?

1. You're so fine

"……."
"……."

내가 뭐 잘못 말했나?

근데 사실이잖아? 당연한 거 아님?

예쁜 걸 예쁘다고 하지 뭐라고 그래? 그저 당연한 말을 했을 뿐이라서 나는 전혀 꿀릴 게 없었다.

따질 테면 따져 보라는 듯 어깨를 으쓱이는데, 별안간 무겁게 가라앉은 정적을 뚫고 발르가 기어코 한마디를 던진다.

"뭔가 사실이긴 한데, 재수 없다. 부정해 주고 싶네."

"죽을래?"

내게 거스른 대가는 큰 것이었다. 발르가 불시에 한 대 얻어맞고 제 무릎을 쥐며 낑낑댄다.

"아, 이 폭력 공주! 너 이러다가 시집 못 간다?!"

"괜찮아."

그러거나 말거나 나는 우아하게 웃어 주었다.

"다른 남자들은 내가 이러는 거 모르거든."

그리고 아무리 네가 남자들한테 내가 이렇다는 걸 말하고 다녀도 다들 안 믿을걸?

발르가 벙찐 표정으로 입을 벌린다.

나는 얄밉게 호호호 웃어 주었다.

발르가 억울한지 제 가슴을 친다. 그러거나 말거나 나는 그저 어디 한번 덤벼 볼 테면 덤벼 보라는 듯 고개를 끄덕였다.

내가 평소에 쌓은 우아하고 기품 있는 공주님이라는 이미지는 그렇게 쉽게 무너지는 것이 아니다.

다 이게 우리 스승님 덕분이지.

페르델의 수업은 하나같이 내게 피가 되고 살이 되는 것들이었다. 무엇보다 그중에서도 처세술 분야에서는 타의 추종을 불허했다.

우리 둘의 불꽃 튀는 신경전을 지켜보다 산세가 딱 한마디 한다.

"여자라는 건, 무섭구나."

"동감."

그 옆에서 고개까지 세차게 끄덕이며 심한 공감을 표하는 시토를 보며 나는 괜히 의아했다.

아니, 내가 뭘 어쨌다고?

내가 어깨를 으쓱이니 두 남자가 어색하게 웃으며 고개를 돌린다. 저놈들이!

그때였다.

갑자기 유리문이 열리며 방 안으로 한 여자가 난입한다.

"공주님!!"

나는 깜짝 놀라 물러섰다.

탐스러운 붉은 머리카락이 물결처럼 흩날리고, 짙은 녹음이 진 눈동자가 부담스럽게 반짝이며 나를 좇아온다.

이블린 S. 세스쿨로.

세스쿨로 백작의 하나밖에 없는 고명딸로 사교계에선 도도하기로 소문난 아가씨였다. 나도 친해지기 전까진 조금 무서울 정도였는데…….

친해지고 나서는 조금 다른 이유로 무서웠다.

나를 발견하자마자 이블린이 내 팔을 붙잡는다.

"드디어 오셨군요! 저는 공주님이 보고 싶어서 눈이 빠지는 줄 알았어요!"

"그, 그래, 이제 와서 미안해."

사실 네가 날 발견할까 여기 숨어 있었어.

이블린 손에 붙잡힌 나를 보며 산세가 동정의 시선을 보내 준다.

필요 없어! 도와 달라고!

이미 발르는 복수에 성공한 사람처럼 낄낄댔다.

아오, 저놈.

그러거나 말거나 이 상황이 보이지도 않는지 이블린은 살짝 풀린 눈으로 다소곳이 나를 응시한다.

"하, 공주님, 오늘도 정말 아름다우세요. 대체 이런 아름다움은 무어라 표현해야 하는 거죠? 천사 같다는 말은 이제 너무 진부해서 사용하고 싶지도 않아요. 흑흑, 용서하세요. 어휘력이 이 정도밖에 되지 않아 공주님을 제대로 찬양하지 못하는 저를!"

"……굳이 찬양하지 않아도 될 것 같은데."

"하지만 괜찮아요, 공주님. 공주님은 한숨을 쉬는 자태마저도 눈이 부실 정도로 황홀하니까요!"

"무섭다고, 너."

대놓고 말해 봤자 통하지 않을 게 뻔했다. 여전히 오늘도 이블린은 내 말을 무시하고 나를 하염없이 바라보는 데 집중했다.

흡, 누가 좀 살려 줘!

"저 여잔 맨날 저러네. 질리지도 않나."

"그러게."

무슨 구경난 것처럼 산세랑 발르가 우리를 본다. 그에 비해 그레

시토는 뭔가 사뭇 긴장한 느낌이었다.

저놈은 갑자기 왜 저래?

아무튼 지금은 그게 문제가 아니다. 나는 어떻게 해서든 이블린의 부담스러운 시선을 벗어나고 싶었다.

"생일 축하해. 자, 내 선물이야."

원랜 파티 끝나고 주려 했는데, 급작스런 선물 세례에 넋 놓고 있던 그레시토가 움찔한다. 나는 고개를 갸웃했다.

뭐지?

내가 선물을 주고 나니 자기도 느낀 바가 있는지 이블린이 급하게 예의를 차린다. 그래, 이게 무슨 파티인지는 기억하는 모양이구나.

"생신 축하 드려요, 백작 각하."

"예, 감사합니다, 이블린 영애."

둘이 마주친 게 하루 이틀 일이 아닌데, 오늘따라 그레시토 반응이 이상하다.

미심쩍은 기분이 들어서 괜히 시토를 지켜보는데, 역시나 인사를 마치자마자 이블린이 쏜살같이 내 팔을 낚아챈다.

"자, 공주님, 어서 가요. 가서 공주님의 아름다움을 만천하에 드러내는 겁니다!"

"아니, 딱히 그러지 않아도……."

"아니에요. 이 아름다움을 이렇게 썩히고 있는 것이야말로 공주님의 미모에 대한 모욕! 공주님께서는 더 많은 귀족들의 찬양을 들으셔야 해요!"

이건 아니잖아!

나는 급하게 산세를 돌아보았다. 산세가 슬그머니 내 시선을 피한다. 발르도!

나는 너희에게 고개를 돌리는 것을 허락하지 않았다!

애틋한 내 시선이 셋에게 닿았으나 결국 나를 구해 주는 왕자님 따윈 뭐에 쓸래도 없었다.

엉엉, 생길 것 같았죠?

안 생겨요.

* * *

페르델은 내가 생각한 그 이상으로 좋은 스승님이었다.

누군가를 가르친 적이 없는 것치고 페르델의 수업은 하나같이 훌륭했다. 정치나 학문, 역사나 종교를 아울러 제왕학이나 처세술까지. 솔직히 나 같은 학생이 제자라는 게 미안할 정도로 질 높은 수업이었다.

그럼에도 그런 페르델이 내가 성인이 되고 나서도 가르쳐 주기 꺼려 한 것이 있었으니, 그건 바로 지금 카이텔 바로 위 세대의 역사였다.

바이비즐 황제에서부터 바비야르 폭군의 시대, 이반 황제의 시대를 거쳐 카이텔 반정으로 이룩한 지금의 아그리젠트. 반세기도 안 되는 시간 동안 이 땅에서 벌어진 수많은 역사적 사건에 나는 혀를 내둘렀다.

우리 집은 진짜 진성 콩가루였구나. 콩가루의 역사가 깊은 콩가루 집안이라니.

"제가 가르쳐 드린 건 제 시선이 들어간 역사입니다. 비교적 가까운 역사인만큼 아직 파헤쳐지지 않은 이야기도 많습니다. 후세에 무어라 평가가 바뀔지는 몰라도 지금 현 시대가 바라보는 시선은 이렇습니다."

페르델은 비교적 신중하게 접근했지만 신중하지 않아도 나는 페르델이 설명해 준 역사에 별다른 거부감이 없었다.

그도 그럴 게 엄청 타당했으니까.

내 증조할아버지가 되는 바이비즐 황제께선 열다섯 어린 나이에 옥좌에 올라 돌아가실 때까지 중앙 대륙에서 영토 전쟁을 벌이셨다. 물론 그 덕에 아그리젠트가 제국으로 도약했지만 내실이 탄탄하지 못했다는 게 독이 된 것이 바로 다음 대에서 드러나게 된다.

노쇠한 황제의 죽음과 뒤이은 황태자의 죽음.

후계자를 잃은 혼란스러움을 틈타 황권을 쥔 둘째 황자.

워낙 사이가 돈독하기로 유명했던 세 형제였기에 그 시기에는 그 누구도 둘째 황자가 황태자를 독살했을 거라고는 상상조차 못했다.

그러나 그가 황위에 오르고 폭군 바비야르가 탄생했을 때, 이 나라는 순식간에 도탄에 빠졌다.

중앙 관리들을 갈아치우고 자신을 거스르는 자들은 닥치는 대로 죽이는 황제 때문에 하루에도 수백 명씩 죽어 가고 비명 소리가 황궁에서 끊이질 않았다. 그 외에도 바비야르 폭군이 저지른 수많은 악행이 일일이 나열하기도 벅찰 정도로 많았지만 내가 제일 충격 받은 것은 제 형수를 겁간했다는 것과 동생의 약혼녀를 억지로 끌고 가 욕보였다는 사실이었다.

"그 후 바비야르 폭군의 성 노리개로 사시던 두 분은 다른 여인들과 마찬가지로 폭군의 손에 죽임을 당하셨습니다."

"읔."

역사서에서 이런 막장 황제는 많이 봤지만 이게 실제로 몇 대 전에 일어났었던 일이라고 생각하니, 내 피부에 와 닿는 기분이 전혀 다르다.

솔직히 말하면 역겨웠다.

어떻게 인간의 탈을 쓰고 그런 짓을 벌일 수 있는 거지?

그 막장의 피가 내 혈관을 돌고 있다는 사실 자체도 소름 끼친다.

그때 내 할아버지인 이반 황제는 유폐된 상태였다. 거기다 공개 처형당할 위기였는데, 바비야르의 폭정에 못 참고 일어난 대신들의 도움으로 반정에 성공하고 황제 위에 오르게 된다. 직접 제 손으로 형제를 베어 폭군의 시대가 갔음을 공표하고, 황제 위에 올랐다고 하는데…….

문제는 바로 거기서부터 시작이었다.

"선황제께선 정치에 뜻이 전혀 없으셨습니다."

그냥 뜻만 없었으면 괜찮았겠는데, 그 어느 것도 건드리지 않아서 완전히 망가진 행정 체계를 대신들끼리 복구해야만 했다고 했다.

페르델이 이르길, 완전한 방관도 폭정이라고 말할 수 있다면 이건 또 다른 폭정의 시작이었다.

황제가 정사를 돌보지 않으니 자연히 행정 체제는 잡히지 않았고, 제 기분을 맞춰 주는 대신들을 총애하다 보니 탐욕스런 관리들이 들끓었다. 자연히 나라꼴은 개판이 될 수밖에 없었다. 여자와 뒹굴거나 놀 거나 파티를 여는 것에만 관심이 많았고, 다른 것엔 일체 신경을 쓰지 않았기에 가능한 일이었다.
 특히 이반 황제는 레이디 시첼리아라는 여인을 총애했는데, 황제의 정부로 이반 황제가 재위한 이십여 년 동안 그 여인이 황제 대신 모든 황권을 주물럭거렸다고 한다.
 "하지만 아이러니하게도 그 여인이 있었기에 그나마 나라가 망하지 않고 유지될 수 있었습니다. 희대의 요녀라고 지탄받기도 하지만 탐욕스런 관리들을 적당히 주무를 줄도 알았고, 망가질 대로 망가진 나라를 어느 정도 무너지지 않게 붙잡는 법도 알았습니다. 후에 카이텔 폐하께서 황위에 오르셨을 때, 레이디 시첼리아가 이반 황제께 받아 모아 놓은 재물을 그 후손이 반납해 주어 나라를 재건하는 데 도움도 되었고요."
 "필요악 같은 거였네."
 "굳이 말하자면요."
 폭군이라고 하도 그래서 우리 아빠가 제일 막장인 줄 알았는데, 막상 그 전의 역사를 배우고 나니 그나마 카이텔이 나아 보인다.
 카이텔도 만만치 않은 인간인데 그가 나아 보인다니.
 도대체 얼마나 개막장인 거야.
 "제가 지금 시행하는 정책 중엔 레이디 시첼리아가 고안한 정책도 다수 포함되어 있습니다. 시대가 그래서 그렇지 상당히 뛰어난 여인이었어요."

페르델이 웃는다.

선선한 평가에 나는 오히려 놀랐다. 아무리 칭찬이 후한 인간이라도 해도 페르델 입에서 이런 평가가 나오는 건 쉽지 않은 일인데.

정말 뛰어난 여인이었구나.

요녀라는 이미지 때문에 포사나 달기중국 서주 유왕의 비, 은나라 주왕의 비로 나라를 망하게 했다는 희대의 요녀 같은 여인을 떠올리던 나는 그냥 고개를 가로저었다.

"우리 아빠는 어떻게 황제가 된 거야?"

이반 황제를 죽이고 황위에 올랐다는 건 알고 있었지만 내가 아는 것은 단지 그것뿐이라 괜히 궁금했다.

내 질문에 페르델이 뺨을 긁적인다. 고민하는 듯한 기색이었다.

"음, 그래도 이반 황제 시대에 신하들에 의해 하극상이 일어나지 않았던 이유가 뛰어난 군사력이 이반 황제 손에 있었기 때문이거든요."

"군사력?"

"예, 제 아버님이 그 시절의 기병장관Lord Constable, 총사령관이셨습니다. 한마디로 황제의 권위는 여전했기 때문에 아무도 하극상을 일으킬 수 없었던 겁니다."

나는 고개를 갸웃했다.

"그럼 우리 아빠는 어떻게 반역을 일으킨 거야?"

"절 꼬셨습니다."

"……."

뭔가 내가 이상한 걸 들은 기분인데.

내 시선이 범상치 않은 걸 느낀 건지 페르델이 빙그레 웃는다.

엄마, 여기 변태가 있어요!

"원랜 거절하려고 했는데 말이죠. 이대로 가면 나라가 무너지는 건 확정이겠다 싶기도 하고, 이왕이면 잘 아는 놈이 황제를 하는 게 낫겠다 싶어서 밀어 줬죠."

그걸 지금 자랑이라고 말하는 거냐.

성공했으니 다행인데 실패했으면 페르델은 물론이고 비테르보 가문 전체가 몰살이었다. 물론 페르델의 성격을 고려해 보건대 절대 지는 도박은 시작도 안 하겠지만.

내 시선이 제법 따가운지 페르델이 배시시 웃는다.

"덕분에 지금 아그리젠트는 제법 괜찮잖아요?"

뭐, 그건 그래.

내가 수긍하며 고개를 끄덕이니 페르델이 그럴 줄 알았다는 듯 뿌듯하게 웃었다.

"이게 다 저의 수많은 노력 덕분입니다."

언제고 배웠어야 할 역사였지만 막상 자세하게 배우고 나니 새삼 페르델이 얼마나 뛰어난 재상인가 다시 생각하게 된다. 그렇게 완전히 망가진 나라를 다시 세우는 게 고작 노력했다는 말로 표현될 정도로 쉬운 일은 아니었을 텐데 말이지.

아예 싹 밀어 버리고 새로운 나라를 세우는 것보다 적어도 열 배는 더 힘들었을 텐데, 페르델은 아무 일도 아니라는 듯 빙그레 웃었다.

페르델은 정말로 이 나라를 사랑하는구나.

"고마워."

내 인사에 페르델이 그저 고개만 끄덕인다. 어쩐지 수줍어 하는 모양새라 나는 좀 신기했다. 페르델은 항상 자신감에 차 있는 줄 알았는데.

수업할 때 페르델은 평소 나사가 하나 풀려 있는 페르델과는 완전히 달랐지만 그래도 이런 모습은 처음이었다.

페르델이 잠시 헛기침을 한다.

"단지 나중에 커서 제 아이에게 보여 줄 나라는 적어도 제가 봐 온 나라가 아니었으면 좋겠다고 생각했을 뿐입니다. 그런 의미에서 어느 정도 소기의 목적은 달성했지요."

"그렇네."

확실히 나나 쌍둥이들이 걱정 없이 자란 건 사실이니까.

나는 빙그레 웃었다.

"요샌 좀 어때?"

"요새요?"

"응. 뭐 없지?"

당연히 뭐 없을 줄 알고 물어본 건데, 내 안부 인사에 페르델이 인상을 찌푸린다.

"아."

어? 이거 어째 돌아오는 반응이 심상치가 않은데?

내 불안한 시선에 페르델이 입술을 꾹 깨문다.

"아무래도 그게……. 까딱하면 전쟁이 터질 것 같습니다."

"전쟁?"

"예."

"갑자기 전쟁은 왜?"

전쟁이 무슨 어린애들 소꿉장난도 아니고, 그렇게 쉽게 말할 수 있는 거야?

내 의문도 잠시, 페르델은 골치 아프다는 듯 인상부터 쓰고 본다. 페르델이 저러는 걸 보는 건 우리 아빠가 막무가내로 칼을 들고 설칠 때밖에 없어서 나는 살짝 걱정스러웠다.

많이 심각한 일인가?

"프레치아가 통일되었다는 소식은 들으셨습니까?"

"응. 성물의 인정을 받고 정식으로 왕위를 물려받은 지 삼 년 만에 신新황제가 프레치아의 모든 정권을 차지했다며?"

"예, 잘 알고 계시네요."

마냥 어릴 때라면 모르겠는데 이젠 다 자라서 그런지 의외로 이것저것 많이 주워들어서 아는 건 많았다. 단지 그 황제라는 인간이 내가 일곱 살 적에 잠깐 봤던 그놈이라는 게 믿기지 않지만.

뭐, 그땐 둘 다 어릴 때니까.

그러고 보니 그때 이후로 하벨과 직접적으로 마주친 적은 없었다.

"사실……."

페르델이 조용히 입을 연다.

"제가 반황제 세력을 돕고 있었습니다. 언제고 놓아줄 수밖에 없는 프레치아이긴 한데, 적어도 지금은 아니라고 생각했거든요. 솔직히 남대륙을 호령하던 대제국으로서 쉽게 무너진 감이 없지 않아 있긴 하죠. 하지만 이리 빨리 통합되는 건 개인적으로 바라지 않았습니다."

"근데 그 황제가 해낸 거구나?"

대답 대신 페르델이 고개를 한 번 끄덕인다.

"게다가 그 시기가 너무 빠르고 급작스러워서……."

"그것뿐이 아닌 것 같은데?"

고작 그것뿐이라면 페르델이 이렇게 곤란한 표정을 지을 리가 없다. 아무리 카이텔이 깽판을 쳐도 웃고 있는 놈인데 말이야.

내가 빙그레 웃자 페르델이 못 당하겠다는 듯 작은 숨을 한번 내쉬었다. 골치 아픈 표정에 나는 괜히 더 왜 저러는지 궁금했다.

"예, 프레치아에서 아그리젠트에 정식으로 독립을 요청했습니다."

"독립?"

"물론 전쟁을 불사하겠다는 선전포고지요."

어, 음, 뭐랄까.

"아빠가…… 많이 화냈겠구나?"

"화낸 정도라면 다행이죠."

저것도 완곡하게 돌려 말한 건데 쌓인 게 많았는지 페르델은 울분에 차 인상을 찌푸렸다.

"당장 건방진 레기온의 숨통을 끊어 주겠다고 칼을 뽑아 드는 걸 겨우 뜯어말렸습니다."

알 만하다. 어째 그 상황을 보지도 않았는데 바로 눈앞에서 목격한 기분이 들었다.

이것이 바로 아버지의 힘인가.

아니면 아버지에 대한 내 사랑의 힘…… 일 리가 없지.

"진짜로 전쟁하는 거야?"

"아니죠. 전쟁이 그렇게 쉽게 나는 건 줄 아십니까?"

그렇게 말해 줘서 고맙긴 한데, 워낙 전쟁이 빈번하게 일어났던 아그리젠트 역사라 그런지 나는 마냥 안심하기 힘들었다. 우리 애비가 전쟁한다고 나서면 페르델이 말리지 못하는 것도 실상 기정사실이니.

"요새 황궁이 부산스러운 건 아시죠?"

"그래, 손님이 온다고 들었던 것 같아."

"예, 그게 프레치아의 사절단입니다."

아그리젠트 황실에 손님이 오는 건 하루 이틀 일이 아니라서 그러려니 하고 있었는데, 이번 손님은 좀 다른 모양이었다. 어쩐지 유난히 왕실부도 궁내부도 소란스러운 것 같더라니.

그냥 한 번씩 들르는 황실 손님인 줄 알았는데.

"이번 협상이 고비가 될 겁니다."

물론 그 협상의 준비는 전적으로 페르델이 하겠지.

나랏일에 항상 힘쓰시는 재상님을 보려니 괜히 내 마음이 다 무겁다. 그런 의미에서 뛰어난 인재를 잘 부려 먹고 있는 우리 아빠가 위대한 제왕이라는 견해에는 동감이었지만.

나는 괜히 더 예쁘게 웃었다.

"내가 뭐 도와줄 건 없을까?"

"공주님께선 늘 하시던 대로—."

늘 하시던 대로?

내가 고개를 갸웃하니 페르델이 진중하게 요청한다.

"……폐하를 부탁드립니다."

나는 조용히 입을 다물 수밖에 없었다.

그, 그래.

　　　　　＊　＊　＊

"나도 전쟁은 싫어."

발르가 난간에 앉은 채로 사과를 집어 한입 베어 물더니 옆에 있는 산세를 슬쩍 건드린다. 정자의 난간에 기댄 채 서 있는 산세도 그리 좋은 표정은 아니었다.

사각, 사과 한입을 더 베어 물고는 발르가 입술을 삐죽인다.

"뭐, 나라를 지키기 위해서라면 기꺼이 나가겠다만."

"아, 맞다. 너네 기사였지."

"……잊지 말아 줄래?"

발르가 상처받았다는 듯 대꾸했다만 나는 그저 빙그레 웃었다.

워낙 날라리라 기사라는 느낌이 안 들어서 말이죠.

뭐 그것도 그거지만 아시시가 출전한다고 하면 당연하다는 느낌인데, 쌍둥이들이 출전한다고 하면 느낌이 이상했다. 아직 마냥 어린 동생들이라 그런지, 영.

그러고 보니 전쟁을 하게 되면 그레시토까지 깡그리 나가는구나. 소속 기사단은 달라도 기사인 건 똑같으니까.

뭔가 새삼스럽다.

"아무튼 나는 이 전쟁 반댈세."

"나도 싫어."

하지만 싫다고 전쟁이 일어나지 않는 건 아니라 나는 그저 애매하게 웃었다.

부디 이번 협상에서 좋은 결과가 나오기를 빌어야지.

내가 걱정하지 않아도 페르델이 어련히 잘하겠지만 그래도 사람 일이라는 건 항상 예측 불가능한 것이라 걱정을 안 할 수는 없었다. 페르델의 말대로 이제야 아그리젠트가 제대로 잘 굴러가기 시작하는데, 여기서 전쟁이 나면 아마 순식간에 망가져서 그 타격은 어떻게 메울 수 없을 테니까.

그러고 보니 사절단이 모레쯤 도착이구나.

누가 대표로 올지는 모르지만 궁 안에 처박혀 있으란 아빠의 명령 때문에 내가 나가서 맞이할 일은 없었다. 그런다고 얌전히 처박혀 있을 내가 아니다만.

"시토? 왜 자꾸 정신을 놓고 있어. 뭔 일 있어?"

"아, 아니야."

내 질문에 시토가 고개를 가로저으며 발르처럼 사과를 집어 먹는다. 아무렇지 않은 척하고 있지만 이미 그레시토를 보는 내 시선은 많이 달라져 있었다.

얘가 요새 무슨 고민이라도 있나?

아무리 봐도 전쟁이 일어날 것이란 충격에 이러는 건 아니었다.

그럼 도대체 뭐지?

내가 고개를 갸웃거리는데, 멀리서 발르가 기분 나쁘게 키득키득 웃는다. 저놈은 뭔가를 눈치챈 것 같았다.

"리아 님!!"

당장 가서 목을 조르면서 순순히 무슨 일인지 불라고 협박하려고 했는데, 안타깝게도 그 일은 멀리서 들려오는 가녀린 목소리에 불발되고 말았다.

1. You' re so fine

"……돌아왔구나."

공주님이 직접 가꾼 거룩한 정원을 보고 오겠노라고 잠시 자리를 비웠던 이블린이 함박웃음을 지으며 다가온다.

"이것 보세요, 리아 님. 참 예쁘지 않나요? 어울리실 것 같아서 가져왔어요!"

"그래, 고마워. 이제 앉아서 차 좀 마셔, 이블린."

"예, 리아 님!"

내 말이 떨어지자마자 냉큼 이블린이 내 옆에 앉는다. 너무 붙어 앉은 게 신경이 쓰이긴 했지만 얘가 하루 이틀 이러는 것도 아니라 나는 그냥 넘어갔다.

아무튼 내 말 하나는 기똥차게 잘 듣는단 말이지.

나는 눈앞의 이블린을 보며 괜히 인생무상을 느꼈다. 사실 사람이야 널리고 깔린 사교계라고 해도 이블린처럼 내가 챙기는 영애는 드물었고, 애초에 이블린 같은 영애를 찾는 것도 힘들었다. 예쁘고, 성격 좋고, 말 잘 듣고.

하지만 이블린에게도 한 가지 결점이 있었으니.

그건 바로 나를 지나치게 과잉 존경한다는 사실이었다.

"이것이 공주님의 손길이 닿은 차……."

"그냥 마셔."

내가 따라 준 차가 감격스러운지 울먹이며 쳐다보다가 이블린이 눈가에 고인 눈물을 닦는다. 그걸 지켜보는 나는 마냥 부담스러웠다.

왜! 어째서! 내 주위엔 이런 사람만 모이는 거냐고!

사람이 완벽할 수만은 없다지만 그래도 하루가 멀다 하고 옆에서 저러면 아무리 나라도 좀 힘들었다.

이블린은 진짜 다 좋은데……. 저게 문제야.

"오호라."

뭔가 재미있는 걸 발견하기라도 했는지 뒤에서 발르가 휘파람을 분다.

쟨 또 왜 저래?

흘긋 발르를 쳐다보다 나는 앞에 놓인 간식에 눈을 돌렸다. 치즈가 잔뜩 녹아 든 도리아가 한눈에 보기에도 먹음직스럽다.

역시 우리 황실 주방장은 국보야, 국보.

혀에 퍼지는 담백한 치즈맛과 어우러진 밥이 말 그대로 예술이다. 맛있는 간식에 감격에 겨워 말을 잇지 못하고 있는데, 갑자기 이블린이 두 손을 꼭 잡는다.

"역시 공주님은 간식을 드시는 모습마저 성스러워요!"

"……알았어. 그만해."

하도 들어서 귀에 딱지가 앉은 찬양이라지만 들을 때마다 낯간지러운 건 어쩔 수 없었다.

왜 부끄러움은 항상 내 몫인가.

내가 따라서 그런지 차 하나도 정성스럽게 마시는 이블린을 보니 괜히 이 아이의 앞날이 걱정된다.

우리 처음 만났을 땐 이렇지 않았던 것 같은데 말이지.

이것도 먹으면서 마시라고 파우더가 뿌려진 파베 초콜릿을 건네니 이블린이 감격스러워 하며 먹었다.

그래, 뭐, 우리 쇼콜라티에 솜씨가 예술이긴 하지.

"리아 님의 후원은 언제 봐도 아름다워요. 리아 님의 아름다움과는 견줄 수 없지만. 그 이상의 무언가가 살아 숨 쉬는 것 같아요. 역시 공주님의 후원!"

"안쪽에 가면 프리나로 뒤덮인 꽃밭 있는데, 그건 봤어?"

"그런 게 있었어요?"

몰랐다는 듯 이블린이 두 눈을 동그랗게 뜬다.

기본적으로 이블린은 눈매가 날카로워서 도도한 인상이었는데, 그래서인지 이렇게 두 눈을 동그랗게 뜰 때마다 괜히 더 귀엽게 비춰진다.

나는 빙그레 웃으며 내 옆에서 시중을 들던 리비를 붙여 주었다.

"응. 리비, 구경 좀 시켜 주고 와."

"예."

"그럼 다녀올게요, 공주님!"

이블린을 보내고 나니 순식간의 정자 분위기가 가라앉는다.

역시 시커먼 남자들이 셋이나 있어서 우중충해, 쯧쯧.

혀를 차며 달달한 감잎차를 들이켜는데, 갑자기 발르가 난간에서 내려와 시토에게 달려들었다. 대뜸 팔을 둘러 목을 낚아챈 발르가 장난기 가득한 웃음을 짓는다.

"토깽이, 설마 너 저런 여자 좋아하는 거냐?!"

"무, 무슨 헛소리야?"

어? 그런 거였어?

놀라서 차 마시다 뿜을 뻔했다.

시녀가 건네주는 손수건으로 입가를 닦으며 나는 두 사람들 돌아보았다.

"좋다. 이 형아가 도와주마!"

"내가 너보다 한 살 많아!"

"지금은 내가 형이야!"

확실히 요새 그레시토가 이상하긴 했지.

되짚어 생각해 보니 이블린이랑 같이 있을 때 유독 이상하긴 했다.

뭐야, 그런 거야?

그레시토가 이블린을 좋아했었다니, 나름 충격이다. 뭐지?

근데 이렇게 생각해 보면 이블린만 한 영애가 없긴 했다. 예쁘지, 똑똑하지, 말 잘하지.

우리 토깽이, 꽤 여자 보는 눈 있네?

"형이라고 불러 봐. 그럼 내가 저 여자랑 이어 줄게."

"거짓말 치지 마!"

"너 지금 날 못 믿는 거냐? 비테르보의 새로운 천재인 날?!"

천재 좋아하시네.

나는 대놓고 발르를 무시했다. 산세도 같은 생각인지 발르의 바로 옆에서 비웃는다.

"사고 천재겠지."

"야, 산세!"

오랜만에 쌍둥이끼리 싸우나 흥미진진하게 쳐다보니 그냥 발르가 으르렁거리다가 물러난다.

그도 그럴 게 지금 산세는 천하무적이었다. 발르가 검으로 덤빈다고 해도 산세가 이길 테니, 뭐. 물론 주변에서 편들어 주는 걸로 싸운다고 해도 산세의 필승이었다.

불쌍한 발르 놈. 그러게 평소에 잘했어야지, 쯧쯧.

"진짜 이어 줄 거야?"

그 와중에 혹하는 모양인지 그레시토가 진지한 얼굴로 묻는다.

저걸 믿어? 나는 어이가 없었으나 발르는 대체 무슨 근거 없는 자신감인지 거침없이 대꾸했다.

"당연한 거 아냐? 나 좋다고 따라다니는 여자들 못 봤냐? 내가 좀 한다고."

그건 그거고 이건 이거지.

산세도 나와 같은 생각인지 미간을 찌푸린 채 지 형을 쳐다보고 있다.

그래, 천하에 믿을 사람이 없어서 발토르타를 믿어?

그러나 막상 급한 시토에겐 다르게 느껴졌던 모양이었다.

"내가 이 비법을 다 너에게 전수해 줄 수 있어."

"정말?"

"그래."

"형!"

"그래, 동생아!"

……저 미친놈들.

저놈들이 지금 뭘 하고 있는 거지?

나는 내가 보고 있는 걸 믿기 힘들었다. 자기보다 형인 놈한테 형이라 불러 보라고 하는 놈이나 진짜 부르는 놈이나 둘 다 어이없다.

너무 황당해서 차를 마시다가 굳은 나를 내버려 두고 진지하게 멀찍이 서 있던 산세가 갑자기 그 가운데에 조용히 끼어든다.

"아, 그럼 나도 형인가?"

어이.

* * *

낮을 떠들썩하게 만들었던 손님들은 밤이 오기도 전에 다 가 버렸다. 이블린은 그래도 자주 와서 얼굴을 보는데, 산세나 발르와 이런 시간을 가진 건 제법 오랜만이라서 다들 돌아갔어도 여전히 내 기분은 살짝 들뜬 상태였다.

어릴 때야 형제처럼 붙어살았다지만 다 큰 지금 그럴 수는 없는 거니까.

산세와 발르는 기사단에서 불러서 그쪽으로 돌아갔다. 더 있지 못해서 아쉽다는 기색을 한껏 뿌리고 갔는데, 그래도 보고 싶으면 언제든지 볼 수 있는 관계라 심하게 섭섭하진 않았다.

이블린은 가기 싫다며 영원히 내 옆에 있고 싶다는 걸 겨우 말려서 자택으로 돌려보냈다.

보내면서 시토한테 바래다주라고 딸려 보냈는데, 나가는 모양새가 제법 좋아서 이 커플을 진짜 밀어 줘야 하나 살짝 고민했다.

뭐, 몰랐으면 모르겠는데, 좋아한다니까 이 정도는 도와줘도 되겠지.

과연 그레시토가 이블린의 마음을 얻어 낼 수 있을지는 의문이었지만 나도 어렴풋이 잘되었으면 좋겠다고는 생각했다. 단지 나는 이블린도 시토도 둘 다 좋아하기 때문에 둘 중 누구의 편도 들어 줄 수 없어서 그게 조금 곤란하다고 해야 할까?

만약 둘이 사귀다가 싸우면 난 누구 편을 들어 줘야 하지?

그냥 알아서 해결하라고 해야 하나?

이건 좀 너무 앞서 간 생각인가 싶어 혼자 실실 웃고 있는데, 뒤에서 인기척이 느껴진다. 나는 읽던 책을 덮으며 바로 뒤를 돌아보았다.

"왔어?"

"다녀왔습니다."

샤워까지 마치고 온 건지 아시시의 머리가 살짝 젖어 있다.

나는 빙그레 웃으며 손을 뻗었다. 물기 어린 머리카락이 내 손가락에 얽힌다. 아시시가 쑥스러운지 고개를 숙였다.

머리의 물기를 좀 털어 주고 나는 환하게 웃었다.

"이제 저녁 먹으러 가자."

여름 해라 저녁임에도 하늘은 낮처럼 밝다. 노을조차 지지 않는 하늘에 시선을 주다 아시시가 다시 내 쪽으로 고개를 돌린다. 그 시선이 마치 우리 아빠는 어쩌고 둘이 먹자는 거냐고 묻는 것만 같았다.

"아빠는 오늘 회의 때문에 못 먹는데. 그래서 내 궁에서 둘이 먹어야 돼."

"아, 페르델에게 들었습니다. 전쟁이 일어날지도 모른다고."

"응. 아무래도 중요한 일이니까."

아시시의 표정이 어둡게 가라앉는다. 아무리 일선에서 은퇴한 몸이라고 해도 나라가 걱정되는 건 어쩔 수 없는 모양이었다.

정말 천생 기사님이시라니까.

산세도 나름 기사 타입이지만 역시 아시시 쪽이 한 수 위다. 산세가 그저 기사가 잘 어울린다고 하면 아시시는 마치 기사를 하기 위해 태어난 것 같았다.

아마 진짜로 전쟁이 벌어진다면 얌전히 뒤에서 날 지키며 물러나 있지만은 않겠지.

그런 생각이 드니 문득 기분이 기묘해진다. 정말 전쟁이 일어나지 않았으면 좋겠다. 이런 일상이 부서진다고 생각하니, 나는 마냥 싫었다.

아직도 어린애구나, 나는.

"책 보고 계셨습니까?"

"응, 오랜만에 시간 나서 독서 좀 해 봤어."

아시시의 입가에 작은 미소가 번진다.

이제 곧잘 웃는 아시시를 보며 나는 소리 없이 활짝 웃었다.

아시시는 정말 많이 달라졌구나.

새삼스럽지만, 그런 생각이 들었다. 처음엔 웃는 것조차 상상할 수 없을 정도로 무척이나 경직된 사람이었는데. 내가 이렇게 만든 것은 아니겠지만 그래도 많이 달라진 모습을 보니 기분이 좋은 건 어쩔 수 없다. 나는 괜히 더 예쁘게 웃었다.

내가 이래 봬도 웃는 건 꽤 잘한단 말이야, 에헴.

괜히 놀고 있는 아시시의 손을 잡아 그 맞잡은 손을 앞뒤로 흔든다.

아시시는 살짝 곤란한 듯 미간을 찌푸렸지만 내가 그러는 게 싫은 기색은 아니었다. 그 모습을 관찰하다가 나는 또 웃었다.

"무엇을 보고 계셨습니까?"

"응? 아, 어떤 여자에 대한 책이야."

아시시가 고개를 갸웃한다.

나는 괜히 깔끔한 표지가 돋보이는 책을 들어서 아시시에게 보여 줬다.

이 책은 다름 아닌 레이디 시첼리아에 관한 책이었다. 야사野史이기에 신뢰성은 좀 떨어지지만 아무래도 나라를 망하게 한 요녀라고 지탄받는 분이시라 자세한 건 찾기 힘들어서 어쩔 수 없었다. 이나마도 페르델이 구해 준 거라 겨우 보고 있는 실정이니까.

며칠 전의 수업도 있고 개인적으로 흥미롭기도 해서 읽고 있기는 한데, 그러면서 느낀 거지만 확실히 페르델이 말한 것처럼 레이디 시첼리아라는 여백작은 무척이나 대단한 여자였다.

역사적으로 베갯머리송사를 하는 여인들은 흔했지만 거의 대다수가 또 다른 권력자들의 허수아비에 불과했는데, 레이디 시첼리아는 철저히 자신의 기준을 가지고 움직였다. 그녀를 따르는 귀족들은 많았지만 그녀가 따르는 권력자는 없었다는 게 관심을 끈다고 해야 할까. 아무튼 재미있었다.

그러고 보니 아시시도 이 여자를 알까?

혹시 직접 봤을지도 모른다는 생각이 문득 들었다. 그도 그럴 게 바로 위 세대의 여인이잖아? 죽은 지 불과 이십여 년밖에 안 된 여인이었다.

"아시시는 레이디 시첼리아 알아?"

뜬금없는 질문에 아시시가 잠시 표정을 굳히더니 바로 고개를 끄덕인다.

"예."

"어, 정말?"

알 것 같다고는 생각했는데 진짜로 안다고 대답하니 나는 신기했다. 공부할 땐 마냥 오래된 역사 같았는데, 이렇게 보니 정말 얼마 안 된 역사라는 게 현실로 느껴져서 조금 낯설기도 하다.

얼떨떨한 내 되물음에 아시시가 나를 흘긋 응시하더니 고저 없는 목소리로 말을 잇는다.

"제 어머님이셨습니다."

어…….

어?

순간 대답할 타이밍을 놓쳐 버렸다. 내가 방금 뭔가를 잘못 들은 것 같은 기분이 드는데.

문득 바람 한 줄기가 내 머리카락을 흩날린다. 나는 살짝 미간을 찌푸렸다.

"뭐?"

흩날리는 내 머리카락에 시선을 주며 아시시가 건조한 시선으로 대꾸했다.

일말의 감정도 느껴지지 않는 눈동자.

완전히 메마른 그 시선이 지금 상황의 현실성을 더욱 깨우쳐 준다.

"자바이칼의 여백작, 레이디 시첼리아를 말씀하시는 것 아니십니까?"

"어? 어."

아시시의 녹금안이 내 눈동자를 가만히 응시한다. 매번 마주하면서 부드러운 금이 녹아든 녹음 같다고 생각한 아름다운 눈동자가 지금은 그 무엇도 느껴지지 않는 텅 빈 시선으로 나를 들여다 보았다.

"이반 황제의 정부이자 대관식만 치르지 않은 아그리젠트의 여왕."

잡고 있던 손이 떨어진다.

"제가 그분의 아들입니다."

* * *

저녁을 입으로 먹는지 코로 먹는지 알 수가 없었다.

결국 먹는 둥 마는 둥 먹고 미처 아빠한테 인사를 할 정신도 없이 나는 황급히 잠자리에 들었다. 너무 충격적인 이야기라 아직도 내 손은 덜덜 떨리는데, 정작 그 말을 내뱉은 아시시는 무척이나 태연해서 도리어 더 위화감이 생겼다.

무어라 정의 내릴 수 없는 그런 충격.

마치 뒤통수를 후려 맞은 듯 정신이 번쩍 들었는데, 이상하게 머릿속이 하얘져서 아무것도 떠오르지 않았다. 거기에 막상 이 혼란을 불러일으킨 눈앞의 아시시가 너무 아무렇지 않으니까.

뭔진 모르겠는데 뭔가 이상한, 그 무언가의 괴리가 괜히 산산이 부서진 내 감상을 깨부수는 느낌이라 나는 그냥 생각하길 포기했다. 일단 아무것도 생각하지 말고 잠부터 자자며, 잠을 자고 일어나면 그땐 정리할 수 있겠지 싶어 침대에 드러누웠는데, 오히려 침대에 드러눕고 나니 더 선명해진다.

결국 나는 제대로 잠에 들지 못했다.

"......이럴 거 그냥 인사나 하고 잔다 그럴걸."

그렇다고 다시 일어나서 저녁 인사를 하러 가기엔 시간이 영 미묘했다. 멍청하다, 진짜.

괜히 한숨이 나온다.

아빠가 얼마나 서운할까. 따로 거처를 옮기고 나서 하루도 빠지지 않고 간 저녁 인사였는데. 물론 대수롭지 않게 여길 수도 있었지만 우리 아빠는 답지 않게 섬세한 인간이라 이런 거 하나에도 민감하게 반응했다.

삐지면 또 뭐로 풀어 줘야 하나.

"......"

방에 아무도 없어서 그런지 내 숨소리만이 허공에 가득 찬다.

별거 아닌 소음일진대, 규칙적으로 들리는 내 자신의 숨소리에 어쩐지 기분만 더 복잡했다.

아, 씨.

이불을 걷고 자리에서 일어나니 온통 까맣게 어둠으로 물든 내 방이 시야에 들어온다. 먹칠이라도 한 듯 원색으로 가득한 내 방이 온통 어둡고 푸르스름한 빛에 잠겨 있었다.

진짜 죽겠네.

불이라도 켤까, 차라리 책이라도 읽을까.

온갖 고뇌가 머릿속으로 스쳐 지나간다.

수많은 망설임에 도무지 어떻게 하는 게 좋을지 미처 결정을 내리지 못하고 있을 때 불현듯 낯익은 목소리가 어둠 속에서 들려왔다.

"왜 그러고 있어?"

익숙한 목소리. 나는 고개를 들었다.

"잠이 안 와서."

낯익은 푸른 눈동자와 마주친다.

이 시간에 이런 방문을 할 변태는 내가 아는 한 딱 한 명밖에 없지.

역시나 다가온 것은 드란스테였다.

살짝 보고 갈 생각이었는지 밤손님처럼 창문 끄트머리에 기대서 있던 드란스테가 소리 없이 내 쪽으로 다가온다.

아무리 깨진 검의 혼이라고 해도 육체는 있을 텐데, 나는 항상 드란스테가 소리 없이 움직이는 게 신기했다. 물론 아시시도 카이텔도 소리 없이 움직이지만, 드란스테는 뭔가 정말 없는 사람처럼 움직였다.

"무슨 일 있어?"

"왜?"

가까이 다가와서 내 얼굴을 내려다보더니 드란스테가 고개를 갸웃한다.

"네 얼굴이 무슨 일 있는 표정이라서."

참 희한하지.

섬세함이라고는 눈곱만큼도 기대할 수 없는 놈인데. 그런데 이 놈이 내 표정은 가장 잘 알아차린다.

나는 부정할 기운도 없어서 가만있었다. 그냥 입을 꾹 다물었다. 입술을 깨무느라 짓물린 아랫입술이 꽤 아팠지만 그런 건 아랑곳하지 않을 만큼 마음이 더 복잡했다. 무언가가 안에서 북받친다.

나는 소리 없이 그 감정을 내리눌렀다.

보채거나 캐물으려 했거나 섣불리 위로하려 했다면 도리어 그냥 비웃었을 텐데. 오히려 드란스테는 말없이 내 앞에 가만히 서 있었다.

도리어 아무것도 하지 않는 그 모습에 나는 위로를 받았다.

"아빠가……."

정리되지 못한 생각이 목구멍을 통해 밖으로 나온다. 나는 운을 떼어 놓고 고개를 가로저었다.

"아니, 아시시가……."

아니, 이것도 아니야. 도대체 어디서부터 꺼내야 하는 건지 모르겠다.

내가 고개를 가로젓자, 드란스테가 어쩔 수 없다는 듯 웃는다. 그러더니 별안간 자연스럽게 나를 자신의 품으로 끌어당겼다. 체취조차 맡아지지 않는 낯선 가슴에 내 이마를 박고, 나는 그대로 두 손을 들어 손바닥에 얼굴을 파묻었다.

"아빠랑 아시시가 평탄한 인생을 살았을 거란 생각은 안 했다? 솔직히 그런 말을 하기엔 두 사람 상태가 좀 그렇잖아. 엄청 심각하고, 뭐 하나 잘못 건드리면 바로 망가지고 엇나갈 것 같고, 난 사실 두 사람이 아직까지 아무렇지 않게 조용히 사는 게 좀 놀라울 정도거든?"

손바닥이 떨어진다.

"근데."

아무것도 없는 텅 빈 손바닥을 내려다보며 나는 완전히 조각나 버린 내 생각을 겨우겨우 하나씩 모았다.

1. You're so fine | 95

"근데……."

하아.

숨을 들이켜는 소리가 공허한 방 안에 울린다. 자신이 숨을 쉰다는 걸 이런 식으로 듣게 되는 건 의외로 평정을 부여잡는 데 조금의 도움은 되었다. 뭔가 울고 싶은 기분인데, 울기 싫다.

"그래도 그렇게 뭔가 비참하거나 처절하거나 비상식적이거나 그러진 않았을 거라 생각했단 말이야."

전에도 생각했던 적 있지만 나는 그 둘이 결코 평탄한 삶을 살았노라고 생각하지 않으면서도 그렇게 심각하지도 않을 거라 지레짐작했다.

왜냐고 묻는다면…….

그래, 이미 지나간 일이니까.

으레 시간이 지나면 사람들이 과거 이야기를 하며 아무렇지 않게 웃는 것처럼 그 둘도 그런 거라고 생각했다.

그도 그럴 게 내 눈에 비치는 두 사람은 항상 지나치게 평온했으니까. 그게 속은 안 그런데 겉으로는 평온을 가장한 것일 수도 있지만 그렇다고 해도 내가 오래도록 곁에서 함께하며 과거의 편린 같은 걸 찾아보지 못했기 때문에 더 그랬다. 물론 보통 사람들에 비하면 어딘가 심각하게 비틀려 있었지만 그건 원래 그런 거니까.

잘 웃고 잘 떠들고 정말 아무렇지도 않으니까.

그래서 정말 아무렇지 않은 줄 알았다. 그저 말할 계기가 없어서 아무도 언급하지 않는 것뿐이라고.

페르델이 가장 마지막으로 가르쳐 줬을 때부터 알아차렸어야 했다. 왜 그리 신중하게 접근했는지 내가 먼저 알아차렸어야 했다.

그건 분명히 과거 이야기였다. 페르델에겐 지나간 이야기고, 나한텐 이미 옛날에 벌어진 먼 이야기.

그러나 카이텔과 아시시에겐 아니었던 거다.

나는 조용히 숨을 죽였다.

누구에게나 말 하는 것 자체로 상처가 되는 이야기가 존재하기 마련이다. 그건 나에게도 있고, 아시시에게도 있었다. 하지만 그게 이런 식으로 이어지는 것일 줄은 맹세코 몰랐다.

도대체 이놈의 나라는 어떻게 생겨 먹었기에 다 이 모양 이 꼴이야.

"도대체 뭘 알았기에 이래?"

"카이텔 아빠랑 아시시 엄마랑 불륜 상대였대."

거침없는 질문에 나는 즉시 대꾸했다. 드란스테가 입을 다문다. 나는 고개를 들어 내 바로 위에 있는 드란스테의 눈동자를 똑바로 마주 보았다.

"내 할아버지의 정부가 아시시 엄마였다고."

그것 하나로도 놀라움에 충격이 가시지 않는데, 그걸 제 입으로 말해야 했을 아시시를 생각하니 미칠 것만 같았다.

아, 이제 아시시 얼굴을 어떻게 봐.

"아빠랑 아시시가 그렇게 마냥 친한 걸로만 엮인 사이는 아닐 거라고 생각은 했거든. 내가 끼어들 수 없는 뭔가가 있다는 건 알았어. 페르델조차 끼지 못하는 무언가가 있다는 건 알았는데……."

아마도 그건 단순히 두 사람만의 이야기일 거라고 어렴풋이 추측했었다.

"그게 그런 식으로 엮인 건 줄은 몰랐어."

몰랐다는 말로는 변명이 되지 않는다. 나는 헛웃음을 지었다.
"두 사람은 이미 알고 있던 사실 아니야."
제 어미를 두고 다른 여자와 뒹구는 아빠를 두고 봤어야 했을 카이텔이 안쓰럽다. 동시에 제 아비를 두고 다른 남자, 그것도 이 나라의 왕이랑 붙어먹은 엄마를 지켜봤어야 했던 어린 아시시가 안타까웠다.
도대체 그건 무슨 상황이란 말인가.
전에 아시시가 했던 말이 떠오른다. 아마도 자신이 결혼해서 가정을 꾸리는 일은 없을 거라던 그 말.
나는 비로소 그렇게 순하디순한 남자가 왜 그런 생각을 가지게 된 건지 이해했다.
"아마 두 사람은 네가 신경 쓰는 것만큼 그 사실에 대해 아무 생각도 없을걸?"
"왜?"
"그땐 그런 세상이었으니까."
내 옆으로 털썩 앉으며 드란스테가 빙그레 웃는다.
"미친 세상에서 미쳤다는 걸 가지고 누가 신경이나 쓰겠어?"
머릿속으로는 이해하지만 가슴으로는 이해가 되지 않는다. 도덕이고 질서고 도리고 무엇도 통하지 않는 일그러진 시대라는 건 안다.
아는데, 그래도 도무지 납득이 되지 않았다.
혼란스러운 내 눈동자를 들여다보며 드란스테가 조용히 부추긴다.
"그래서 넌 어떤데?"
어이없을 정도로 간단한 질문.
나? 나는 어떠냐고?

글쎄, 뭐라고 말해야 좋을지 모르겠다.

나는 무릎을 올려 품 안으로 당겨 끌어안았다. 무릎에 뺨을 기대며 나는 가만히 내 감정을 열거했다.

"역겹다거나 그런 건 아니야. 네 말대로 그런 말을 할 수 없을 정도로 꼬인 시대라는 것도 알고, 비틀리고 뒤틀린 세대라는 것도 알아. 단지 난……."

그래, 단지.

"난……."

목구멍이 턱 막힌다.

수많은 질문들로 머릿속이 순식간에 엉켜 든다. 솔직한 심정으로는 도대체 이게 뭔가 싶었다.

"이건 도대체 어디서부터 풀어 가야 하는 거야?"

내 질문에 드란스테가 웃는다.

"잔뜩 엉킨 실타래를 선물 받은 기분이야. 이건 도대체 어디서부터 풀어 가야 돼? 아니, 애초에 내가 풀어 봐도 되는 거야?"

기분 좋은 미소.

갑자기 왜 웃는 건지 얄미울 정도로 짜증났지만 그보다 나는 내 감정을 풀어내는 데 더 바빴다. 잔뜩 화를 내다가 입을 다문다. 그리고 무어라 말을 하려다 입을 다물었다. 나오는 건 한숨뿐.

"손대면 안 되는 영역에 손을 댄 것 같아."

드란스테가 손을 들어 내 머리를 쓰다듬어 준다. 그 손을 쳐 내며 나는 또 한숨을 내쉬었다.

"그런데 이미 발을 떼기에도 늦어 버렸고. 알아, 나도."

뭐가 그렇게 재미있는 건지 아까부터 웃기 시작하더니 이젠 아예 대놓고 웃는다. 나는 괜히 드란스테를 노려봤다.

"그것보다 더 많이 얽혀 있어."

"그 말은 여기서 더 무언가가 있다는 거야?"

"어."

거침없는 대꾸에 덜컥 겁이 난다.

"무서워."

난 이것도 혼란스러운데, 난 이것도 도무지 어쩔 줄을 모르겠는데.

"도대체 두 사람 다 그 안에 뭘 담아 두고 사는 거야?"

내 질문에 드란스테는 그저 웃기만 했다. 어차피 답을 줄 거란 기대 따위 하지 않았지만 그래도 속이 복잡한 것은 어쩔 수 없었다. 해답 따위 있을 리가 없지만 그래도 굳이 찾아내야 한다면 그건 내 스스로 찾아내야만 했다.

드란스테의 손이 내 어깨에 올라온다. 위로해 주려는 것 같았으나 그게 드란스테라서 괜히 같잖게 느껴졌다. 되지도 않는 걸 흉내 내는 것 같네. 역시나 웬일로 위로같은 걸 하나 했다. 드란스테가 얄밉게 빙긋 웃는다.

"각오도 되지 않은 채로 남의 속을 들여다봐서 놀란 거야?"

"내가 놀란 건 별로 중요하지 않아."

나보다는— 아시시가 걱정이지.

괜히 아시시에게 상처를 준 건 아닌지 걱정스러웠다.

아, 난 왜 이리 멍청한 거야. 이번엔 다른 의미로 울고 싶어졌다. 으엉, 엉엉, 멍청한 아리아드나.

"아빠 보러 갈래."

뜬금없지만 갑자기 아빠가 너무 보고 싶다.

자리에서 벌떡 일어나 의자에 놓인 숄을 걸치고 딱 문 앞에 섰는데, 갑자기 문고리를 잡고 나니 기분이 이상하다. 밖을 보니 이미 밤인 것 같고, 시간도 꽤 많이 흐른 것 같은데.

늦은 시각인데 맘대로 아빠 찾아가도 되려나?

망설임이 밀려온다. 나는 슬그머니 뒤를 돌아보았다.

"보러 가도 될까?"

침대에 걸터앉아 있던 드란스테는 갑자기 큰 소리로 웃음을 터뜨렸다. 침대로 쓰러져서 낄낄대고 웃는 드란스테를 보고 있으려니 나는 괜히 어안이 벙벙하다.

무슨 마약을 했기에 저러세요.

왜 저래. 진짜 뭐 했나?

갑자기 왜 웃는 건지 나는 이해를 못하겠다.

뚱하니 쳐다보고 있자니 한참 웃다가 드란스테가 일어났다. 아직 제 눈에 맺힌 눈물을 슥 닦으며, 드란스테가 어깨를 으쓱인다.

"네 아빠잖아."

너무나 간단하고 당연한 한 마디.

그러나 그 한 마디에 나는 바로 문고리를 잡아당겼다.

"그래, 우리 아빠야."

* * *

야밤에 공주가 나간다니까 시녀들은 이게 무슨 일인가 순식간에

술렁였다. 며칠간 다른 사람들의 입방아에 오르내릴 일이라는 건 충분히 자각하고 있는데, 그래도 아빠를 보고 싶은 기분을 어떻게 할 수가 없다.

결국 나는 내 어린 시절을 몽땅 보낸 솔레이로 금세 돌아왔다.

"이 시간에 무슨 일이지?"

"아빠!"

놀란 카이텔이 미처 뭐라고 물어보기도 전에 나는 냅다 달려 카이텔의 품으로 뛰어들었다.

얼굴을 마주 보자마자 안기니까 의아해 하면서도 아빠가 나를 안아 준다. 그 품에 안겨 낯익은 체취를 맘껏 들이마시며 나는 떨리는 몸을 진정시켰다.

이상한 기분이다. 방금 전까지만 해도 정말 울고 싶었는데, 누군가의 품에 안겨 울음을 쏟아 내고 싶었는데, 막상 아빠 품에 안기니까 아무 생각도 나지 않았다.

그냥, 그냥…… 마냥 좋다.

울고 싶었던 기분은 어느새 말끔히 사라졌다.

마음이 어느 정도 안정이 되니까 이제야 주변이 제대로 보이기 시작한다.

아빠는 또 잠을 자지 않을 생각이었던 모양이었다. 나랑 잘 땐 나 때문이라도 꼬박꼬박 불 끄고 누웠는데, 내가 독립한 이후로 카이텔이 제시간에 잠을 자는 건 손에 꼽는 일이 되어 버렸다.

"나랑 산책하자."

"산책?"

"응."

카이텔 품에 안긴 채로 빼꼼히 고개를 들어 올려다보니 카이텔의 표정이 어째 범상치 않다.

싫은가.

나는 괜히 서글펐다.

"잘 거야?"

조르는 건 아니었다. 그냥 잘 거라고 말하면 가려고 했는데, 내 표정이 불쌍했는지 카이텔이 내 얼굴을 빤히 내려다보더니 나지막이 한숨을 내쉰다.

"……가지."

나는 바로 반색을 하며 일어났다.

내가 걷기 시작하고, 밖에 나갈 수 있을 때부터 우리의 산책로는 언제나 똑같았다.

가끔은 예정되지 않은 길을 가기도 했지만 그래도 이 길을 둘이서 거의 십칠여 년 가까이 걸었다.

익숙한 장소에 익숙한 사람과 익숙한 향취.

아무런 말도 없고, 어떤 대화도 없고, 심지어 그리 미치도록 즐거운 기분도 아니었는데, 아빠 손을 잡고 나란히 이 길을 걷고 있다는 사실 하나만으로 좋다. 이러고 있으니까 파도처럼 요동쳤던 마음이 순식간에 평안해졌다.

괜히 옆을 돌아 카이텔을 쳐다본다. 이렇게 무뚝뚝하고 무심하고 성질머리 고약한 남자한테 내가 어느새 이만큼 반해 버렸다.

그래도 이 사람이 우리 아빠라고 자랑스러우니 도대체 어쩜 좋아.

예전엔 훌쩍 혼자서 저 멀리 가 버릴 때도 있고, 내가 아빠 따라가

느라 뛰어갈 때도 있었는데, 이젠 아빠가 내 보폭에 맞춰 천천히 걸어 준다. 이런 작은 변화 하나에 나는 뭔지 모를 감정으로 벅차오른다.

"아빠."

"어."

무감정한 짧은 대답.

그러나 이게 이제는 그렇게 야속하게 느껴지지 않는다. 나는 빙그레 웃었다.

"사랑해요."

참 뜬금없고, 뭐 없는 고백이었는데, 길을 걷던 카이텔이 갑자기 자리에서 우뚝 멈춰 섰다. 마주 잡은 손에서 느껴지는 당혹감이 고스란히 내게도 전해져 와 괜히 기분이 좋아진다.

이런 내 깜짝 사랑 고백은 일곱 살 이후로 이제 우리에겐 너무 흔한 일상이 되어 버렸는데, 그래도 우리 아빠는 여전히 내 고백에 이런 반응이었다.

나는 미친 사람처럼 실실 웃었다.

"사! 랑! 해! 요!"

혹시나 못 들었을까 다시 하는 말은 아니었다. 내가 이런 말을 할 때마다 굳은 채 당황하는 카이텔을 보는 게 좋아서 그러는 거였다.

아빠가 고개를 돌려 나를 빤히 내려다본다. 시선을 마주하다 나는 괜히 더 실실 웃었다.

"사랑해요, 카이텔! 당신 없인 못 살아! 우유 빛깔 카이텔! 아빠 없인 못 살아!"

"도대체 그런 건 어디서 배운 거지?"

싫다기보다 신기하다는 말투였다.

나는 괜히 입술을 삐죽였다.

"왜? 싫어?"

싫을 리가 없지.

카이텔이 날 내려다보다 그냥 웃는다. 나는 빙그레 웃었다.

손을 뻗어 아빠 팔을 잡아 팔짱을 끼고 아빠를 내 쪽으로 끌어당긴다. 성가시다는 기색이 보이긴 했지만 카이텔도 내가 이러는 게 싫은 눈치는 아니었다.

"그래서 아빠, 대답은?"

카이텔이 흘긋 나를 내려다본다. 나는 절대로 물러나지 않겠다는 시선으로 카이텔의 눈동자를 빤히 쳐다보았다.

결국 카이텔이 항복한다.

"나도."

이예!

그럼 그렇지.

내가 이렇게 예쁘고 귀엽고 사랑스러운데, 아빠가 어떻게 날 사랑하지 않을 수가 있겠어?

자신만만한 표정으로 팔짱을 푸르고 다시 아빠 손을 잡았다. 그리고 다시 길을 걷기 시작한다. 밤바람이 제법 차가웠지만 달이 뜨지 않아 별빛이 깔린 밤하늘과 그 아래 옅게 빛나는 정원은 참으로 아름다웠다.

아, 낮의 정원도 아름답지만 정말 예쁘다.

문득 이런 풍경을 보고 살 수 있는 나는 정말 축복받은 생명체라는 생각이 들었다.

"아빠, 나 이번에 앤시프에서 초대장이 왔어."

"어."

거의 무시에 가까운 대꾸에 나는 슬그머니 카이텔을 돌아봤다.

"초대장 왔다고."

"안 돼."

"……."

내가 무슨 말을 꺼내려는지 알아차린 모양이었다. 나는 괜히 울상을 지었다.

"힝, 가고 싶은데……."

최대한 불쌍하고 가엾고 안타깝게 보일 만한 표정이었는데, 카이텔은 가차 없었다.

"안 돼."

"치."

안 될 걸 알았지만 그래도 설마하며 말한 건데. 역시나 안 되는 건가.

나는 입술을 삐죽였다.

우리 아빠는 다 좋은데 나에 관해선 너무 싸고도는 게 정말 큰 문제였다. 아니, 내가 다섯 살짜리 꼬맹이도 아니고, 나도 인간관계라는 게 있고, 희망사항이라는 게 있는데, 황궁 밖으로 일체 나가지 못하게 하고, 황궁 안에서 모든 걸 해결하라고 하는 건 좀 너무한 거 아니야?

막말로 집 안에만 있으란 거 아니냐고!

그 집이 너무 커서 문제지. 나도 관광하고 싶고, 예쁘다는 풍경 보러 가고 싶고, 사람들 막 만나고 다니고 싶은데.

이런 내 불만을 알아차린 건지 가만히 걷다가 갑자기 아빠가 말한다.

"황궁 안이 제일 안전해. 그나마도 안전하지 못한 게 황궁이다."

"알아. 누가 뭐래?"

그걸 뭐라고 하는 게 아니잖아, 지금.

이렇게 예쁜 세상에서 태어난 것으로도 모자라 돈이라면 질식해 죽을 만큼 많고, 시간도 차고 넘칠 만큼 많은 집안에서 태어났는데, 왜! 세계 여행 한 번! 못해 보고, 이런 음침한 집구석에 짱 박혀 살아야 하냐고!

나도 이제 다 컸는데.

투덜투덜 입술을 비죽이고 있으려니 옆에서 카이텔이 괜히 헛기침을 한다.

"흠흠."

마음 같아선 따져 묻고 싶었지만 그건 이미 우리 둘 사이의 오래된 실랑이 중 하나라 굳이 이렇게 좋은 기분을 망치고 싶지 않아 그만두었다.

아빠가 나를 사랑해서 그런 거니까.

이해하자. 이해하려고 노력하자.

비록 또 납득 못해서 징징거리겠지만.

"아빠님."

"왜, 꼬맹아."

이 인간이?

기껏 좋게 마음먹고 부른 건데 돌아오는 대꾸가 가당찮다. 나는 바로 미간을 찌푸렸다.

"나 꼬맹이 아니거든?"

"그래, 꼬맹이."

"이씨."

아빠, 미워!

"나 말 안 해!"

잡은 손을 확 놓고 저 멀리 앞서 걸어간다. 사람이 기껏 곱게 마음먹고 좋게 생각하려고 그러는데, 어떻게 나한테 이러냐.

어린애처럼 삐져 놓고 할 말은 아니었지만 정말 얄미웠다. 생각 같아선 훌쩍 가 버리려고 했는데, 역시 신체 조건이 달라서인지 어느새 내 뒤로 애비가 바짝 따라오는 게 느껴졌다.

"따님."

대답 안 해!

"딸."

그렇게 부른다고 대답할 줄 알고?

"아리아드나."

안 해, 안 해, 안 해!

"리아."

"왜!"

안 하려고 했는데 카이텔이 멈춰 선 게 느껴져서 나도 모르게 뒤를 돌아봤다. 내 전투적인 대꾸에 카이텔이 빙그레 웃는다. 그 미소에 괜히 화가 누그러졌다.

카이텔이 손을 내민다. 멀찌감치 거리가 있는 곳에서 그러고 있으니 순식간에 마음이 약해졌다.

"이리 와."

그러면 누가 갈 줄 알고?

나는 퉁하니 대꾸했다.

"아빠가 와."

오려면 지가 와야지 어디서 날 불러.

옛날이라면 목숨이 아까워서 기꺼이 갔겠지만 지금은 상황이 전혀 달랐다.

아빠가 오는 게 아니라면 갈 생각도 없었는데, 의외로 선선히 카이텔이 내 쪽으로 다가온다. 그래도 우리 사이에 제법 거리가 있었는데, 긴 다리라 그런지 성큼성큼 가까워져서 아빠가 금세 내 앞에 섰다.

아무렇지 않게 놀고 있는 내 손을 잡는 카이텔의 큰 손을 내려다보다 나는 나도 모르게 웃었다.

이거 뭐지?

뭔가 좋은데, 왜 좋은지는 모르겠다.

내가 너무 환하게 웃고 있는 모양이었다. 카이텔이 묻는다.

"좋아?"

"어."

나는 고개를 크게 끄덕였다.

"많이 좋아."

내 대꾸에 카이텔 입가에도 살짝 미소가 번진다. 내가 짓는 것만큼 환한 미소는 아니었지만 솔직히 그 정도 반응도 어디인가. 아빠가 먼저 잡은 손에 힘을 주며 나는 아빠를 좀 더 내 쪽으로 끌어당겼다.

"아빠도 좋아?"

"글쎄."

음, 그 대답은 뭐지?

내가 인상을 찡그리니 카이텔이 웃는다. 나와 잡지 않은 자유로운 손이 내 머리를 쓰다듬었다.

"불안해 할 거 없어."

자상한 손길은 아니었다. 나를 괴롭히려고 이러는 건지 쓰다듬으려고 이러는 건지 모를 정도로 투박한 손이었는데, 난 정말 콩깍지가 제대로 쓰인 게 틀림없어.

이 손이 다정하게 느껴진다니.

"아빠가 지켜 줄 테니까."

……그 이야기 아니었는데.

한 번도 불안했던 적 없었다.

그런데 그래도 이런 말을 들으니 괜히 더 안심된다.

그래, 카이텔 아니면 누가 날 지켜 주겠는가. 아빠라는 게 이렇게 든든한 건 줄 미처 몰랐다.

완전히 핀트가 어긋난 위로였는데, 바보같이 그 한마디에 내 마음이 단번에 풀렸다.

망했어. 어떻게 저 한마디에 이렇게 헤롱대냐?

괜히 눈가에 눈물이 고인다. 감동 받은 거 아닌데, 그런 거 아닌데, 문득 울어 버릴 것 같은 기분이 들었다.

"치, 아빤 내가 아직도 어린애인 줄 알아?"

"어리잖아."

내 머리를 쓰다듬으며 카이텔이 대꾸한다.

"여전히 나보다 작은걸."

아무리 유전자를 좋은 걸 받아도 이 모양인 걸 내가 어쩌리오. 잔뜩 불만 가득한 시선으로 노려보니 아빠가 웃는다.

뭐가 웃긴 거야, 대체. 투덜거리고 있으려니 카이텔이 말한다.

"웃어 봐."

내가 아직도 웃어 보라면 웃는 딸내미인 줄 아나!

나는 시툿하게 눈을 치켜떴다.

"싫은데."

"웃어."

흥, 내 웃음은 비싸다고!

머리를 쓰다듬는 아빠 손을 쳐 내며 나는 시쁘둥하게 대꾸했다.

"그럼 아빠도 웃어."

카이텔이 슬그머니 인상을 구긴다. 나는 그러면 어쩔 거냐는 듯 아빠를 올려다봤다. 빛깔 하나까지 완벽하게 똑같은 붉은 눈 한 쌍이 서로를 응시한다.

대체 언제까지 이러고 있을 속셈일까.

그러고 한참을 서로를 쳐다보고 있던 우리는 갑자기 약속이라도 한 듯 마주 보고 웃었다.

아, 바보 같아.

* * *

내 복잡했던 기분은 달밤의 산책으로 해소되었지만 막상 아침을 맞이한 나는 우울했다.

아직 해결되지 못한 문제가 하나 있구나.

모래라도 씹은 듯 입안이 껄끄럽다. 일단 일어나서 씻고 옷도 갈아입고 머리도 만졌는데, 어쩐지 방을 나가기가 망설여졌다.

으아, 아시시를 도대체 어떤 얼굴로 봐야 할지가 고민이었다. 어떡하지?

"공주님, 뭐하세요?"

"기다려 봐, 좀."

아직 어떻게 봐야겠다는 마음의 준비도 못했는데, 리비가 한심하다는 듯 나를 보챈다.

저런 섬세하지 못한 시녀 같으니라고.

얼떨결에 나가기는 했는데, 그래도 방문이 열리자 순식간에 긴장으로 온몸이 뻣뻣해졌다. 갈증이 나는 것도 아닌데, 왜 이렇게 목이 마르지?

침을 한 번 꼴깍 삼키고 방 밖으로 나서니 여느 때와 다름없이 내 수행원들이 날 맞이해 준다.

그러나 어째서인지 항상 맨 앞에서 날 맞이하던 아시시가 보이지 않았다. 놀라 주변을 살펴보니 멀찌감치 떨어진 곳에 아시시가 서 있다.

저 바보.

그 모습을 보자마자 나는 마음이 아팠다.

저 멍청이가 잘못한 건 난데 왜 자기가 죄인처럼 굴어?

"아시시."

아침을 먹기 위해 솔레이 궁으로 가야 했지만 재촉하는 리비를 무시하고 나는 그대로 아시시의 앞에 섰다. 내가 올 줄 몰랐던 건지 날 응시하는 아시시의 표정이 크게 흔들린다.

놀란 듯한 기색.

나는 대뜸 아시시의 손부터 잡았다. 붙잡고 있지 않으면 바로 어디론가 도망쳐 버릴 것 같았다.

"아시시, 미안해. 어제 괜히 이상한 거 물어봐서."

비록 그럴 의도는 없었다고 해도 내 질문이 아시시를 상처 입힌 것은 사실이다. 아시시가 상처 입지 않았다고 말한다고 해도 내가 상처 입힌 것 같다고 느끼는 건 또한 지울 수 없는 진실이다.

내 사과에 아시시가 시선을 내리깐다. 길게 뻗은 속눈썹이 그 아래에 한껏 그림자를 드리웠다. 차분한 숨소리.

어떤 표정을 짓고 있는 건지 확인하고 싶은데, 긴 속눈썹에 가려 나는 아시시의 눈동자가 어떤 감정을 품은 건지 확인할 수 없었다.

"아닙니다."

자조 섞인 나지막한 음성.

"혹여 제가 괜한 말을 한 것은 아닌가, 그저 걱정스러웠습니다."

아시시는 웃었지만 내겐 그 미소가 마냥 힘겹게 비춰졌다. 마냥 안타깝다. 살짝 떨리는 목소리에서 아시시가 얼마나 나 못지않은 복잡한 감상에 시달렸는지 깨닫는다.

나는 더 미안했다.

사실 놀라지 않았다고 말하면 거짓말이겠지.

하지만 놀란 것과 이건 좀 다른 문제였다. 결코 아시시가 잘못하거나 그런 게 아니니까.

"아시시가 왜 괜한 말을 한 거야. 사실을 말한 것뿐인걸."

"가끔은 불편한 진실이라는 것도 있는 법이니까요."

아시시가 고개를 숙인다. 내 눈을 마주치지 못하겠는지 자꾸 시선을 피한다.

우리 사이에 정적이 가라앉았다. 무어라 위로해 주고 싶은데, 딱히 할 수 있는 말이 떠오르지 않는다. 나는 그냥 입술만 달싹일 뿐 망설였다.

"허나 리아 님께는."

잠시간의 침묵을 뚫고 아시시가 말을 꺼낸다.

"거짓을 말하고 싶지 않았습니다."

내가 먼저 잡았지만 어느새 아시시가 내 손을 잡고 있다. 내 손을 꽉 붙잡는 그 묵직함이 몇 마디 말보다 더 절실하게 아시시의 마음을 알려 준다.

"설령 제 진실이 리아 님과 제 사이를 갈라놓는다고 해도 한 치의 거짓됨 없이 당신을 대하고 싶으니까요."

……이 인간은 도대체 왜 이리도 미련한 걸까.

한편으로는 약았다는 생각도 든다. 이렇게 말하면 내가 뭐라고 할 수가 없잖아. 물론 뭐라고 할 생각도 없었다만.

담담히 내뱉는 아시시의 눈동자는 올곧았다. 늘 언제나 그랬던 것처럼. 아마도 이게 아시시의 진심.

내가 이해해 주지 못해도 아시시는 이랬을 테지.

나는 괜히 곤란해졌다.

"잘했어."

하지만 이게 아시시니까 뭐라 다른 말을 못하겠다.

원래 이런 놈인 거 알고 좋아한 건데, 뭘. 어쩌겠는가? 다 내 업보인 것을.

"나도 그냥 당황했던 것뿐이야."

아시시가 싫다거나 밉다거나 그런 게 아니라 당황해서 어찌할 바를 몰랐던 것뿐이다.

내가 배시시 웃자 아시시가 그 말이 정말이냐는 듯 나를 바라본다. 그게 마치 확답을 얻으려는 무언의 몸짓 같아 나는 기꺼이 고개를 끄덕여 주었다.

"내가 아시시한테 상처를 줬다면 미안해."

"아닙니다."

아시시가 고개를 가로젓는다. 너무 세차게 가로저어서 저러다 목이 돌아가는 거 아닐까 나는 괜한 생각을 했다.

이제야 아시시가 내 눈동자를 똑바로 내려다본다.

나는 빙그레 웃었다.

"이젠 괜찮으십니까?"

"응."

괜찮지 않을 게 뭐가 있겠는가.

아시시의 어머니가 내 할아버지의 정부였다고 해도 딱히 달라지는 건 없었다. 조금 충격이긴 했지만 그건 내가 몰랐던 사실에 대한 충격이었을 뿐, 아시시에게 실망했다거나 그런 것이 아니었으니까.

"누가 뭐래도 아시시는 내 기사님이잖아."

슬며시 내뱉은 말에 아시시가 고개를 숙인다.

그게 꼭 제 표정을 감추려는 것 같아서 나는 괜히 웃음이 나왔다.

"고작 그런 걸로 틀어지는 게 이상한 거지. 안 그래?"

내 되물음에 아시시가 찬찬히 나를 올려다본다. 그러더니 이내 고개를 끄덕였다.

나는 그 모습을 보고 활짝 웃었다.

여전히 복잡한 기분이 살짝 남아 있긴 했지만 아시시랑 화해도 했고, 그 덕에 아빠랑 오랜만에 심야 데이트도 한 터라 나는 기분이 매우 좋았다.

헤헤, 평소였다면 일이고 뭐고 다 던져 버리고 티 파티를 열고 싶을 만큼!

단지 시국이 시국인지라 그럴 수 없음을 안타까워할 뿐.

엉엉, 신이시여, 저는 왜 공주인가요?

네? 예뻐서 공주라고요?

감사합니다. 제가 좀 예쁘죠.

일단 사절단의 거처 준비부터 환영 파티 리허설 등 궁내부와 왕실부에서 감당하는 갖가지 문제를 도와줘야 해서 나는 아침을 먹자마자 바로 포더르 궁에 도착했다. 이제부터 어마어마한 서류 결재의 지옥이 날 반기겠지만 난 괜찮았다.

그래, 내가 공주로 태어나 쌓아 올린 다년간의 내공을 얕보지 마라!

그러나 막상 포더르 궁에 도착하니—.

나를 맞이한 건 우리 시종장이 아니었다. 바로 뚱한 표정의 페르델이었다.

응? 뭐지?

"왜? 내 얼굴에 뭐 묻었어?"

아니, 그 전에 너 우리 아빠한테 붙어 있어야 하는 거 아니세요? 곧 사절단이 올 텐데, 재상 나으리께서 너무 여유를 부리는 것 아닌가 의심스럽다. 내가 고개를 갸웃하고 있으려니 페르델이 웬일로 진지한 표정으로 날 내려다본다. 이렇게 심각한 페르델은 오랜만이었다.

우리 나라가 곧 멸망할 위기라도 처했나? 페르델이 왜 이러지? 나는 페르델이 곧 아그리젠트가 망할 거라 말해도 놀라지 않을 자신이 있었다.

"프레치아 건을 다루는 카이텔의 자세가 하룻밤 만에 달라졌습니다."

"응?"

"어떻게 설득했어요? 기적입니까?"

뭐래? 너 방금 뭐라고 그랬니?

나는 바로 고개를 갸웃했다. 뜬금없이 뭐라는 거야.

내 표정을 유심히 관찰하다 페르델이 기가 찬 한숨을 내뱉는다. 그러더니 얼굴을 한번 찌푸리다 바로 입술을 깨물었다. 뭔가 지금 페르델은 살짝 당황한 것 같아 보였다. 복잡한 심정이 고스란히 드러나는 얼굴로 페르델이 거칠게 머리를 쓸어 올린다.

"프레치아가 오만하게 독립을 요구해 와도 들어주는 편이 좋다고 제가 목이 찢어져라 소리를 질러도 들어 처먹지 않던 황제 놈이 갑자기 프레치아의 독립을 긍정적으로 검토하고 있다는 말입니다."

어, 음, 뭔가 방금 하극상의 기운을 느낀 것 같은데, 기분 탓이겠지?

나는 잠깐 고개를 갸웃했다. 그게 좋은 거야, 나쁜 거야?

내가 혼란스러워 한다는 걸 알아차린 건지 페르델이 기운 빠진 표정으로 입을 연다.

"뭐, 잘된 일이긴 한데."

"잘된 일이라면서 표정이 왜 그래?"

좋은 거 아닌가?

하지만 내 생각과 달리 좋은 일이 아닌 모양이었다. 페르델이 복잡한 얼굴로 깊은 한숨을 내쉰다. 뭐야?

"이번에 사절단 대표로 누가 온 줄 아십니까?"

내가 알 리가 없잖아.

"누가 왔는데?"

가볍게 어깨를 으쓱이니 그럴 줄 알았다는 듯 페르델이 고개를 끄덕인다.

"프레치아의 황제, 하벨 란츠후드 율토스."

즉시 대꾸하는 페르델의 목소리는 다른 때와 달리 무척이나 신중했다.

"덕분에 공주님께서도 이번 정상회담에 참석해 주셔야겠습니다."

* * *

페르델이 나를 부른 이유는 불 보듯 뻔했다.

행여나 생길지 모르는 카이텔의 회담 폭발을 미리 막아 보고자 하는 눈물겨운 노력이겠지. 우리 불쌍한 스승님.

사실 우리 아빠의 성질머리는 하루 이틀 일이 아니라서 신경을 쓴다는 것 자체가 새삼스럽다. 애초에 페르델도 전혀 생각지도 못하고 있다가 프레치아의 사절단 대표로 속국의 황제가 왔다는 점에 놀라 날 소환한 것임이 뻔하니까.

그나저나 황제가 직접 왔다니, 그건 대체 무슨 배짱이지?

솔직히 미친 건가 싶은 생각밖에 들지 않았다. 자칫 잘못하면 회의가 결렬됨과 동시에 전쟁 선포일 텐데, 어떤 미친놈이 배짱 좋게 적국의 수도에 직접 와? 기껏해야 사절단 대표로 대신이나 재상이 올 줄 알았는데, 나 말고도 다들 프레치아의 황제가 직접 왔다는 사실에 무척이나 놀랐다. 뭐, 천하의 페르델도 그 때문에 무척이나 복잡해 보였지.

"네가 왜 여기 있는 거지?"

회의실로 향하는 와중에 마주친 카이텔이 대놓고 인상을 찌푸린다. 나는 그저 웃었다.

내가 여기 왜 있겠니, 아빠야.

너도 머리가 달려 있으면 생각이라는 걸 좀 해 보렴.

당연히 아빠 때문이지!

"누구나 아는 그런 이유 때문에 있는 건데."

"……."

부러 우회적으로 돌려 말했는데, 과연 머리가 나쁜 게 아닌지 카이텔이 알아들은 듯 인상을 찌푸린다.

나는 그냥 어깨를 으쓱였다. 그렇다고 여기까지 왔는데 돌아갈 수는 없잖아? 내 몸짓을 알아들은 건지 어쩔 수 없이 아빠가 회의

실로 향한다.

어라?

어떻게든 날 돌려보낼 거라 생각했는데 예상외다.

어쨌든 먼저 들어간 아빠를 따라 안으로 들어서자 제법 긴장한 기색이 역력한 대신들이 보인다.

회의장은 생각보다 컸다.

회의장 안을 둘러보다 나는 나오려는 한숨을 삼켰다.

이놈의 나라는 대체 어떻게 생겨 먹은 건지 사절단이 궁에 도착한 지 하루밖에 지나지 않았는데, 바로 회의를 열고 난리야. 아무리 형식은 다 제쳐 두고 가장 중요한 일부터 다루는 게 좋다고 하지만 이건 좀 너무한 거 아닌가? 나만 그렇게 생각해? 나만?

물론 급하고 중요한 일이라지만 일단 거처는 확인하고, 짐은 풀고, 밥은 먹고, 잠도 좀 푹 자고, 그러고 나서 회의하는 게 당연한 거 아닌가 싶다. 회의고 나발이고 이게 다 먹고살자고 하는 짓인데, 나는 도무지 이 사태를 이해할 수 없었다.

그러거나 말거나 페르델이 들어온 다음부터 회담은 엄숙한 순서에 의해 진행되기 시작했다.

뭐, 당연한 말이지만 카이텔이 앉아서 하는 건 없었다. 그건 프레치아의 황제도 마찬가지였다.

"꽃병풍이 둘이나 되네."

아니, 나까지 셋인가.

애초에 셋 다 딱히 뭔가를 하려고 앉아 있는 건 아니었으니까. 원래 둘이 주체가 된 회의인 것은 맞지만 전적으로 이 회담은 페르델과 프레치아 수상 둘이서 이끌었다. 하긴 똑똑한 놈들끼리 해결해야지.

 혹시나 회의 시작하자마자 무슨 일이 생기는 건 아닐까 긴장했던 나도 이십 분 정도가 지나자 슬슬 긴장을 풀었다.

 나는 누구? 여긴 어디?

 이럴 줄 알았으면 서류라도 들고 와서 몰래몰래 처리할걸.

 한숨과 함께 고개를 돌리는데, 순간 내 시야에 카이텔과 시선을 마주하고 있는 하벨 황제가 보인다.

 "어?"

 그러고 보니 내가 정식으로 프레치아 황제를 보는 건 이 자리가 처음이구나. 사절단 환영은 아빠 때문에 못 나갔고, 어제 환영 파티는 취소돼서 못 봤으니 확실히 이번이 처음이었다.

 적국이 될지도 모르는 나라의 황제를 빤히 쳐다보는 건 좋지 않았으므로 요령껏 프레치아의 황제를 훔쳐보다 나는 고개를 갸웃했다.

 다른 사람인가?

 뭐 그렇게 대단한 인연을 쌓은 것도 아니고 친했던 것도 아니었지만 어렴풋한 기억 속의 그 남자애가 아니다. 내가 사람을 착각했나?

 "진짜 다른 사람인가?"

 하지만 그때 내게 밝혔던 이름은 똑같았다.

 근데 검은 머리 아니었나? 왜 머리가 붉어졌지? 기억 속의 하벨은 검은 머리에 검은 눈동자였는데, 눈앞의 황제는 붉은 머리에 검붉은 눈동자였다.

 그래서일까? 어릴 때의 분위기는 한 줌도 남아 있지 않았다.

내가 모르는 출생의 비밀이라도 밝혀졌나? 아니면 숨겨진 본능을 각성하고 환골탈태라도 했나? 그것도 아니면 염색인 건가?

대체 뭔가 싶어서 빤히 쳐다보고 있었는데, 내 시선이 꽤나 강렬했던지 프레치아 황제가 돌아본다. 갑자기 시선이 마주쳐서 나는 깜짝 놀랐다.

이거 고개 돌려야 되나?

멍하니 쳐다보다 시선을 피할 타이밍을 놓쳐서 어찌해야 될지 모르겠다. 처음 마주쳤을 때 모르는 척 시선을 내리깔았어야 했는데, 깜짝 놀라서 그러지를 못했다.

어쩌지?

내가 가만히 식은땀만 흘리고 있는데, 별안간 하벨 황제가 피식 웃는다. 우리 아빠가 자주 짓는 그런 비웃음 비스무리한 미소.

어, 어라? 근데 저놈이 지금 나 보고 비웃은 거야?

"그럼 잠시 이십 분 정도 쉬는 시간을 가지도록 하죠."

기분이 나빠야 하나? 아니면 봐 줬으니 감사해야 하나? 영 갈피를 못 잡고 있는데, 다행히 회의의 쉬는 시간이 돌아왔다.

정말 다행이었다. 이런 자리가 영 익숙지 않은 것도 있지만 역시 나는 이런 분위기에 약했다. 무겁고 답답해. 몸에 맞지 않은 옷을 입은 그런 느낌.

항상 생각하는 거지만 도대체 페르델은 어떻게 이런 분위기에서 실실 웃을 수 있는 거지? 아무튼 대단해.

아시도 놔두고 회의장 멀지 않은 곳에 마련된 휴게실로 나온 나는 바로 마실 거만 들고 포더르 궁의 정원으로 향했다. 푸른 하늘 밑에 뻗은 푸르른 정원을 보니 바로 마음이 놓인다.

하, 답답했던 숨통이 바로 탁 트였다.

딱히 내가 자연을 사랑하고 아끼던 환경운동가는 아니었는데 말이지. 아무래도 자라면서 정원에서 보내던 시간이 꽤 많았던지라 정원만 보면 마음이 금세 안정이 되었다. 역시 편한 곳이 최고시다.

어차피 이십 분 후면 돌아가야 했지만 나는 지금만은 마음 편히 있기로 했다. 어차피 또 좌불안석이겠지만…….

아무래도 난 왕은 못해 먹을 것 같아. 적성도 안 맞고 재능도 없었다. 소질도 없고. 그냥 아빠 말대로 아빠 옆에서 얌전히 붙어살아야지. 결혼은 어쩐지 할 수 없을 것 같으니까, 흡.

"회담이 잘 끝났으면 좋겠다."

문득 그런 생각이 든다.

지금 내가 누리고 있는 이 평화가 끝나지 않았으면 하는.

누군가는 덧없고 부질없다 말할지 모르지만 나는 화려하진 않아도 소소한 내 일상이 무척이나 마음에 들었다. 굳이 무언가를 하려고 발버둥 치지 않고 그저 주어진 일에 그때그때 최선을 다할 뿐이었지만 그래서 내겐 더 소중했다. 매일매일 파티를 열고 온갖 염문을 뿌려 대며 사람들의 가십을 즐기는 그런 화려한 생활보다 내겐 이런 소박한 일상이 더 어울렸다.

뭐, 그래서 지금 내가 이러고 있는 거지만.

"별걱정을 다한다."

언제나 그랬듯 페르델이 알아서 잘해 줄 거라 믿는다. 괜히 우리 스승님이 아니지. 뭐니 뭐니 해도 페르델의 사람 다루는 솜씨는 알아줘야 했다.

어느 정도 정화도 됐겠다, 마음의 정리도 했겠다, 나는 미련 없이 정원을 나가려 했다.
이제 돌아가야지.
―라고 생각한 순간이었다.
갑자기 뒤에서 내 몸을 끌어당긴다. 낯선 손길에 놀라 나는 숨을 죽였다.
뭐, 뭐야?
찰나 너무 놀라 말도 나오지 않았다. 반사적으로 몸을 빼니 뭘 어쩌려는 생각은 아니었는지 순순히 놓아준다.
고개를 돌리니 그곳엔 의외의 인물이 서 있었다.
하벨.
이 남자가 여긴 왜 있는 거지?
"……저한테 무슨 볼일이라도 있으신가요, 폐하?"
설마 쪼잔하게 아까 좀 쳐다봤다고 따지러 온 건가? 아닐 거라고는 생각하지만 진짜 그거면 이미지 확 깬다. 나는 살짝 고개를 쳐들었다.
내 질문에 하벨의 표정이 구겨진다.
"폐하?"
뭐, 잘못 말했나?
돌아오는 반응이 어째 그래서 나는 고개를 갸웃했다. 그럼…….
"고귀하고 지엄하신 황제 폐하?"
아, 아닌가.
돌아오는 반응이 더 싸늘하다. 역시 아니었구나, 썩을.
하벨이 살짝 눈썹을 치켜 올리다 피식 웃는다. 그 비웃음이 어째 기분이 좋은 것처럼 느껴져서 나는 내가 지금 뭘 본 건가 혼자 고민했다. 뭐지?

"전에는 잘도 반말하더니 웬일로 존대지?"

"제가 언제 반말을 했다고 그러……."

아!

따지려고 말을 늘어놓다 불현듯 떠오르는 기억에 나는 얌전히 입을 다물었다.

설마 처음 봤을 때를 말하는 건가?

말도 안 된다고 머리가 말을 하는데 내 눈은 저절로 커졌다. 돌아오는 반응을 보니 내가 생각하고 있는 그게 정말로 맞는 모양이었다.

뭐랄까.

그게 그러니까 그걸 기억하고 있다니, 놀랍다.

물론 나도 기억하고 있긴 한데, 그래도 잊었을 줄 알았다. 별거 없는 만남이었으니까. 정말 뭐 없는 마주침이기도 했고. 뭣보다 중요한 건 그때 자신이 꽤 많이— 건방졌었다는 거지.

망할.

자신이 처음 만났을 때 어떻게 행동했는지를 떠올리고 나는 곧 죽고 싶어졌다. 인간은 왜 사는 걸까.

"많이."

많이 뭐? 많이 건방지다고?

침을 삼켜 가며 다음 말을 숨죽여 기다린다.

그러나 하벨이 내뱉은 건 의외의 말이었다.

"자랐군."

긴장하고 있던 게 허무할 정도였다. 참 별게 다 새삼스럽다.

당연히 처음 봤을 때부터 십 년의 세월이 흘렀으니 많이 자랐지.

막상 그렇게 말하는 하벨도 많이 자랐다. 붉은 머리와 검붉은 눈동자는 어떻게 된 건지 모르겠지만 그걸 제외하고라도 하벨은 많은 것이 달라졌다.

180은 훌쩍 넘을 것 같은 큰 키에, 적당히 벌어진 어깨에, 잔근육이 붙은 날렵하고 탄탄한 몸은 솔직히 운동을 아무리 열심히 한다고 해도 쉽사리 가지기 힘들어 보인다. 여린 소녀 같았던 얼굴의 가녀린 선은 어느새 뚜렷하고 매끈하게 변해 있었다.

솔직히 인정하자면 근사했다.

주변에 차고 넘치는 게 미남이라 내 눈도 꽤 많이 높아졌다고 생각했는데, 그런 것도 아닌 모양이다.

"그러는 폐하께서도 많이 크셨네요. 그땐 진짜 꼬맹이였는데."

정말 새삼스러워서 내뱉은 말이었는데, 그 말이 거슬린 건지 하벨이 살짝 이마를 찡그린다.

"너도 그때는 꼬맹이였다."

"누가 뭐래요?"

이러니까 어릴 때로 돌아간 것 같네.

그래 봤자 세상 물정은 다 알던 때였지만.

뭔가 더 할 말이 있을 거라고 생각했는데, 의외로 하벨은 아무 말도 없었다. 대신 뭘 그렇게 보는 건지 빤히 나를 쳐다보기만 한다.

음, 저기 그러니까, 끙.

이제 다른 사람의 시선에는 익숙해졌다고 생각했는데, 이렇게 대놓고 노골적으로 쳐다보니 뭘 어떻게 해야 할지 모르겠다. 뭔가 그 시선이 간질간질했다.

하, 덥다. 여름이라 그런가.

괜히 뺨에 열이 오르는 기분이라 나는 숨을 몰아쉬었다. 진짜 덥네.

"보니까 좋군."

"네?"

방금 뭐라고 그랬어? 보니까 좋다고?

그게 무슨 의미냐고 묻기도 전에 하벨이 한마디를 더 툭 던진다.

"보고 싶었다."

어, 어?

하벨은 그 말만 내뱉고 미련 없이 가 버렸다. 아마도 회의 시간이 다 되어서일 텐데, 그걸 알면서도 나는 움직일 수가 없었다.

잠깐.

잠깐, 잠깐!

일단 가쁘게 찬 숨부터 몰아쉬고 나는 두 손을 들어 내 뺨을 감싸 쥐었다.

나, 방금 무슨 소리를 들은 거지?

— End. Gemini

볼세나의 아침은 늘 그렇듯 시끄러웠다.

깊은 잠에 빠져 있던 발토르타는 자신을 짓누르는 무게에 인상을 찌푸렸다. 숨이 막힐 정도로 무거운 것이 가슴을 짓누르더니 이내 쿵쿵대기 시작한다.

"형아!"

"혀엉!"

아침이면 저기압 때문에 죽을 것 같은데, 이 망할 놈의 동생 놈들이 매일 아침 발르를 살해하려고 든다. 오늘은 산세가 아니라 나였냐! 발르는 떠지지 않는 눈을 겨우 떠 자신을 짓누르는 웬수들을 바라보았다.

비테르보의 셋째 오데우르.

막내 하카.

아직 네 살밖에 되지 않은 하카가 무얼 알겠느냐만은 열 살이나 처먹은 오데우르는 달랐다.

이놈, 일부러 이러는 거지?

"형아, 일어났어?"

"형아님, 일어나셨어여?"

두 놈이 초롱초롱한 눈동자로 이제 막 잠에서 깬 발르를 내려다본다. 발르는 어이없어서 손을 들어 눈을 가렸다.

아, 이 썩을 놈들.

"오냐, 일어났다."

불쌍한 우리 아부지, 딸 하나 보겠다고 대체 아들만 몇을 본 거냐. 부족한 거 하나 없이 오히려 재상 놀음하면서 떵떵거리며 잘 사는 아버님이 유일하게 가지지 못한 걸 생각하며 발르는 한숨을 내쉬었다.

"내려와라. 언제까지 그러고 있을 거냐?"

이제 좀 일어나려고 하는데, 두 동생 놈들이 발르 몸에서 내려올 생각을 안 한다. 발르는 진지하게 물었다.

그러자 오디가 해맑게 웃으며 소리친다.

"발르 형이 살려 달라 그럴 때까지!"

"……."

이거 나보다 더한 놈일세.

발르는 잠시 자신의 처지를 되짚어 보며 한탄을 했다. 동생이란 놈이 이 모양이니, 앞으로의 미래가 저절로 걱정될 정도였다.

난 그래도 어렸을 때 이 정도는 아니었는데 말이지.

원하는 대로 살려 달라 해 볼까 살짝 고민하며 발르가 침묵한다. 하지만 이 악동들이 살려 달라 말한다고 살려 줄 것 같진 않았다.

그럼 어쩌지?

깊은 고민에 빠져 있는데, 순간 방문이 열리며 옷까지 다 갖춰 입은 산세가 발르의 방에 들어왔다.

"어이, 동생님들, 형님 그만 괴롭히고 가서 어머니 도와 드려라."

그런다고 이 막나가는 놈들이 갈지 의문이었지만 원군의 등장에 발르는 일단 좋았다. 그런데 자기가 말할 땐 콧방귀도 뀌지 않던 오데우르가 옆에 있는 하카를 돌아본다.

"가자, 하카."

"웅, 형아."

두 동생이 손을 잡고 나란히 사라지는 걸 보며 발르는 한탄을 했다. 저것들을 잘못 키웠어! 내 말은 듣지도 않더니!

바로 일어나 쪼르르 달려가는 꼬맹이들을 쳐다보다 발르가 산세를 돌아본다. 산세는 뭘 보냐는 듯 마주 보았다.

"저것들이 내 말은 무시하더니 네 말은 듣는 이유가 뭐야!"

"인격의 문제?"

"뒤질래."

산세가 웃는다.

진심이었는데 농담 취급을 당하다니, 발르는 살짝 슬펐다. 아, 우리 산세가 나를 업신여기다니.

"그만 슬퍼하고 내려와라. 밥 먹어야지."

오늘도 시작될 일상에 발르는 한숨을 내쉬었다. 그나저나 어제 파티에서 들이부은 술 때문에 머리가 띵하다. 그래도 집에서 제대로 잠을 잔 건 꽤 오랜만이었다.

* * *

"아, 개운하다."

리아가 시녀를 시켜서 가져온 꿀물을 단번에 들이켜고 발르는 그대로 소파에 축 늘어졌다. 한심한 동생이 하는 꼬라지를 지켜보던 리아가 혀를 찬다. 그 모습을 보다 발르가 씩 웃었다.

"또 파티 갔었냐?"

"응."

"누구네?"

어, 글쎄.

"누구더라?"

"……."

인간아, 왜 사니.

리아의 마음의 소리가 들려오는 것 같은데, 기분 탓이겠지. 발르가 기지개를 켜자 리아가 팔짱을 낀 채로 혀를 찬다.

"그 열정을 검을 쓰는 데 써 봐. 파티 나가는 걸 반으로 줄이면 넌 분명 산세보다 더 뛰어난 기사가 될 거야."

"싫은데."

검은 좋아하지만 굳이 뛰어난 기사가 되고 싶은 생각은 없었다.

발르의 대답에 리아가 또 한심하다는 듯 쳐다본다. 발르는 그저 해맑게 웃었다.

뭐 어때? 인생 한 번 사는 건데.

어렸을 때도 이랬던 것 같지만 발르는 절대 이 신념을 현실과 타협할 생각이 없었다. 리아가 혀를 찬다.

"리아는 뭐했는데? 또 일했어?"

"그래, 누님 바쁘시다."

지친 건지 한숨 돌리는 표정이 어째 눅눅하다. 발르는 지켜보다 고개를 갸웃했다. 아무리 힘들어도 웬만하면 내색을 안 하려는 우리 공주님이 웬일이지?

잠깐 고민해 보다 발르는 곧 깨달았다.

아, 그렇군.

"폐하께서 또 일을 벌이셨구나!"

역시나. 발르의 예감은 바로 적중했다. 리아의 표정이 눈에 띄게 어두워진다. 심상치 않은 분위기에 발르는 두 눈을 반짝였다.

이건 화를 참기 직전까지 간 표정인데.

"진짜 우리 아빠라서 그렇지!"

결국 리아가 불을 뿜기 시작한다.

"아니었으면 때려서라도 정신 차리게 했어. 아니, 아무리 온 세상이 만만하다지만 그래도 내 체면은 생각해 줘야 하는 거 아니야? 난 어떻게 살라고? 부끄러워서 얼굴도 못 들어."

"대체 뭔 일인데?"

리아 몫으로 나온 디저트를 빼앗아 먹으며 발르가 물었다. 발르의 질문을 기다리기라도 했다는 듯 리아는 거침없이 바로 쏟아 낸다. 대체 어떻게 그럴 수가 있냐는 듯.

"이번에 앤시프 왕가에서 나한테 결혼 신청서를 보냈는데, 그걸 사신 면전에서 찢었어. 감히 우리 따님한테 뭔 짓거리냐고."

"푸핫."

과연 그 폐하시다.

어느 정도 예상은 했지만 그래도 이건 상상 이상이었다. 저도 모르게 뿜자 리아가 날카롭게 쳐다본다. 마치 이게 재미있냐는 듯한 표정이었다.

"오히려 앤시프 사신을 죽이려 들기에 말리다가 내가 죽는 줄 알았다. 아, 내 처지야."

"역시 폐하셔."

상상을 뛰어넘는 패기다.

낄낄대는 발르를 보며 리아가 한탄을 한다. 고개를 절레절레 흔드는 리아를 보면서도 발르는 열심히 웃었다. 그런 발르를 보며 리아가 인상을 찌푸린다.

"웃기냐? 웃겨?"

"엄청 웃긴데."

엄청 웃긴 정도가 아니라 배가 찢어질 것 같다.

이제 폐하께서 그러는 것에 익숙해질 법도 한데 리아는 아무리 그래도 그런 상황에 면역이 되지 않는 모양이었다. 답이 없다고 중얼거리다 리아가 고개를 흔든다.

"아무튼 우리 아빠지만 가끔은 감당이 안 돼."

"흐응."

푸념하는 공주님을 보고 있자니 가여웠다. 공주님께서 가끔 하시는 말씀대로 어쩌다 그런 아버지 밑에서 태어나 이런 고생을 하는 걸까 싶달까. 하지만 둘이 있는 모습을 보면 그런 말이 쏙 들어가고 만다. 발르는 가볍게 웃었다.

저렇게 말하면서도 둘이 무척 사이가 좋단 말이지.

분명 둘이 하는 대화를 들어 보면 그렇게 사이가 좋진 않아 보인다. 그런데 하는 모양새를 보면 이렇게 친한 부녀가 없다 싶은 생각이 들곤 했다. 누군가의 눈치를 보는 카이텔 황제라는 건 전혀 상상이 안 갔는데, 막상 리아의 눈치를 보고 있는 황제 폐하를 보노라면 그 상황이 무척이나 기묘하면서도 납득하고 만다. 이게 딸이 가진 힘이라는 걸까.

어릴 때도 그랬지만 확실히 리아가 다 자라니 묘하게 카이텔 황제 쪽이 밀리는 게 다른 사람의 눈에도 보인다.

천하의 그 황제가 누군가한테 밀리다니.

"뭘 그렇게 봐?"

"신기해서."

빙그레 웃으며 어깨를 으쓱이자 리아가 왜 저러냐는 듯 인상을 구긴다.

결코 우리 공주님께서 성격이 좋은 건 아닌데 말이지. 오히려 가끔 스트레스를 받았다며 저지르는 일을 보면 정말 이렇게 사악한 여자가 또 없었다. 뻑하면 어릴 적 이야기로 우리 쌍둥이를 핍박하고 말이지, 엉엉.

하지만 그래도 어릴 때의 잔상이 사라지지 않는다.

"어머니가 준 차, 맛있어?"

"응. 역시 시르야. 시르, 최고."

"우리 엄마한테 직접 해 줘라. 엄청 좋아할 거야."

알겠노라고 말하며 리아가 고개를 끄덕인다.

무척이나 사소한 몸짓이었는데, 제 아비를 닮은 미모로 살짝이나마 웃으니 발르는 무척이나 곤란했다. 우리 리아를 하이에나들로부터 잘 지켜야겠구나.

물론 그 지키는 선두엔 카이텔 황제가 있으므로 든든했지만 그래도 인간사라는 게 또 모르는 거니까 어느 때나 붙어서 잘 지키겠다고 발르는 다짐 또 다짐했다.

자신이 어릴 땐 이 작기 그지없는 여자가 자기보다 강하다고 생각했었는데.

아니, 사실 그 카이텔 황제를 아무렇지 않게 대하며 자신들을 챙겨 주는 리아가 엄마보다 더 대단해 보였다. 지금은 그 이야기만 하면 부끄러워서 몸서리치지만 그때 그렇게 리아만 졸졸 따라다닌 데엔 분명 이유가 있었다.

"흐응."

자연스레 흘러내리는 적은발은 언제 보아도 신비로웠다. 정령의 피를 이어받았다더니 이대로 홀연히 자연과 하나가 되겠다며 떠나도 이상하지 않을 정도의 묘한 분위기를 내뿜는다고 할까나.

둘도 없는 내 천사.

그렇게 커 보였던 여자가 시간이 지나갈수록 작아지더니 어느새 이렇게 조그맣게 되어 버렸다.

발르는 새삼 자신이 컸구나 생각이 되어 빙그레 웃었다.

"왜 기분 나쁘게 웃어? 내 욕 했냐?"

……천사 취소.

기껏 예쁘게 봐 주고 있었건만 돌아오는 반응이 불만족스럽다. 발르는 잔뜩 인상을 썼다.

"선머슴!"

"죽을래!"

작은 주먹이 옆구리를 친다. 피하려면 충분히 피할 수 있지만 발르는 그냥 맞아 주었다. 맞는다고 아프지도 않고.

다 때린 리아가 씩씩거리며 쳐다본다.

"그러고 보니 너 산세는 어따 두고 너 혼자 여기 와 있어?"

리아가 성질내는 모습을 지켜보며 발르는 빙그레 웃었다.

"산세는 일하는 중이겠지."

"넌?"

"……."

대화를 포기하고 싶어지는데, 이거.

발르는 대답하는 대신 시선을 돌렸다. 리아가 그럴 줄 알았다는 듯 혀를 찬다.

아무튼 할 말 없으면 바로 산세 이야기로 넘어가지.

약았어, 리아.

그러고 보면 그때쯤이었을 거다. 산세가 철이 들기 시작한 건. 불현듯 떠오른 그날의 기억에 발르는 자신 앞에 앉아 있는 리아를 빤히 바라보았다.

리아가 왜 그러냐는 듯 고개를 갸웃한다.

"리아는 왜 산세가 검을 배우기 시작했는지 알아?"

뜬금없는 질문에 리아가 물음표를 띄운다.

"그걸 내가 어떻게 알아?"

그때 발르는 이미 검을 배운 상태였다. 아마 검을 배운다는 게 신나서 막무가내로 굴고 있을 때였지. 아버지는 제 자신이 검을 배우지 않아서인지 발르와 산세가 검을 배우지 않아도 별로 개의치 않았다.

하지만 역대 걸출한 원수들을 배출해 낸 비테르보의 다른 사람들은 달랐다. 큰아버지와 할아버지는 어린 발르에게 이것저것 온갖 유혹을 하며 검을 배우게 만들었었다.

유혹에 홀라당 넘어가 검을 배우기 시작한 발르가 산세에게도 같이하자고 했는데, 아무래도 산세는 리아와 많이 놀지 못한다는 것이 싫은지 한참 동안이나 배우지 않았다.

그 마음이 바뀐 건 어느 날의 겨울.

"왜 배웠는데?"

"안 알려 줌."

"……."

뒤이어 날아온 머리핀을 가볍게 피하며 발르가 빙그레 웃었다. 리아가 인상을 찌푸린다.

저 예쁜 얼굴을 저렇게 막 쓰네, 쟤가.

"나는 왜 배웠게?"

이것도 모를 줄 알았는데, 리아가 인상을 확 찌푸리며 바로 대꾸한다.

"할아버지가 검 준다고 했다며. 전설의 명검."

그건 정답이었다. 이걸 기억하고 있다니.

"어? 기억하고 있었어?"

"넌 내가 바보인 줄 아냐."

"응."

주먹이 날아왔지만 발르는 과거를 떠올리고 있었다.

산세가 검을 배우기 시작한 건 어느 날의 겨울이었다.

후원에서 놀던 리아가 산세 대신 유리 조각에 찔려서 손을 크게 다친 적이 있었다. 실수로 도자기를 깨뜨린 산세를 보호하기 위해서였다는데, 그때 그 자리에 없었으므로 발르는 자세한 이야기는 몰랐다.

나중에 카이텔이 혹여 산세를 죽이려 들까 싶어 자기 실수로 다쳤다고 리아가 얼버무렸지만 산세는 자신이 리아를 다치게 했다는 사실에 큰 충격을 받았다. 몇 날 며칠 밥도 먹지 않고 잠도 자지 않아서 볼세나는 한바탕 소동이 날 정도였다. 그러다 반쪽인 발르에게만 털어놓은 산세의 이야기는 자신도 강해지고 싶다는 말이었다.

리아는 괜찮다 말했지만 산세는 자신이 리아가 위험할 때 아무것도 하지 못했다는 사실이 너무 싫다고 그렇게 말했다.

"진짜 이유가 뭔데?"

궁금한지 리아가 보챈다. 발르는 그저 빙그레 웃었다.

누군가를 지켜 주기 위해 검을 든 산세가 자신보다 강하지 않다면 그것이야말로 말이 안 된다. 발르에겐 그런 마음가짐이 없었으니까.

이젠 한없이 작은 자신들의 어린 천사를 보며 발르는 장난스럽게 웃었다.

"나중에 산세한테 직접 들어."

아이는 자란다.

그리고 그 아이는 자라서 어른이라는 이름의 또 다른 아이가 된다. 우리처럼.

2. Why so serious?

2. Why so serious?

회담은 열흘에 걸쳐서 진행되었다.

아무래도 손쉽게 결정할 일은 아니다 보니 처음엔 곧이라도 전쟁이 벌어질 듯 삐거덕거리며 살벌하기만 했다. 선로를 이탈하기 일보 직전인 전철을 보는 기분이라고 해야 할까? 입장 차이도 무척이나 심한지라 과연 제대로 회담이 진행이나 될까 의심스러웠다.

하지만 사흘이 지나고 나흘을 돌파하니 서서히 이야기가 진행되더니 결국엔 쌍방 모두 프레치아의 독립을 승인하는 방향으로 결론이 났다.

세세한 건 아직도 정해야 한다지만 이 정도로 평화적인 독립이라니.

나는 새삼 페르델이 자랑스러웠다.

확실히 그놈이 머리로 하는 건 못하는 게 없어.

"그럼 전쟁은 없는 거예요?"

이블린이 잔을 내려놓으며 묻는다. 나는 감로차를 들이켜며 고개를 끄덕였다.

"아마도."

"아마도?"

"아직 독립 승인은 안 났거든. 그냥 구두로 평화적 해결을 보자고 합의한 거니까 정확히는 회담이 끝나 봐야 알겠지."

내가 어깨를 으쓱이자 이블린이 고개를 끄덕이며 웃는다.

마주 웃어 주면서 나는 어쩐지 무거워진 마음에 한숨을 내쉬었다. 이번 아그리젠트-프레치아 회담이 열리면서 내가 새롭게 알게 된 사실이 하나 있는데, 그건 바로 레일라가 프레치아의 공주였다는 것이었다.

전쟁이 일어나기 전, 카이텔이 평화 동맹을 빌미로 프레치아의 두 공주를 데려온 것은 알고 있었지만 그중 하나가 레일라일 줄은 꿈에도 몰랐다. 결국 어릴 때 나 때문에 죽은 프레치아의 공주가 레일라의 언니라는 거고, 카이텔이 모조리 죽인 프레치아의 황족은 전부 레일라의 친족이라는 소리였다.

"하."

그 사실을 알자마자 나는 왜 카이텔이 후원까지 따로 만들어 주며 희사원의 출입을 엄격하게 막았는지 깨달았다. 더불어 레일라가 나를 볼 때마다 짓던 그 미묘한 웃음의 이유도.

세 살에 처음 희사원에서 만나 가끔씩 어울리곤 했던 후궁의 공주.

내 아버지는 증오한다면서 정작 나에 대해선 별다른 유감이 없다고 한 말을 철석같이 믿었던 내가 미련했다. 남쪽에서 잡혀 온 공주라는 건 알고 있었지만 안 좋은 이야기를 들추는 것도 그래서 그동안은 몰랐다.

아니, 알려고 하지 않은 거겠지.

레일라는 굳이 숨기려 하지 않았으니까. 명백한 진실을 외면하고 있던 건 나였다. 그래, 어리석은 건 나다.

"왜 그러세요?"

평소와 다르게 잔뜩 처져 있으려니 의아한 듯 이블린이 고개를 갸웃한다. 나는 고개를 가로저었다.

"아무것도 아니야."

이블린에게 털어놓을 만한 이야기는 아니었다. 물론 그 누구에게도 털어놓지 못한다.

아, 인간관계란.

이래서 사람이 죄를 짓고 살면 안 되는 거야. 봐 봐, 언젠간 이렇게 후회하게 된다고!

도대체 앞으로 레일라는 무슨 면목으로 볼 것이며, 또 하벨 황제는 어떤 태도로 대해야 하는지 머리가 어지럽다.

나는 망했어! 망한 게 틀림없어.

내 인생은 망했어! 망했다고!

"공주님."

"응?"

내 손을 주의 깊게 응시하다 이블린이 갑자기 빙그레 웃는다. 그러더니 갑자기 손을 감싸 쥐었다.

"차를 마시는 그 동작에서마저 느껴지는 이 기품! 절도! 역시 공주님이세요!"

······그, 그래.

나는 또 무슨 진지한 이야기를 하려나 했다. 그럴 리가 없지, 쯧쯧. 그래, 내가 참 기품 있고 절도 있어. 나도 알아.

이 과잉 존경의 눈빛도 한두 번이야 당황을 하지. 이젠 너무 익숙해져서 슬프다, 흡. 이블린, 너 때문에 내가 괜히 쓸데없는 자신감만 늘어나고 있잖아, 엉엉.

하지만 오는 뇌물과 칭찬은 막지 않는다는 나의 신념하에 오늘도 그냥 넘어가고 만다.

하, 그래, 내가 언제 이런 칭찬 속에서 살아 보겠어.

다 있을 때 즐겨야 되는 법이야. 암, 그렇고말고.

"으음, 저어, 공주님은 그레시토 백작님이랑 친하시죠?"

"응? 어. 뭐, 친하지."

정말 새삼스런 질문이었다.

애가 뭘 잘못 먹었나, 이런 건 왜 물어보지?

내가 고개를 갸웃하니 이블린이 짐짓 심각한 표정으로 고민에 빠져든다. 나는 가만히 찻잔을 내려놓았다.

"왜?"

"아니, 아니에요."

뭐지? 방금 영 좋지 않은 기운의 싹이 느껴진 것 같은데 말이지.

대체 뭐지? 기분 탓인가?

분명 내가 싫어하는 기운이었는데, 그게 뭔지 모르겠다. 나는 전에도 느껴 본 적 있는 이 뭔가 착잡하고 짜증나는 기분을 곰곰이 곱씹어 보았다.

설마 이 기운이 더러운 커플의 기운은 아니겠지.

하하, 아니겠지?

……아닐 거야. 에이, 설마 아니겠지.

애써 아닐 거라 굳게 믿으면서도 의혹의 시선으로 이블린을 주시하고 있는데, 별안간 리비가 내 옆으로 다가온다. 응?

"공주님, 궁내부에서 사람이 왔습니다."

신이시여, 왜 하필 이럴 때!

내 얼굴이 새하얗게 질리는 걸 보며 이블린이 안쓰러운 표정을 짓는다.

이제 좀 놀아 보고자 느긋하게 티타임을 벌이고 있었는데, 또 일거리라니요? 나는 원망의 눈초리로 리비를 올려다보았다.

이 나라에도 노동법이라는 게 있고, 근무 시간이라는 게 있는데, 어째서 나는 이렇게 쉬는 시간도 없이 부려 먹혀지는가! 황족은 노동법 근무 시간에 보호받는 존재가 아닌가 봅니다. 엉엉, 내가 잉여가 아니라니!

나의 소박한 꿈은 그저 여유롭게 늦게 일어나 하루 종일 놀고먹기만 하다가 자는 건데. 그게 이루어질 수 없는 꿈이라니.

"공주님, 힘내세요."

이블린의 측은한 시선이 내게 향한다.

동정할 거면 돈으로 달라! 아니, 돈은 필요 없으니, 네가 내 대신 일 좀 해 줄래? 엉엉.

나는 어쩔 수 없이 쏟아지는 눈물을 참으며 자리에서 일어났다.

하, 내 인생이 뭐 그렇지.

＊　＊　＊

굳이 레일라의 일이 아니라도 하벨 황제는 나에게 뭔가 껄끄러운 존재였다.

물론 레일라의 일이 그를 대하는 데 뭔가를 더 끼얹은 감이 없지 않아 있긴 한데, 그렇다고 그것 때문에 껄끄럽다고 말하긴 좀 뭣했다. 뭐, 회담이 잘못되면 필히 적이 되는 존재라서 그런 것도 아니다.

그래, 그런 거였으면 차라리 낫지.

나는 깊은 한숨을 내쉬었다.

도대체 그 인간은 어떻게 대해야 할지 통 모르겠단 말이야. 어릴 때도 그랬나?

어릴 땐 마냥 귀여웠던 것 같은데, 막상 떠올려 보려니 너무 어릴 적이라 기억도 안 난다. 하긴 뭐 어릴 때 안 귀엽고 안 예뻤던 사람이 누가 있겠냐만.

그래도 이건 좀 차이가 심하다고!

하지만 그렇다고 하벨이 성가시게 구는 것도 아니었다. 사실 회담 이튿날 잠시 대화한 것 빼곤 제대로 대화다운 대화도 안 해 봤으니까. 심지어 말을 건 것도 첫째 날에 비하면 평범하기 그지없는 한두 마디.

보고 싶었다느니 통 알 수 없는 말로 사람 속을 뒤집어 놓고 그 태평한 얼굴이라니. 정말 마음 같아서는 한 대 패 주고 싶었는데,

내 사회적 지위와 위신을 생각해서 그만뒀다, 퉤.

그 이후로 그놈이 대놓고 접근하는 것도 아니고, 그렇다고 둘이 따로 만난 적도 없는데, 뭘 이렇게까지 신경 쓰냐고 말하면 나야 할 말은 없었다.

하지만 그래도 신경이 쓰이는 걸 어떡해! 신경이 쓰이는 데 안 쓰인다고 할 수는 없잖아!

안 그래도 다른 일로 머리가 복잡한데, 그놈만 생각하면 복잡한 정도가 아니라 미칠 지경이었다.

하, 이게 다 배가 불러서 생기는 일이야.

일이나 해야지. 그래, 일이 최고시다.

"공주님, 이제 저녁 시간이에요."

"벌써?"

농땡이 피우느라 일 많이 못했는데.

하지만 시간을 보니 정말 저녁이다. 나는 진짜 진심으로 일을 하고 싶었지만 그보다는 밥이 더 소중했다.

이게 다 먹고살자고 하는 짓이지. 암, 그렇고말고.

벌떡 일어나니 리비가 작게 웃는다. 왜! 인간은 누구나 밥을 먹어야 된다고!

특히나 나는 아빠랑 같이 밥을 먹기 때문에 정말 특별한 사유가 아니면 저녁을 건너뛸 수 없었다. 게다가 요새 저녁은 프레치아와 친목을 다져야 한다는 명목으로 페르델이랑 하벨 황제랑 프레치아 수상까지 낀 식사여서 빠지고 싶어도 절대 빠질 수가 없지, 흡.

"하, 썩을 내 인생."

혼자 있고 싶네요. 모두 나가 주세요.

흑, 아빠와 단란한 저녁을 먹고 싶다. 그깟 프레치아 따위! 엉엉, 공주면 뭐해! 내 맘대로 되는 건 하나도 없는데!

하지만 그게 새삼스러운 일도 아니라 나는 그저 한숨만 푹푹 내쉴 뿐이었다.

근데 그러면 또 그 인간 얼굴을 봐야 하잖아?

벌써부터 기분이 가라앉는다. 으아아, 또 그 얄미운 얼굴을 봐야 하는 건가? 의미 불명의 시선을 받아 내야 하냐고!

차라리 그놈이 싫은 거면 나을 텐데. 싫은 건 아니지만 그렇다고 좋은 것도 아니고, 나쁜 것도 아닌, 그런 뭔가라니. 짜증이 치솟는다, 하.

신이시여, 대체 인간은 왜 이리 복잡한 생물인가요?

네? 그냥 제가 복잡하게 생각하는 거라고요? 에라이!

"공주님."

"응?"

갑자기 날 부르는 리비의 목소리에 고개를 돌리니 리비가 어느 쪽을 턱짓으로 티 안 나게 가리킨다. 나는 아무 생각 없이 고개를 돌렸다가 숨을 삼켰다.

헛.

아무래도 내 궁에서 솔레이로 가는 건 희사원을 가로지르는 게 제일 빨라서 그 길을 걷고 있었는데, 왜 하필 이럴 때 마주친단 말인가!

"이건 내 앞을 가로막겠다는 신의 의지인가?"

물론 신이 할 짓이 없어서 내 앞을 가로막겠다고 이런 짓을 벌이지는 않겠지만 그래도 이게 뭐야! 이건 아니잖아!

신이시여, 이건 아니잖아요!

내 나이만큼의 시간이 흘렀어도 변함없이 울창한 겨울나무 앞에 서 있는 한 남자가 내 시선을 가져간다. 당연하게도 그건 우리 아빠나 아시시는 아니었다.

도대체 레기온의 황제가 아그리젠트의 신목에 무슨 관심이 저리 많담.

저러는 걸 한두 번 봤어야 그렇구나 넘어가지. 허구한 날 저러고 있으니 의문이 생기는 건 당연했다. 아시시도 가끔 저러고 있던데.

혹시 겨울나무에 나 모르는 효능이라도 있나?

혈액순환을 촉진시켜 주고 신경을 안정시켜 주며 마음을 차분하게 가라앉혀 주는 효과…… 가 있을 리가 없지. 계절 정령이 무슨 허브도 아니고, 신경 안정에 혈액순환 촉진이야.

멀찌감치 서서 불만 가득한 표정으로 쳐다보다가 불현듯 한숨을 내쉰다.

썩을! 그래, 맨날 피해 다닌다고 해결될 일은 아니지.

그걸 알면서도 그동안은 피해 다녔지만 이제야 그러지 않을 마음이 들었다. 내가 마주치기 껄끄러워 이런 상황에선 그냥 조용히 못 본 척 넘어간 게 대부분이다. 평소라면 지금도 행여 저쪽에서 날 발견할까 서둘러 길을 떠났을 테지만 왜인지 오늘따라 나는 그러지 않았다.

일단 크게 한 번 숨을 들이마신다.

마음의 준비가 필요해.

후하후하.

아, 이제 됐다.

어차피 언젠가 한 번 부딪쳐야 한다면 그게 지금인 편이 낫다. 회담이 끝나면 계속 볼 얼굴은 아니지만 그래도 이렇게 찝찝한 채로 헤어지는 건 그것대로 신경 쓰이니까.

"겨울나무가 좋으신가 봐요."

내 목소리에 나뭇가지를 만지던 손이 움찔한다. 하벨 황제와는 어느 정도 거리가 있었지만 그 움직임을 보지 못할 정도로 멀진 않았다.

서서히 고개를 돌리는 하벨을 보며 나는 괜히 목이 말라 오는 기분에 마른침을 삼켰다. 서늘한 시선이 내게 닿는다.

"전에도 서 있으셨잖아요."

마주치는 시선이 괜히 어색해서 빙그레 웃었건만 돌아오는 반응은 아무것도 없었다.

저기, 황제님? 내가 너와 나 사이에 흐르는 이 어색함을 뚫고 이렇게까지 하는데, 내 노력에 대한 보상은 없는 거니? 그런 거니?

작위적으로 웃는 것도 힘겨워 죽고 싶은 심정인데, 하벨이 대꾸는커녕 그 어떤 반응조차 보이지 않는다.

나는 말을 건 지 일 초도 안 돼서 후회했다.

썩을, 괜한 오지랖은 부리는 게 아니었어.

엉엉, 나 돌아갈래!!

이대로 뒤돌아 모르는 척 가 버리고 싶어도 녀석의 검붉은 눈동자가 나를 또렷이 응시하고 있어서 그게 힘들었다.

하, 나는 대체 왜 사는 걸까.

여긴 어디? 나는 누구?

"이제야 나와 말할 마음이 생기기라도 한 건가?"

한참이나 나를 빤히 응시하다 나지막이 하벨이 말을 한다.

반쯤 정신을 놓고 있다 그 말에 퍼뜩 제정신이 들었다.

……예, 예리한 놈, 알고 있었냐?

괜히 뜨끔한다. 동시에 어쩐지 그동안 내가 피해 다녔다는 걸 안다고 생각하니 미안했다. 무례한 행동이기도 하고 또 당하는 사람 입장에서 기분이 좋을 리가 없다는 건 누구보다 내가 더 잘 아니까.

아, 모르는 줄 알고 열심히 피해 다닌 건데. 미안한 마음이 드는 건 어쩔 수 없었다.

내 안색이 굳어지자 하벨이 피식 웃는다. 그러더니 나뭇가지를 만지던 손을 내렸다. 어느새 내 앞에 성큼 다가선 그를 올려다보자니 기분이 미묘했다.

검붉은 눈동자 못지않게 머리카락도 붉다.

후에 안 사실이지만 저건 프레치아 황제가 된 이후로 변한 것이라 했다.

프레치아 황제의 조건은 성물의 주인. 신의 선물인 성물의 주인이 되면 그 증거로 생김새가 바뀐다.

어떻게 변하는지는 가지각색이지만 보통은 머리카락과 눈 색이 바뀐다고 했다. 그리고 그 증거로 하벨의 외형도 이렇게 변한 것이고.

난 검은 머리카락이 더 좋았지만 바뀐 머리도 그리 나쁘지는 않았다. 단지 내가 알던 사람이 아닌 것 같아 지금 하벨에게 정을 붙이지 못하는 걸지도 모른다는 생각이 문득 들었을 뿐.

그때였다. 돌연 하벨이 가만히 무언가를 내민다.

"이거 기억하나?"

그것은 파란색의 머리 끈이었다. 실크로 만들어진 꽤나 고급스런 머리 끈. 처음 보는 건 아니다. 오히려 질릴 정도로 흔히 보는 것이라 나는 의아했다.

뭐지, 이건 갑자기 왜 물어보는 거야?

"그게 뭔데요?"

"머리 끈."

그건 나도 눈이 있고 생각이 있어서 보기만 해도 알 수 있단다, 하벨아. 어디서 이놈이 날 모자란 인간 취급을 해.

하지만 이놈이 왜 이 머리 끈을 꺼낸 건지는 알 수 없었다. 설마 이 머리 끈이 범접할 수 없는 성스런 힘이 담긴, 지구를 지키는 성물…… 일 리는 없지.

그럼 설마 자기 머리를 묶으려고?

"폐하, 머리 짧지 않으세요?"

설마 지금 내가 보고 있는 이 머리가 가발이라던가, 가발이었다던가, 가발인 건가. 아무리 봐도 머리를 묶을 수 있는 길이는 아니었기에 해 본 생각이다.

근데 만약 이게 가발이라고 해도 지금 네가 들고 있는 건 빼도 박도 못하는 여성용이거든? 암만 예쁜 머리 끈이라고 해도 네가 묶는 건 좀 아니라고 생각하지 않니?

솔직히 내가 생각해도 헛소리이긴 했는데, 하벨이 너무 노골적으로 나를 한심하다는 듯 내려다본다.

흠, 아니면 아닌 거지, 왜 그렇게 보는 건데!

"……죄송합니다."

하지만 나는 용기가 없었고, 굳은 의지 따위 뭐에 쓸래도 없었다. 엉엉, 인간은 왜 이리 나약한 존재인가.

"확인하러 왔다."

"뭘요?"

도대체 무슨 확인을 어떻게 하러 오셨기에 이러세요.

아무래도 좋은 감정이 있을 턱이 없어서 더 틱틱거리는데, 그런 나를 하벨이 빤히 내려다본다.

처음 마주치는 눈동자도 아니건만 그가 말이 없을수록 나는 뭔가 불안했다. 뭐지? 괜히 마른침만 삼키며 입술을 앙다문다. 대체 뭘 확인하려고 하기에 이렇게 뜸을 들이는 거람?

의문도 잠시.

뒤이어 벌어진 사건에 나는 깜짝 놀라 손가락도 까딱할 수 없었다.

"……!"

갑자기 내 어깨를 잡더니 미처 내가 반응하기도 전에 하벨 황제가 내 몸을 끌어당겼다. 나는 순식간에 하벨의 품에 덜컥 안겨 버렸다.

엑?

에엑? 에에엑?

"이, 이게 무슨 짓!"

아니, 대관절 이게 도대체 무슨 일이야! 내가 꿈을 꾸는 건가? 서서 잠이라도 자는 거야? 아니, 이게 꿈이라면 이건 악몽이겠네.

잠깐, 그게 문제가 아니잖아!

누가 보면 어떻게 하려고. 대체 이놈이 무슨 속셈이야?!

놀랐다는 말로 표현이 안 될 정도로 놀라서 나는 두 눈을 끔뻑이기만 할 뿐 손 하나도 까딱할 수 없었다.

하지만 숨이 막힐 정도의 당황도 잠시, 상황이 파악되자마자 나는 벗어나려 몸을 뒤틀었다. 물론 그런다고 빠져나갈 수 있을 리가 만무했지만.

"아."

분명 못 빠져나올 거라 생각했는데, 의외로 힘을 주니 쉽게 빠져나온다. 원하는 대로 빠져나왔는데, 빠져나왔음에도 나는 당황스러웠다.

뭐지? 대체 이놈 나한테 무슨 짓을 하려 했던 거야?

꼬라지를 보아하니 성희롱 같은 걸 하려던 건 아닌 듯한데, 나는 의아했다.

하지만 그 의도를 묻기도 전에 나는 내 머리에 무언가가 감겨 있다는 것에 신경이 쏠렸다. 그건 하벨의 손에 있었던 파란 머리 끈이었다. 나는 벗겨 낸 머리 끈을 들고 어이없어 했다.

뭐야, 이거 해 주려고 안았던 거야?

"그대가 내게 준 것이니 돌려주겠다."

나를 내려다보는 하벨은 꽤나 복잡한 표정을 짓고 있었다. 씁쓸하기도 하고, 애틋하기도 하고, 처연하기도 한 그런 표정.

그러나 그것도 잠시, 그는 능숙하게 제 표정을 감추었다.

"그냥 버리셔도 되는데, 왜 굳이……."

나도 잊어버린 머리 끈인지라 날름 받기 뭔가 머쓱하네. 맡겨 놨던 건 분명 아닐 텐데 말이야. 괜히 민망해서 손가락을 꼼지락거린다.

일순 하벨의 표정이 굳었다.

"잊어버린 건가?"

"네? 뭐요?"

무의식적으로 대답해 놓고 나는 바로 입술을 깨물었다.

어, 어?

뭔가 상처받은 표정.

순간이었지만 잠깐 스친 표정에 나는 당황했다. 뭔가 머리끈에 얽힌 전설이라도 있었던 건가? 기억이 안 나는데. 저렇게 반응할 정도면 뭔가 있는 것 같은데…….

나는 도무지 알 수 없었다. 뭐지?

곤혹스러워 하는 날 내려다보며 하벨이 피식 웃는다. 그건 어쩐지 단념한 듯한 시선이었다.

"잊어버린 사람한텐 할 말 없어."

서늘해진 검붉은 눈동자를 마주하며 나는 인상을 찌푸렸다. 잊어버린 사람한테 할 말이 없다니? 너 지금 내 기억력 무시하냐?

하지만 내가 따지고 들기도 전에 하벨이 먼저 물러난다.

"그럼 이만."

나는 좀 당황스러웠다. 원래 정상은 아니라는 걸 알고 있었지만. 멀찍이 사라지는 하벨의 뒷모습을 지켜보다 나는 괜히 리비를 돌아보았다.

"저게 프레치아를 통일한 그 황제 맞아?"

"아마도 맞을 겁니다."

정말 궁금한 건데, 원래 황제라는 놈들은 하나같이 저 모양인 걸까? 손안에 쥐어진 머리 끈을 내려다보다 홀로 가만히 아무도 모를 한탄을 내뱉는다.

불쌍한 프레치아 백성들, 독립을 이끈 황제가 저렇게 이상한 놈이라니.

* * *

다 자랐다고 해 봤자 내 나이 이제 열여덟.

성인의 기준인 열일곱은 넘겼다고 해도 내가 아직 어린 나이인 것은 누구도 부정할 수 없는 사실이다. 이제 슬슬 어른의 역할을 시작한다고 해도 아직 어리다며 무시당하는 게 빈번할 나이였으니까.

하지만 그건 나에게는 해당되지 않는 이야기였다.

황궁의 안주인 행세를 하는 것도 모자라 사교계의 정점에 서 있는 형국이었으니까.

아니, 뭐 그건 그렇다 쳐.

"난 분명 보기 좋다고 말했을 뿐이었어."

눈앞에 대령된 건 푸른 정령석을 깎아 만든 액세서리 세트였다.

티아라, 목걸이, 귀걸이, 반지, 발찌까지 구성되어 있는 한 세트. 일반 보석이라고 해도 어마어마한데, 희귀한 정령석을 가공해 액세서리를 만들었다고 한다. 오벌 컷Oval Cut, 대표적인 보석 컷팅 중 하나로, 타원형의 우아함이 특징이다으로 둥글고 우아하게 깎인 정령석은 일반 보석에 비해 광채는 덜 나지만 그 스스로가 품고 있는 영롱한 빛깔이 황홀했다.

일단 예쁜 건 예쁜데 말이야. 이게 왜 내 앞에 놓여 있는 거지?
괜히 심각해진 나와 달리 시녀들은 심드렁했다.
"좋아하실 것 같아서 가져왔대요."
나는 진지하게 고민했다.
"내가 언제 갖다 바치라고 했었나?"
기억이 안 나는데. 그보다 이거 엄청 귀한 거라며?
정령석은 그래도 꽤 많이 나는 편이었지만 이렇게 세공을 할 수 있는 건 그중에서도 희귀했다. 일반 정령석이 다이아몬드의 열 배의 가치를 가진다는 걸 감안했을 때, 이게 얼마의 금화를 뿌려야 가질 수 있는 건지 계산하는 것 자체도 벅차다.
난 그냥 이거 어떠냐고 묻기에 예쁘다고 대답만 했는데, 예쁜 걸 예쁘다고 말한 것뿐이었는데, 그대로 홀라당 내게 바치는 그 의도는 대체 뭐란 말인가.
물론 준다면 받습니다. 뇌물이건 뭐건 선물을 거절하는 건 좋지 않은 버릇이었다.
그건 그렇다 치고 이걸 받는다고 해도 내가 줄 수 있는 건 아무것도 없는데, 괜히 바치는 귀족들만 불쌍하다. 게다가 준 사람이 한둘이 아니어서 일일이 기억하기도 힘들었다.
나란 인간은 이제 감탄도 마음대로 하지 못하는 그런 인간이 된 것인가.
아, 나의 인기란.
"어쩌겠어요. 모두들 공주님 눈에 들고 싶어서 안달 난 상태인걸."

리비는 당연히 감수해야 하는 것이라는 듯 말했으나 나는 그저 허허로이 웃을 뿐이었다.

그래, 이건 다 내가 너무 사랑스럽기 때문에 생기는 일이지, 흡. 나는 왜 이렇게 태어난 걸까? 그래, 다 내가 타고난 죄다. 내가 너무 사랑스럽고 예쁘기 때문에 생겨난 죄라고, 엉엉. 도대체 나는 왜 이리 예쁘고 사랑스러운데다가 착하고 똑똑하기까지 한 것인가. 역시 나는 사랑 받기 위해 태어난 아이…… 는 개뿔.

헛소리는 작작하고, 나는 한숨이나 내쉬었다.

곧 저녁 먹을 시간이네.

아, 저녁 먹기 싫어.

"엉엉."

또다시 펼쳐질 저녁 지옥에 나는 눈물을 삼켰다. 비록 하벨과는 극적인 관계 회복에 성공했다지만 이건 그것 가지고 해결될 일이 아니었다. 무엇보다 관계 회복엔 성공했을지 몰라도 불편한 건 여전했다.

왜죠? 대체 왜 이런 거죠!

"왜 그놈은 쌍둥이나 시토처럼 대하는 게 어려울까?"

쌍둥이나 시토는 당연히 어릴 때부터 봐 왔으니까 편할 수밖에 없다지만 그렇다고 다른 귀족 신사를 대하듯 하벨을 대하는 것도 힘들다. 무엇보다 시치미 뚝 떼고 새침하고 우아하게 공주로서 대하려고 하면 비웃는 건지 자꾸 웃어 대는 하벨 때문에 기분이 나빠서라도 그 짓은 못하겠다.

아오, 여자에게 내숭은 필수라고!

덕분에 지나가다 마주치면 인사는 하고 안부도 몇 마디 물어볼 정도로 가까워지긴 했지만 친하냐고 물으면 글쎄? 물음표만 띄운 채로 고개만 갸웃하는 그런 사이였다.

하, 천하의 이 내가 처치 곤란한 인간이 있다니.

카이텔을 아빠로 두고 사는 내가!

거듭 한숨을 쉬어 대니 들어온 선물들을 정리하던 시녀들이 나를 쳐다본다. 브랜다가 물었다.

"또 남제국 황제 폐하 때문에 그러세요?"

"어, 그놈 아니면 내가 또 누구 때문에 이러겠니."

잔뜩 늘어진 채로 연거푸 한숨을 내쉬니 시녀들이 키득거리며 저마다 웃음을 터뜨린다.

내 눈에는 불꽃이 튀었다. 저것들이 죽을라고. 감히 주인이 큰 곤경에 빠져 있는데, 그것 가지고 웃어? 생각 같아선 전부 소집해서 정신교육이라도 시켜 주고 싶은데 귀찮아서 그만뒀다.

하, 내가 뭐 이렇지.

"그래도 정말 멋진 분이세요. 남제국의 남자들은 다 그럴까요?"

"맞아. 공주님하고도 잘 어울려요."

"나도 언젠가 그런 남자랑 결혼했으면 좋겠다!"

"어머, 네가? 꿈 깨!"

시녀들의 호들갑을 듣고 있으려니 나오는 건 헛웃음밖에 없다. 그런 놈이 시녀들의 이상형이라니, 이 제국이 망하려는 모양이다.

"근데 좀 무섭기도 해요."

"맞아. 그 소문 들었어? 황제를 거슬렀던 귀족은 그 누구도 살려 두지 않았대."

"항복을 해도 받아들이지 않고 다 죽였다고 하더라."

"거기엔 힘없는 여자들도 어린아이들도 있었대."
"우리 나라랑 전쟁하면 다 그렇게 되는 거 아니야?"
우려 섞인 시녀들의 수다를 들으며 나는 그저 턱을 괸 채 조용히 관망했다. 시녀들이 말하는 이야기가 사실이 아닌 것도 아니었고, 지금 하고 있는 회담이 조금이라도 삐끗하면 충분히 일어날 가망성이 높은 일들이기도 했으니까.
물론 우리 애비가 워낙 전쟁에 있어선 잔뼈가 굵은 분이시라 쉽게 망하진 않겠지만. 그래, 각종 내전부터 시작해서 게릴라전을 비롯한 침략 전쟁까지 카이텔은 안 해 본 전쟁이 없었다.
……이런 거에 자부심 느끼고 그러면 안 되는데.
좌절하면서도 내심 뿌듯해서 나는 가볍게 한탄했다. 나는 망했어.
그건 그렇다 치고 젊은 날의 카이텔 못지않은 하벨의 행보는 내게도 초미의 관심사였다. 딱히 특별한 이유가 있는 건 아니고, 그냥 폭군 시절의 카이텔이 떠올랐다고 해야 할까. 모르는 사람이 그렇게 되면 그냥 닥치고 피하고 봤겠지만 얼굴도 아는 놈이 그런다고 생각하니 뭐랄까 조금 복잡한 기분이었다, 흠.
"근데 저건 뭐야?"
내가 가리킨 건 유난히 하얀 작은 상자였다. 손에 쥐면 쏙 들어올 것 같은 크기 정도의.
"몰라요. 궁내부에서 갖다 주던걸요? 공주님 거라고."
"그래? 열어 봐."
아무 생각 없이 한 명령이었는데, 작은 상자가 벌어지며 나온 작은 머리핀은 내 시선을 사로잡기에 충분했다.

"어? 예쁘다."

크게 화려한 건 아니었지만 그래서 더 내 마음에 쏙 들었다. 산호로 만들어진 장미에 깨알처럼 작은 다이아몬드가 뿌려지듯 박혀서 은근히 빛난다.

나는 지체하지 않고 바로 머리에 꽂았다.

이런 건 일단 써 봐야 돼!

"딱 공주님 취향이네요."

"그러게요. 잘 어울려요."

시녀들도 감탄하며 저마다 고개를 끄덕인다. 오랜만에 마음에 드는 걸 찾아서 나는 잔뜩 기분이 좋았다. 이게 무슨 횡재란 말인가.

"아빠가 보낸 건가? 아니면 아시시?"

"둘 다 아닐걸요."

시녀들이 고개를 가로젓는다.

"두 분이라면 저희가 모를 리가 없잖아요."

"하긴."

그건 그렇지. 애초에 두 사람은 익명으로 보내도 다 까발려지기 마련이었다.

내 머리에 꽂힌 머리핀을 자꾸 거울에 비춰 보는데 시녀들이 웃는다. 자주 볼 수 없는 지금 내 모습이 마냥 신기한 모양이었다. 나는 괜히 머쓱했다.

흠흠, 왜? 나도 여자라서 꾸미는 거 좋다고!

괜히 머리핀을 보기 위해 머리 모양도 바꾸고 있는데, 결국 내가 잊고 싶었던 그 시간이 돌아오고야 말았다.

2. Why so serious? | 163

"공주님, 이제 저녁 드셔야죠."
······망할.

       *　*　*

외국의 중요 인사들과 함께하는 저녁은 언제나 불편했다.
페르델이나 아시시는 종종 같이 먹었지만 그땐 어차피 가족 같은 사이인지라 사소한 걱정 없이 마음 편하게 밥을 먹을 수 있었다.
하지만 이런 정식 만찬에 참석해서 유일한 아그리젠트의 공주로서 우아함과 기품을 뽐내야 하는 상황은 그것과는 전혀 달랐다. 게다가 엄청나게 곤혹스럽다.
혹여 책잡힐까 스푼 쥐는 법이나 나이프 잡는 법 하나까지도 신경 써야 하는 건 물론이고, 먹는 양도 조절해야 되며, 대화의 흐름을 놓치지 않기 위해 애써야 하는 데다 시선이 마주치면 자연스러운 미소까지 지어야 한다.
이건 기본 중의 기본!
가끔 내게 향하는 질문에 재치 있는 답변을 내놓는 건 옵션이었다.
이게 무슨 면접 자리도 아니고, 엉엉. 맛있는 음식 앞에서 맛있게 먹지도 못하고 이게 무슨 짓이야, 매번.
그래서인지 만찬이 끝나면 난 분명히 맛있는 저녁을 먹으러 왔는데 기운이 쪽 빠지고 배는 더 고프고 그냥 돌아가서 씻고 잠만 자고 싶어지는 알 수 없는 현상이 나타났다. 이것은 기적인가.

오늘도 그 기적을 몸소 체험하며 내 궁으로 돌아가려 솔레이를 나서는데, 때마침 돌아가려던 하벨 일행과 눈이 딱 마주쳤다.

……운도 더럽게 없지.

이렇게 바로 앞에서 맞닥뜨렸는데 그냥 무시할 수도 없고, 나는 어쩔 수 없이 치맛자락을 잡았다.

내 인사에 하벨이 이쪽으로 다가온다.

어이, 저기 그냥 인사만 받고 가 주면 안 되겠니?

하지만 나의 바람은 순식간에 무너졌다. 딱 내 바로 앞에 선 하벨 때문에 나는 이제 이러지도 못하고 저러지도 못하는 처지에 놓이고 말았다.

그냥 튀었어야 했어! 아, 망했어요.

"잘 어울리는군."

응?

안절부절못하며 어떻게 이 위기를 타개할까 그 생각에 여념 없는 나를 보며 하벨이 비뚜름하게 웃는다.

이놈이 무슨 소리를 하는 거지?

하지만 난 곧 녀석의 시선이 어디에 닿아 있는지 알 수 있었다.

"설마 이거……."

"어울릴 거라 생각은 했지만."

자연스럽게 올라간 하벨의 손이 내 머리에 꽂힌 머리핀에 닿았다.

"정말 잘 어울리는군."

그야 나니까 당연히 뭐든 잘 어울리지…… 가 아니라! 충격과 공포로 혼돈의 도가니탕이다. 그니까 이게 카이텔이나 아시시가 준 게 아니라는 건 알고 있었지만, 그러니까 이게.

"설마 이거 주신 게 폐하?"

"응."

"……."

내가 애써 아닐 거라 일말의 희망을 부여잡기도 전에 녀석이 상큼하게 고개를 끄덕여 수긍한다.

나는 절망했다. 이놈이 준 것도 모르고 오랜만에 마음에 든다고 이리저리 거울에 비춰 보기까지 했는데, 하지만 머리핀은 정말 예쁜데.

근데 이놈이 줬다니 순식간에 애매해진 건 사실이었다.

아니, 머리핀은 정말 예쁜데.

"감, 감사합니다."

"표정은 전혀 아닌데?"

예리한 자식, 그냥 넘어가 주지 그걸 꼭 짚어야겠냐!

이런 내 마음을 알아차리기라도 한 듯 녀석이 웃는다. 그 미소를 보고 있노라니 속에서 울분이 솟구쳤다.

아오, 아오, 아오!

대놓고 노려보진 않았지만 내 시선이 살짝 예리해진 걸 느낀 건지 하벨이 또 웃는다. 나는 그저 묵묵히 속으로 이를 갈았다. 여기서 어떤 반응을 보여도 결국 물 먹는 건 나일 테니까.

하, 망할.

불편한 시선으로 녀석을 바라보고 있자니 서서히 웃는 걸 그친다.

그래도 인정은 있다는 건가. 그러나 다음에 날아온 질문에 나는 또 솟구치는 울화를 참아 내야만 했다.

"공주치고는 많이 바쁜 것 같더군."

……너 지금 누구 놀리냐?

나는 진지하게 고민했다. 이건 싸우자는 신호인 걸까? 한바탕 거하게 뜨자는 거지, 지금?

"그럼 제 대신 일 좀 해 주실래요?"

"싫은데?"

"……."

이를 악문 채로 씩씩대며 노려보니 하벨이 또다시 웃는다.

웃는 얼굴엔 침을 못 뱉는다는데, 그거 다 거짓부렁이었다. 웃으니까 더 침 뱉고 싶어. 아주, 그냥, 막!

하지만 여긴 황궁이고! 무엇보다 황제의 권위가 살아 숨 쉬는 솔레이고! 난 이 나라의 공주였다.

근데 공주면 뭐해? 할 수 있는 게 아무것도 없는데.

하벨이 씩 웃는다. 그 모습이 마치 어디 해볼 테면 해 보라는 것 같아 나는 그게 얄미워서 죽으려고 했다.

물론 나도 평소의 이성을 찾고 싶다. 당연 찾고 싶지 누가 이러고 싶겠니. 하지만 이놈 앞에만 서면 평소의 우아하고 여유 넘치는 리아 공주님이 사라지는 걸 낸들 어쩌겠나.

무엇보다 제일 불편한 건 이놈을 마주하고 있으면 내 유일한 자랑인 공주로서의 내공이 무용지물이 되어 버린다는 사실이었다. 이놈은 기사들처럼 날 마냥 경애하는 것도 아니고, 귀족들처럼 날 은근히 견제하면서도 순종하는 것도 아니다. 그렇다고 우리 아빠나 아시시처럼 날 친애하는 것도 아니었다.

아, 진짜!

대체 어떤 식으로 대해야 할지 모르겠어!

"왜 그렇게 봐요?"

내가 말을 하지 않은 시간만큼 하벨의 시선이 내게 꽂혀 있었다. 처음엔 그냥 아무 생각 없이 마주했지만 생각이 정리되며 감정이 좀 가라앉자 이 시선이 괜히 의아스러웠다. 뭔가 집요한 듯 어둡게 가라앉은 시선이 어째 좀 무섭기까지 하다.

이런 내 마음을 알아차린 건지 하벨이 한 걸음 물러난다.

"그냥."

"제가 그렇게 예뻐요?"

농담으로 던진 거긴 한데, 하벨이 웃지 않는다.

굳어 버린 녀석 얼굴을 보며 나도 굳어 버렸다. 왜죠? 왜 웃으라고 한 말에 웃지를 않는 거니, 흡. 사뭇 진지한 시선에 나도 모르게 고개를 돌리게 된다.

허, 오늘 하늘은 참 별이 많네.

"그런 말을 하는 게 부끄럽지도 않은가?"

"사실을 사실대로 말한 것뿐인 걸요."

애써 꿋꿋하게 나의 의지를 관철해 봤으나 그런 내 의지를 칭찬해 주지는 못할망정 하벨이 대놓고 처웃는다.

나는 바로 눈을 치켜떴다. 이놈이!

내 시선이 날카로워지든 말든 신나게 웃던 하벨이 갑자기 정색을 한다.

그래 봤자 넌 이미 내 눈 밖에 났거든.

"돌아가는 건가?"

보면 모르냐.

그냥 무시하고 싶었지만 그럴 수 없는 내가 너무 슬펐다. 두 다리도 멀쩡하고 어디든 갈 수 있는 자유의 몸이 되었는데, 왜 내게 자유란 없는가. 그렇다고 이국의 왕에게 무례를 범할 수는 없는지라 그냥 다 포기하고 기꺼이 웃어 주었다.

하하, 물은 물이오, 산은 산이로다.

"아그리젠트는 지나치게 평화롭군."

"뭐, 평화로운 편이긴 하죠."

보이지 않는 평화가 존재한다고 해도 나라 자체는 평화로웠다. 이게 다 지난 십 년간 내정에만 힘을 쏟은 페르델의 결과물이라지. 무엇보다 카이텔이 내전을 통해 갈아 버린 귀족 가문이 전체 귀족의 칠십 퍼센트에 달하는 수치여서 일시적인 인력의 공동화 때문에 더 고생했을 페르델에게 그저 묵념을.

물론 지금은 그만큼 새로운 귀족 가문이 생기고, 통합된 다른 나라의 귀족들도 합류해서 괜찮아졌지만 그 당시만 해도 이대로 망하는 게 아닐까 싶었다고 언젠가 페르델이 말해 줬다.

그러고 보니 내전을 치른 건 우리나라뿐만이 아니구나.

내 시선이 하벨에게 향한다.

"프레치아도 곧 평화로워질 거예요."

"지금으로선 사치스러운 이야기군."

진심으로 한 말이었는데, 하벨은 그저 쓴웃음을 짓는다.

반응이 저럴 수밖에 없다는 걸 알고는 있지만 나도 쓰게 웃게 되는 건 어쩔 수 없었다. 그만큼 프레치아의 현실이 퍽퍽하고 각박하다는 이야기겠지.

인정한다. 아그리젠트가 좋은 이웃이었다고 할 수는 없다.

이미 나라를 팔아 치우는 데 동조한 친親아그리젠트 파는 대부분이 하벨에게 잡혀서 죽었다는 소식도 접한 지 오래였다.

나는 그냥 우리 아빠가 영토 확장에 관심이 없는 황제라는 데에 감사했다. 아마 그랬다면 지금 이 순간에도 전쟁 중이었을 테니까.

"독립하고 나면."

하벨이 내게 시선을 준다.

그 검붉은 시선을 마주하며 나는 살포시 웃었다.

"어쩌실 거예요?"

내 질문이 의외였나 보다. 하벨은 새삼스럽다는 표정으로 그냥 고개를 기울였다.

"아직 결론도 안 났는데 물어보는 타이밍이 너무 이르다고 생각하지 않나?"

"그래도 궁금하니까요."

어깨를 으쓱하며 웃었다.

솔직한 내 대답에 뭐라 할 말이 없는 건지 하벨은 잠시 말이 없었다.

"글쎄."

깊은 침묵이 가라앉는다. 언제나 겪는 정적이었지만 나는 나쁘지 않다고 생각했다.

잠시 후, 하벨이 빙그레 웃었다.

"숙청을 그만둘 수는 없겠지. 독립을 한다고 해도 한동안은 피

바람 속에서 살 것 같군."

"그렇군요."

아마 그럴 거라고 생각했다.

내 담담한 반응에 도리어 하벨이 더 의아한 듯했다.

"왜 그러지?"

"예?"

기분이 가라앉는다. 사실 그건 그를 보고 아빠가 생각났을 때부터 그랬다.

"아니, 그냥……."

카이텔을 떠올리니까 제대로 미소가 지어지지 않는다. 아직 하벨과는 이것저것 참견할 만큼 깊은 관계인 건 아니었지만 그냥 그의 모습에 카이텔이 자꾸 겹치니까 기분이 좋지 않았다.

문득 하벨은 카이텔처럼 피의 길을 걷지 않았으면 좋겠다는 생각을 했다. 아니, 그렇게 피비린내 나는 삶은 다시는 누구도 겪지 않으면 좋겠다. 이 말조차 사치스러울 정도로 이 대륙이 평화롭지 않다는 건 알지만…….

그건 그냥 내 작은 바람일 뿐이었다. 이루어질 리 없는.

"좀 걸을래요?"

작은 미소를 머금고 내가 물으니 하벨의 눈동자에 이채가 어린다. 내가 왜 이런 제안을 하는지 의아한 모양이었다. 어쩐지 경계하는 듯한 모습을 보니 괜히 웃음이 나온다.

나는 손으로 입을 가리며 작게 웃다가 다시 말을 꺼냈다.

"제 궁으로 가는 길목, 꽤나 볼만해요."

자랑은 아니었지만 우리 아빠가 신경 써서 만들어 준 덕분에 정말 낮이고 밤이고 볼만했다. 내가 좋아하는 꽃은 기본이고, 이름 모를 들풀부터 시작해서 여름엔 그늘을 만들어 주는 커다란 나무까지. 밤에는 까만 하늘에 깔린 수많은 별들이 제법 운치 있었다. 이 길이 황궁을 방문하는 귀족들에게 인기가 있을 만큼.

"당연히 데려다 주실 거죠? 설마 숙녀를 이 시간까지 세워 놓고 데려다 주지도 않겠다는 건가요? 어머, 너무해라."

내가 일부러 울상을 지으니 하벨이 웃는다.

내 너스레가 통한 모양이었다, 에헴.

"가지."

하벨이 내민 손에 내 손을 올려놓으며 나는 왜인지 웃음이 나왔다. 어릴 적에 스치듯 만난 게 다였지만 이젠 마치 헤어진 소꿉친구처럼 여겨지기도 했다.

내 손을 마주 잡는 손이 거칠다. 어릴 때 피가 날 정도로 검을 휘둘렀다는 소년은 이제 완전히 딱딱한 굳은살이 박힌 손을 가지고 있었다.

그 이후로 어떤 삶을 살았는지는 모르겠지만 이렇게 보니 어릴 적의 그 소년이 간혹 보이는 것 같기도 했다.

뭐, 그럴 리는 없겠지만.

* * *

왜인지 밤잠을 설쳤다.

대체 왜지? 뭐 때문이지?

자다 깨다 자다 깨다를 반복한 끝에 아침이 오자마자 그냥 일어났지만 아무래도 푹 자지 못해서인지 어깨는 뻐근하기 그지없었다. 그래서인지 아침부터 기분이 저조했다.

망할, 오늘도 서류들이 엄청나게 쌓여 있을 텐데.

황궁의 일이라는 건 다 좋은데 단점이 하나 있다면 그건 남들도 다 있는 휴일이라는 게 없다는 것이었다.

흡, 휴가는요?

그런 거 여긴 있을 수가 없어!

그래도 다행인 게 그나마 시르비아가 와 줘서 티타임을 핑계로 잠시라도 쉴 수 있다는 사실이었다.

하, 시르, 역시 나의 천사.

"맛있으세요?"

감로차를 진짜 감로수 마시듯 마셔 대는 모양새가 퍽 기꺼웠던 모양이었다. 하긴 이 찻잎을 만든 게 시르비아이니 이렇게 마셔 대는 내가 보기 좋기도 하겠지.

하지만 빈말이 아니라 달달한 이슬차는 정말 꿀맛이었다.

누가 알았겠나. 다시 태어나서 대모님 덕에 차만 마시는 나를. 전생에는 맨날 커피만 죽어라 마셔 댔는데. 가끔 커피나 콜라가 당기긴 했지만 지금 생활에 불만은 없었다.

무엇보다 차 문화가 그다지 발전하지 못한 아그리젠트에서 이렇게 본격적으로 차를 즐기는 건 시르비아밖에 없으니까. 아, 근데 진짜 달다.

"공주님."

"응?"

"곧 프레치아의 황제한테 시집갈 거라면서요?"

풉.

하마터면 귀한 차를 뿜을 뻔했다.

나는 일단 진정하고 입안에 있는 차부터 삼켰다. 아, 목 아파. 하지만 지금 이게 문제가 아니지.

"대체 누가 그래?"

어이없다는 내 표정이 보이지도 않는지 시르비아가 빙그레 웃으며 찻잔을 입으로 가져간다.

"사람들이 다 그러는데요?"

"어엉?"

이게 대체 무슨 소리야?

너무 황당해서 말조차 나오지 않는다. 바로 굳어 버린 나를 보며 시르비아가 여유롭게 덧붙였다.

"두 분께서 사이좋다고 소문 다 났어요."

"헐."

여러분은 지금 귀족들의 헛소문이 얼마나 빛의 속도로 퍼지는지를 보고 있습니다.

뭐라고?

그저 당혹스러워서 대체 무슨 말부터 해야 할지 모르겠는데, 후원의 문이 열리며 익숙한 얼굴이 우리를 반긴다. 붉은 머리카락이 허공에서 부드럽게 요동쳤다.

"공주님!!"

그래, 이렇게 내 후원에 불시에 박차고 들어올 레이디는 재 하나

뿐이지.

 온다는 소식을 못 들었지만 이블린이 갑자기 나를 보러 오는 게 놀랄 일도 아니어서 나는 바로 안심하고 등받이에 등을 기댔다. 오롯이 나만 보고 해맑게 달려오다 이블린이 멈춰 선다. 내 앞에 누가 있는지 이제야 알아차린 모양이었다.

 "어머, 시르비아 님!"
 "오랜만이구나, 이블린."
 정겹게 인사하는 둘을 보며 나는 마저 차를 마셨다. 냉수 먹고 속 차려야 되는데 냉수는 지금 없으니까 차를 벌컥벌컥 들이마셨다. 그나마 식어 있어서 다행이다.
 막 끓였으면 혀 데여서 죽을 뻔했네.
 아무튼 뭘 좀 마시고 나니까 진정이 된다, 후하후하.
 그 와중에 이블린 혼자 왔던 게 아니었는지 그레시토랑 발토르타까지 여유롭게 후원으로 들어섰다. 둘을 보고 나는 인상을 찌푸렸다.
 저놈들은 또 왜 온 거야? 일 안 해?
 "안녕하십니까, 시르비아 님."
 "어, 어머니."
 깍듯한 그레시토와 달리 발르는 시르비아를 보고 뜨끔한지 바로 그 자리에 멈춰 섰다. 시르비아 역시 집 나간 망나니를 보는 시선으로 발르를 응시한다. 시토를 반기던 미소와는 전혀 다른 매서운 시선이었다.
 "어머, 시토, 안녕. 그런데 발르, 넌 지금 이 시간에 여기서 뭐 하는 거니?"

"아, 아니 그게."

도망칠 기세인 발르를 시르비아가 미소로 붙잡는다.

그래, 아무리 망나니 발토르타라지만 시르비아 앞에선 한낱 미련한 아들내미일뿐이었다.

뒤이어 이어질 시르비아의 잔소리는 생략하고, 나는 그 옆을 돌아봤다. 그레시토가 묵묵히 이블린에게 가더니 손수건을 건넨다.

"이거 흘리셨습니다."

"앗."

어째 그 손수건을 받아 드는 이블린의 반응이 심상치가 않다. 살짝 달아오른 붉은 뺨이 보기 좋게 익었다.

일단 잘되어 가는 거 같아서 좋긴 한데…….

나는 괜히 그 모습을 보고 떫은 표정을 지었다. 역시 더러운 커플의 기운이란. 그레시토와 이블린이 서로 마주 보고 웃는 것도 괜히 눈꼴 시렸다. 저것들이 벌써부터 닭살이네.

"여어, 공주 전하!"

어느새 잔소리는 다 듣고 온 건지 발토르타가 내 어깨에 손을 올린다.

이게 죽을라고.

찻잔을 든 채라 어떻게 하지는 못하고 나는 살짝 치켜뜬 시선으로 지그시 발르를 노려보았다.

발르가 빙그레 웃는다.

"프레치아 황제랑 그렇게 특별한 사이라며?"

"누가 그래?"

이 자식도 이 소리네.

바로 인상을 구기니 발르가 그것도 몰랐냐는 듯 어깨를 으쓱인다.

"누가 그러긴? 이미 이 황궁에 소문이 쫙 깔렸는데 말이야."

"그러니까 누가 그런 가당치도 않은 소리를 지껄여?"

걸리면 내가 왜 카이텔의 딸인지 보여 주려 했는데, 안타깝게도 발르는 소문의 진원지를 모르는 모양이었다.

"내가 어찌 알아. 나도 들리는 소문만 접한 건데."

시르가 말했을 땐 그래도 설마 하는 마음이 있었다. 그런데 발토르타까지 같은 말을 하니 나는 진짜 당황스러웠다.

지금 이게 말이야 막걸리야?

정말 황궁 내에 쫙 깔린 소문이란 말이야?

하도 어이가 없어서 차만 연거푸 들이켜고 있는데, 발르가 다시 옆에서 알짱거린다.

"그래서 곧 결혼할 거야? 우리 리아가 곧 프레치아 황후가 되는 건가?"

"……."

"그럼 리아가 프레치아로 가는 건가? 어, 그건 좀 싫은데. 그냥 그 황제더러 여기 와서 살라 그러면 안 돼?"

나는 일단 참았다. 그래, 참는 자에겐 복이 온다니까.

하지만 때려 달라고 애원하는 이놈의 깐족거림은 진짜 견디기 힘든 고문이었다. 버틸 수가 없다.

"말로 할 때 그 입 다물어라."

"아잉."

발르가 얄밉게 웃으며 애교 아닌 애교를 부린 순간, 나는 가차 없이 녀석의 발을 밟았다. 하이힐은 아니었지만 그래도 굽이 좀 뾰족한 신발이었다. 다행히 효과도 만점이었다.

"악!"

꾹 밟은 채로 사뿐히 짓이겨 주는 것도 잊지 않고 한참 후에 발을 떼니, 발르가 제 발을 감싸며 낑낑거린다.

저럴 거 왜 까불었대, 진짜.

아파하는 그를 보고 조금이라도 미안해야 했건만 워낙 짜증이 치밀었던지라 오히려 속만 시원했다. 아, 상쾌해라. 시치미 뚝 떼고 찻잔을 드니 어느새 이블린이 나를 살며시 붙잡는다.

"공주님, 근데 그 소문 역시 사실 아니죠?"

"당연히 아니지!"

넌 여태껏 내 말을 뭐로 들었니!

내 대답에 이블린이 안심했다는 듯 순식간에 더없이 환한 미소를 짓는다. 더불어 제 손뼉을 치더니, 확신에 찬 목소리로 외쳤다.

"역시! 우리 공주님! 과연 우리 리아 님께선 고작 남제국 황제한테 시집갈 분이 아니지요!"

"……넌 나를 뭐로 착각하고 있는 거냐, 대체."

황제가 고작이라니. 내가 직접 군대를 이끌고 대륙 통일 정돈 가뿐히 해 줘야 할 것 같은 저 어감은 대체 뭐지?

오늘도 어김없이 반짝이는 저 눈동자가 부담스러워서 멀리 떨어지고 싶다. 앞에서 시르비아는 그저 우리가 귀엽다는 듯 웃었다. 어릴 때야 이해하겠지만 다 자란 애들이 뭐가 귀여운 걸까.

괜히 입술만 삐죽이고 있는데, 여태껏 아무 말도 없던 그레시토가 어쩐지 측은한 시선으로 나를 내려다보았다.

"아니라니 다행이긴 한데."

다행이긴 한데? 어째 어감이 이상하다?

내가 가늘게 눈을 뜨니 어느새 정신을 차린 발르가 내 옆에 선다.

"그러게. 황궁엔 우리만 있는 게 아니라지."

빙그레 웃는 녀석의 말에 불현듯 등이 서늘해진다.

순간 소름이 올라왔다, 으어어. 소름 돋은 팔을 쓰다듬으며 나는 애써 아닐 거라 되뇌었다.

아닐 거야, 설마.

에이, 설마 이것 때문에 무슨 일이 생기기라도 하겠어? 그래, 생겨도 무슨 일이 생기겠어. 걱정하지 말자.

가볍게 웃으며 마음을 편하게 먹었다.

그래, 별일 없을 거야.

* * *

때는 저녁.

바야흐로 프레치아의 독립 시대가 열리려는 이때에 오늘도 저녁을 먹기 위해 들어선 솔레이 대식당의 분위기가 왠지 낯설다.

나는 나도 모르게 고개를 갸웃했다. 오늘도 어김없이 면접 같은 만찬이 될 거라 예상하고 잔뜩 긴장하고 왔거늘, 막상 커다란 식당 안엔 카이텔을 제외하고 그 누구도 없었다.

어라, 다들 아직 안 온 건가?

한데 미리 차려진 식탁 위의 음식 양이 어쩌 눈에 익다. 저건 오 붓하게 아빠랑 나만 저녁을 먹을 때 많이 보던 양인데. 게다가 결 정적으로 접시가 놓인 자리가 둘뿐이었다.

"뭐야? 오늘은 둘이서만 먹어?"

웬일인가 싶다가 나는 곧 환하게 웃었다.

오랜만에 마음 편히 밥을 먹을 수 있겠구나!

냉큼 자리에 앉으니 먼저 와 있던 아빠가 나를 돌아본다. 카이텔 은 의자에 등을 기대고 있었는데, 턱을 괸 채 어쩐지 심통 난 얼굴 로 앉아 있었다.

하지만 그 뚱한 시선에도 나는 아랑곳하지 않았다. 지금은 그보 다 더 중요한 게 있었다. 그도 그럴 것이…….

아, 이게 얼마 만에 찾아온 자유로움이냐.

오늘은 마음껏 먹어야지, 흡. 역시 음식은 마음 편한 데서 느긋 하게 먹어야 돼.

자리에 앉자마자 나온 애피타이저를 바로 먹는데, 우리 아빠는 막상 그건 건드리지도 않고 그저 나를 쳐다보기만 한다. 그 노골 적인 시선에 나도 결국 스푼을 입에 물고 고민에 잠겼다.

뭐지? 내가 뭐 잘못했나?

나 모르게 깽판이라도 부렸던가?

생각나는 게 없는데…….

어릴 땐 도를 넘어선 아빠의 독재에 가끔 못 참고 깽판을 쳤던 적이 있지만 열 살 이후로는 아빠를 살살 꼬드겨서 해결을 봤으 므로 그런 일이 없었다.

아무튼. 또 뭘 거슬리게 한 건진 모르겠지만 이런 식이라면 분명 메인 요리가 나와도 카이텔은 나만 쳐다보고 있겠지. 해바라기도 아니고 이게 뭐야.

눈빛으로 사람을 죽일 수 있다는 말은 안 믿지만 가끔 아빠가 이렇게 나오면 그 말을 한 사람의 심정이 이해는 갔다. 절로 한숨이 나온다.

아빠야, 딸래미 밥 좀 먹자.

"뭐? 왜?"

결국 이 가시방석을 견디지 못한 내가 먼저 말을 걸었다.

"아빠, 내가 뭐 잘못하기라도 했어? 왜 그렇게 봐?"

턱을 괴던 손을 내리고 카이텔이 상체를 일으킨다. 자세는 바뀌었으나 그렇다고 나에게 향하는 시선 자체가 바뀐 건 아니었다.

진짜 뭐지?

내가 무슨 나 모르는 어마어마한 짓을 저지르기라도 했나?

혹시나 내 안의 또 다른 누군가가 눈을 떠서 내 행세를 하며 난동이라도 부린 건가. 진지하게 고민해 보고 있는데, 한참 만에 카이텔이 입을 열었다.

"당분간 궁 밖으로 한 발자국도 나오지 마."

"어?"

난데없는 유폐령. 나는 얼굴을 찌푸렸다.

"그게 무슨 소리야?"

저기 아빠님? 설마 농담이겠지!

무슨 농담을 이렇게 살벌하게 하나 싶어 인상을 찡그렸다.

별안간 아빠가 손짓으로 사람을 부른다. 대기하고 있던 의전관이 그 손짓에 바로 달려왔다.

"공주가 궁으로 돌아가면 기사들을 시켜서 지키게 해."

"예, 폐하."

"어어?"

이제는 황당함을 넘어서 당혹스럽다.

갑자기 이게 무슨 생난리여. 애초에 내가 무슨 일을 저질렀으면 아빠가 이러는 게 이해가 되겠는데, 지금 감도 잡히지 않는다고!

순간 짜증이 치밀었지만 꾹꾹 참았다. 여기서 화를 내 봤자 상황만 악화될 뿐 나아지는 게 없다는 건 이미 아빠랑 수년간 살면서 깨달은 진리였으니까.

"갑자기 왜 그래? 내가 뭐 잘못했어?"

아빠가 날 쳐다본다. 어째 그 시선이 평소보다 더 퉁명스러워서 나는 의아했다.

대체 뭐 때문에 이러는 거야?

"안 돼."

"응? 무슨 소리야? 뭐가 안 되는데?"

"상대가 뭐가 됐든 결혼은 절대 안 돼."

"……어?"

뭐라고?

순간 내가 이상한 단어를 들은 것 같은 기분이 드는데.

생각지도 않던 단어에 나는 당황했다. 결혼이라고 했어, 지금?

굳어 버린 나를 보며 카이텔은 어쩐지 더 확신에 찬 얼굴이 되었다. 아니, 아빠, 지금 내가 굳은 건 못된 짓 하다가 딱 걸려서 굳은 게 아니라 너무 황당해서 굳어 버린 거거든요?

"프레치아의 황제와 사이가 좋다지. 이 아빠는 그런 거 절대 허락할 수 없다."

"……."

아, 미친.

나는 이마를 짚었다. 진짜 너무 어이가 없으니까 웃음이 다 나온다. 이게 무슨 말도 안 되는 소리야!

"아빠가 생각하는 그런 거 아니거든?"

결혼이라니, 그것도 내가 결혼이라니!

하물며 그 상대는 하벨이다. 정말 이런 헛소문을 누가 만들어 냈는지는 모르겠지만 희대의 개소리로 등극할 만한 소문이었다.

어쩐지 아까 좀 불안하더니.

설마 한 게 채 네 시간도 되지 않았는데, 기어코 이런 일이 터지고 말았다.

아, 나는 설마 예언자였던 것인가.

뭐가 됐든 나는 이 오해를 벗어나 보고자 입을 열었다. 그러나 내가 뭐라 말을 하기도 전에 카이텔이 딱 잘라 말한다.

"아예 나오지 마."

"……."

나에 대한 불신이 너무 확고한데.

도대체 내가 평소에 어떤 딸이었던 건지 의심스러운 부분이었다. 내가 이렇게 믿음을 주지 못하는 딸이었던가. 이건 대체 어디서부터 손대야 되는 거지?

대체 어디서부터 납득시켜야 하는 건지 고민하고 있는데, 아빠가 다시 턱을 괴며 바로 앞에 있는 제 유리잔의 테두리를 손으로 문지른다. 나는 혹시나 그 유리잔을 부서뜨릴까 무서워 긴장했다.

"생각해 봤는데, 마주치지 않게 하는 게 좋을 것 같더군. 마음 같아선 하벨인지 뭔지 하는 놈을 쓸어버리고 싶은데, 그러면 페르델이 재상 안 한다고 도망칠 거 아니야?"

"그, 그렇겠지."

전쟁도 날 테니까. 그동안의 노력이 물거품이 되는 건 물론이고, 헬게이트가 열릴 테니 다 때려치우고 도망칠지도 몰랐다.

페르델도 이번엔 아예 작정하고 튀겠지. 그걸 아빠가 알고 있다는 게 신기하지만 나는 부정하지 않았다.

카이텔이 싱긋 웃는다.

"그래서 이번엔 평화적인 방법으로 결정해 봤다."

"그러니까 그게……."

"네가 나오지 마."

대체 어디가 평화적인데!! 내 인권이! 내 자유가 무시당하고 있잖아!! 지금, 바로 여기서!!

칼같이 자르는 대꾸에 나는 울화가 터졌다.

이 아빠가 진짜 하다하다 이젠 딸을 감금하기까지 하는구나. 말이 좋아서 유폐지, 이건 감금이나 다름없었다. 방 밖으로 한 발자국도 나오지 말란 거랑 궁 밖으로 한 발자국도 나오지 말란 거랑 대체 뭐가 달라!

나는 재빨리 머리를 굴렸다.

아니야, 이대로 당할 수는 없어. 뭔가 있을 거야. 없을 리가 없다고!

그래, 궁내부 일!

일해야 되는데 마냥 궁에 갇혀 있을 수는 없잖아?

"황궁 일도 당분간은 하지 마. 궁에 원하는 모든 걸 가져다줄 테니 거기에만 있어."

하지만 내가 말을 꺼내기도 전에 아빠가 먼저 잘라 낸다. 마지막 희망이 끊긴 터라 나는 가만히 앉아 볼을 부풀리기만 했다.

이럴 순 없어! 이건 말도 안 된다고!

"후원은? 후원은 가도 되지?"

"안 돼."

아, 나, 진짜.

단칼에 자르는 대꾸에 나는 자연스레 인상을 찌푸렸다.

내가 한두 살 먹은 어린애라면 이해를 하겠는데, 진짜 무슨 짓이야. 미치고 팔짝 뛰겠네. 마음 같아선 싫다고 소리 지르고 이 자리를 박차고 나가고 싶은데, 마지막 남은 인내심으로 꾹 참았다. 그래 봤자 나만 손해니까.

후, 참자. 참아야 하느니.

이제 외양으로도 어린애가 아니라서 잔뜩 성질을 부려 봤자 도리어 불리해지는 건 나였다. 애초에 먹혀들 리도 없고.

나는 입을 꾹 다물고 아빠를 노려봤다.

그런 시선쯤이야 가뿐히 즐겨 주겠다는 듯 카이텔이 웃는다.

아오, 저게 우리 아빠라니. 아니, 세상천지의 어느 아빠가 딸을 고작 그런 이유로 감금을 해?

아, 돌겠네, 진짜.

"그럼 우리 저녁은 어떻게 해? 나 밥도 궁에서 혼자 먹어?"

그래! 이렇게 귀엽고 사랑스러운 딸을 혼자 밥 먹게 할 거야? 울먹이며 잔뜩 울상을 지으니 카이텔의 표정이 흔들린다. 마음이 약해진 모양.
이거다!
잘만 하면 꼬드길 수 있겠다 싶어 나는 더 심혈을 기울여 우는 척을 했다. 하지만 아빠의 결심은 생각보다 견고한 것이었다.
"어, 혼자 먹어."
"……."
아, 현실은 시궁창.

* * *

"그래서 풉, 그 나이에…… 푸훗, 감금을 당했다고?"
발르가 억지로 말을 잇다 입을 가리며 몸을 숙인다.
저게 진중하게 들어준다고 했으면서! 네가 믿을 건 이 오빠밖에 없지 않느냐며 날 구슬릴 때는 언제고, 이야기를 다 듣고 나니 바로 저 모양이다. 딱 봐도 웃음을 참는 모양새라 나는 진지하게 목소리를 깔고 경고했다.
"처웃지 마라, 발토르타. 맞아 죽기 싫으면."
난 분명 웃지 말라고 경고했는데, 그 이야기를 듣더니 발르가 이젠 대놓고 폭소를 한다. 꺽꺽 숨넘어가는 소리를 들으며 나는 처음으로 누군가의 목을 조르고 싶다는 생각을 했다.
하기 싫은 거 기껏 얘기해 주니까, 진짜!

이젠 발르가 바닥을 구르면서 끅끅댄다. 내 눈에선 불꽃이 튀었다. 발르를 발로 차며 응징을 하는데, 옆에서 진지하게 산세가 묻는다.

"이유가 뭔데?"

"연애 금지!"

"헐."

산세가 얼빠진 표정을 짓는다.

바닥을 구르던 발르는 그 소리를 듣더니 더 폭소를 했다. 땅을 주먹으로 내리치며 아주 자지러지게 웃는 걸 보니 없던 화가 끓어오르는 기분이었다.

역시 나한텐 우리 산세밖에 없구나. 누나는 네가 참 자랑스럽단다. 내가 살아서 무사히 다음 파티에 갈 수 있다면 꼭 영애들에게 산세 칭찬을 많이 해야겠다고 다짐했다.

물론 발르 욕은 기본 중의 기본.

창가에 서 있던 시토가 새삼스럽다는 표정으로 혀를 찬다.

"폐하께서도 진짜 대단하시다. 어떻게 다 큰 딸을."

"내 말이!!"

그래, 내 말이 바로 그거라고!

말이 통했다는 사실에 감격해서 나는 자리에서 일어섰다.

그래! 내가 하고 싶은 말이 그거란 말이야! 나도 이제 다 컸는데! 아니, 그 전에 내가 애도 아니고. 내 정신연령이 얼마인데, 언제까지 이럴 거냐고!

"진짜 미치고 팔짝 뛰기 일보 직전인데, 상대가 아빠라서 그냥 막 대들 수도 없고 환장할 것 같아. 아, 진짜, 아오!"

내가 머리를 부여잡으며 절규하기 시작하자 산세고 시토고 슬금슬금 내 주변에서 물러난다. 히스테리도 하루 이틀이지 하도 당하고 살다 보니 이제 다들 몸에 밴 듯한 행동이었다. 내가 남들 앞에선 한결같이 우아하고 기품 있는 공주였지만 소꿉친구 앞에서까지 그럴 필요는 없는 터라 골려 먹는 사악한 행동을 많이 했더니 다들 불통이라도 튀지 않을까 걱정스런 얼굴이었다, 망할.

머리 뜯는 건 그만두고 나는 다시 소파에 앉아 씩씩거렸다. 아무리 생각해도 이 상황을 타개할 별다른 뾰족한 수가 떠오르지 않는다.

"검을 배웠어야 했어."

"널 지켜 주는 사람이 이렇게 많은데, 무슨 검이야?"

나지막이 내뱉은 내 말에 시토가 이맛살을 찌푸린다. 나는 절규하느라 헝클어진 머리를 쓸어 올리며 대꾸했다.

"그래야 검을 들고 아빠랑 싸우기라도 할 거 아니야. 차라리 자해를 한다고 해 볼까? 아, 근데 협박은 잘 통하겠지만 그러면 우리 아빠 상처받을 텐데. 그 인간이 은근히 섬세해."

"너와 관련된 일에만 그런 거겠지."

시토가 어깨를 으쓱인다.

그사이 시녀들은 기겁하며 달려와 헝클어진 내 머리를 만졌다. 보는 사람도 몇 없는데, 유난스럽다. 하긴 아무도 안 본다고 한 나라의 공주가 미친년 산발한 머리로 돌아다니는 것도 좀 그렇지.

나는 한숨을 내쉬었다. 옆에서 산세가 고개를 주억거린다.

"하긴 다른 인간은 죽든 말든."

"너니까 폐하께 그러는 게 통하는 거지."

하나도 안 기뻐, 썩을.

옆에서 복 받은 줄 알라고 한두 마디씩 한다. 그래 봤자 꼬일 대로 꼬인 지금 상황에서 내가 곱게 들을 리는 없었지만.

물론 아빠를 사랑하지 않는다는 건 아니었다.

하지만 이건 아니잖아?

이미 내 궁은 가을별기사단, 겨울달기사단 양대 기사단에 포위된 지 오래였다. 이 방에서 지금 근무를 서고 있는 쌍둥이와 시토가 그 증거다.

그러니 말 다했지.

나는 밖을 쳐다보며 솟구치는 짜증을 어떻게 할 수가 없었다. 아니, 기사단으로 나라를 지킬 생각을 해야지 제 딸을 가둬 놓는 데 써? 이 나라는 망했습니다. 망한 게 틀림없습니다.

대체 이 나라가 어찌 돌아가려고 이러는 건지 갑갑해서 한숨을 쉬고 있는데, 어느새 다 웃은 건지 발르가 내 뒤에 선다. 그러고는 내 어깨에 손을 올려놓으며 한다는 말이.

"사랑 받으셔서 좋으시겠어요?"

나는 조용히 숨을 들이마셨다. 그리고 되도록 화사하게 웃으며 발르를 돌아보았다.

"계속 그렇게 입을 나불대 보렴. 어디 네 인생의 끝을 한번 나와 같이 장식해 볼까?"

"……죄송합니다, 공주님."

그래도 죽는 건 싫었는지 발르가 바로 어깨에서 손을 뗀다.

아무튼 저건 꼭 내가 협박을 해야 말을 들어.

발르를 흘긋 노려보는 걸 잊지 않으며 나는 한탄 아닌 한탄을 했다.

"이 나이에 유폐라니. 무슨 죄를 지은 것도 아니고. 아, 진짜."

차라리 죄를 지어서 갇히는 게 덜 억울할 판이었다. 아무것도 안 했는데! 심지어 하기 싫다고 말만 했지 일도 열심히 하고 누구보다 이 나라의 평화를 위해 고군분투를 했는데, 나한테 이래도 되는 거야?

내가! 아빠가 깽판 칠 때마다 가서 말리고!

페르델이 새로운 정책을 내놓을 때마다 제일 먼저 찬성하고!

엉? 그러면서 이렇게 이렇게 나라 살림에 보탬이 되고자 이 한 몸 바쳤는데, 나한테 이래도 되는 거냐고!

생각할수록 열통이 터져서 가만히 앉아서 팔짱을 낀 채 씩씩대고 있으려니 산세 옆으로 간 발르가 갑자기 생각났다는 듯 묻는다.

"근데 황제랑 친해 보인다는 이유로 이렇게 된 거면 우리랑은 진작 연이 끊어졌어야 하는 거 아니야?"

한심한 놈.

나는 당연하다는 듯 되물었다.

"네가 남자냐?"

"……."

순식간에 말이 없어진 셋. 발르가 진지하게 대답한다.

"난 남잔데."

성별이 남자인 건 맞지만 내가 말하는 남자는 그런 종류의 남자가 아니었다. 애초에 말 못하는 애기 때부터 알았던 사이니까. 뭐, 기저귀 찰 때부터 함께 지내 온 사이라서 그런지 저 삼총사는 뭐랄까. 남자라기보다 오빠나 동생 같은……. 뭐, 그런 관계였다. 애초에 저놈들한테 다른 감정을 느낀다면 그건 그것대로 충격이다.

아, 생각만 해도 소름 돋네.

"내가 여자였다니, 흐흑."

흐느끼는 발르를 산세가 달래 준다. 저거 어차피 우는 척일 게 뻔한데. 알면서도 달래 주는 거라지만 저렇게라도 받아 주는 산세가 천사처럼 보이는 건 어쩔 수 없었다.

역시 우리 산세밖에 없어.

그런 산세를 괴롭히는 못된 발르를 내쫓으려 일어났는데, 때마침 타이밍 좋게 방 안으로 아시시가 들어온다.

나는 아시시를 보자마자 달려갔다.

"아시시!"

어제는 내가 궁에 돌아오고 딱 갇히자마자 아시시가 아빠한테 불려 가 버리는 바람에 대화도 못했다. 일단 아시시가 어디 못 가게 붙잡은 뒤, 나는 절박하게 물었다.

"아시시는 이 사태를 어떻게 생각해? 역시 불공평하다고 생각하지? 지가 황제면 다냐고!"

아시시가 곤란하다는 듯 살짝 미간을 찌푸린다.

"폐하를 그런 식으로 말씀하시는 건 옳지 않습니다만, 확실히 이러는 건 도가 지나친 처사였다고 생각합니다."

"그렇지? 그러니까……."

"하지만."

아시시가 좀 말려……. 응? 하지만?

말려 달라고 하기도 전에 말이 잘렸다. 하지만이라니, 뭔가 좋지 못한 예감이 드는데.

"저도 공주님께서 가만히 계셨으면 좋겠습니다."

"……."

왜죠? 왜 이런 예감은 항상 적중하는 거죠?

어디로도 보내기 싫다는 아시시의 단호한 표정이 참 나를 처량하게 만들었다.

아니, 언제 내가 벌써 시집을 간다고 했냐고!

대체 내가 언제 그랬는데!

믿었던 아시시까지 이렇게 나오자 나는 더 이상 기댈 곳도 없어지게 되었다.

아시시가 슬그머니 시선을 돌린다. 명백히 날 외면하는 그 모습에 나는 울화가 치밀었다. 너무해! 어떻게 아시시가 나한테 이럴 수가 있어!

"미치겠네, 진짜!"

다시 머리를 부여잡자 산세와 발르가 소리친다.

"리아가 폭발한다!"

"으악, 다들 피해!"

"진짜 한 번 죽어 볼래, 니들!"

괜히 호들갑 떠는 삼총사를 제치고 나는 다시 소파에 가서 앉았다. 아시시가 내 눈치를 보더니 슬그머니 도망친다.

아시시, 나빠!

분명 아빠가 불러서 이렇게 저렇게 구워삶은 게 틀림없었다. 우리 착한 아시시가 나한테 이럴 리가 없어!

그래, 분명 원인은 아빠다. 아빠가 더 나빠!

속으로 시원하게 아빠 욕을 하고 있는데, 산세가 차를 마시다 문득 궁금하다는 듯 내게 묻는다.

"근데 웬일로 얌전히 궁에 처박혀 있어? 보통 시위라도 하지 않았나?"

"맞아. 도망을 친다던가?"

엄지를 물어뜯다 나는 한숨을 푹푹 내쉬었다.

전부 성질대로 뒤엎어 버릴까 생각해 보지 않은 건 아니다만.

"다년간의 경험으로 아빠한테 개개는 건 좋지 않다는 걸 배웠거든. 그게 결국 나한테 돌아와."

"……"

셋 다 할 말을 잃은 표정. 어째 그걸 이제야 알았냐는 한심하다는 시선들이 느껴지는 것 같지만, 넘어가.

그래도 어릴 땐 곧잘 통해서 어떻게 써먹었는데, 내가 진화하면 아빠도 진화하는 건지 그런 방식도 이제 한계였다. 역시 아기의 매력에는 당할 것이 없다. 다른 대응책을 마련해야 하는데…….

맞아.

이제 나도 더 큰 수를 놓을 때가 된 거지.

"어차피 세상 혼자 사시는 아빠라 코앞에서 개개 봤자 먹혀들지도 않고, 자잘한 거 여러 개 터뜨리느니 큰 거 한 방으로 터뜨리는 게 더 나아."

내 대꾸에 발르가 천진난만하게 묻는다.

"그럼, 리아, 남자랑 사고 칠 거야?"

"누가 그런 걸로 터뜨린대?!"

"악, 악, 악! 살려 줘!"

아무튼 이놈은 때려야 말을 듣죠.

제가 한 번 때려 보겠습니다.

한 몇 대 치니 발르가 부은 얼굴로 도망친다. 그것까지 따라가서 때릴 기분은 아니라서 나는 다시 내 자리에 주저앉았다.

"아무튼 요 몇 년간 꾹 참고 있었으니 크게 한 방 날릴 거야!"

내 다짐에 시토가 문득 감탄한다.

"아그리젠트 공주가 얌전하고 조신하다고 말한 사람들은 다 반성해야 돼."

"반성으로는 안 되지. 벌금도 내야지."

"맞아. 허위 사실 유포죄."

저것들이 진짜.

이번엔 발르와 시토 둘을 한꺼번에 팰까 어쩔까 고민하는데, 갑자기 산세가 손을 든다. 나는 말해 보라는 듯 고개를 끄덕였다.

"그래서 뭘 할 건데? 계획은 있어?"

계획이라.

딱히 세워 놓은 건 없지만 하고 싶은 건 있었다. 그동안은 마지막 양심이 자꾸 날 잡아서 실행하지 못했지만.

그 생각을 하니 문득 한숨이 나온다.

나는 등받이에 등을 깊숙이 기댔다. 감촉이 좋은 소파는 금세 내 몸을 감싸 줬다.

아빠는 날 가둬 놓으려고만 한다. 제 손아귀에서 나가지 못하게, 제 눈에서 벗어나지 못하게. 어차피 어릴 적이야 행동반경이 좁으니까 상관없었지만 이제 다 큰 성인이 된 지금은 달랐다. 그 전에도 정신은 이미 어른이었지만 몸이 아이라 참았다면 이제는 상황이 달랐다.

나도 내 인간관계라는 게 있고, 아빠랑 상관없는 나만의 인생이라는 게 있다. 언제까지나 아빠 그늘 아래에만 있을 수는 없는 법인데, 계속 그렇게 가장 안전한 제 손바닥 위에만 가둬 두려고 하니, 내가 미치지 않고 배기겠는가. 아빠가 이럴 때면 꼭 내가 딸이 아니라 마치 기르는 애완동물처럼 느껴지기도 했다.

제 자식이 험한 꼴 당하는 거 좋아하는 부모는 없다지만, 그래도 이런 편집증적이기까지 한 집착은 정말 날 미치게 만들었다.

내가 뭣 모르는 어리광쟁이 공주라면 또 모르지. 하지만 그렇지 않잖아. 난 독립적인 인간이라고.

또 그렇게 키우면 대체 내가 뭐가 돼?

지금까지는 아빠가 원하는 대로 살았다. 아무것도 모르는 척, 아무것도 듣지 못하고, 보지 못하는 척.

하지만 앞으로도 계속 그러라고? 그래, 그런다 치자. 그럼 대체 언제까지? 언제까지 그래야만 하는 건데? 아빠 밑에서 그렇게 아무것도 모른 채로 살다가 만약 아빠가 죽으면? 그러면 난 어쩌지? 적어도 내가 혼자 남겨졌을 때 나 스스로 어떻게 해야 하는지는 알 수 있게 해 줘야 하는 거잖아!

이건 기초적인 교육법이라고.

이 세상에서 아빠 없으면 할 수 있는 게 아무것도 없는데, 그렇게 되면 난 어떻게 해야 되냐고!

언제까지 그렇게만 살 수는 없다―.

그게 수많은 번뇌 끝에 내가 내린 결론이었다.

아빠는 그저 자기 곁에서 내가 아빠를 위해 주기만 하면 된다고 말한다. 모든 걸 내 발아래 바치겠다고.

하지만 내 생각은 달랐다. 진정 원하는 게 있다면 그건 내가 노력해서 가져야 하는 것이다. 진부하지만 그 말이 옳았다. 그래야 가치가 있는 거니까.

온 세상을 얻었다 한들 그게 아빠가 바친 거라면 대체 거기에 무슨 의미가 있단 말인가.

결국 아빠가 사라지면 모든 게 끝날 텐데.

게다가 더 이상 아빠한테 폐를 끼치고 싶지 않았다.

언제까지나 아빠의 딸로만 살 수는 없다. 나는 이 세계에서 아리아드나라는 이름을 가진 한 사람으로서 살아가야 한다. 그리고 이제 나도 아빠한테 받은 만큼 해 주고 싶다고.

하지만 이런 상황에선 불가능했다.

그래, 불가능하다.

"……나 가출할 거야."

"뭐?"

셋이 못 들을 걸 들었다는 듯 되묻는다. 이 말을 내뱉기 전까지 수많은 고민이 있었지만 역시나 내 결심은 확고했다. 그래, 이렇게 된 거 끝까지 한번 가 보자.

"나, 가출할 거라고."

"……."

"……."

순식간에 방 안에 내려앉은 정적.

세 사람은 한참이나 말이 없다 마침내 손을 흔들었다.

"잘 죽어."

이것들이!

* * *

가장 처음 내 계획을 말했을 때, 삼총사의 반응은 부정적이었다. 부정적이기만 했으면 괜찮았지. 아예 색다른 자살 방법을 시도하는 거냐며, 나를 필사적으로 뜯어말리기까지 했다.

하지만 내가 누구냐! 그 카이텔 밑에서 잘 먹고 잘살며, 이 나이까지 평화롭게 자라난 이 시대의 진정한 승리의 아이콘, 아리아드나가 아닌가!

수많은 협박과 회유 끝에 기어코 셋을 내 편으로 끌어들이는 쾌거를 이루어 낼 수 있었다. 뭐, 산세가 어려웠을 뿐이지 나머진 껌이었다.

"나 가출해서 여행갈 거야."

"어, 그거 재미있어 보인다!"

어부의 마음이란 이런 것일까. 슬쩍 던진 미끼를 발르가 간단히 무는 걸 보며, 나는 만선을 눈앞에 둔 어부의 심정이 되어 있었다.

월척이요! 여행이라는 말에 이리 간단히 넘어오다니.

사실 방랑벽 심한 놈이 안 넘어오는 게 더 이상했다.

그다음 시토는 발르보다 더 간단하게 해치울 수 있었다. 상큼하게 웃으며, 나는 시토에게 딱 한마디만 했다.

"이블린한테 네 욕 한다."

"……."

역시 사랑에는 어쩔 수 없는 건지 시토가 마지못해 눈물을 삼키며 넘어온다.

 마지막 남은 산세는 절대로 허락할 수 없다는 기운을 풀풀 풍겼다. 하지만 난 여유 만만했다.

 산세야, 내가 괜히 너의 누나가 아니란다.

 나는 선량하게 웃으면서 산세에게 경고했다.

 "날 돕지 않는다면 네가 다섯 살 때부터 열 살 때까지 여장하고 그렸던 초상화의 컬렉션을 사교계에 뿌리겠다!"

 내 엄포에 산세가 무너진다.

 나는 산세를 이해할 수 있었다. 누구에게나 숨기고 싶은 과거 하나쯤은 있는 법이잖아?

 "이 악, 악마!"

 내게 무릎 꿇은 세 사람은 그저 울 뿐이다.

 어쩌겠니? 이 누나가 먹고살려면 다 어쩔 수 없는 일이란다. 진짜 이 정도까지 할 생각은 없었지만 상대가 아빠다. 계획을 만만하게 짤 수 없다.

 최대한 치밀하고 은밀하게, 위대하게 모든 걸 처리해야 돼!

 셋을 구워삶는 건 그렇게 끝났지만 사실 가장 큰 문제는 바로 이 다음부터였다.

 아시시랑 세르이라.

 아, 도대체 둘은 어떻게 꼬시지? 영 감이 안 잡히는데.

 하지만 계획을 전해 들은 아시시는 의외로 간단하게 내 편이 되어 주었다.

 "네, 알겠습니다."

 "어? 진짜?"

아시시가 이렇게 쉽게 넘어오다니, 믿기지가 않는데? 내 의심 어린 눈초리에도 아시시는 꿋꿋했다.

"예. 말려도 가실 테죠?"

"어? 응, 그건 그렇지."

그렇긴 하지만……

아시시가 웃는다. 너무 사심 없는 그 미소에 나는 괜히 더 찝찝해졌다. 적어도 가장 큰 걸로 두세 개쯤 살포시 협박을 동원해야지만 넘어올 거라 생각한 강직한 기사님이었는데, 은근히 허무하달까? 그래서 싫다는 건 아니지만.

우물쭈물 괜히 입맛만 다시고 있는데, 아시시가 괘념치 않는다는 듯 더 활짝 웃는다.

"그럼 됐습니다. 전 공주님만 지킬 수 있다면 그게 어디든 상관하지 않습니다."

참 다행이긴 한데…….

덕분에 난 아시시를 꼬시는 데 성공했음에도 영 기분이 껄쩍지근했다. 아시시는 그냥 내가 하벨이랑 친해지는 게 싫었던 것뿐이었나?

아무튼 알 수 없는 남자야. 아무래도 엊그제 눈앞에서 날 외면했던 게 마음에 걸리기라도 한 모양이었다.

역시 그렇지?

나한텐 아시시밖에 없어! 우리 기사님, 우쭈쭈!

덕분에 이제 세르이라만 어떻게 설득하면 내 주변 사람들은 거의 다 포섭이 끝나게 된다.

원래 이런 일일수록 아는 사람이 없는 게 좋지만 이곳이 어디인

가. 아주 사소한 일도 크게 키워 내는 황궁이 아니던가. 덕분에 나는 최대한 신중에 신중을 기했다. 조금만 삐끗해도 바로 계획 자체가 작살나는 사안들이라 어쩔 수 없는 일이기도 했고.

그나마 이미 리비를 위시한 내 시녀들은 나를 전심전력 도와주기로 결정했다는 게 다행이었다. 하긴 내 바로 옆에서 내가 그동안 어떻게 살아왔는지 구구절절하게 봤으니 그럴 법도 했다, 흡.

그러면서 느낀 건데.

아, 역시 사람은 덕을 쌓아야 돼. 이게 바로 평소에 쌓은 덕이 그대로 돌아오는 거 아니겠어?

덕분에 내 어마어마한 계획은 순조로웠다. 그래도 세르이라를 어떻게 내 편으로 만들 것인지는 큰 난관이었지만.

진짜 엄마는 어떻게 구슬린다?

협박을 할 수도 없고, 그렇다고 마냥 조를 수도 없는 것이 엄마는 내게 너무 어려운 존재였다.

너무 티 나게 고민을 하고 있던 모양이다. 어떻게 말을 꺼내야 잘 꺼냈다고 소문이 날까 골똘히 궁리하고 있는데, 엄마가 슬쩍 오더니 이런 말을 한다.

"우리 리아 님, 요새 깜찍한 계획을 세우신다죠?"

깜빡깜빡.

너무 놀라서 말도 못하고 눈만 깜빡거리고 있으려니 엄마가 웃는다. 얼어 버린 날 보며 세르이라가 걱정 말라는 듯 손을 흔들었다.

"괜찮아요. 이 궁의 시녀장이라 당연히 알고 있는 것뿐이니까요."

"아, 맞다!"

그랬구나. 시녀들이 귀띔해 준 모양이었다.

내가 멍청했네. 지금까지 고민했던 게 한심하게 느껴진다. 그래도 내 계획이 널리 알려진 건 아니라 다행인데. 다행이지만, 어째 세르이라에게서 오는 반응이 생각보다 괜찮다?

나는 의아했다.

"엄마는 반대하지 않는 거야?"

조심스레 눈치를 보며 말을 꺼내니 세르이라가 오히려 놀란 표정으로 고개를 갸웃한다.

"제가 왜 반대를 하겠어요."

"어, 정말?"

이건 정말 상상외의 반응인데.

놀란 내 얼굴을 보며 세르이라가 살포시 웃는다. 엄마가 내 이마에 검지를 대고 가볍게 튕긴다.

"폐하께선 공주님을 너무 심하게 싸고도세요. 이제 공주님께서도 더 넓은 세상을 경험하고 혼자 일어서는 법을 배워야 하는데 말이죠."

……엄마는 진짜 강하구나.

이마를 감싸 쥐며 나는 그런 생각을 했다. 엄마 앞에선 아직도 어린애가 되어 버린다. 나는 아직 엄마를 이기려면 한참 멀었구나.

문득 그레시토가 그렇게 잘 자란 데엔 역시 이유가 있다 싶었다. 물론 나도 이렇게 자랄 수 있었던 거 다 엄마 덕분이지. 정말 새삼스럽다.

고개를 푹 숙인 날 붙잡으며, 세르이라가 말했다.

"아이는 부모가 보지 않는 곳에서 어른이 되는 법이니까요."

부드러운 미소에 할 말을 잃었다.

"이제 때가 된 것 같군요."

"응?"

내 의아함도 잠시.

세르이라는 품 안에서 무언가를 소중히 꺼냈다.

깨끗하고 하얀 실크 천에 감싸인 무언가.

그걸 받아 들고 나는 세르이라를 다시 올려다보았다. 이게 뭐냐는 내 눈짓에 세르이라가 한번 풀어 보라는 듯 고갯짓을 한다.

나는 어쩐지 기묘한 기분이 되어 신중하게 천을 풀어 보았다. 보드라운 천이 스르르 풀리며, 나온 것은 투명한 빛을 내는 작은 펜던트였다.

나는 할 말을 잃었다. 깨끗하게 반사되는 보석은 생전 처음 보는 종류였다. 정령석 같지는 않은데, 그렇다고 루비 같지도 않다. 사슴뿔이 돋아 있는 보석을 보고 있자니 뭔가 보아서는 안 되는 걸 본 기분이다.

내가 굳어 버린 사이, 세르이라의 손길이 내 어깨에 닿았다.

"공주님께서 어느 정도 자라시면 드리라고 했어요."

"누가?"

"공주님의 어머님께서요."

입이 굳었다. 말이 나오지 않는다. 입술을 달싹이다 나는 그대로 아랫입술을 깨물었다. 알 수 없는 감정이 내 몸을 휘감는다. 그것은 난생처음 느껴 보는 감각이었다.

내 입에서 말이라는 게 나온 건 그로부터 한참이나 지난 후였다. 나는 어쩐지 꽉 막힌 목소리로 세르이라를 올려다보며 물었다.

"만난 적…… 있어?"

"딱 한 번이요."

열이 오른 내 눈가를 손가락으로 쓸어 주며 세르이라가 살며시 웃음을 머금는다.

"아름다운 분이셨죠."

아련하고 애틋한 시선.

세르이라의 시선은 나를 내려다보고 있었지만 나를 넘어 내가 아닌 어딘가를 헤매고 있었다. 내가 아닌, 나를 통해 다른 누군가를 응시한다. 그 시선에서 문득 엿보이는 여러 가지 감정들의 편린에 나는 그 어떤 말도 지껄이지 못했다.

"……공주님은 그러지 않았으면 좋겠어요."

한숨 같은 손길이 내 머리에 얹어진다.

있을 거라 상상해 본 적도 없는 어머니의 유품을 받는다는 건 생각보다 처연한 기분이었다. 왜 그런 기분이 되는지는 몰랐다.

나는 그냥 세르이라의 몸에 기댔다.

본 적도 없는 어머니를 사랑한다는 게 과연 가능한 것일까? 모르겠다. 문득 전생의 어머니와 죽은 현생의 어머니 모습이 겹쳐졌다. 어떤 상실감이 느껴졌다.

나는 내 자신의 감정을 채 다 알지 못하는 답답함에 그저 낑낑거렸다. 그런 나를 쓰다듬으며 세르이라가 가만히, 그리고 나지막이 속삭인다.

"어린 나이에 너무나 많은 것을 짊어진다는 건 그렇게 좋은 게 아니랍니다."

* * *

그건 내가 따로 궁에 나가 살기 시작했던 무렵의 이야기였다.

여덟 살이 되었을 즈음 아직도 솔레이에 머무는 나를 가지고 꽤 말이 많이 있었다. 그래도 그땐 고작해야 황제의 궁에서 그 나이가 넘도록 같이 사는 공주는 없었노라며, 집사장과 시종장이 넌지시 언급하던 정도였다.

그러나 해가 지나고 나이를 더 먹어 열 살쯤 되니, 황실의 기강이 무너진다는 소리를 각종 신료들이 쏟아 내며 어서 공주에게 따로 궁을 내리라고 본격적으로 카이텔에게 압박을 가했다.

물론 아빠는 다 개소리 취급하며 무시로 일관했지만 인생사가 혼자 사는 게 아닌지라 카이텔도 언제까지 무시하고만 있을 수는 없었다. 무엇보다 아빠를 참을 수 없게 만든 건 그 나이 먹도록 황제가 싸고돈다며 자주성 없는 나를 비웃는 일부 귀족들이었다. 물론 카이텔 그 성질머리에 전부 함부로 입을 놀린 대가를 치르게 만들었지만 나는 그 말이 틀리다 생각하지 않았다.

사실은 사실이니까.

뭐, 결국 그런 상황이 지속되다 보니 아빠는 어쩔 수 없이 나에게 따로 궁을 내리게 되었다. 하지만 그냥 내리지는 않았으니, 그 또한 아그리젠트 역사서에 남을 희대의 명령이 되었다.

황제 왈, 공주의 위명에 걸맞은 궁이 없으니—한마디로 마음에 드는 궁이 없으니— 일부 황후궁을 철거하고 새로 궁을 만들어 내리겠노라며, 거처가 완성되기 전까지는 공주를 솔레이에 머물도록 한다는, 명령을 내린 것이다.

그 이면에 무슨 의도가 깔린 건지 바보가 아닌 이상 전부 알아차렸으리라. 그때 이런 식으로 나올지 몰랐다며 놀라던 대신들을 생각하면 지금도 웃음이 터진다.

그래도 그때가 좋았는데.

지금도 좋긴 하지만 어쩐지 그 시절이 가끔씩 그리워지는 건 어쩔 수 없다.

궁은 거의 이 년에 걸쳐서야 완공되었다. 엄청난 인부가 동원되었기에 빨리 만들려면 빨리 만들어 낼 수도 있었는데, 대체 무슨 내막이 있었던 건지 좀 더 화려하게! 좀 더 우아하게! 엎고 엎고 엎다가 결국 예정 완공 일자에 세 배를 초과한 시간에야 완성되었다.

완공되고 나서 총책임자의 아쉬운 듯한 표정이란.

그래도 막상 완공이 된 궁은 다시없을 만큼 아름다웠다. 이전까지는 아무 감흥 없던 내가 빨리 이사가 가고 싶어 들뜰 정도로.

그렇게 풀고르Fulgor, 눈부신 빛라는 이름의 내 궁이 아그리겐톰 황성에 건설되었다.

열어 놓은 테라스 문으로 서늘한 바람이 부드럽게 들어온다. 침대 기둥에 머리를 기댄 채 멀거니 앉아 있던 내 머리카락을 그 바람이 흩트렸다. 엷은 커튼이 바람에 흔들리고, 침대에 늘어트린 휘장도 흔들린다. 창을 통해 쏟아지는 별빛은 생각보다 환했다.

막 이곳으로 이사 왔을 땐 잠자리가 바뀌어서 그런지 이렇게 누워도 잠들지 못할 때가 많았다. 그땐 그래도 누워서 어떻게든 잠을 자 보려고 했는데, 그러고 있노라면 문득 가끔씩 누군가의 기척이 느껴졌다.

아시시는 아니었다. 아시시는 내가 자고 있으면 근처에는 있어도 절대 들어오거나 하진 않았으니까.

나는 그게 누구인지 보지 않고도 알아차렸다.

서늘한 손이 가끔 이마에 닿았다. 뺨을 쓸어 보기도 하고, 내 머리를 쓰다듬어 주기도 했다.

낮에는 그렇게 괴롭히고 싶어서 안달이던 사람이 내가 누워서 눈을 감고 있기만 하면 설령 깨기라도 할까 조심스레 나를 보듬었다. 그 온기를 가만히 받아 주고 있노라면 언제 잠들었는지 알지 못하게 잠에 들곤 했다.

"아무튼 도둑고양이처럼……. 누가 우리 아빠 아니랄까 봐."

나름 아빠의 서툰 배려라는 건 알지만 그래도 심통이 나는 건 어쩔 수 없다. 뭐, 이젠 그래서 좋아하는 거지만.

출생부터 그랬지만 내 위치는 상당히 기구했다. 황제의 서녀로 태어나 공주로서의 지위도 미래도 확실치 않던 내가 다시없을 총애를 받으며 당당히 공주가 된 건 어디까지나 카이텔의 권력과 힘이 가져다준 결과물. 사실 어디 동화 속에서나 나올 법한 허황된 이야기였다. 그렇기에 황제 궁이라 불리는 솔레이에서 열두 살까지 살 수 있었던 거겠지.

그건 정말 아그리젠트 역사상 다시없을 특례로 기록될 만한 사건이었다.

가끔 만만하게 보이긴 하지만 이곳은 황궁이니까. 아무리 직계라 해도 세 살이 지나면 솔레이에 머물 수 없다.

손안에서 반짝이는 펜던트는 작았지만 시선을 한눈에 사로잡았다. 투명한 다이아몬드 같은 보석 안에 무엇인지 알 수 없는 붉은 기운이 어른거린다. 연기 같기도 하고, 다른 무엇 같기도 한 신기한 색채였다.

"예쁘다."

난생처음 보는 어머니의 유품.

그래서일까, 나는 도무지 잠에 들 수 없었다.

팔을 들어 내가 받은 펜던트를 늘어뜨려 본다. 문 사이로 새어 들어온 별빛을 받아 보석이 깨끗한 광채를 반사한다.

세르이라가 덧붙이길 내가 태어나기 전 딱 한 번 내 어머니를 만났을 때 부탁이라며 저에게 맡겼던 것이라 했다. 나중에 내가 사리분별을 할 수 있게 되면 전해 달라고.

"아, 진짜."

인생 참 진짜 기구하다. 뭐 이러냐?

이마에 손을 댄 채 나는 고개를 숙였다. 잊고 있던 어머니의 존재가 지금처럼 이렇게 와 닿은 적이 없었다. 아예 사라진 것처럼 지워진 어머니의 이야기에 나는 그저 고개를 떨굴 뿐이었다. 다른 이들은 몰라도 나는 기억하고 있었어야 했다.

내가 비록 지금은 아그리젠트 유일의 공주로 떠받들어진다 하지만 그래, 페르델의 말대로 이건 카이텔이 없으면 바로 거품처럼 사라질 신기루에 불과하다. 그 누구도 내 어머니에 대해 떠들지 않는 것만 봐도 알 수 있었다.

내 어머니 제르에이나 왕녀에 관한 건 금기였다.

그 이유는 단 하나, 아빠가 싫어했기 때문이었다.

카이텔은 아직까지도 내가 오로지 자신만의 딸이라고 생각한다. 물론 틀린 건 아니지. 난 아빠 딸이 맞으니까.

하지만 아빠만이 나를 키운 건 절대 아니었다. 세르이라, 시르비아, 페르델, 아시시. 그 모두가 없었다면 지금의 나는 없겠지. 그래, 모두가 기꺼이 나를 키워 준 은혜를 위해서라도 나는 어머니에 관한 생각을 되도록이면 하지 않으려 했다.

없어도 충분하니까. 아무렇지도 않으니까.

그렇게 되뇌고 속삭이고 세뇌했건만.

"……엄마."

그 누가 자신이 사랑 받지 못했다는 걸 기억하고 싶겠는가.

세르이라는 내 엄마가 나를 사랑했다고 했지만 솔직히 얼굴 한 번 본 적 없는 엄마가 진짜로 날 사랑했을 거란 생각은 하지 않았다. 이곳이 황궁이고, 엄마가 끌려온 왕녀라는 점에서 날 원망하거나 미워했으면 미워했지 절대로 사랑해서 날 낳은 건 아닐 거라 혼자 단정 지었다. 마음을 닫았었다. 상처 받지 않으려고.

진짜 바보는 나였구나. 난 진짜 멍청하구나.

내 손안의 이 목걸이가 나를 질책한다. 엄마에게도 뭔가가 있었을 텐데, 엄마가 나를 가지고 숨어들어 몰래 나를 낳으려 했던 이유가 있을 텐데, 그랬을 텐데.

왜 나는 자세히 알아보려고 생각도 못했던 걸까, 멍청하게.

끌려와 적국 황제의 아이를 낳고 끝내 그 아이로 인해 죽음을 당한 왕녀의 삶. 그 삶이 슬프게만 느껴졌다.

다시 떨어지려는 눈물을 손등으로 닦으며 나는 마음을 다잡았다.
그리고 그때였다.
갑작스레 테라스에서 인기척이 느껴진 건.

"누구냐?"

나는 자리에서 일어났다. 온몸의 감각이 곤두선다.

아빠는 아니었다. 어째서냐고 묻는다면 뭐라 자세히 설명할 순 없었지만 내 감이 그렇게 말하고 있었다. 역시나 그 인기척은 아빠가 아니었다.

"아직 잠들지 않은 건가?"

"어?"

그러나 어쩐지 익숙하다. 나는 바보처럼 긴장을 풀었다. 그리고 그 순간 테라스의 휘장이 걷히고, 내 시야에 누군가가 들어왔다.

"뭐야? 하벨……."

"정답."

어디 마실이라도 나가는지 간편하게 차려입은 프레치아의 황제가 내 눈앞에 선다. 제집인 양 익숙하게 들어온 하벨은 내 방을 한 번 둘러보더니 나를 내려다보았다.

이건 뭐지? 나는 인상을 찡그렸다.

"여긴 왜! 아니, 어떻게?"

"이 정도는 간단하지."

대체 뭐가 간단한데.

날 보며 하벨이 빙그레 웃는다. 왜인지 기운이 빠져서 나는 다시 침대에 주저앉았다.

설마 저놈이 날 해코지하려고 여기까지 온 건 아니겠지?

진짜 제정신인가 의심스럽다. 겁도 없이 야밤에 공주의 방에 처들어오다니. 나도 모르게 이런 말이 나왔다.

"네가 우리 아빠한테 죽고 싶구나?"

"이젠 반말하네?"

신기하다는 듯 하벨이 내 쪽으로 몸을 기울인다. 괜히 놀라서 나는 뒤로 몸을 젖혔다. 윽.

"됐으니까 나가 주시겠습니까?"

"글쎄."

왜 내 말은 항상 무시당하는 걸까. 이제 말도 잘하는데.

하벨의 몸이 더 가까이 다가온다. 어느새 뻗은 양팔이 내 양옆으로 침대를 짚고, 난 그 안에 갇혀서 꼼짝도 하지 못하게 되었다.

숨이 저절로 거칠어진다. 확연히 느껴지는 낯선 체향에 저절로 몸이 굳어졌다. 그리고 그제야 비로소 나는 미련하게 내가 여자라는 걸 자각했다.

멍청이. 그렇게 한 번 죽었으면서도.

작게 욕지거리를 내뱉고 나는 입술을 잘근잘근 씹었다. 그런 내 변화를 응시하다 하벨이 낮게 웃는다.

"계속 반말해도 돼. 듣기 좋은데."

순간 굳었던 몸이 기우뚱한다.

이놈은 변태인가. 어째 내가 자기를 업신여기는 걸 오히려 좋아하는 것 같았다. 혹시 매저키스트?

생각 같아선 밀쳐 내고 싶은데, 시선을 마주하고 있으려니 검붉은 눈동자에 꼼짝없이 갇혀서 이도저도 할 수가 없다.

내가 대꾸를 하지 않으니 정적만이 쌓여 간다. 이 팽팽한 줄을 누구라도 자르면 대체 무슨 일이 벌어질지 감도 잡히지 않는다.

설마 이놈이 날 덮치려는 건 아닐 테고.

불안한 시선으로 하벨을 주시하고 있으려니 녀석이 시선을 낮게 깐다.

"어딜 봐!"

그 시선이 잠옷 차림인 내 가슴에 닿자마자 나는 기겁하며 물러났다. 덕분에 묘하게 유지되던 긴장은 깨졌다만 나는 짜증이 났다. 잠옷이 몸매가 잘 드러나지 않는 원피스여서 망정이지 아니었으면 부끄러워서 죽은 지 오래였다.

이런 내 반응에 하벨이 어깨를 으쓱인다.

"볼 것도 없는데, 뭘."

저 자식이!

생각 같아선 확 성희롱으로 고소하고 싶은데, 나는 너그럽게 하벨의 다리를 차는 걸로 만족했다. 얻어맞은 녀석이 잠시 낑낑거린다.

그러게 어디 신성한 아녀자를 희롱해? 죽을라고!

감정을 담은 탓인지 너무 세게 친 모양이었다. 한참을 아파하다 녀석이 일어난다. 그래 봤자 니 이미지 이미 망가진 지 오래거든?

"나 때문에 갇혔다면서. 혹시 회담이 끝났다는 소식은 들었나?"

"어, 끝났어?"

존대를 하려 했는데 나도 모르게 반말이 나가버린다. 에라, 모르겠다. 그냥 반말하지, 뭐. 어쨌든 대충 이쯤 끝나리라는 것은 알고 있었는데, 아무도 그에 관한 이야기를 해 주지 않아서 몰랐다.

"어떻게 됐어?"

"좀 복잡하지만 간단히 설명하자면……."

내 호기심 가득한 시선을 보자마자 하벨이 빙그레 웃는다.

"독립 승인 났어. 어쨌든 이로써 당분간은 평화겠지."

다행이다.

그래도 혹시 몰라 걱정했었는데, 다행히 평화적으로 끝난 모양이었다. 하벨이 말한 '당분간은 평화'라는 표현은 거슬렸으나 좋은 게 좋은 것일 테니, 나는 일단 넘어가기로 했다.

"근데 그것 때문에 온 거야? 그거 알려 주러?"

"아니."

아니면 뭔데.

내가 퉁명스레 응시하니 하벨이 손을 뻗는다. 그게 하도 자연스러워서 나는 순식간에 그의 품 안에 가둬졌다.

정신을 차렸을 땐 이미 늦었다. 거부하기도 전에 너무 아무렇지 않게 날 품에 안은 하벨이 그대로 내 어깨에 고개를 처박으며 숨을 들이마신다.

"돌아가는데 얼굴도 못 보고 가려니 서운해서. 너 보려고 왔는데, 네가 날 피해서 잘 보지도 못했잖아?"

"그건!"

"전엔 못 보고 갔으니까, 이번엔 보고 가려고. 괜찮아. 아무 짓도 안 해."

빠져나오려고 몸을 틀었는데, 쉽게 놓아줄 생각이 없는지 내 팔을 붙잡는 하벨의 손에 힘이 들어갔다. 그렇다고 아픈 건 아니었고, 날 달래려는 듯한 행동에 일단 벗어나려는 건 그만뒀으나 그렇다고 포기한 건 아니었다.

내가 움직임을 멈추자 하벨이 고개를 든다. 시선이 마주치자 나는 왜인지 부끄러워졌다.

짧은 호흡이 오고 간다. 뺨이 달아오르는 기분이라 나는 최대한 진정하려고 애썼다.

아, 왜 이렇게 더워.

열린 창문 사이로 시원한 바람이 내 머리카락을 흩날린다. 약간의 시간이 지난 뒤에 나는 입을 열었다.

"레일라도 같이 가는 거야?"

"그렇겠지."

가벼운 대답. 나는 기분이 묘해졌다.

"그렇구나."

하긴 유일하게 남은 프레치아의 공주이니까. 레일라가 이젠 편하게 원하는 대로 살았으면 좋겠다고 생각하며, 나는 고개를 숙였다.

아마 가는 장면은 보지 못하겠지. 굳이 아빠 때문이 아니라도 나도 염치가 있는 생물인지라 그랬다.

내가 가벼운 한숨을 내쉬자 하벨이 고개를 꺾는다. 결 좋은 머리카락이 흔들린다. 그걸 보고 있노라니 한 번 만져 보고 싶다는 생각이 들었다. 진짜 뉘 집 자식인지 살인적인 외모다.

"언제까지나 이렇게 갇혀 있기 답답하지 않나?"

부드럽게 울리는 중저음의 목소리는 무척이나 듣기 좋았다. 사람 목소리를 오래 들어 보고 싶다는 생각을 잘 해 본 적 없어서 이런 기분은 낯설지만, 확실히 굵게 울리는 하벨의 목소리가 좋은 건 사실이었다.

"내가 도와줄까?"

"됐어."

슬그머니 유혹하는 목소리에 혹하지 않았다면 그것은 거짓.

하지만 그것보다 다른 게 더 내 기분을 엉망으로 만들었다. 내가 갇혀 산다는 자각은 있었지만 누군가가 대놓고 그렇다고 말하니 정말 갇혀 있다는 게 실감된다.

내가 입을 꾹 다물고 있자 하벨이 고개를 가까이 가져다 댄다.

"왜? 믿음이 안 가?"

솔직히 말하자면 맞는 말이지만 그래도 막상 이렇게 물어 오니 그렇다고 하기 애매해진다. 결국 난 깊은 한숨만 내뱉었다.

머리 아파. 아, 진짜 모르겠다.

"정말 도와줄 거야?"

"물론."

하벨이 자신만만하게 웃는다.

"탑에 갇힌 공주님을 구해 내는 건 왕자님의 역할이잖아?"

하, 뭐래?

터무니없을 정도의 자신감에 어이가 없다. 느낌 아니까 남자들이 저런 말 하는 심리를 모르는 건 아닌데, 어울려서 더 아니꼽다. 비웃어주고 싶긴 한데 모순적이게도 그런 모습에 왠지 모르게 마음이 갔다. 긴장이 풀린다고 할까.

원래 정말 친한 사이가 아니면 도움 같은 거 잘 안 받는데. 빚지는 거 싫어하는 성격이라 그런 것도 있지만 그런 내 행동엔 무엇보다 약점 잡히기 싫다는 마음이 가장 컸다.

하지만 자기가 뭐 이렇게까지 원하니.

"그런 개소리는 그만하고."

문득 아빠가 불쌍해진다. 이놈 만나지 말라고 날 이렇게 가둬 둔 건데, 막상 난 이놈을 통해 이 황궁을 탈출하려고 하니. 하, 인생이란.

아냐, 마음 약해지면 안 돼.

확실히 내 힘만으로 탈출하는 건 힘들었다.

그래, 이건 도박이다.

내 인생과 내 미래를 건.

"그럼 나 좀 도와줘."

* * *

내 계획에서 가장 위험하고 불확실했던 부분은 '과연 안전하게 황궁을 빠져나갈 수 있는가'였다. 이중삼중으로 철통 보안이 이뤄지는 이 중심에 들어오는 것도 힘들지만 나가는 건 오히려 더 힘들었다.

사실 가출도 나갈 수 있어야 가출이 아니겠는가. 나가기도 전에 걸리면 그건 그냥 애송이의 반항이지 뭐야.

그 때문에 여러 가지 생각할 수 있는 작전은 다 끄집어내며 골머리를 앓았는데, 다행히도 하벨이 도와줌으로써 가장 문제였던 부분이 깔끔하게 해결되었다.

"이게 바깥공기라는 거구나!"

감탄하는 나를 발르가 안쓰러운 눈으로 보며 혀를 찬다. 나는 기꺼이 화사하게 웃으며 녀석의 발을 밟아 주었다.

"으아악!"

그러게 누가 까불래?

아무튼 다시 본론으로 돌아와서……. 아, 이렇게 맑은 공기를 마신 건 난생처음이다. 비록 돌아가는 프레치아 사신 행렬에 껴서 겨우 나온 외성이지만 그 자체로도 충분한 감격이다.

내 인생에 이런 순간이 또 언제 올까!

아, 맞다. 이러고 있을 때가 아니지.

"빨리 도망가자!"

왼팔엔 발르를, 오른팔엔 아시시를 끼고 나는 서둘렀다. 황궁은 무사히 빠져나왔지만 아직 마음을 놓을 순 없다.

언제 아빠한테 잡힐지 모른다고!

미리 세워 놓은 도주 경로로 최대한 신속하게 이놈의 황도 지르젠토를 빠져나가야만 했다. 나오기 전이라면 모를까 이미 나왔는데 나오자마자 잡힐 수는 없어!

하지만 이런 나의 급한 마음도 몰라주고 내 앞을 가로막는 자가 있었으니, 그건 바로 충직함으론 둘째가라면 서러워할 우리 아시시였다.

평소와 달리 잔뜩 굳은 표정으로 아시시가 한 발자국도 움직이지 않는다. 발르마저도 의아한 시선으로 아시시를 보았다.

나는 고개를 갸웃했다.

"아시시, 왜 그래? 뭐가 마음에 안 들어?"

잔뜩 굳은 표정으로 아시시가 말없이 우리를 따르는 일단의 무리를 돌아본다.

"저분이 왜 여기 껴 있는지 궁금합니다."

"그러게. 그건 나도 같이 궁금한데?"

왜 프레치아로 향할 황제가 여기 있는 것인가.

그것도 아까 보았던 화려한 정복 차림이 아니라 간편한 여행복 차림으로 하벨이 내 눈앞에 서 있었다. 내가 쳐다보자 하벨이 서운하다는 듯 고개를 가로젓는다.

"내 덕에 황궁을 나왔으면서 이거 어째 대우가 너무 박한 거 아냐? 도와주기만 하고 꺼지라는 거야?"

"그런 건 아니지만 왜 여기 계십니까, 고명하신 프레치아의 황제님."

너님이 여기 있을 때가 아닌 것 같은데요.

이미 프레치아 사신 행렬은 외성을 지나 남부 쪽으로 향하고 있는 걸로 알고 있었다.

설마? 에이, 아니겠지.

순간 떠오른 불길한 예감에 나는 몸을 부르르 떨었다.

아냐. 에이, 그럴 리가 없어. 설마 어떤 미친 황제가 그러려고. 아닐 거야.

애써 부정하고 있는데, 그런 나를 지켜보다 하벨이 빙그레 웃는다.

"나도 따라가려고."

"뭘?"

"네 여행."

……오, 신이시여, 이젠 별게 다 제 앞길을 가로막네요.

"나 여행가는 거 아닌데."

"어? 여행이라며."

일단 발뺌을 해 보려 했으나 나는 잊고 있었다. 우리 중에 스파이가 있었다는 걸.

아오, 이 눈치 없는 자식.

팔꿈치로 배를 치니 고꾸라지는 발르를 아시시에게 넘기고, 나는 마저 하벨을 올려다보았다. 웃는 건지 화난 건지 미묘한 표정으로 하벨이 나를 내려다본다. 그리고 그 뒤에 병풍처럼 서 있는 황제 직속 친위대 몇 명이 참으로 기묘한 위압감을 내게 선물한다.

설마 이거 협박인가?

"싫어?"

"싫, 싫은 건 아닌데."

"그럼 나 바로 황궁으로 돌아가서 말한다? 너 가출했다고."

윽.

"좋지?"

"……."

이 자식이 이렇게 야비한 놈이었던가.

내 원망의 시선이 보이지도 않는지 하벨이 싱긋싱긋 웃는다.

이거 참 좋다고도 할 수 없고, 싫다고도 못하는 상황이었다. 마음 같아선 싫다고 하고 바로 튀고 싶은데, 그러면 하벨이 아빠 쪽으로 붙어서 날 잡는 데 도움을 주고 말겠지?

안 봐도 뻔했다.

그럼 결국 이놈을 데리고 다녀야 한다는 건데…….

"안 됩니다."

내가 쉽사리 대답을 못하고 있자 옆에 가만히 있던 아시시가 앞으로 나선다.

"돌아가 주십시오."

항상 내 뒤에서 군말 없이 지켜 주기만 하던 아시시였으므로 이런 갑작스런 돌발 행동에 놀란 건 남들보다 내가 더했다.

저기, 아시시?

저게 내가 알던 그 아시시가 맞는가.

두 눈을 끔뻑거리며 아시시의 뒤통수만 쳐다보고 있는데, 하벨이 인상을 찌푸린다.

"이 일행의 리더는 아무래도 리아인 것 같은데. 수호기사 주제에 어디서 끼어드는 거지?"

"리아 님의 안전을 책임지는 수호기사로서 당신의 존재 자체가 위협적이라고 판단했기 때문입니다."

"위협이라. 대체 내 어디가 위협적이라는 거지?"

"전부 다. 존재 자체가 위험합니다."

험악한 말싸움에 난 비로소 정신을 차렸다. 물론 하벨이 존재 자체가 위협이긴 하지만 이러다가 진짜 싸움 나겠다. 벌써 하벨 친위대의 분위기가 험악한 게 여기까지 느껴졌다.

하벨과 동행하는 건 나도 싫었지만 그렇다고 아시시가 다치거나 죽는 건 더 싫어.

나는 어쩔 수 없이 아시시를 제지했다.

"그만둬, 둘 다! 내 앞에서 싸울 거면 둘 다 버리고 갈 거야!"

말도 안 되는 엄포에 둘 다 쉽게 물러난다.

……뭐지, 이놈들?

그래도 말을 들어주는 건 좋았으므로 나도 별다른 말은 하지 않았다.

"모처럼 기분도 상큼하고 좋은데, 지금 뭐 하는 짓이야?"

"맞아. 일단 우리는 황도 밖으로 나가는 게 더 중요하다고."

발르가 급한 표정으로 끼어든다. 나는 그 말을 듣고 감탄했다.

"그래, 네 말이 맞아. 역시 우리 발르야. 뭘 좀 알아!"

"이 오빠가 좀 최고지?"

"그 말은 하지 않는 편이 좋았을 것 같다."

"힝."

발르는 내버려 두고 아시시를 돌아보니 아시시가 잔뜩 굳은 얼굴로 하벨을 노려보고 있다. 아시시가 누굴 싫어하거나 그런 건 본 적이 없는 광경이라 나는 사뭇 신기했다.

아시시는 왜 이렇게 하벨을 싫어한담. 뭐, 이유를 모르는 바는 아니지만.

그 순간 아시시가 나직이 말한다.

"그냥 벨까요?"

"아시시……."

나는 어이가 없었다. 고작 이런 일로 사람을 죽이려 들다니.

그보다 명령만 내리면 바로 베어 오겠다는 의지가 확고한 저 표정이 더 날 슬프게 만든다. 정말 가끔이지만 아빠와 아시시의 머릿속은 대체 뭐로 만들어진 건지 의심스러워, 흡.

어쩌 발르보다 아시시가 더 문제가 될 것 같은 건 단순한 내 착각이겠지. 착각일 거야.

발르한테 지 삼촌을 맡기고, 나는 바로 하벨을 돌아보았다.

"이러려고 나 도와준 거지?"

"이제 알아차리다니, 생각보다 머리가 나쁜데?"

사실 도와주는 대가로 뭔가를 요구할 거란 생각은 했지만 내 가출에 동행하겠다는 것일 줄은 몰랐다.

아 씨, 몰라. 어쩌겠어? 이미 저질러진 일인데.

내가 더 이상 물러날 곳이 없다는 건 하벨도 잘 알고 있을 터였다. 나는 출발하기 전에 하벨을 향해 단단히 당부했다.

"따라오든 말든 상관 안 할 건데, 나한테 방해된다고 생각하면 무조건 버리고 갈 거야!"

"그래."

"진짜 버리고 갈 거라고!"

"알았어."

진짜 버리고 갈 건데.

하벨이 너무 생긋생긋 웃으니까 오히려 기분이 나빠진다. 야, 너 버리고 갈 거라고.

아시시가 반발하는 게 느껴졌으나 발르가 알아서 잘 말리는 것도 눈에 들어온다. 하벨이 내 팔을 잡았다.

"그리고."

그리고 뭐?

설마 또 희한한 요구를 하는 건 아니겠지? 불안해 하는 나를 내려다보며 하벨이 빙그레 웃었다.

"그냥 하벨이라 불러."

그래도 명색이 황제인데 참 반말 좋아한다, 너?

2. Why so serious? | 221

*　*　*

계획을 짤 때 도망치는 쪽의 인원이 많으면 잡히기 십상이라 나는 최소한의 인원으로 나가는 쪽으로 가닥을 맞췄다. 모두 같이 가고 싶어 했는데, 굳이 발르와 아시시만 데리고 나온 건 다 이런 이유에서였다.

궁에 남은 두 사람은 다른 임무를 맡겼는데, 그게 뭐냐 묻는다면 대답해 주는 것이 인지상정.

그건 바로 아빠를 방해하는 것이었다.

그동안 아빠 밑에서 살아남은 내가 보기엔 좀 회의적인 작전이었지만 그래도 안 하는 것보단 나을 테니 일단 침착한 두 사람에게 맡기고, 우리는 튀었다.

근데 아마 안 될 거야. 우리 카이텔이 가차 없고 잔인해서 그렇지 페르델 못지않게 머리가 좋은 놈인데 그거 하나 못 알아차릴 리가 없었다.

그래도 조금이라도 효과가 있길 바라며, 나는 최대한 아그리젠트를 벗어나려 노력했다. 아침저녁 할 거 없이 말 타고 달린 덕에 우리는 사흘 만에 앤시프에 도달하는 쾌거를 이뤄 냈다.

그야말로 인간 승리!

역시 인간은 닥치면 못하는 것이 없다. 엉엉, 내가 정말 자랑스러워.

그때부턴 설렁설렁 움직여서 이틀 만에 부유성이 있는 앤시프 남부 최고의 자유도시 아메르타에 도착했다. 아르메타는 그 자체로도 볼거리가 많았지만 일단 체력을 보충하는 게 우선이었으므로 하루 정도 푹 쉬고, 이제 본격적인 여행을 해 볼 작정이었다.

일단 앤시프도 안전하지는 않으니 부유선으로 다른 나라로 갈 예정이었는데, 그사이 아그리젠트가 어떻게 되었는지가 제일 궁금했다.

설마 아빠가 벌써 앤시프로 오는 건 아니겠지?

"상인들에게 알아봤는데, 황도는 진작 봉쇄되었대. 아직은 사람들 풀어서 찾아보는 중인가 봐. 밖으로 나온 건 모르는 듯."

"앤시프로 바로 넘어오길 잘했다."

"그러게. 조금만 늦었으면 국경에서 잡혔을지도."

발르가 어깨를 으쓱인다.

어쩌면 정말로 일어났을지도 모르는 일이라 나는 괜히 등골이 서늘해서 몸을 떨었다.

"부유선 타고 바로 북제국으로 가는 건가?"

우리의 대화를 지켜보던 하벨이 묻는다.

나는 발르를 돌아보았다. 이왕이면 옆 나라인 파르텐-키헤른도가 보고 싶었는데, 아무래도 이번엔 무리인 듯싶었다. 하긴 발르는 앤시프까지 왔는데 요정의 숲도 못 가 본다고 눈물을 쏟았더라지.

"뭐, 되도록이면 멀리 가는 편이 좋겠죠."

"그럼 결론은 스헤르토헨보스네."

내 대답에 발르가 만족스럽게 웃는다.

"북제국 구경하다가 천천히 부레티로 넘어가면 될 것 같아."

"그래, 아빠가 설마 날 잡으러 북제국까지 오겠어?"

어쩐지 북제국까지 올지도 모른다는 불길한 예감이 들지만.

허허, 기분 탓이겠지.

아시시가 아침에 나가 끊어온 표를 보여 준다. 딱 저녁 먹고 출발하면 적당한 시각이었다.

부유선은 아그리젠트에도 있었지만 타는 건 이번이 처음이었다. 부유석이라고 공중에 뜨는 돌을 이용해서 만든 교통수단인데, 쉽게 말하자면 비행기 같은 것이었다. 전 세계적으로 마흔 척밖에 없고, 귀족들이나 부유한 상인 정도만 이용할 수 있는 여객선인데 엄청 빨라서 돈만 있다면 사람들이 제일 선호하는 교통편 중 하나였다.

"아, 이제야 살 것 같네."

내가 환하게 웃자 발르가 안쓰러운지 인상을 쓴다.

"그러다 몸살 나겠다."

그래도 이 누님이 걱정되긴 하는구나, 우리 동생.

나는 그냥 실실 웃었다. 사흘 내내 말 위에서 버티는 건 힘들긴 힘들었다. 아무리 승마를 취미로 삼았다고 해도 내가 운동과 거리가 먼 건 사실이니까. 나중엔 말을 몰 기운도 없어서 아시시가 대신 몰아 줘야 하는 상황까지 있었다. 그래도 밤새 파티장에서 버티던 체력은 있어서 다행이었다.

내가 의자에 기대며 방긋 웃자 발르가 무언가를 생각하다 손뼉을 친다.

"그럼 저녁은 비싼 거 먹자! 내가 가게 알아보고 올게!"

"맛있는 걸로!"

"그건 당연하지!"

바로 싱글벙글 웃으며 아시시를 끌고 발르가 방을 나간다.

먹는 게 저렇게 좋을까. 물론 나도 좋지만.

역시 먹을 게 최고지. 그래, 여행은 먹으러 가는 거 아닌가요? 멋진 풍경도 다 배가 부를 때 눈에 들어오는 법이었다.

기지개를 펴자 창문 밖으로 오가는 사람들이 보인다. 방이 제법 비싼 곳이어서 창문으로 보이는 풍경도 제법 예뻤다.

앤시프랑 아그리젠트는 바로 옆 나라인데도 전혀 다르구나.

무엇보다 덥지도 춥지도 않은 서늘한 기온이 제일 마음에 들었다.

괜히 봄의 나라가 아니군.

일 년 내내 이 기후가 유지된다는데, 한때 세계 지리를 배운 터라 도대체 어떤 원리로 그렇게 되는 건지 정말 궁금했다. 그렇다고 연구해 볼 생각이 드는 건 아니지만.

비록 아그리젠트에 국토의 삼분의 일을 헌납했다고 하지만 앤시프는 여전히 풍요로웠다.

물을 마시고 일어나서 이제 짐을 정리하려는데, 턱을 괴고 앉아 있던 하벨이 입을 연다.

"많이 힘든가?"

내가 그렇게 힘들어 보였나? 사실 힘들긴 했는데 도망치는 게 더 간절해서 힘들었다는 생각도 별로 안 들었다. 그래도 남들에겐 정말 힘들어 보이긴 했나 보네. 괜히 머쓱해져서 나는 말을 돌렸다.

"넌 안 힘들어?"

2. Why so serious? | 225

나한테도 힘든 일이었지만 그게 남자들이라고 다를 거라 생각하진 않는다. 내 질문에 하벨이 가볍게 어깨를 으쓱였다.

"여행은 익숙하니까."

"부럽네, 그거."

내가 웃으니 하벨이 빤히 쳐다본다.

내 얼굴에 뭐가 묻었나? 궁에 있을 때처럼 꾸민 것도 아닌데 이렇게 쳐다보니 괜히 기분이 이상하다. 설마 진짜 얼굴에 뭐 묻은 건 아니겠지.

"집 나온 건 처음인데, 역시 집 나오면 고생이라는 말이 실감이 나."

침묵이 싫어서 아무 말이나 내뱉으니 하벨이 고개를 갸웃한다.

"그건 후회한다는 뜻?"

"그건 아니고……."

집 나오면 고생이지만 뭐.

"그냥 재미있어."

그래, 고생이긴 했지만 그 고생을 사서 할 만큼 재미있었다.

"언제 아빠한테 잡혀서 돌아갈지 모르는 처지라도 이렇게 밖에 나와서 사람들이 사는 걸 보는 건 처음이거든. 난 항상 갇혀 살았으니까."

"그렇군."

오면서 많은 걸 보았다. 비록 본 것뿐이지만 그게 아무 의미 없다는 생각은 해 보지 않았다.

그동안 내가 배웠던 것, 내가 알았던 것, 그런 걸 뛰어넘어 그저 스쳐 가듯 살펴본 바깥세상은 이제껏 내가 생각해 온 것과 아주 많이 달랐다. 아빠가 보여 주려 했던 것, 아빠가 보여 주고 싶어 했던 것만 보고 살아오다 직접 내 발로 내 스스로 세상을 보게 되니 감회가 남다르다. 그건 일종의 충격이었다.

아무래도 궁 안에서 알던 세상과는 많이 다르다. 생각했던 것만큼 이 나라가 파라다이스도 아니었고, 사람들이 친절하지도 않았다.

그러나 나는 오히려 그 괴리가 마음에 들었다. 그래, 그게 원래 내가 알고 있던 세상이니까.

내가 살았던 세계와 이 세계도 별반 다르지 않다.

그리고 내 스스로 그걸 확인한 순간, 뭐랄까. 뭔가 설명할 수 없는 안도감이 들었다. 다르지만 같다는 그런 안도감. 나도 모르게 품었던 아그리젠트에 대한 환상은 깨졌을지 모르나 오히려 그러고 나니 마음이 편했다.

내가 동화 속의 공주님이 아니어도 괜찮다는 그런 확신을 얻었다고 해야 할까.

"왜 널 가둬 놓으려고 하는지 카이텔 황제의 마음을 조금 알겠는걸."

지난 시간 동안 내가 봐 온 풍경들을 회상하고 있는데, 갑자기 뜬금없는 하벨의 말에 고개를 갸웃했다.

"이유가 뭔데?"

나도 모르는 걸 네가 어떻게 알아?

내 질문에 하벨이 진지하게 나를 내려다본다. 그리고 말하길.

"안 알려 줌."

······그냥 버리고 갈까.

* * *

　부유선이라는 이름을 들었을 땐 막연히 비행기랑 비슷한 게 아닐까 생각했다. 뭐, 대충 나는 거라고 생각하면 그 비슷한 것밖에 보지 못했으니까 어쩔 수 없는 상상력의 부재였다.
　그러나 직접 가까이서 본 부유선은 진짜 배의 모양을 하고 있었다. 널찍한 데다 구조도 배랑 비슷하고, 심지어 사람들이 묵을 방까지 있다. 시설도 좋아서 이게 왜 인기가 좋은지 알 것 같다고 해야 할까.
　단지 이게 왜 군사적이나 상업적으로 쓰이지 않는 건지 궁금했는데, 그건 부유선을 타고 가면서 자연스럽게 알게 됐다.
　비행기와는 다르게 부유선은 이름 그대로 하늘에 부유한 채로 땅으로 내려오지 못했다. 그래서 부유선을 선착시킬 부유성이 없는 곳엔 가지 못하고, 가더라도 사람이나 물건을 내리는 건 못했다.
　또 너무 높은 곳에 있어서 무거운 화물을 옮기기가 쉽지 않다. 설령 옮긴다고 해도 많은 화물을 옮길 수는 없었다. 그래서 보통 귀금속같이 옮기기 쉬운 사치품들이나 사람들을 옮기는 데에만 쓰였다.
　비행 속도도 내가 본 비행기에 비해 그리 느리지 않았으니까. 그래, 육로로 삼 년, 배로 삼 개월이 걸린다는 앤시프에서 스헤르토헨보스까지의 이동이 겨우 사흘 정도밖에 걸리지 않았다.

새삼 문명의 이기라는 게 얼마나 좋은 건가 깨달았다.

발명이라는 건 좋은 거야.

"아, 재미있었다."

가끔 바람이 거셀 때 배가 기우뚱하면서 멀미가 난 적은 있어도 부유선에서 보낸 사흘은 엄청 재미있었다. 크루즈선을 타고 여행 가는 기분이라고 할까. 갑판에서 밑을 내려다보는 재미도 쏠쏠하고.

으음, 돌아갈 때도 부유선 타고 돌아갈까.

"부유선은 타도 타도 재미있어."

"그치, 발르야? 진짜 재미있어."

신이 난 발르랑 싱글벙글한 나와 달리 옆에 선 하벨은 질린다는 표정이었다. 그리고 우리 아시시는 아직도 멀미가 나는지 창백한 표정으로 내 옆 자리를 지키고 있었다. 처음 안 사실이었는데, 아시시는 말 빼고 모든 교통수단에 멀미를 느끼는 남자였다.

이것이 바로 검은 기사의 위엄.

"이제 묵을 곳 찾을까?"

몸이 찌뿌둥한지 기지개를 켜며 발르가 묻는다.

부유성에서 막 내려온 참이라 나는 아직도 내가 북제국이라 불리는 스헤르토헨보스에 도착했다는 사실을 믿기 힘들었다. 하늘을 올려다보니 푸른 하늘 아래로 반투명하게 반짝이는 막이 보인다.

저것이 바로 성황이 수호하는 신의 장벽. 스헤르토헨보스를 북제국으로 불리게 한 성황의 수호막이었다.

듣기만 들었지 당연하게도 직접 본 건 처음이라 나는 마냥 신기했다. 정말 이 나라가 무언가 특별한 힘으로 보호받고 있구나 싶은 실감이 든다고 해야 할까.

"여기가 어디지?"

"위성도시 로를랑. 북제국에서 가장 번화한 도시 중 하나죠. 위로 하루 정도 마차를 타고 가면 제국 수도 일루미넨입니다."

하벨의 질문에 바로 발르가 대답한다.

나는 흘긋 두 사람을 훔쳐보았다. 계속 적대적으로 구는 아시시와 달리 발르는 하벨을 딱히 싫어하지도 좋아하지도 않았다. 그래도 예의는 차린다는 점이 신기하다고 해야 되나.

뭐, 어디 나사가 하나 빠진 것 같긴 하지만 확실히 발르는 페르델의 아들이었다. 그 핏줄이 어디 가진 않겠지.

"수도는 좀 그래. 거긴 하루 정도만 구경하고 바로 다른 도시로 빠지자."

물론 수도가 제일 볼 게 많겠지만 성황청이랑 너무 가까워서 좀 무서웠다. 까딱하면 누구 아는 사람이라도 만날까 조심스럽다. 나만이 아니라 발르는 더 문제였다. 매년 스헤르토로 오는 발르를 아는 사람이 발에 치일 정도로 많으니까.

내 말에 발르가 뺨을 긁적이다 고개를 갸웃한다.

"그래. 아, 성지는 가 볼 거지?"

"여기까지 왔는데 당연히 가 봐야지!"

프랑스에 갔는데, 에펠탑도 보지 않고 갈 순 없는 법!

내 의지에 찬 대답에 발르가 싱긋 웃는다. 그게 마치 귀여운 동생을 보는 듯한 시선이라 나는 뭔가 기분이 꺼림칙했다.

이놈이! 내가 네 누나다!

"그럼 삼촌이랑 도시 구경이나 하고 있어. 나랑 폐하는 저쪽에서 숙소나 다른 것 좀 알아보고 올게."

"그게 무슨……."

발르의 일방적인 선언에 하벨이 인상을 찌푸리며 반박하려 했으나 내가 그 사이에 날름 끼어들어 하벨을 발르에게 떠넘겼다.

"그래, 잘 생각했어. 다녀와!"

아무래도 발르 없이 아시시와 하벨은 견디기 어려운 조합이었다. 이런 나를 헤아려 주다니. 역시 우리 발르였다. 엉엉.

감격한 나를 보며 발르가 한 번 씩 웃더니 그대로 하벨을 데리고 가 버린다. 하벨은 불만 가득한 표정이었지만 그래도 발르의 손짓을 거절하진 않았다. 하벨의 친위대도 같이 가 버리고 나니 순식간에 부유성 앞에 남은 건 나와 아시시뿐이었다.

어? 음, 이거 어째 데이트 하는 거 같네?

"아시시, 저쪽 가 볼까?"

아무래도 저쪽은 시장으로 이어지는 것 같은데, 지리를 잘 모르니 조심스럽다.

고민을 하다 아시시를 돌아보니 아시시는 뭐가 그리 진지한지 진중한 표정으로 날 가만히 응시한다. 그 시선이 자못 심각해서 나는 괜히 고개를 갸웃했다.

"리아 님."

"응?"

"폐하께서 걱정하고 계실 겁니다."

사실을 그대로 전한다는 듯한 목소리. 저절로 한숨이 나온다. 나는 숨을 한번 크게 내쉬고 살짝 틀었던 몸을 완전히 돌렸다. 아시시와 시선이 똑바로 마주친다.

"알아."

내 대꾸에 아시시의 표정이 흔들렸다. 아시시가 시선을 내리깔며 묻는다.

"리아 님께선 걱정되시지 않으십니까?"

"음......"

걱정이 되지 않는다고 하면 거짓말이지.

정확히는 잔뜩 열을 내고 있을 아빠를 말릴 주변 사람들이 걱정됐다. 무엇보다 세르이라나 내 궁의 시녀와 시종들은 확실히 이 사태에 대한 책임을 져야 할 테니까.

그에 따른 임시 처방을 해 두고 왔다고 해도 카이텔이 얼마나 포악한지 당할 대로 당해 본 입장에서 걱정이 안 될 수는 없었다. 물론 아빠도 걱정되긴 하지.

"걱정은 되는데, 돌아가고 싶은 마음은 없어."

그래, 걱정은 되는데, 아직 돌아가고 싶은 마음은 없었다.

"놀 거 다 놀고 나면 생길지도?"

유감스럽지만 이것이 지금 내 가장 솔직한 심정.

사실 아빠가 걱정할 걸 생각하면 마음이 무거워지기도 한다. 그렇게 아끼고 애지중지했는데 멋대로 몰래 궁을 뛰쳐나와 이런 곳을 싸돌아다니고 있으니.

"폐하께서도 가만있지만은 않으실 겁니다."

아시시는 도대체 내 편일까, 우리 아빠 편일까.

유치한 편 가르기라는 걸 알지만 굳이 여기까지 와서 자꾸 내 죄책감을 상기시키는 데 불만이 생기는 건 어쩔 수 없었다. 이미 엎

질러진 물인데 말이지.

나는 깊은 한숨을 내쉬었다.

"그건 그렇겠지. 그래도 설마 제국의 체면과 위신이라는 게 있는데, 내가 가출했다고 사방팔방 떠들고 다닐까. 그냥 조용히 찾다가 알아서 포기하지 않을까?"

"아마 포기하시진 않으실 겁니다."

아시시가 단정적으로 대꾸한다.

나도 되는 대로 내뱉긴 했지만 막상 말하고 보니 그게 현실로 일어날 확률은 제로라는 걸 바로 깨달았다. 그런 현실성 없는 꿈을 꾸기엔 내가 우리 아빠를 너무 잘 알아.

"그래. 뭐, 나도 그럴 거 같긴 해. 아빠가 날 포기한다니, 세상이 끝나도 그럴 일은 없겠지. 근데 아시시, 그래도 내가 북제국까지 왔는데, 아빠가 날 쉽게 찾을 수 있을 거란 생각은 안 들어."

내 대답에도 아시시는 여전히 나를 바라보았다. 나는 그의 코앞에 얼굴을 들이밀며 되도록 환하게 웃었다.

"걱정 마. 아주 조금만 놀다가 돌아갈 거니까. 잠시 휴가를 받은 거라고 생각해 줘. 응?"

결국 내 회유에 아시시가 어쩔 수 없다는 듯 넘어온다.

어차피 날 설득해서 돌아가려고 했던 건 아닌 모양이었다. 하긴 그랬다면 애초에 내가 가출하겠다고 말을 했을 때부터 말렸겠지. 그런 생각을 하고 있으려니 갑자기 난데없는 호기심이 고개를 든다.

"근데 아시시는 왜 그렇게 간단히 설득당한 거야?"

전에도 궁금했지만 그땐 행여나 아시시가 마음을 돌릴까 봐 물어보지 못했다. 무언가를 고민하는 듯 아시시가 잠시 침묵하더니 이내 선선히 대답해 준다.

"전에 페르델에게 들은 말이 있습니다."

응? 페르델?

생각지도 못했던 이름이 나오니 괜히 호기심이 돋는다. 나는 계속하라는 뜻으로 고개를 끄덕였다.

"공주님처럼 자기 주관이 확실하고 호기심이 왕성한 분은 가둬 두면 안 된다고, 좀 더 넓은 곳에 풀어 놓고 자유롭게 자신이 원하는 대로 할 수 있게 도와줘야 뭘 해도 제대로 해내신다고 말입니다."

한 번도 들어 본 적 없는 평가였다. 나는 솔직히 놀랐다.

페르델이 나를 그렇게 생각하고 있었구나.

"저도 그렇게 생각합니다. 공주님께선 언제나 모든 것에 최선을 다하시니까요."

안 그런데. 솔직히 가끔 농땡이도 피우고, 게으르게 굴기도 했는데.

이렇게 좋은 평가를 하니 괜히 낯간지럽다. 물론 칭찬 받는 건 좋지만 그래도 막상 칭찬 받으니 몸이 배배 꼬이는 건 어쩔 수 없다고 해야 하나. 내가 해야 하는 걸 한 것뿐인데 말이지, 흠흠.

"폐하께서도 알고 계실 겁니다. 단지."

아시시가 시선을 내리깐다.

"인정하기 싫으신 거겠죠."

어쩐지 무언가 아빠의 마음이 닿을 듯 말 듯 느껴진다. 물론 아시시의 말이 완전히 맞는 건 아니겠지만 그래도……. 왠지 날 가

뒤 놓으려는 아빠의 속마음을 알 것 같다고 해야 하나? 그렇다고 그 품속에서 얌전히 갇혀 살 생각은 없지만.

"제 딸이 자랐다는 걸 인정하고 나면 보내 줘야 하는데, 그게 싫은 모양이십니다."

나는 그냥 웃었다. 바보, 누가 떠난다고.

괜히 한숨이 나온다. 누구 하나가 잘못한 건 아닌데 엇갈리는 게 좀 힘겨웠다.

마음이 무거운 건 둘째 치고 분위기가 물이라도 끼얹은 듯 가라앉았다. 나는 애써 밝게 웃었다.

"그럼 아시시는?"

아시시가 고개를 든다. 다시 우리의 시선이 마주쳤다.

"아시시는 서운하지 않아?"

"저는……."

아시시가 다시 시선을 내리깔았다. 말끝이 점점 흐려진다. 무언가 쉽게 대답하기 어려운 듯한 분위기였다. 나는 고개를 갸웃했다.

저는 뭐? 그다음은?

이어질 대답을 듣기 위해 주의 깊게 응시하고 있는데, 별안간 아시시가 먼저 움직인다.

응?

"여기서부터는 제가 안내하겠습니다. 전에 와 본 곳입니다."

"어, 어?"

대답을 회피하는 건지 아시시가 성큼 가 버리자 나는 당황했다. 아니, 아시시, 그렇다고 혼자 그렇게 가면 어떡해! 이곳이 처음인 나를 배려해 달라고!

"아시시!"

어느새 저만치 가 버린 아시시 때문에 당황해서 쫓아가려다 순간 옆에 있던 사람과 크게 부딪쳤다.

윽.

어깨만 부딪힌 거면 다행인데, 머리를 부딪치는 바람에 눈앞이 띵했다.

아, 머리야.

덕분에 푹 눌러쓰고 있던 로브가 살짝 벗겨졌다. 나는 황급히 로브를 고쳐 쓰며 고개를 숙였다.

"죄송합니다."

아무래도 내 머리색이 머리색인지라 최대한 드러나지 않게 애쓰며 그냥 지나가려고 할 때였다. 아무 생각 없이 고개를 들어 나와 부딪힌 상대방을 확인한 순간, 나는 그 자리에서 딱 멈춰 서고 말았다.

"……!"

"……!"

마주친 은청안.

나는 그대로 굳어 버렸다. 상대도 놀란 건지 깨끗하게 반사하는 눈동자에 의혹이 어린다. 비록 하얀 천으로 얼굴의 반을 가리고 있어 자세히 확인할 수는 없었지만 높게 솟은 코 위로 드러난 눈동자는 언젠가 한 번 봤던 눈동자였다.

설마 아니겠지?

그럴 리가 없다는 걸 알고 있었지만 그러면서도 의혹을 떨쳐 내기 어렵다. 머릿속에서 차마 지워지지 않는 누군가의 이름이 떠올랐지만 나는 쉽사리 믿을 수가 없었다.

설마 이 넓은 북제국에서 아는 사람을 초장부터 마주치려고.

더군다나 그 사람이 어떤 사람인데.

아니, 아닐 거야. 아무리 여기가 스헤르토헨보스라도 그 사람을 만날 확률이 얼마나 높겠어?

"아리아드나 님?"

그러나 다음 순간, 내 귀를 자극하는 맑은 미성에 나는 그가 누구인지 확실히 깨달았다.

"……예하?"

신은 또 한 번 날 버렸다. 망했어요.

* * *

"그래서 풉, 다른 곳도 아니고 그냥 길거리에서 둘이 우연히 만났다는 거야?"

발르가 우리 둘을 진지하게 번갈아 본다. 아힌은 무덤덤했지만 난 발르의 시선에 알아서 고개를 돌리며 외면했다.

"이 넓은 로를랑에서! 이 넓은 스헤르토에서! 이 넓은 북대륙에서!"

그래, 이 자식아, 다 알면서 확인 사살 하지 마라. 네가 안 그래도 이 누님은 지금 엄청 슬프단다.

내가 외면하는 걸 보며 실실 웃더니 발르가 몸을 숙인다. 다른 사람들은 쟤가 왜 저러나 놀란 눈치였지만 나만은 확실히 알 수 있었다. 웃음을 억지로 참고 있는 중이라는 걸. 저 꼬라지를 한두 번 봤어야지.

한참 끅끅거리며 참는가 싶더니 결국 발르가 일어난다.

"아, 미친. 이건 진짜 대박감이야! 나 좀 잠깐 웃고. 잠깐, 잠깐만 웃고! 아, 진짜 어떻게 저렇게 운이 없는 인간이 또 있냐."

저 자식이 근데.

이젠 아예 대놓고 웃기 시작한다. 내가 예리한 시선으로 노려보는 데도 발르는 전혀 개의치 않았다. 대폭소를 하며 바닥을 구르는 발르를 보고 있으려니 슬슬 짜증이 치솟았다.

아오, 이 자식, 이게 그렇게 웃기냐! 대체 어디가 웃긴 건데!

"웃지 마!"

내가 윽박지르자 우는 건지 웃는 건지 숫제 흐느끼며 발르가 고인 눈물을 닦아 내면서 또 끅끅거린다.

"진짜 운도 더럽게 없지. 그 넓은 시장 바닥에서, 아니, 애초에 이렇게 넓은 스헤르토에서……, 푸흡."

"죽고 싶으시죠?"

"아뇨, 안 죽고 싶습니다."

한 나라의 기사가, 그것도 기사 중의 기사라는 겨울달의 기사가 제가 모시는 공주 앞에서 대놓고 비웃는 것도 모자라 이렇게 경박스럽게 웃는 게 충격인지 사람들은 말이 없었다.

난 그냥 한숨을 내쉬었다.

저놈에게 위엄이라는 걸 기대하는 쪽이 바보지, 아오.

정색도 잠시, 결국 끝까지 지 웃고 싶은 거 다 웃고 나서야 발르가 멀쩡하게 자리에 앉는다. 나는 그냥 놈을 한 대 쥐어박고 싶었다. 어휴, 물론 이 자리에 아힌만 없었다면 이미 유혈사태가 일어난 지 오래였다.

"형, 오랜만!"

"그래, 오랜만."

발르의 가벼운 인사에 아힌이 고개를 끄덕인다. 아무리 사촌 형이라지만 한 나라의 후계한테 저렇게 인사를 해도 되나 싶어 나는 경악했다.

저놈이 나라 망신은 다 시키고 다니네.

내가 아시시를 돌아보니 아시시가 나를 외면한다.

아시시, 네 조카가 저러고 다녀. 응? 아시시, 책임감 같은 거 안 느껴져? 응?

"그런데 성황청에 있어야 할 형이 웬일로 여기 있어?"

빙그레 웃으며 발르가 묻자 순식간에 분위기가 가라앉는다.

저, 저놈이!

나도 궁금했지만 차마 조심스러워서 묻지 못한 질문을 저놈이 막하네. 아힌의 뒤에 서 있던 사제와 성기사들이 뜨악해 하는 게 눈에 보였지만 나는 애써 외면했다.

저놈이랑 모르는 사이라고 말하고 싶네요.

"일 년에 한 번 있는 교구 순례를 마치고 성황청으로 복귀하시는 중이셨습니다."

뒤에 서 있던 나이 지긋하신 사제께서 대신 대답을 한다.

분위기를 보아 대주교급 되는 인사 같았는데, 나는 괜히 죄송했다.

내가 왜 산세를 놔두고 발르 놈을 데려온 거지? 아, 아빠 앞에서 괜히 깝치다가 사고 칠까 데려온 거구나, 흡.

아무튼 저 사회악 같은 놈.

대답을 듣더니 발르가 손뼉을 치며 웃는다.

"아항, 그러니까 한마디로 성황청에서 짱 박혀서 로를랑엔 전혀 볼일 없는 형이 일 년에 딱 한 번 있는 교구 순례 중이었는데, 그걸 우리 리아가 만난 거라고?"

또다시 웃음이 터졌다. 이 새끼가, 진짜!

아까는 봐줬지만 이번엔 아니란다.

나는 바로 발르의 발을 밟았다.

"악!"

하이힐이 아니라 조금 아쉽긴 했지만 꾹 밟고 지그시 눌러 주니 효과는 확실하다. 발르가 제 발을 잡고 낑낑거리는 사이, 나는 그대로 화사하게 웃으며 아힌에게 시선을 돌렸다.

"오랜만에 뵙습니다. 아까는 미처 경황이 없어서 제대로 된 인사를 못 드린 점 사과드려요, 예하."

"괜찮습니다. 저 역시 그랬으니까요. 오랜만입니다, 공주님."

부드럽게 미소 짓는 모습이 어째 낯이 익다. 처음 만났을 때가 아힌이 열 살쯤이었을 텐데, 그때나 지금이나 아힌은 변한 게 없었다. 아, 물론 키가 자랐다거나 좀 더 남자다워졌다 하는 건 있었지만. 뭐랄까, 감도는 분위기는 전혀 달라지지 않았다.

그래도 엄청 훈훈하게 자랐네.

눈동자 색이 아니었다면 알아보지도 못했을 정도였다. 어릴 때도 훈훈했는데 다 자라니까 그냥 말이 안 나온다.

귀를 덮는 길이의 잿빛 머리카락은 생각보다 밝아서 흘긋 보면 은발로도 보이기까지 했다. 서늘한 눈매에 나를 담는 푸른 눈동자는 여전히 살짝 은빛을 띠고 있었다. 안 그래도 황홀할 정도로 아름다운 눈동자였는데, 이렇게 보니 진짜 빨려들 것 같다. 어릴 적 많이 여렸던 선이 제법 굵어지고 미끈해졌지만 하벨과는 좀 다른 느낌이었다.

뭐라고 해야 할까.

하벨이 전사 같다면 아힌은……. 귀공자?

그래, 뭔가 그런 느낌이었다. 근데 진짜 잘 자랐네. 찬찬히 뜯어보니 어릴 때와 같은 건 분위기밖에 없었다.

그땐 어린애가 차분하다는 것에 놀랐었는데 지금은 좀 달랐다. 음, 그러니까 이걸 뭐라 그러더라. 뭔가 익숙한데 뭔지는 잘 모르겠다.

내가 빤히 아힌을 쳐다보고 있으려니 아힌이 웃는다.

"오신 줄 알았으면 마중이라도 나갔을 겁니다."

헐, 그건 좀.

나는 격하게 고개를 가로저었다.

"아니요! 괜찮습니다! 정말 괜찮아요!"

내 격한 반응에 아힌이 놀란 듯 표정을 바꾼다.

"그렇습니까?"

떨떠름한 대답. 그 얼굴을 보려니 내 안에 있는지도 몰랐던 양심이 마구마구 찔리기 시작했다.

그, 그래도 호의로 말한 건데, 내가 너무 칼같이 거절했나?

놀란 듯 서운한 표정을 마주하려니 무척이나 미안해진다. 결코 호의를 거절하려거나 그런 건 아니었는데, 진짜 아니었는데, 정말 아니었는데…….

"나중에 해 주세요, 나중."

덧붙인 내 대꾸에 아힌이 예쁘게 웃는다.

웃으니까 좋긴 한데, 그 미소에 마주 웃어 주며 나는 속으로 쓰디쓴 눈물을 삼켜야만 했다. 이 인간은 또 왜 이렇게 웃는 게 예쁜 거야. 괜히 쓸데없이 뿌듯해지게.

우는 건지 웃는 건지 모를 기분을 느끼며 허허 웃고 있는데, 갑자기 옆에서 뾰족한 목소리가 들린다.

"북제국의 차기 성황께선 꽤나 한가한 모양이군. 시간이 남아도는 모양이지?"

그 목소리의 정체는 하벨이었다.

쟨 또 가만히 있다 왜 시비야. 설마 그런 일은 없겠지만 그래도 무슨 일이 날까 싶어 서둘러 말리려 했다. 하지만 안타깝게도 나보다 아힌이 더 빨랐다.

"프레치아의 황제이십니까?"

그건 어떻게 안 거지? 나는 깜짝 놀라 두 눈을 동그랗게 떴다. 하벨은 살짝 비웃었다.

"그렇게 생각한 이유는?"

아힌이 빙그레 웃는다.

둘 다 웃고 있는데, 어째 그 사이에 한 치도 물러섬이 없는 팽팽한 긴장감이 느껴져서 나는 괜히 불편했다. 이게 어떻게 돌아가는 거야, 갑자기.

"북대륙엔 맞지 않는 다른 기운이 느껴져서 물어본 것뿐입니다.

이 대지엔 어울리지 않는 분이시군요."

"그게 대체 무슨 의미지?"

"말 그대로의 의미입니다만."

이걸 도대체 어떻게 말려야 하는 건지 모르겠다. 하벨은 대놓고 인상을 굳혔고, 아힌도 얼굴에서 미소를 지웠다.

아니, 저기 여러분?

도대체 이게 갑자기 무슨 날벼락인가. 가운데 껴 있음에도 쉽사리 정리할 수 없을 만한 기운이 느껴진다. 도와 달라고 아시시를 돌아봤으나 아시시는 별 관심 없는 듯 보였다.

아니, 아시시, 이러다 전쟁 나겠다고!

"근데 형, 지금 돌아가 봐야 하는 거 아니야?"

나이스, 발토르타!

아몬드를 까먹던 발르가 어두운 창밖을 가리키며 말한다. 전혀 신경도 쓰지 않은 발르가 한 건 해내자 나는 감격했다.

저놈이 내 인생에 도움이 되는 날이 있다니.

다행히 두 사람 사이에 흐르는 긴장감은 느슨해졌으나 한편으로는 이 긴장감이 눈에 뵈지도 않은 것 같은 발르의 무신경함이 놀라웠다.

저 놀라운 놈.

다행히 한시름은 놨으나 문제는 거기서 끝나는 게 아니었다.

"한데 공주님."

"예, 예?"

"남대륙의 패왕까지 데리고 이 북제국까진 어인 일이십니까?"

그러게 말입니다. 제가 왜 여기 있을까요? 저도 그것이 알고 싶습니다.

왜 이 이야기가 안 나오나 했다.

나는 애써 아힌의 시선을 외면했다.

"아, 저, 그게……."

사실 출생의 비밀을 알게 되어 그 충격으로 질풍노도의 반항을 하고 있다고 해 볼까. 아무 생각 없었는데, 정말 대답할 말이 없으니 끌린다.

어, 진짜 해 봐?

하지만 어떤 출생의 비밀이냐고 물어 온다면 할 말이 없기에 나는 자중했다. 아 씨, 괜히 목마르네.

그 와중에도 아힌의 시선은 내게 박힌 채로 움직이지 않는다. 그가 짓고 있는 옅은 미소에서 괜히 압박감이 느껴져서 나는 그저 허허 웃었다.

"여행…… 이랄까. 나를 찾아 떠나는, 피가 되고 살이 되는 방랑이라고 할까."

왜인지 이 여행이 끝나면 수필을 한 편 써야 할 것 같지만 기분 탓이겠지.

아힌의 표정이 서서히 구겨진다. 웃는 건지 우는 건지 알 수 없는 표정을 보아하니 내 말을 이해하지 못하는 모양이었다.

그렇겠지. 나도 내가 뭐라고 지껄인지 모르겠다. 설명을 요구하는 아힌의 시선을 조용히 외면하고 있으려니 그새 아몬드를 다 까먹은 발르가 툭 내뱉었다.

"가출했어."

저놈이?!

설마 저걸 저렇게 심플하게 실토할 거라고는 믿지 않았으므로 나는 깜짝 놀랐다.
아무리 사촌 형이라지만 이래도 되는 거냐, 너!
그러나 발르는 내가 경악한 눈으로 쳐다보거나 말거나 멋대로 모든 걸 뇌까렸다.
"우리 리아, 아니, 그러니까 우리 공주님이 아그리젠트에서 가출했다고."
……나는 왜 사는 걸까? 왜 저런 놈을 믿고 나온 걸까?
"네?"
내게 돌아오는 시선을 보며 나는 사람이 너무나 부끄러우면 죽을 수도 있다는 새로운 사실을 깨달았다.
아, 망했어요!
아힌이 정말이냐는 듯 시선으로 내게 확인을 요구한다. 나는 조용히 얼굴에 손을 얹고 고개를 돌렸다.
몰라. 모른다고!
바로 발토르타 놈을 원망의 시선으로 바라봤지만 이 눈치도 없는 망할 놈은 뭐 어때란 표정으로 당당했다. 너만 당당하면 다냐! 나는! 나의 대외적인 지위와 위신은!
내가 소리 없는 아우성을 칠 동안 마찬가지로 충격과 공포 속에서 허우적거리던 아힌이 곧 평정을 되찾는다. 생각보다 빠른 복귀였다.
이거 뭔지 몰라도 은근히 기분 나쁜데.
그 순간 아힌이 나를 본다. 그 시선에 담긴 복잡 미묘한 감정에 나는 도무지 그 눈을 마주할 수 없었다, 흠흠.

"그렇다면 제가 묵는 곳에 모실 순 없겠군요."

"……뭐, 그렇죠."

거기 가면 아빠한테 잡힐 게 분명할 테니. 어쩌면 성황이 날 잡아다 아빠에게 바칠지도 몰랐다. 그 아저씨라면 충분해. 성황을 직접 본 적은 없었지만 나도 듣는 귀가 있기에 대충 어떤 인간인지는 알았다.

근데 왜 이렇게 뺨이 따갑지. 아힌은 대체 언제까지 날 저렇게 쳐다볼 생각인 걸까, 하하.

"일단 날이 어두우니 물러가겠습니다."

"네에……."

"내일 다시 오겠습니다."

"네에……."

왜인지 엄마한테 혼나는 기분이다. 아직 아무 말도 안 했는데, 나는 괜히 제 발 저려서 조신하게 대답할 수밖에 없었다, 흡.

이런 나를 멀거니 내려다보다 갑자기 아힌이 웃는다. 호선을 그리며 휘어지는 서늘한 눈매를 마주하며 나는 대체 왜 웃는지 몰라 물음표만 띄웠다.

뭐지? 대체 왜 웃는 거지?

그리고 한참을 웃던 아힌이 살짝 웃음기가 가신 얼굴로 내게 말을 건넨다.

"공주님께선 어릴 적과 변함이 없으시네요."

"……응?"

저게 대체 무슨 의미지? 그러나 내가 그 뜻을 알아보려고 하기도 전에 아힌이 자리에서 일어난다.

"그럼 내일 뵙겠습니다."

아힌이 그렇게 되돌아가고 난 다음, 나는 왜인지 모를 찝찝함에 쉽사리 아힌 생각을 떨쳐 낼 수가 없었다.

도대체 뭐지? 이 알 수 없는 기분은.

원래 뭔가 고민을 오래하고 있는 성격이 아닌데, 이상하게 계속 뇌리에 남아서 저도 모르는 사이 다시 고민하게 된다.

공주님께선 변함이 없으시네요— 라니.

가만 생각해 보면 마치 오랜만에 만난 어른이 '고놈 참 귀엽네' 하고 내뱉은 말 같아서 더 기분이 이상했다.

도대체 뭐가 변함이 없다는 거지, 멍청한 점?

어, 음…….

왜죠? 어째서 바로 납득이 가는 거죠?

발르가 좋은 데 묵어야 한다며 괜찮은 여관을 잡은 덕에 오랜만에 뜨거운 물에서 목욕을 하다 나는 문득 고개를 숙였다.

아, 갑자기 죽고 싶어진다.

만약 내가 지금 죽는다면 부끄러워서 죽은 인간은 내가 인류 최초일 거야.

잡생각은 이쯤 해 두고 오랜만에 푹신한 침대에서 잘 생각으로 적당히 씻고 욕실을 나왔다. 매번 시녀들이 시중을 들어주다 없으니 허전하긴 한데, 그래도 한땐 혼자 씻고 혼자 먹고 혼자 살던 현대인이었던 터라 그렇게 어색하진 않았다. 오히려 신선하다고 해야 하나.

그러고 보니 그동안은 사는 데 바빠서 저도 모르게 잊고 살았다.

전생이라.

놀랍게도 이제 그렇게까지 그립다는 생각은 들지 않았다. 그냥 어릴 적의 스쳐 지나갔던 아련한 추억처럼 '그땐 그랬지' 하며 웃는 정도라고 해야 하나. 아마 내가 지금 지구로 돌아갈 수 있다고 해도 가지 않고 이곳에서 살 것 같다는 게 내 생각이었다. 만약 억지로 떨어진다면 아그리젠트로 돌아오고 싶다고 징징거릴 지도 모르지.

그렇게 생생하던 기억들인데, 벌써 오래전이라는 이름하에 다 빛이 바래 버렸다. 다시 그렇게 살라 그러면 못 살 것 같기도 하고.

옷을 갈아입고 머리를 말리다 나는 문득 창밖으로 시선을 던졌다. 삼 층 건물의 창밖으로 보이는 도시의 야경은 까만 하늘에 촘촘히 박힌 별빛들만이 가득했다. 건물에서 새어 나오는 빛이 더 강렬할 터인데, 하늘을 수놓는 별빛이 꺼지지 않는다.

공기가 맑아서 그런 거겠지.

전생에서는 이제 까맣기만 한 밤하늘은 상상이 가지 않을 정도였다.

이렇게 보고 있노라면 이젠 아빠가 생각난다. 그러고 보니 어릴 적 내가 밤에 산책을 하다가 감기에 한 번 걸렸던 이후로 아빠랑 밤 산책은 정말 어쩌다 가끔, 엄청 오랜만에 한 번 하곤 했었다.

음, 멀리 떨어져 있어서 그런가? 괜히 아빠가 보고 싶네.

기분도 가라앉고 울적하기도 해서 나는 자리에서 일어났다. 아무래도 이대로는 잠이 오지 않을 것 같다. 벽에 걸린 겉옷을 걸치고 나는 문 앞에 섰다. 아무리 신의 장벽이 지켜 주는 스헤르토라도 앤시프보단 추웠기에 겉옷부터 단단히 여몄다.

아시시나 발르를 데리고 여관 근처라도 거닐다 돌아와야지.

그 생각을 하고 딱 방을 나섰는데, 밖으로 나가자마자 생각지도 못한 사람과 마주쳤다. 아, 깜짝이야!

"왜 이런 데 있어?"

어디 갔다 온 건지 겉옷을 갖춰 입은 하벨이 보인다. 아니, 어디 가려는 건가? 어쩐지 평소보다 더 가라앉은 표정이 기분이 별로 좋지 않은 모양이었다.

"잠이 안 와서."

날 흘긋 보다 녀석이 묻는다.

"그러는 넌 왜 나온 거지?"

"……잠이 안 와서."

같은 대답을 나중에 하려니 좀 거식하네.

민망해서 헛기침을 했으나 안타깝게도 하벨은 그런 거에 신경을 써 주는 남자가 아니었다.

썩을, 내 주위 남자들은 왜 다 이 모양이지?

하나같이 섬세함이라는 게 결여되어 있어, 엉엉.

나중에 시집갈 남편은 이런 세세한 것에도 신경 써 줄 줄 아는 다정한 남자를 고르겠다고 새삼 다짐하며 나는 몸을 틀었다.

"산책이라도 가려는 건가?"

"그러려고 했는데……. 안 갈래."

내 대답에 하벨이 인상을 쓴다. 왜? 내가 산책 안 가는 게 너랑 무슨 상관인데!

인상 쓰는 데 신경이 쏠려서 미처 방 안으로 들어갈 타이밍을 놓쳤다. 나는 눈 깜짝할 사이에 하벨에게 손목을 잡혀 버렸다. 어느새 하벨이 가까이 다가왔다. 뭔가 할 말이라도 있는 듯한 표정으로 하벨이 날 내려다본다.

도대체 뭐지, 이 상황?

당혹감에 아무 말도 나오지 않는다. 나는 일단 거칠어진 숨을 가다듬으려 노력했다. 쿵쾅쿵쾅 거세게 뛰는 심장 소리가 괜히 신경 쓰인다.

이건 또 왜 이렇게 뛰는 거야, 달리기도 안 했는데.

일단 내 상태부터 가다듬으려고 최대한 노력하는데, 도대체 얼마나 그러고 있었을까. 갑자기 하벨이 입을 열었다.

"그놈이랑은 무슨 사이지?"

"……어?"

나는 정신을 차리지 못했다. 이건 무슨 소리야?

"뭔 놈?"

"아까 그 하얀 놈."

인상을 쓴 채 되물으니 바로 답이 거침없이 튀어나온다.

그런데 하얀 놈이라니, 설마.

"아힌?"

"그래, 그놈."

나는 조용히 경악했다.

도대체 이 태도를 어떻게 받아들여야 하는 거지? 괜히 머리가 지끈거린다. 아무리 막 나간다지만 북제국에서 북제국의 차기 지배자를 이놈, 저놈 부르는 건 대체 무슨 패기야? 아까는 용케 이 성질을 참았다 싶었다.

"예하한테 놈이라니. 말씀이 거치시네요, 폐하."

"말 돌리지 말고."

"말 돌리는 거 아닌데. 그리고 뭔 사이면 어쩌려고?"

도대체 이런 걸 묻는 저의가 뭘까. 내 뾰족한 대꾸에 하벨이 인상을 찡그린다.

"그건 그만큼 친한 사이란 뜻인가?"

왜 그게 그렇게 해석이 되는 거죠, 네?

이제 와서 아무 사이도 아니라고 말하긴 그렇고, 그렇다고 무슨 특별한 관계가 있다고 수긍하기도 그래서 나는 그냥 침묵을 선택했다. 이럴 땐 그냥 입 닥치고 있는 게 최고야.

내가 잠자코 아무 말도 하지 않고 있으려니 이글이글거리는 눈으로 날 노려보던 하벨이 갑자기 피식 웃는다. 그건 어째 심기가 뒤틀린 듯한 미소였다.

"이제 겨우 방해꾼이 사라지나 했는데, 또 다른 방해꾼의 등장이라."

방해꾼? 대체 무슨 소리를 하는 거지?

내가 말귀를 알아듣지 못해 인상을 쓰니 하벨이 잡고 있던 내 손목을 놔주었다.

"정말 손에 넣기 힘들군."

대체 뭘?

내가 고개를 갸웃했으나 하벨은 알려 줄 생각 같은 건 없는 모양이었다.

다가온 것처럼 멀어지는 것도 순식간이었다. 하벨에게 잡힌 부분에 붉게 흔적이 살짝 남았으나 그렇게 아프진 않았다. 그 손목을 다른 손으로 감싸고 있으려니 하벨이 방 안으로 들어갔다.
"잘 자라. 괜히 잠 설치지 말고."
그 와중에 인사가 참 의미심장하다. 나는 결국 그 어떤 해답도 얻어 내지 못한 채 손목을 감싸 쥐며 한숨을 내쉬었다.
진짜 이놈이나, 저놈이나.
아무튼 저놈도 이상해.

* * *

"그러니까…… 결론은 가출이군요."
이왕이면 독립이라고 해 줄래?
자꾸 가출 소리 들으니까 마치 내가 상습 가출범이라도 된 듯한 기분이었다. 이번이 처음이자 마지막인데.
아니, 내가 가출했다는 게 그렇게 신기한 일이냐고! 누구나 집을 뛰쳐나가고 싶을 때 한 번쯤은 있지 않나요?
"네, 뭐 그렇죠."
그러나 나는 힘이 없었고, 내 입에서 나오는 말은 얌전하기 그지없었다.
이것이 바로 권력 없는 자의 서러움인가, 엉엉.
내일 다시 오겠다는 말이 무색하지 않게 정말 아힌이 그다음 날이 되자마자 바로 내가 묵고 있는 여관으로 왔다. 그리고 내가 어떤 이유로 스헤르토까지 와서 자신을 만나게 되었는지 기어코 내 입으로 다 들었다.

아니, 이게 도대체 어떻게 된 일이지?

분명 하벨이 이렇게 물었으면 대답은커녕 비웃어 주기 바빴을 텐데.

어째서인지 아힌이 자리 잡고 앉아서 부드럽게 웃으며 하나하나 세심하게 물으니 차마 대답을 안 할 수가 없었다. 난생처음 겪어 보는 기현상이다. 불가항력이었어, 정말.

아무리 전에 한 번 봤다지만 안 본 지도 오래됐고, 게다가 날 도와줄지도 잘 모르는 인사인데, 내가 왜 이렇게 술술 불고 있는 거지? 아, 물론 아힌이 성황청에 가서 지금 내가 여기 있다고 까발리면 다 끝이니까 내가 약자라는 건 알겠지만…….

그래도 내 순순한 태도는 나 자신조차도 의문이었다. 내가 이렇게 혼돈의 도가니탕에서 거듭 고뇌를 하고 있자 갑자기 앞에서 아힌이 웃는다.

……응?

갑작스런 미소라 나도 뭐가 뭔지 몰라 그저 쳐다보고 있으니 아힌이 제 손을 가리며 웃기 시작했다.

뭔데? 대체 뭐가 웃겨서 그래? 대체 왜 웃는 거지?

내가 대놓고 의아한 시선을 보내고 있는데, 꿋꿋이 웃던 아힌이 한참 만에 손을 내렸다.

"그래서 어디로 가실 예정입니까?"

……이제 와서 정상인인 척해 봤자 안 통하거든.

이게 발르였다면 정색을 하고 구박을 해 줬겠지만 안타깝게도 앞에 있는 이분은 내가 감히 깝칠 수 없는 분이셨다.

흡, 예하라니.

"부레티로 가 볼 생각이에요."

"부레티 말입니까?"

내 대답이 의외인 듯 아힌이 표정을 살짝 굳힌다. 왜 저러나 싶다가 나는 곧 스헤르토와 부레티가 적대국이라는 걸 떠올렸다.

그렇지.

적국으로 간다는 데 이런 반응이면 오히려 양호한 편이지.

근데 그렇다고 가고자 했던 걸 취소할 수도 없고, 게다가 부레티는 아그리젠트와는 우방인지라 나한테는 적국도 아니었다. 그래서 뭐라 대답하기 뭐해서 그냥 얌전히 손가락만 만지작거리며 앉아 있었다. 이 분위기 좀 싫다.

"동행하겠습니다."

"예?"

너무 놀라서 순간 저도 모르게 되물었다. 바로 입을 조개처럼 다물어 버렸지만 이미 저지른 일. 나는 방금 들은 말에 아직도 놀라 있었다.

그러니까 너, 아니, 예하님, 방금 뭐라고요?

"이렇게 보여도 북대륙은 제법 위험한 곳입니다. 그런 곳에 공주님 혼자 보낼 수는 없습니다."

확고한 선언에 나는 아무 말도 못하고 그냥 멍하니 앉았다. 오히려 거친 반응은 내 뒤에서 튀어나온다. 하벨이 잔뜩 험악한 표정으로 대꾸했다.

"내가 있는데 무슨 걱정이지?"

"폐하께서 계셔서 걱정인 겁니다만."

"그대가 합류하는 편이 민폐라는 생각은 들지 않는 건가?"

"이곳이 스헤르토인만큼 폐하보단 제가 낫지 않을까요?"

뭐라고 할 새도 없이 불붙는 두 사람의 논쟁에 나는 깜짝 놀라 자리에서 일어섰다.

"그만!"

다행히 둘 다 이성은 남아 있었는지 바로 멈춘다. 나는 그 사이에 껴서 두 사람을 번갈아 보았다.

"싸울 거면 둘 다 버리고 갈 거예요."

"옳소!"

이런 상황은 어릴 적 쌍둥이들을 통해 지긋지긋하게 겪어 봤기에 나는 단호했다.

이런 건 초장에 잡아야 돼.

내 엄포에 두 사람이 말이 없다. 그 와중에 발르 저놈 보게. 둘이 싸울 때 흥미진진하게 쳐다보고만 있었으면서 옳소? 저건 진짜 언제 날 잡아 아주 먼지 나도록 패야 돼, 아오!

괜히 발르만 노려보며 씩씩대고 있는데, 둘 다 진정이 된 건지 물러난다. 아힌이 어쩐지 상처받은 듯한 표정으로 내게 물었다.

"안 될까요?"

……그런 표정으로 그렇게 말씀하시면 제가 감히 거절할 수가 없잖아요, 예하.

아, 머리는 더 이상 문제의 여지를 만들지 말고 거절을 하라 그러는데 마음이 갈팡질팡한다. 이걸 거절하는 것도 문제고, 거절을 안 하는 것도 문제고, 정말 내 인생 최악의 난관이었다.

"설마 저에게 귀빈을 보고도 신경 쓰지 못한 불경을 저지르게 하실 셈은 아니시겠지요?"

"그거 협박이니?"

이러지도 못하고 그렇다고 저러지도 못해서 내가 우물쭈물하자, 뒤에 있던 발르가 또 손을 든다. 뭔데, 넌 또.

"난 찬성인데, 형 있으면 스헤르토는 편하게 여행하겠네. 근데 형, 안 돌아가 봐도 괜찮아?"

"좀 더 순례를 하고 돌아가겠다고 보고를 했으니 별문제는 없을 거야."

아, 이미 여기 오시기 전에 조치를 다 취하셨구나.

내가 거절할 여지도 다 차단당한 터라 나는 그저 허허 웃었다. 아시시도 그리 썩 나쁜 눈치는 아닌 것 같았다. 하벨은 그렇게 반대해 놓고 아힌은 왜 반대하지 않는 걸까 좀 의아했으나 지금 물어볼 건 아니라서 넘어갔다. 무엇보다 내 뒤에서 으르렁거리고 있는 맹수 한 마리가 너무 무섭다고 해야 할까.

하, 결국 나는 한숨을 내쉬었다. 뭐, 모두의 의견이 그렇다면야.

"그럼 잘 부탁드립니다, 예하."

"저야말로."

뭐가 그렇게 기쁜지 아힌이 활짝 웃는다. 전부터 웃는 게 예쁘단 생각은 했었지만 이렇게 예쁘게 웃는 건 처음이라 나는 순간 당황했다. 뭔 놈의 남자가 이렇게 웃는 게 예뻐?

"많이 자라셨네요."

"예하께서도······."

사실 나보다는 아힌이 더 많이 자랐다. 하벨과 같이 서 있어도 꿀리지 않을 정도였으니까.

어제 놀란 와중에도 감탄했던 바지만 정말 바람직하다. 아, 왜 이렇게 이 대륙엔 미인이 넘쳐나는 걸까. 그냥 단순히 내 주변에 미인들이 모여드는 건가. 그래, 내가 이런 때 아니면 언제 이런 미남들이랑 여행을 해 보겠냐. 좋게 생각하자.

"언젠가 뵐 거라고는 생각했지만 그래도 이런 식으로 뵐 수 있을 거라곤 상상도 해 보지 못했습니다."

"……어, 그게."

"괜찮습니다. 책망하는 게 아니니까요."

아힌이 웃으며 고개를 가로젓는다.

책망하는 게 아니라서 다행이긴 한데, 저 말은 대체 무슨 뜻일까? 언젠가 뵐 거라고 생각했다니. 아힌은 스헤르토를 떠날 수 없는 몸이라 아그리젠트로 올 수가 없을 텐데? 그럼 내가 올 거라 생각했단 말인가.

아, 뭐, 매년 연하장과 함께 초대장을 보내 주었으니. 사실 그 초대장 덕에 스헤르토 국경 심사도 무사히 통과할 수 있었다.

순간 시선이 마주친다.

아힌의 은청안은 언제 보아도 황홀했다. 그 은청안이 부드럽게 휘어지며 환하게 웃는다.

"변함없으신 것 같아…… 마음이 놓입니다."

그 미소와 상관없이 내 머릿속은 순식간에 복잡해졌다. 남제국의 황제에 북제국의 예하를 낀 여행이라니.

이 여행, 정말 괜찮은 걸까?

— End. Libra

햇살이 녹아내린다.

카이텔은 제 앞에선 젊은 왕을 오만하게 내려다보았다. 아무리 새로 떠오르는 황제라고 해도 이미 온갖 풍파를 겪고 이 자리에 선 카이텔에 비하면 태양 앞의 반딧불과도 같은 존재.

카이텔이 마음만 먹는다면 얼마든지 짓누를 수 있는 상대였지만 카이텔은 그러지 않았다. 건방진 프레치아의 신왕이 마음에 들지 않은 것은 아니었지만 그렇다고 제 마음 내키는 대로 움직이기엔 모든 것이 요원했다. 그리고 프레치아는 히블리스 황제의 목이 제 손에서 떨어졌을 때 이미 흥미를 잃었다.

"그럼 다음에 뵐 날을 고대하며 이만 가 보겠습니다."

적의로 가득 찬 검붉은 눈동자가 자기 감정을 속이지 않은 채 카이텔을 응시한다.

솔직히 말해 그런 모양새가 같잖았지만 아직 세상사를 모르는 어린 황제에게 굳이 가르침을 주고 싶은 생각도 없었다. 카이텔은 그저 한번 비웃고 몸을 돌렸다.

역시나 이번에도 페르델이 그를 대신해 인사를 한다.

"오늘 약속한 우리들의 평화가 내일에도 지속되길 원합니다. 가시는 길 평온하길 빌겠습니다."

그냥 어서 꺼지라고 말하면 될 것이지, 뭐 저리 말이 많을까.

짜증스러웠지만 일단 카이텔은 참았다. 저 거슬리는 애송이를 빨리 제 나라로 보내고 싶기 때문이었다.

저깟 놈이랑 내 따님과의 스캔들이라니.

그런 염문을 뿌려 댄 새끼를 잡아 목을 비틀고 싶은 충동이 들 정도였다. 그 누구에게도 시집이라는 걸 보낼 생각이 없지만 그래도 내 따님의 남편이 될 인물이라면 적어도 자신만큼은 해야 했다.

온 세상을 제 발아래에 둔 놈한테도 줄까 말까 한데, 감히 별 같잖지도 않은 놈이 남의 따님을 탐내고 있는 것인가.

"폐하와 아그리젠트의 은총에 감사드리며, 저도 이만 물러나겠습니다."

있는지도 몰랐던 여인이 인사를 하며 물러난다.

레일라. 아니, 이그리스라고 했나.

간혹 리아와 어울리는 걸 봤기 때문에 기억하는 얼굴에 긴장한 기색이 역력하다.

아닌 척 가장하고는 있지만 행여 무슨 해코지를 하지 않을까 걱정했더란다. 물론 진짜로 무슨 일이 있었다면 저 목숨이 고이 붙어 있진 않았겠지만 어쨌든 카이텔은 저런 여자들이 마음에 들지 않았다.

"그럼 이만."

프레치아의 인사들이 물러난다.

드디어 지긋지긋한 회담도 끝이었다. 카이텔은 프레치아의 사신 행렬이 움직이자 바로 몸을 돌렸다.

저런 것보단 지금 그에게 중요한 건 잔뜩 골이 나 있을 제 따님을 어떻게 달래 주냐는 것이었다. 그 소중한 따님이 저 행렬 속에 섞여 궁 밖을 나가는 중인지는 꿈에도 모른 채.

카이텔이 풀고르 궁에 출몰한 것은 딱 해가 지고 난 저녁 시간 때였다. 마침 저녁을 먹을 시간이기도 하고, 일단 맛있는 걸 먹으면 기분이 좋아지는 따님이니 그 틈을 타 기분을 풀어 주자는 의미이기도 했는데.

그렇게 출몰한 황제를 맞이한 것은, 주인이 없는 텅 빈 방뿐이었다.

"……우리 따님은 어디 있는 거지?"

불길한 예감이 든다. 항상 이런 더러운 기분일 땐 무슨 일이 터지고는 했다.

제 물음에 풀고르 궁의 시녀들이 바들바들 몸을 떨기 시작했다. 카이텔은 제 자신이 평범한 사람은 버틸 수 없는 살기를 내뿜는 중이라는 걸 알고 있었다. 그런다고 멈출 생각은 없지만.

"씻는 중인가? 아니면 산책?"

어디 한 번 변명을 해 보라는 듯 그 입을 놀려 볼 기회를 주었으나 궁의 시녀들은 단 한마디도 내뱉지 못했다. 기에 눌려서 그저 떨기만 하는 가련한 시녀들을 보며 카이텔은 슬금슬금 밀려오는 빡침에 숨을 삼켰다.

— End. Libra | 261

숨 한 번 들이켜고 진정해 보려 숨을 내쉰다.

그러나 효과는 전혀 없었다. 결국 카이텔은 잡히는 대로 던지기 시작했다.

"꺄아악!"

"폐하!"

날카로운 비명 소리와 함께 이것저것 깨져 나가는 소리가 방 안을 가득 메운다. 손에 잡히는 건 그게 도자기든 뭐든 닥치는 대로 벽으로 던지고, 땅바닥에 내팽개치고, 한바탕 거나하게 휘젓고 나서야 카이텔은 그 자리에서 멈춰 섰다.

"폐하!"

다른 시녀들은 다 물러나 도망을 가는데 세르이라만큼은 오히려 다가온다. 마음 같아선 항상 옳은 말만 하는 저 혓바닥을 베어 버리고 싶었으나 마지막 남은 이성이 그 충동을 짓눌렀다.

"우리 따님은 어딜 간 거지, 시녀장?"

이미 직감하고 있었으나 확인이 필요하다.

가을별과 겨울달 두 개씩이나 붙여서 꽁꽁 싸매고 있었는데, 아무짝에도 쓸모없는 무능한 기사 놈들. 솔레이에 돌아가면 전부 해임시키겠다고 생각하며, 카이텔은 나지막이 숨을 골랐다.

세르이라가 천천히 대꾸한다.

"공주님께선 궁에 계시지 않습니다."

"그럼 어딜 갔는데?"

카이텔의 질문에 세르이라가 뜸을 들인다.

스르릉.

어느새 꺼내 든 검이 세르이라의 목에 닿았다. 거짓을 고하기라도 하면 베어 버릴 속셈이었는데, 세르이라의 표정은 그저 이런 상황을 예감이라도 했다는 듯 담담했다.

그리고 카이텔은 그것이 불쾌했다.

"궁 밖으로 나가셨습니다."

"꺄악!"

대답과 함께 뒤에서 터져 나온 비명이 지금 상황을 말해 준다. 가볍게 흔들린 검이 벤 것은 세르이라의 머리카락이었다. 목을 자를 생각은 없지만 그냥 넘어갈 생각도 없다.

카이텔은 손을 들어 항상 저를 따라다니는 수행원을 불렀다.

"이 궁에서 일하는 모든 인간을 사형에 처해."

내가 하라고 시킨 건 내 딸을 제대로 보살피고 보호하라는 것이었지 내 눈 밖으로 빼돌리라는 게 아니었다.

카이텔의 노골적인 분노에 수행원들이 망설인다. 아무리 그래도 아리아드나 공주의 측근을 사형시키라니. 망설일 수밖에 없는 명령이었다.

카이텔은 명을 내리고 미련 없이 뒤돌았다.

세르이라가 부르기 전까지는.

"폐하."

원래라면 무시하고 가겠으나 그래도 한때 제 생명의 은인이었던 여인이라 카이텔은 마지막 예의로 뒤를 돌아봐 주었다. 세르이라가 품속에서 무언가를 꺼내 카이텔에게 바친다.

카이텔은 불쾌한 표정으로 그 종이 쪼가리를 빼앗듯 집어 들었다. 대충 열어 보니 그 서한엔 익숙한 글씨체로 친근하게 이렇게 쓰여 있었다.

폐하, 소녀가 미흡하야 바깥공기의 악랄한 달콤함에 동하였나이다. 하여 이 아름다운 세상 이 두 눈으로 구경하기 위해 머나먼 길을 떠나려 하나이다.

폐하께서 아신다면 노발대발하여 소녀를 잡으실 걸 알기에 이리 몰래 떠나는 소녀를 이해하여 주시길 바라와요.

댁의 따님이.

ps. 만약 내 궁의 사용인들이 일을 그만뒀다거나 몸이 아프다거나 어디가 잘려 있으면 다신 돌아오지 않을 거야.

감옥에다 처넣지도 마!

아빠 미워한다? 아빠랑 말도 안 할 거야!

"……."

지금 자신이 읽은 것이 무엇인가.

당장에 고개를 들어 세르이라를 쳐다보니 세르이라는 무어라 써져 있는지 모르는지 그저 빤히 카이텔을 쳐다보기만 한다. 마음 같아선 다 찢어발기고 싶은데, 손안에 잡힌 서한이 그걸 막아섰다.

제기랄.

"……사형은 없던 걸로 한다."

도축을 앞둔 돼지마냥 모여서 덜덜 떨기만 하던 시녀들이 놀라 고개를 든다. 그 모습이 불쾌해 카이텔은 그대로 몸을 돌렸다.

하지만 고이 물러설 생각은 절대 없었다.

"이대로 황도를 폐쇄시키고 국경도 봉쇄하라."

이 명령을 듣는다면 페르델이 미쳤냐며 당장 날아올 게 뻔했으나 상관없다. 지금 중요한 건 따님을 한시라도 빨리 되찾아 와야 한다는 생각뿐이었으니까.

아시시가 보이지 않는 걸 보니 리아를 따라간 모양이었다. 그렇다면 이야기는 쉽다.

"가서 비테르보 쌍둥이랑 그레시토 끌고 와."

"예, 폐하."

아까보단 편한 명령에 수행원들은 고개를 조아렸다.

* * *

황도를 봉쇄한 지 하루가 지나 카이텔의 인내심은 바닥을 쳤다. 참고 참았지만 자기가 얼마나 인내심이 없는 인간인지 카이텔은 새삼 알 수 있었다.

"아니, 그렇다고 국경까지 봉쇄를 하면 어떡해! 이 미친 새끼야!"

자려다가 궁으로 온 페르델은 밤을 새는 내내 카이텔 옆에서 잔소리를 퍼부어 댔다. 처음엔 조곤조곤 말을 하더니 대꾸를 안 하고 앉아 있으려니 슬그머니 욕이 나오고, 이젠 아예 대놓고 욕 퍼레이드를 하는 중이었다.

"아직 아그리젠트 밖으로는 나가지 않았겠지?"

"모르는 거지. 그걸 내가 어떻게 아냐?"

아그리젠트 안만 뒤지는 데에도 넉넉잡아 반년이다. 아무리 인력을 끌어모아 동원한다고 해도 그 정도는 걸렸다. 그만큼 아그리젠트는 광대한 지역을 영토로 삼은 대제국이었으니까.

그러나 카이텔은 그 시간 동안 기다릴 자신이 없었다.

아직 국내에 있는 건지도 모르는데 얌전히 황궁 안에 처박혀 있을 자신이 없다. 결국 카이텔은 결단을 내렸다.

"전군을 출정시킨다."

딸이 어릴 적이 더 좋았다. 어릴 땐 하루 종일 끼고 살아도 아무도 뭐라고 안 했으니까. 딸이 자라고 나자 자꾸 자기 손안에서 빠져나가려는 것이 카이텔은 마음에 들지 않았다.

그리고 결국 이렇게 놓치고 만다.

그게 자신을 미치게 만들었다. 할 수만 있다면 다시 어린애로 만들어서 영원히 그 상태로 고정시키고 싶은 기분.

"……뭐?"

"전군 출정한다고. 수도 방위나 국경에 주둔한 군대를 제외하고는 모두 출정이다."

황제의 명령에 재상이 어이가 없어서 되묻는다.

"대체 뭐하려고?"

카이텔은 가뿐히 페르델을 돌아보았다. 페르델이 묻는다.

"전쟁이라도 하려고?"

글쎄.

그럴 생각은 없었는데, 지금 기분이라면 얼마든지 가능했다.

일단 최우선 목표는 제 따님을 되찾아오는 거지만 그걸 가로막는 게 있다면 그게 무엇이든 다 쳐 낼 생각이니까.

"정신 나갔냐! 이게 갑자기 무슨 짓이야! 나 안 해! 너 그거 할 거면 나 재상 해고하고 가! 나 안 할 거야! 이게 무슨 미친 짓이야!"

이미 페르델의 반대는 예상했던 부분이었다. 카이텔은 가볍게 대꾸했다.

"그럼 너도 따라와."

"……어?"

페르델의 파업 선언을 가뿐히 무시하며, 카이텔이 페르델의 목덜미를 잡았다.

일단 목표는 앤시프였다. 아그리젠트 수도와 가장 가까우면서 다른 나라. 게다가 항상 리아가 가고 싶어 했던 곳은 그곳밖에 없었다.

카이텔은 가만히 숨을 내쉬었다.

좋다, 따님. 어디 숨어 봐라. 이런 숨바꼭질은 처음이었지만 분노가 식고 어느 정도 이성이 돌아오니 제법 나쁘지 않았다.

하지만 다시 붙잡는다면 이런 가출 따윈 상상도 할 수 없게 만들어 줄 거다.

후회하게 만들어 주지.

* * *

난데없는 아그리젠트의 침략에 앤시프 왕가에선 놀라 다급히 군대를 끌어모았으나 카이텔은 딱히 처음부터 전쟁을 할 생각은 없었으므로 군대는 국경 밖에 주둔시키고 페르델을 포함한 수행원만 데리고 앤시프의 왕궁을 쳐들어갔다.

리아가 태어난 이후로 단 한 번을 제외하고 궁 밖엔 나오지도 않았던 폭군의 등장에 앤시프의 디온 왕은 잔뜩 움츠린 채 아무 말도 못했다. 지금은 그 위명이 조금 빛이 바랬지만 카이텔이 대륙에 새긴 피바람이라는 건 쉽사리 잊을 수 있는 게 아니었다.

자신이 지금 보는 걸 의심하며 어쩔 줄 몰라 하는 디온 왕을 보니 카이텔은 새삼스러웠다.

어째 전에도 이런 적이 있었던 것 같은데.

페르델이 망명한답시고 도망쳤을 때, 리아를 데리고 쳐들어왔던 것이 기억이 난다. 아, 그런 적도 있었군.

하지만 지금은 그게 중요한 것이 아니었다.

"저기 대, 대체 무슨 일로?"

조심스레 묻는 디온 왕을 오만하게 내려다보며 카이텔은 딱 한 마디를 내뱉었다.

"내 딸 내놔."

3. I'm here

3. I'm here

 항상 전쟁으로 시끄럽던 중앙이나 남부와 달리 비교적 정세가 안정된 북부는 전통적으로 부유한 도시가 많았다. 수도뿐만이 아니라 북부나 남부 도시까지. 그건 다 성황이 수호하는 신의 장벽이 겨울로부터 마을과 도시를 지켜 주기 때문이었다. 아무리 추위가 기승을 부려도 장벽 아래에선 그저 훈훈한 날씨일뿐이었다. 덕분에 도시가 발전하고, 그래서인지 볼 것도 많다.
 그래, 내가 괜히 스헤르토로 온 게 아니지!
 남부 도시 중에서도 제일 큰 브뤼주는 그런 의미에서 정말 신기했다. 오면서 다른 도시도 많이 봤는데, 브뤼주에 도착한 순간부터 다른 도시는 깔끔하게 내 머릿속에서 지워졌다.
 뭐 이렇게 예쁜 건물들이 많지?
 "발르, 저것 좀 봐!"
 마차 안에서 창문을 활짝 연 채로 나는 바로 옆에 앉은 발르를 끌어당겼다.

성문에서부터 쭉 이어진 넓은 대로의 탁 트인 전경 아래로 하늘을 찌를 듯 솟아 있는 두 개의 탑이 우리의 시선을 사로잡았다. 마치 서로에게 기댄 듯 얽힌 두 개의 탑. 저게 바로 그 이름도 유명한 쌍둥이 탑이었다.

"오, 쌍둥이 탑이다!"

데칼코마니처럼 똑같은 탑이 바로 도시 한가운데에 서 있다. 탑 전체에 새겨진 스헤르토헨보스의 국장國章이 유독 눈에 띄었다. 거대한 날개 아래로 성황의 트릴로이언 성기사 조각들도 눈에 보인다.

마차가 가까이 다가가면 다가갈수록 고개를 점점 더 올려야 했지만 그 웅장함이 계속 넋을 놓고 쳐다볼 수밖에 없게 만들었다.

"저 벽면을 일일이 다 조각한 걸까?"

"그러지 않았을까? 엄청 힘들었겠다."

"그러게. 엄청 고생했겠다."

발르와 내가 심각한 표정으로 고개를 끄덕이자 우리 뒤를 따라오던 아힌이 작게 웃는다. 반면 아시시는 탑이고 뭐고 관심 없는 듯 태연했다. 그리고 그건 하벨도 마찬가지였다.

저 감수성 없는 인간들, 저렇게 예쁜 건물들을 눈앞에 두고도 시큰둥하다니!

물론 둘 다 여행이라면 지긋지긋하게 다녔다니, 이해 못할 것도 아니었다. 하지만 너무 반응이 시들하니 괜스레 나까지 시무룩해지잖아! 난 이런 거 처음이라고!

두 사람을 한번 흘겨보다 나는 다시 탑으로 시선을 돌렸다. 이제 어느 정도 가까워져서 고개를 아무리 높이 올려도 탑의 끝이 보이지 않을 정도가 됐다. 하지만 벽면에 아로새겨진 조각들을 구경하는 데엔 유리했으므로 불만은 없었다.

나는 그냥 순수하게 감탄했다.

짓느라 엄청 힘들었겠다!

그 보람이 그저 구경하기만 하는 내게도 전해질 만큼 도시의 건물들은 무척이나 아름다웠다.

괜히 건축이 공학 예술이라 불리는 게 아니구나.

스헤르토헨보스에서도 가장 문화예술이 발달한 도시라더니, '별이 내린 도시'라는 별칭은 그냥 얻은 게 아니었다. 물론 야경은 아직 안 봤지만 안 봐도 알 것 같다고 해야 하나. 대로를 수놓는 수많은 조각상부터 시작해서 잘 지어진 웅장한 건물들은 지르젠토에서도 보기 힘들 정도로 섬세했다.

그냥 도시에 대해 듣기만 했을 땐 그렇구나 싶었는데, 막상 보고 나니 자꾸 감탄하게 된다.

이건 아무리 내가 구경에 인색한 인간이라도 어쩔 수 없어! 도대체 저건 어떻게 지었을까 싶은 건물들도 많았다. 고개가 저절로 돌아간다.

"관광업이 잘되어 있어서 여관 시설이 아주 좋아. 짐 풀면 그때 실컷 구경하자."

"좋아!"

발르의 제안에 바로 승낙을 하자 옆에서 지켜보던 아시시마저 웃음을 짓는다. 아힌도 웃었는데, 나는 왜인지 모르게 부끄러워서 고개를 숙였다.

흠흠, 아니, 순수하게 기뻐하는 건데, 그걸 그렇게 웃고 그러냐.

원래 집 나오면 고생이라고 여행 같은 거 좋아하는 성격 아니었는데, 이렇게 막상 나와 보니 신선하다. 이래서 사람들이 여행을 다니는 걸까. 벌써부터 신나서 연신 웃음이 나온다.

마차에서 신난 사람은 발르와 나밖에 없었지만 괜찮아. 이런 서러움쯤이야. 한두 번이 아니니까, 흡.

대로 정비도 잘되어 있어서 마차는 금세 목적지에 도착했다. 아힌의 소개로 탑에서 가장 가까운 여관에서 묵기로 했는데, 안타깝게도 내리는 건 하벨이랑 우리뿐이었다.

"바로 가시는 거예요?"

"예."

내려야 되는데, 쉽게 내리질 못하겠다.

뭐라고 해 줘야 할 것 같은데, 힘내라는 말도 목에 걸려서 나오지 않았다. 입 발린 응원은 때론 짜증을 유발하는 법이니까.

그런 내 마음을 알아차리기라도 한 듯 아힌이 부드럽게 웃는다. 그 너그러운 미소에 나는 괜히 더 미안해졌다. 끄응.

아힌이 일행으로 합류하고 난 이후, 원래 우리의 스헤르토 여행 계획은 백지화되었다. 무엇보다 수도로 가려 했던 일정은 어쩔 수 없이 전면 수정. 더불어 성지를 방문하겠다는 계획도 뺐다.

어쩔 수 없는 게, 아힌이 있으니까.

이 북대륙 자체에서 아힌의 존재는 한 나라의 후계자 그 이상의 의미를 가졌다. 달리 예하라고 불리는 몸이 아니라지.

사실 그냥 고만고만하게 도시 구경만 하다가 돌아가도 나는 만족했을 텐데, 아힌이 발르와 고심해서 짠 새로운 계획에 지난 일주일은 말 그대로 만족 그 자체였다.

좀 더 남부 도시들을 경유해서 부레티로 가는 계획이었는데, 부유한 남부 도시의 맛있는 요리는 물론이고, 볼거리도 많아서 나중에 아빠 데리고 다시 관광을 오고 싶을 정도였다.

무엇보다 궁에서 먹는 음식이랑 맛이 좀 미묘하게 다르다고 해야 할까. 역시 특산물은 그 지역에서 먹어야 제맛이지.

굳이 그런 것이 아니라도 아힌이 있어서인지 여행 자체가 한결 더 쉬워졌다. 물론 스헤르토에 비교적 익숙한 발르가 있긴 했지만. 그래도 발르는 주로 수도나 그 주변의 위성도시만 가 봐서 아무래도 남부 여행은 좀 헤맬 수밖에 없었다.

그런데 아힌이 합류하니 그런 게 사라졌다. 게다가 어딜 가도 아힌의 일행이라는 이유로 온갖 혜택이 쏟아진다. 빠르고 간단하게 도시 입성을 하고, 제한이 있어서 평소엔 쉽게 갈 수 없는 곳을 구경하고, 숙소나 도시의 여러 정보도 쉽게 아는 건 기본이랄까. 그래서인지 몰라도 난 거금을 들여 초호화 패키지여행을 하는 기분까지 들었다.

그렇게 나는 아힌 덕을 미치도록 많이 봤는데, 정작 아힌은 가는 도시마다 탑에만 있어야 했다.

명목상으로는 교구 순례라 어쩔 수 없는 일이라고 아힌은 말했지만 이게 몇 번 반복되니 알긴 아는데, 그래도 미안하다고 해야 할까. 흡사 일에 시달려 지친 친구 옆에서 놀러 갈 계획을 짜고 있는 눈치 없는 인간이 된 기분이다.

"괜찮습니다. 저는 놀러 온 게 아니니까요."

분명 위로라고 하는 말일 텐데, 그 말에 오히려 더 미안해진다. 내 감정이 표정으로 드러나는 건지 아힌이 멋쩍게 웃었다. 내가 손만 만지작거리고 내리지를 못하니, 아힌이 장난스럽게 말한다.

"그렇게 신경 쓰이면 구경하시다 탑에도 들러 주세요."

"어, 거기 가도 되요?"

"네, 됩니다."

정말? 하지만······.

"제가 일하시는 데 방해되지 않을까요?"

"공주님이라면 어느 때라도 방해가 되지 않습니다."

흠흠.

별 의미 없는 말이겠지만 듣기에 좋은 건 어쩔 수 없다.

나는 괜히 헛기침을 하며 미소가 번지려는 걸 참았다. 근데, 그래도 탑은 스헤르토의 사제가 아니면 쉽게 들어갈 수 없는 곳이라 꺼려지긴 한다. 특히 외국인은 출입 금지 구역인데.

그런 내 마음을 대체 어찌 그리 잘 알아맞히는지 곧 아힌이 덧붙인다.

"미리 손님이 올 거라고 말해 놓겠습니다. 제 손님이라고 하면 외부인이라도 안에 들어오실 수 있을 겁니다."

"꼭 갈게요!"

그거라면 괜찮겠지.

바로 떨어지는 내 대답에 아힌이 놀란 듯 두 눈을 동그랗게 뜬다.

흠, 내가 너무 격하게 대답했나?

하지만 정말 진심이었다. 괜히 목소리를 높인 게 부끄러워 이번엔 나긋나긋하게 덧붙였다.

"정말이에요. 꼭 갈게요."

내 대답에서 진심이 느껴진 건지 아힌이 웃는다.

아힌이 웃을 때마다 느끼는 거지만 정말 훈훈하다는 게 뭔지 알 것 같다고 해야 하나. 제법 서늘한 눈매가 언뜻 잘 웃지 않을 것 같은 이미지를 풍기는데, 그래서인지 웃으면 더 훈김이 풍긴다.

"기다리고 있겠습니다."

관광을 못하는 한이 있어도 무조건 탑에 방문하는 일정을 끼워 넣어야겠다고 생각하며 나는 밝게 웃으며 마차에서 내렸다.

"나중에 봬요!"

인사를 받자마자 마차의 문이 닫히고, 마차가 탑을 향해 움직이기 시작한다. 어차피 거리도 가깝겠다 꼭 가야겠다고 다짐하며 나는 고개를 끄덕였다.

내 후련한 표정을 보더니 발르가 고개를 갸웃한다.

"무슨 대화한 거야?"

"너 못생겼다고."

"……."

발르가 굳은 채로 입을 다문다. 상처받은 표정을 지었지만 나는 그냥 상큼하게 웃었다.

나약하다, 인간. 더 강해져서 돌아와라!

반면 아시시는 별 관심 없는 듯 그저 흘긋 보다 말았는데, 오히려 그 행동이 내 시선을 사로잡았다.

그러고 보니 아시시가 조용하네.

원래 뭔가 사고를 치는 이미지는 아니었지만 너무 조용하니 그건 그것대로 신경이 쓰인다.

나중에 몰아서 터뜨리려 그러나.

그래도 페르델이나 카이텔이 무슨 생각을 하는지는 이젠 금방

맞추는데, 아시시는 여전히 좀 힘들었다. 도무지 무슨 생각을 하는 지 알 수가 없어. 단순할 때면 정말 단순하지만 복잡할 때면 누구보다도 복잡하다.

나는 그냥 아시시를 파악하는 걸 포기했다. 알 때가 되면 알게 되겠지.

오히려 제일 불편한 건 하벨이었다. 아무 말 없이 그저 쳐다보기만 하는데, 뭔가 막 공연히 거북스럽다. 죄를 지은 것도 아닌데 죄를 짓는 듯한 기분이라고 해야 하나. 왜죠?

특히 아힌이 합류하고 나서부터 텐션이 눈에 띄게 낮아져서 저기압인 상태로 돌아다녔는데, 그게 괜히 더 신경 쓰이고 그랬다. 요새는 말을 걸지도 않는다. 말을 걸 때도 불편하긴 했지만 아예 침묵하고 나니 그건 그것대로 또 불편함의 절정이었다.

어휴, 도대체 이건 어떻게 해결해야 되는 거야?

"무슨 생각해? 가자."

"어? 응."

그나마 발르가 있어서 정말 다행이다. 나는 그런 생각을 하며 한숨을 내쉬었다.

뭐, 어떻게든 되겠지.

* * *

각 도시에 도착하면 가장 먼저 해야 하는 게 있다.

그건 바로 식도락!

"맛있는 거 먹을래!"

숙소를 잡자마자 내가 소리쳤다. 일단 배가 불러야 뭐든 보이는 법인 것이다. 암, 그렇고말고.

여관이 작은 평범한 마을은 아무래도 맛집을 찾기 힘들었다. 내가 도시로만 골라 다닌 것도 다 이런 이유였다. 역시 먹는 게 남는 거니까!

음식으로만 치면 아그리젠트가 최고라 말하지만 다른 나라의 음식도 먹어 보고 싶은 것이 진정한 식도락가의 자세.

하지만 역시 모든 음식이 내 입맛에 맞진 않았다. 특히 북쪽 음식은 전체적으로 간이 싱거워서 거의 밍밍했다. 내가 뭘 먹는지도 모를 정도. 아무리 대륙 기후라고 해도 신의 장벽이 있으니 뭔가 다를 줄 알았는데, 그건 나의 착각이었다. 신의 장벽이 없을 때부터 그렇게 먹던 입맛이니 그대로 굳어진 듯싶었다.

그래도 주식인 빵은 고소하고 밀전병도 괜찮다.

무엇보다 중요한 것은, 기름지지 않게 구운 고기가 정말 예술이란 점이었다! 솔직히 이거 먹으러 다니는 것 같아.

"그래, 먹자. 뭐 먹을까?"

"고기!"

지체 없는 내 대꾸에 발르가 미묘한 표정을 짓는다.

"리아, 요새 살찐 거 알아?"

"뒤질래?"

이놈이 꼭 지 매를 벌어요.

익숙한 매타작이 끝나자마자 발르가 인상을 찌푸린다. 이젠 아예 질린다는 얼굴이었다.

"또 고기야? 맛있는 거 먹자며."

"그래, 고기 맛있잖아."

고기가 맛있는 거지, 그럼 뭐임?

아직 미미하게 한국인의 정서가 남아 있는 한, 난 절대 풀떼기 같은 게 맛있는 음식이라고 인정할 수 없었다.

맛있는 음식이란 곧 죽어도 고기! 고기가 제일 맛있어!

그중에서도 제일가는 건 치느님이다! 치킨이 짱이야! 이건 만고불변의 진리였다.

"고기가 뭐 맛있는 거야?"

"고기님은 항상 맛있어!"

내가 고기님의 위대함을 전파하려 하는데, 발르가 한심하다는 듯 혀를 찬다.

"그래 봤자 구운 게 다지."

"아냐, 달라! 다르다고!"

다르단 말이야! 양념이나 불의 세기, 고기가 잡힌 시기라든지 조리법에 달라 고기느님은 수천 가지의 모습으로 우리에게 다가오는 그런 색다른 분이란 말이지! 그런 게 육질이나 미묘한 식감을 얼마나 다르게 만드는데!

나는 통탄했다.

고기님의 아름다움을 알지 못하는 발르가 불쌍해!

내가 울먹이며 발르를 쳐다보니 발르가 웃는다.

뭐, 왜! 왜 웃는 건데!

"그렇게 고기가 좋아?"

"응!"

"그래, 고기가 맛있긴 하지."

병 주고 약 주는 것도 아니고, 이제 와서 빙그레 웃으며 발르가 어깨를 으쓱인다. 나는 한 대 치고 싶은 걸 꾹 참았다.

아무튼 저 썩을 놈, 방심할 수가 없어요.

그동안 날 놀리고 있었다는 걸 이제야 깨달았지만 이미 화낼 타이밍은 넘어갔다. 잠시 발르를 노려보다 나는 아까 들었던 이야기를 늘어놓았다.

"여긴 양고기 꼬치구이가 맛있대. 머라더라, 샤슬릭? 그거 먹으러 가자."

"거기 계신 지방들은 잘 있나요?"

"아, 진짜 너 죽는다."

내가 정색을 하고 화를 내니 발르가 낄낄거리고 웃는다.

나는 가차 없이 녀석을 발로 찼다. 한두 번은 그냥 참았다만 이건 내 능력의 한계다.

내 폭력적인 모습에도 아시시는 별 동요가 없었지만 하벨의 수행원들은 달랐다.

아차, 내 대외적인 이미지!

에이, 몰라! 일단 짜증나니까 때리고 보자.

밖에 나와서 평소보단 좀 많이 먹고 있긴 해도 많이 움직이기도 하기 때문에 절대 살이 찌진 않았다고!

"왜 때리고 그래? 난 걱정하는 건데!"

"네가 내 손에 죽으면 그 걱정을 안 할까 싶어서."

"그, 그거 진심은 아니겠지. 응, 리아?"

맞으면서도 입을 나불대는 걸 멈추질 않는다.

한참 때리다가 나는 제 풀에 지쳐 나가떨어졌다.

아, 이젠 패는 것도 힘드네.

내가 떨어지자 익숙하게 옷가지를 정리하며 발르가 활짝 웃는다.

"괜찮아. 리아는 살쪄도 예뻐."

저 썩을, 결국 내가 살이 쪘다는 거잖아!

마지막으로 발로 차는 걸 잊지 않고 나는 바로 아시시를 돌아보았다. 저놈은 믿을 수 없어.

"아시시, 나 진짜 살쪘어?"

"……잘 모르겠습니다."

내 질문에 진지하게 고민하다 아시시가 시선을 돌린다.

나는 그 반응에 당황했다. 왜 대답을 회피하는 건데? 왜? 왜 고개를 돌리는 건데!

믿을 수 없어. 이건 사실이 아닐 거야.

나는 다음으로 가만히 앉아서 우리 하는 꼬라지를 지켜보던 하벨에게로 시선을 돌렸다. 그동안 한마디도 안 했지만 하필 지금 내 눈에 보이는 건 하벨뿐이었다.

"저기 하벨, 나 살쪘어?"

"아니."

가벼운 대답.

별로 건성 같지는 않았는데, 뭐랄까. 나는 왜인지 아시시의 외면보다 더 슬픈 기분이 되어 버렸다.

내 표정이 어두워지자 하벨이 되묻는다.

"왜 그러지?"
나는 심각하게 내 팔을 내려다보며 대꾸했다.
"아니, 왜인지 하벨이 그렇게 말하니까 진짜 살찐 것 같아서."
"……."

* * *

처음 스헤르토헨보스로 여행 올 때도 그랬지만 난 다른 도시보다도 이 브뤼주는 꼭 와 보고 싶었다. 물론 별이 내린 것처럼 아름다운 야경을 구경하고 싶은 마음도 있었지만 그 무엇보다 이 브뤼주가 북대륙의 문화를 주도하는 문화와 예술의 도시이기 때문이었다.
"여관에도 작품들이 엄청 많네."
보통 문화와 예술의 중심지는 그 나라의 수도가 되기 마련인데, 스헤르토헨보스는 이곳 브뤼주가 그 중심지였다. 이곳에서 길러진 화가, 조각사, 그리고 건축가들이 북대륙 전역으로 퍼져 북대륙의 문화를 퍼트리는 데 결정적인 역할을 한다.
그렇기 때문에 그 어떤 도시보다 브뤼주의 문화 수준이 높은 건 어쩔 수 없었다. 당장 길거리만 내다봐도 알 수 있는 거니까.
아무래도 거장도 많고, 유명한 화방도 많으니, 자연스레 그렇게 된 거겠지.
금강산도 식후경이라고, 맛있는 음식을 배불리 먹고 나니 자연히 구경거리가 눈에 들어온다. 내가 맨 처음 관심을 가진 건 여관 복도에 장식되어 있는 그림과 조각상이었다.

호텔급의 고급 여관이라 그런지 건물 자체나 방이 멋진 건 둘째 치고 이런 소소한 장식품들이 많았다.

이게 다 여기 화가들 작품인가.

"미술은 봐도 봐도 모르겠어."

예술가의 자질이 없어서 그런가, 그냥 감수성이 메말라서 그런가.

무언가를 보면 잘 만들었다, 잘 그렸다는 생각은 들지만 그게 얼마나 가치를 지녔는지 평가를 해 달라고 하면 머뭇거릴 수밖에 없었다. 일단 예술에 대한 지식이라고는 초중고를 다니면서 배운 교과서가 다인데, 그런 일천한 견해로 도대체 뭘 평가한단 말인가.

사실 다시 태어나고도 예술에 관심을 기울인 건 얼마 되지도 않았다. 고작 열네 살 무렵부터였으니까.

"또 작품 구경하고 있어?"

"응. 여기 그림 많아."

아래층에서 간식거리를 사서 올라오는 건지 발르가 뭘 먹으면서 지나간다. 밥 먹자마자 도시 구경하자고 할 줄 알았는데, 내가 여관 내부를 돌아다니면서 그림이나 조각들을 보러 다니니 참 신기한 모양이었다.

"나 이따 서점 갈 건데, 유행하는 시집 사다 줄까?"

"그래 주면 고맙고."

어차피 스헤르어로 쓰여 있어서 읽는 덴 힘들겠지만 배워 둬서 문제가 되진 않았다.

내가 몸을 돌려 다른 그림으로 옮겨 가니 발르가 조르르 따라온다. 그러면서 투덜거리는 것도 물론 잊지 않았다.

"이게 대체 무슨 재미야? 난 아무리 봐도 모르겠다."

"여기가 이렇게 변화하기 전, 고요한 시골 마을이었을 때 보였던 풍경이래. 해질녘이라더라."

"아항."

하지만 이 그림이 그려진 유래를 알려 줘도 발르는 그저 그런 듯했다. 물론 이런 거에 흥미로워 할 놈이 아니라는 건 진작 알고 있었지.

내가 유심히 그림을 바라보자 내 옆모습을 보던 발르가 혀를 찬다.

"이런 거 좋아하는 귀족들은 꽤 있지만 그중에서도 네가 제일 유별나."

"시비 걸 거면 꺼져라."

아무튼 이건 꼭 맞아야 정신을 차려.

발길질 한번 해 주고 나는 몸을 틀었다. 다른 복도도 가 봐야지.

뭐, 사실 굳이 발르가 아니라도 내가 문학이나 미술이나 음악에 돈을 쏟아붓는 걸 사치한다고 비꼬는 귀족들은 많았다. 대신들도 그런 쪽에 돈을 내주기 싫어하고, 귀족들도 일부 귀족들이나 자기 취미나 유흥거리로 그런 쪽에 돈을 들이지 보통은 관심도 없었다.

집을 그림이나 조각으로 꾸미는 건 우아하고 고급스럽다고 생각하면서 막상 그런 사람들에게 대단위 투자를 하는 건 쓸모없다고 생각한달까. 그들에게 예술가란 그저 먹이고 재워 주기만 해도 되는 종류의 기술자들이었다.

뭐, 나도 이런 처지가 아니었다면 예술에는 관심도 없었다. 전생에도 그랬으니까.

"뭐, 어쩔 수 없지."

나는 쓰게 한번 웃고 다시 그림을 찾아 발을 옮겼다.

사실 내가 맨 처음 관심을 가진 것은 정치였다. 많은 사람들의 사랑 속에 걱정 없이 잘 자랐으니 이 사랑을 다시 많은 사람들에게 되돌려 줘야겠다는 생각을 한 뒤로 가장 확실하고 가장 빠르게 이 나라를 바꿀 수 있는 정치에 눈을 돌린 건 어쩌면 당연한 수순이었다. 게다가 자세히는 모르지만 전생의 지식이 있으니 훨씬 유리할 거라고 생각했다. 우리나라의 역사뿐만이 아니라 세계사도 얼추 알고 있으니 말이다.

그러나 안타깝게도 그 시도는 장렬히 실패했다.

재상인 페르델에게 나 나름대로 괜찮다 싶은 제도들을 제안해 봤지만 좋은 생각이라 말을 하면서도 정작 페르델에게서 오는 반응은 회의적이었다. 좋긴 하지만 현실에 맞지 않는다고 해야 하나.

내가 제안한 제도들의 장점과 단점을 바로 바로 파악하는 페르델의 말이었으니, 그 말은 정답이었다.

확실히 지구랑 비슷하다고 해도 이 세계는 지구가 아니었고, 지구의 역사와 이 세계의 역사는 많이 달랐다. 자연환경도 많이 다르고. 무엇보다 각 나라의 황실을 뒷받침해 주는 근원이 실재하는, 살아 있는 신화와 전설이어서 이 나라에 다른 사상이 물들 틈은 거의 없었다.

변화는 끊임없이 이루어진다고 해도 아직 민주주의라는 물결이

들어오기엔 무리라고 할까. 그렇다고 내가 중세의 정치 체계를 알 리가 없었으니.

그래도 페르델이 몇 개는 발상이 좋다고 차용해 갔으니, 나쁜 시 도는 아니었다.

그리고 그 길로 나는 그쪽은 포기했다. 애초에 페르델이 유지하 고 있는 현 체제가 이 나라의 실정에선 가장 최선의 방법이었으니 까.

지구에서 나고 자라 배운 내가 그 기억을 모조리 가지고 이 세계 로 태어난 건 어찌 보면 복이었지만 또 어찌 보면 독이었다. 이미 확고한 가치관이 갖춰진 상태에서 이 세계의 상황을 마냥 납득하 고 수용할 수만은 없었고, 여전히 정복 전쟁이 흔하게 벌어지는 폭력적인 시대 상황이 여전히 불편했다.

하지만 언제까지나 현실을 탓할 수는 없는 법이다.

나는 페르델은 되지 못한다. 페르델은 진짜 천재였다. 사람들 다 룰 줄 알고, 구슬리고 이용하는 데엔 페르델을 따라갈 자가 없다. 그건 나도 마찬가지였다.

내가 무언가 이 시대보다 앞선 선각자적인 사상을 이야기해 줄 수는 있지만 그게 이 세계에 녹아들 때까지는 몇 백 년 몇 천 년 시간이 걸릴지 몰랐다.

그렇다면 불확실한 무언가를 기대하기보다 차라리 다른 곳에 눈 을 돌리자. 그렇게 생각한 내가 찾은 것이 바로 문화라고 불리는 것이었다.

"시도 시지만 그림이랑 조각 같은 것도 괜찮네. 건축 기술도 좋 던데, 이거 우리 나라에서도 만들어 보면 좋을 것 같은데."

냉정하게 말해서 이 세계의 문화 수준은 그저 그랬다.

애초에 전쟁이 팽배한 정치 상황도 있고, 먹고살기 바쁘다는 이유도 있다. 아무튼 그 때문인지 많은 사람들이 놀고 즐길 거리가 거의 없었다. 대중문화라는 게 있긴 했지만 그 수준이라는 게 고작 민요 같은 가요뿐이었는데, 그마저도 조악했다.

귀족들의 문화라고 해도 다르지 않았다. 끽해 봤자 파티나 기사들의 마상 시합이 전부였고, 문학도 희곡은 있지만 소설은 없고 거의 수필 같은 게 주를 이루다 이제 막 시집들이 유행하는 수준이었다. 그나마 있는 희곡도 옛날이야기를 각색한 정도가 전부.

미술도 거의 신화나 전설 같은 걸 소재 삼다 가끔 왕족이나 귀족들 초상화를 그리는 수준이었다.

그나마 음악이 가장 나은 형편이었는데, 그래도 관현악 화성학이 주를 이루는 클래식이 전부였다. 주로 집시들이 춤을 추거나 노래를 하고 다녀서인지 그런 쪽의 인식은 더 박해질 수밖에 없었다.

솔직히 그런 상황에서 뛰어난 학자들은 그나마 존재한다는 게 신기할 정도. 하긴 학자들은 이전에도 대우가 좋았으니 아무리 전쟁이 빈번한 시대라도 학문의 맥이 끊길 일은 없었다.

뭐, 내가 예술적인 재능이 있었다면 한 번 그 바닥에 뛰어들어 봤겠지만 나에겐 그런 재능조차 없었다. 썩을.

가진 재능이라고는 탯줄 잘 잡은 것밖에 없다고 해야 되나.

하지만 내가 누구냐. 학연, 지연, 혈연 중 가장 끈질기다는 혈연을 쥔 여자였다. 게다가 지연이나 학연도 나름 나쁘지 않다. 내가 발전시킬 수 없다면 문화를 발전시킬 수 있는 사람을 모아 후원을 하면 된다.

가진 거라곤 돈이랑 시간밖에 없으니까!

"아, 영화 보고 싶다."

그리 문화생활을 풍부하게 한 건 아니지만 과거의 내가 얼마나 문화의 홍수 속에서 살아왔는지 이 세계에 살면서 뼈저리게 느낀다. 스마트폰으로 노래도 듣고, 만화도 보고, 드라마도 보고, 심심하면 게임을 하면서 시간을 보낸다. 가끔 친구랑 약속 잡아서 영화관도 가고, 뭣하면 연극도 보러 가고, 가끔이지만 책도 사서 읽고, 이북도 보고, 악기도 배우려고 하면 얼마든지 배울 수 있었다.

정말 좋은 시대에 살았구나.

"뭐, 그렇다고 여기가 나쁘단 건 아니지만."

물론 나에게 새로운 화풍을 유행시키고 새로운 음악 형식을 완성하고 새로운 문학 작품을 써 낼 재능은 없다. 그동안 봐 왔던 걸 비슷하게 흉내 낼 수는 있겠지만 그런 건 자연히 속 빈 강정이 될 수밖에 없었다. 그런 게 예술일 리가 없지.

하지만 다행인 건 대신 나에게는 무엇이 좋은 건지 알아볼 수 있는 안목이 있다는 점이었다. 아니라고 해도 무상교육으로 충분히 배운 예술에 대한 지식은 어떤 관점에서 예술을 봐야 하는지를 내게 알려 주었다.

뭐든 그렇지만 알고 보는 것과 그렇지 않은 건 차이가 크다. 그런 의미에서 전생의 기억을 가지고 태어난 건 참 다행스러운 일이었다.

"복지시설 같은 데도 투자를 해야지. 공주님이 하시는 일이니 아빠만 잘 꼬드기면 쉽겠지."

지금 내가 하는 일은 척박한 땅에 씨앗을 심고 물을 뿌리는 일에 지나지 않았다. 내가 원하는 대로 무언가가 나올 수도 있고, 아닐 수도 있다.

하지만 난 이 일에 단 한 번도 의심을 품어 본 적 없었다.

미국이 할리우드로 이뤄 낸 경제 효과나 문화적 파급력만 봐도 알 수 있으니까. 예술도 결국은 전부 사람들의 품에서 나온 것. 시각의 차이와 이해의 차이는 존재한다고 해도 궁극적으로 사람들의 마음을 움직이는 것임에는 틀림없다. 결국 사람들을 불러 모으는 건 그런 것들이다. 그들의 마음을 헤아리고 위로해 주고 공감하게 하는 예술.

그렇다고 순수예술이 의미가 없다는 건 아니지만 적어도 난 이 시대의 사람들의 마음을 다루는 게 진정한 예술이 아닐까 막연히 그런 생각을 했다.

아름다운 자연환경도 우리를 즐겁게 해 주지만 명망 높은 예술가들의 영혼이 살아 숨 쉬는 명화, 명작들이 결국 끝없이 인간들의 삶을 풍요롭게 만들어 주는 것이니까.

척박한 시대에도 문화는 힘을 발휘한다. 지금 내가 하는 사소한 투자들이 곧 우리 나라의 자긍심으로 이어져 많은 아그리젠트인들을 즐겁게 만들어 주고, 하나로 결속시켜 줄 거라고 난 믿었다.

나도 일하느라 힘들고 지칠 때 봤던 영화나 만화가 내 숨통을 트이게 해 주었으니까.

"물론 관광자원으로 나중에 후손들 돈 많이 벌라고 박물관도 만들어 줘야지."

그래, 펜은 칼보다 강하니까!

비록 지금은 품위유지비로 나오는 돈으로 하고 있지만 이 제국의 유일한 공주에게 지급되는 품위유지비가 적을 리는 없는 법. 일단 문화적 토양만 일구고 나면 괜찮은 작품들도 몇 개 나올 거고, 그다음에는 돈 많고 심심한 귀족들을 구슬리기만 하면 만사 오케이였다.

일단 시르비아랑 이블린은 잘 구슬려 놨으니까 다음엔 누굴 구슬리지?

벌써부터 신나서 혼자 이것저것 계획하며 낄낄거리는데, 언제 다가온 건지 낯익은 목소리가 내 신경을 건드렸다.

"미술 같은 거 좋아하는지는 몰랐는데."

깜, 깜짝이야!

바로 뒤를 도니 언제 온 건지 팔짱을 낀 채 벽에 기대서 있는 하벨이 보였다.

놀란 것도 놀란 거지만 방금 한 말에 들어 있는 미미한 속뜻이 내 신경을 거스른다. 이놈도 내가 예술에 관심 갖는다고 무시하는 건가.

"시비 걸지 마라 줄래요, 폐하?"

"너야말로 비꼬는 거 그만했으면 좋겠군."

하벨이 몸을 일으킨다. 벽에서 떨어진 녀석을 보며 나는 한 걸음 물러났다.

아무튼 이놈은 대체 무슨 생각을 하는지 종잡을 수가 없어.

그리고 그런 점이 날 불안하게 만들었다.

"왜 또 심술이야?"

"심술?"

"그럼 그게 심술이지 뭐야. 안 그래?"

내 대꾸에 하벨의 눈동자가 불길하게 빛난다. 어째 이거 뭔가 예감이 좋지 않은데.

"심술이라."

자꾸 한 걸음씩 물러서고 있긴 한데, 이대로 가면 벽이었다. 나는 미미하게 인상을 찌푸렸다.

어느새 성큼성큼 다가온 하벨이 내 바로 코앞에 섰다. 조금만 움직여도 닿을 듯한 거리 때문에 나는 쉽사리 움직이지도 못했다. 내가 소리 없이 허우적거리는데, 그 순간 하벨이 나지막하게 묻는다.

"진짜 심술이 뭔지 보여 줄까?"

너, 너무 가까운데.

숨을 쉬기가 힘들다.

어느새 몸이 벽이랑 하벨 사이에 갇힌 꼬라지가 되어 나는 아무것도 못하고 그저 침만 삼킬 뿐이었다. 크다는 건 알았지만 그래도 이렇게 가까이 서니 평소보다 더 크게 느껴진다.

이걸 어쩌지? 빠르게 뛰기 시작하는 심장 소리가 하벨에게도 다 들릴 것 같아서 걱정이었다.

진짜 이걸 어떡해!

두 눈동자가 마주친다.

하벨의 눈동자는 언제 봐도 강렬했다. 저 시선에 잡아먹힐 것 같아서 눈이라도 돌리고 싶은데, 그러면 안 될 것 같다고 내 안에서 누군가가 말을 건다.

지금 이 상태에서 뭔가 하나라도 하면 바로 감당할 수 없는 일이 터질 것 같았다. 제일 걱정인 건 대체 그 감당할 수 없는 일이 뭐인지 모른다는 부분이었다.

그저 겨우 숨만 뱉고 있는데, 다행히 뒤에서 다른 누군가의 발기척이 들린다. 금방 뭐라도 할 것 같이 위협적이었던 하벨은 언제 그랬냐는 듯 물러섰다. 나는 가파르게 오르내리는 가슴을 꾹 누르며 숨을 내뱉었다.

"뭐야, 싸웠어?"

갑자기 등장한 건 아시시와 발르였다. 발르에게 끌려 나온 듯한 아시시는 나와 하벨을 보다가 미미하게 인상을 썼다.

"아니, 싸운 거 아니야."

"그럼 이만."

바로 가 버리는 하벨의 뒷모습을 보고 있자니 뭔가 미안하다. 왜죠?

막상 당한 건 난데, 상처받은 건 하벨 같아서 기분이 찝찝했다.

뭐냐, 이 가해자와 피해자가 뒤바뀐 듯한 구도는.

이 느낌은 발르도 마찬가지였는지 가 버리는 하벨을 보다 발르가 혀를 찬다.

"웬만하면 상냥하게 대해 줘라. 불쌍해."

얘가 뭐래?

내가 인상을 쓰자 입을 다물긴 했지만 이미 짜증이 난 건 난 거였다. 그건 그렇고.

"근데 아시시는 왜 발르랑 있어? 어디 가려고?"

"응? 응. 삼촌 나랑 단검 보러 가기로 했어."

단검? 무기점 가는 건가?

나는 바로 반색했다.

"나도 같이 가!"

"어허, 여자는 낄 데가 아니다."

"뒤질래."

"악, 악! 삼촌, 살려 줘!"

아무튼 이놈은 맞아야 정신을 차려.

나한테 맞는 발르를 보다 아시시가 측은한 표정으로 한마디 했다.

"먼저 가 있으마."

"삼촌!!"

오히려 당황한 건 나였다.

어? 아시시, 진짜 발르 버리고 가는 거야?

근데 우리 아시시는 정말 쿨한 남자였다. 미련 없이 가 버린다.

정말 단호하시네요. 혹시 단호박이세요?

아시시의 놀라운 결단에 정신 팔린 내가 멍하니 서 있자 제 머리를 털며 발르가 투덜거린다.

"이런 여자를 왜 그렇게 좋아하는 건지 모르겠어, 둘 다."

"뭐? 이런 여자? 너 죽을래?"

"산세가 그리워, 엉엉."

기어코 매를 버는 발르를 최선을 다해 때려 주며, 나는 속으로 고민했다. 근데 누가 날 좋아한다는 거지? 하지만 물어볼 타이밍은 이미 진작에 지나갔다.

"재미있어?"

뭐가 재미있냐고 묻지 않아도 금방 안다. 이 여행이 재미있냐는 거겠지. 나는 활짝 웃으며 고개를 끄덕였다.
"응, 꽤."
이놈 데려온 것 때문에 살짝 좀 후회할 뻔했는데, 그래도 여행 자체는 즐거웠다. 나중에 또 하고 싶을 만큼.
내 대답에 빙그레 웃더니 발르가 어깨를 으쓱인다.
"그럼 다행이네. 네 생에 마지막 여행이 될지도 모르잖아."
아니, 이놈이?
"악! 악! 폭력 반대!"
"그냥 죽어!"

* * *

예술품을 구경하는 것도 재미있었지만 역시 도시에 지어진 예쁜 건물들 구경이 제일 재미있었다. 저기서 어떻게 살까 싶은 신기한 건물들도 많았는데, 그래서인지 더 헛된 의지만 불끈 솟아올랐다.
지르젠토에도 저런 건물을 지어야지!
물론 그 전에 탑에 방문하는 게 먼저였지만.
도시 구경을 가뿐히 하고 일행과 헤어져서 나는 혼자 탑으로 왔다. 장소가 장소이다 보니 정체가 탄로 날 가능성이 높아서 발르는커녕 아시시도 데리고 들어갈 수 없었다.
아힌이 취해 준 조치 덕에 탑에 들어갈 때 별다른 일은 없었다. 단지 탑 내부를 구경하면서 의외로 내부 장식은 아그리젠트가 한 수 앞선다는 점을 깨달았다고 할까나.

 응접실에 도착해서 아힌이 오기 전까지 나는 창에 매달려 있었다. 이렇게까지 높은 건물은 처음이었으니까. 물론 빌딩숲에서 살았던 전적이 있기 때문에 높은 곳이 신기하다거나 한 건 아니었지만 도시 전경을 보기엔 역시 높은 곳이 최고였다.

 "와, 넓다."

 끝도 없이 넓게 지어진 브뤼주의 전경은 아름다웠다. 도시 곳곳에 솟은 작은 탑들이 마치 별이라도 박은 듯 눈에 띈다.

 이러니까 한 번이라도 와 보고 싶어서 다들 난리인 거지.

 페르델도 나중에 시르비아랑 손잡고 올 거라고 내게 말했었다.

 "뭘 보시는 건지 여쭤 봐도 될까요?"

 악. 순간 뒤에서 들린 목소리에 하마터면 넘어질 뻔했다.

 아힌이 내 허리를 잡아서 넘어지는 건 막았지만 오히려 그 바람에 아힌의 품에 안겨 버려 나는 그게 더 곤란했다.

 "아, 감사."

 "조심하십시오."

 괜히 뺨이 붉어진다. 상대는 한참 어린애인데, 가슴은 계속 쿵쾅거리는 중이었다. 괜히 설레서 입술을 깨무니 아힌이 의아하다는 듯 시선을 준다.

 아, 진짜 나 왜 이러지?

 공연히 헛기침만 하며 나는 얌전히 자리에 가서 앉았다. 괜히 구경한다고 설쳤다가 봉변만 당했네.

 내가 앉자 아힌도 소파에 가서 앉는다. 푹신한 소파는 정말 앉아 있기 편했다. 진짜 푹신푹신하다. 괜히 푹푹 들어가는 소파를 만지작대는데, 아힌이 웃었다.

"도무지 눈을 뗄 수가 없네요."

"네?"

그건 내가 멍청해 보인다는 소리?

웃음기 어린 목소리에 나는 괜히 할 말이 없어졌다. 왜 이 인간 앞에만 서면 나는 작아지는가. 아무래도 아힌은 날 이상한 사람 만드는 데 일가견이 있는 것 같았다.

잠깐, 어릴 때도 이 비슷한 패턴이었던 것 같은데.

"구경은 잘하셨습니까?"

"네, 도시가 정말 예뻐요."

나는 활짝 웃었다. 고작 이삼 일 정도 돌아다닌 것밖에 없었지만 도시는 정말 내 기대를 저버리지 않을 만큼 최고였다.

일단 볼 게 많다는 점도 좋았지만 도시의 전반적인 시설이 내 상상 이상이었다. 상하수도나 여러 기반 시설이 좋다는 건 알았지만 위생이나 치안도 최고였다. 무엇보다 도시 건물들이 정말 예술이라는 건 다른 도시에선 찾아볼 수 없는 브뤼주만의 특색이었다.

"그중에서도 특히 이 탑은 진짜 역사에도 길이 남을 예술 작품인 것 같아요."

내가 방을 둘러보며 말하니 아힌이 웃는다. 원래 잘 웃는 인간이긴 했는데, 저 웃는 걸 하도 보다 보니 슬슬 웃음의 종류를 나눌 수 있을 것 같았다.

흡, 이런 거 파악해 가는 내가 싫다.

"무슨 생각을 그리 골똘히 하시는지 여쭤도 될까요?"

네 생각한다, 이놈아.

하지만 나에게도 생각이라는 게 있고 이성이라는 게 있었으므로 저 말을 고대로 하진 않았다. 그저 주변을 한 번 더 흘긋했을 뿐.

앤시프는 성벽을 제외하고는 주로 목조건물이라 비가 많이 오면 나무가 썩지 않을까 하는 추측만 했었는데, 브뤼주의 건물들은 석조라 내게 다른 고민을 안겨 주었다.

저 장식들은 대체 얼마를 받고 조각한 걸까?

한결같이 건물 외관을 장식한 조각상과 벽화를 보며 나는 뻘쭘하게도 그런 고민이나 했다. 아무래도 아그리젠트의 주 건축양식도 석조인지라 할 수만 있다면 장인들을 데려다가 아그리젠트에도 예쁜 건물을 지어 보고 싶다. 물론 내부 장식은 그냥 아그리젠트 장인들을 시키고.

그래도 외관 디자인은 분야가 다르니 이왕이면 경험이 있는 분을 데려다 쓰는 게 낫지 않을까? 그런 생각이나 하며 나는 입을 열었다.

"그냥 짓는 데 얼마가 들었을까, 그런 생각했어요."

"글쎄요, 좀 많이 들었다고는 들었습니다."

"진짜요? 건물 장식은요?"

"인건비 이야기라면 그리 많이 들진 않았습니다."

그렇구나. 역시 쓰리디 직업!

이미 알았으면서도 나는 슬펐다. 역시 유명하지 않으면 벌어먹기 힘든 게 미술이었다. 그나마 문화예술이 꽃핀다는 브뤼주에서도 이런 대접이라니. 역시 예술은 배고픈 거구나.

내가 불쌍한 예술가들을 가엾게 여기며 턱을 괴는데, 그런 날 보던 아힌이 웃는다. 보기 드문 폭소라 나는 의아했다. 뭐지?

"왜 웃으세요?"

"귀여우셔서요."

"제가요?"

오히려 돌아온 대답에 놀란다. 이놈이 방금 뭐라 그런 거지? 내가 귀여워?

"대체 어디가요?"

"글쎄요."

"……."

어이, 방금 귀엽다며.

할 말이 없어서 입만 벌린 채로 멍하니 있는데, 아힌이 걱정스레 말한다.

"그 머리 역시 눈에 띄네요."

"그래서 로브 쓰고 다니잖아요."

"외모도 눈에 띕니다."

"……."

뭐 어쩌라는 거지. 그쪽도 만만치 않게 눈에 띄거든요.

날 탓하기 전에 네 모습부터 보라고 하고 싶었는데, 아직 예하를 구박할 패기는 없어서 가만히 찌그러져 있었다. 흡.

"이러고 다니셨는데도 용케 들키지 않으셨네요."

"그러게요."

그건 나도 좀 신기하다.

로브를 푹 눌러쓰고 다닌 것도 있고, 무엇보다 발르나 아시시가 더 눈에 띄니 나는 상대적으로 묻힌 게 없지 않아 있었다.

솔직히 내 외모는 세계적으로도 유명했으니까. 적은발에 붉은 눈동자라면 누구든 아그리젠트의 왕족이라고 알아차린다. 사실 염색을 하려고 했는데, 번거롭기도 했지만 무엇보다 내 모발은 무슨 강철로 만들어진 건지 염색약이 스며들질 못했다. 특수한 염색약을 써야 한다는데, 지금 처지에 구하기도 쉽지 않고 그래서 그냥 마스크 쓰고 로브 꾹 눌러쓰고 돌아다니는 걸로 해결을 봤었다.

돌아가면 염색약은 기필코 구해야지.

그게 언제일지는 모르지만 다음에도 여행을 할 수는 있는 거니까. 그런 생각을 하며 고개를 끄덕이는데, 어째 내 뺨에 와 닿는 시선이 따갑다.

나는 시선을 들었다.

"……?"

고개를 갸웃하니, 빤히 쳐다보던 아힌이 그냥 웃는다.

어쩐지 텅 빈 듯한 미소.

예의상 짓는, 그런 미소.

가끔이지만 빈틈없어 보이는 예하에게도 무언가 알 수 없는 그늘이 느껴진다. 그게 무엇이라 말할 수는 없었지만 나는 어쩐지 그런 느낌을 받았다. 그리고 동시에 공주라는 위치에서 어떻게든 이상적인 공주가 되기 위해 애쓰던 내 모습이 겹친다.

힘든 거겠지, 아힌도?

아무리 완벽한 사람이라도 지치지 않을 리는 없었다.

그런 의미에서 나랑 있을 때는 아힌이 좀 편해 보이는 게 다행이었다. 그게 좋은 건지, 나쁜 건지는 잘 모르겠지만. 그러나 묘하게 그런 모습에 내 마음이 쏠리는 건 어쩔 수 없었다.

"아 참, 수도에서 소식이 왔습니다."

무슨 소식? 내가 재촉하듯 쳐다보니 아힌이 좀 곤란한 듯 시선을 내리깐다.

"아무래도 카이텔 황제께서 화가 많이 나신 모양입니다. 군대를 이끌고 앤시프로 들어가셨다고 합니다. 앤시프 국경에 수만의 군대가 주둔 중이고, 황제 일행은 앤시프 수도 롤스렌에 도착했다고 합니다. 듣자하니 랑그르도 그 비슷한 상황이라더군요."

픕.

갑자기 갈증이 나서 급하게 물을 마시다가 나는 하마터면 체해서 죽을 뻔했다. 와, 미친!

역시 우리 아빠. 아니, 이게 대체 무슨 일이죠?

앤시프에서 빨리 넘어오길 정말 잘한 듯싶었다. 앤시프 수도 롤스렌이라니. 그냥 가만히 있을 거라고는 생각도 안 했지만 이건 생각 이상이었다.

잠깐, 그럼 이미 앤시프 왕실에선 내가 가출했다는 걸 안다는 소리잖아?

이게 무슨 국제적 망신이요.

하지만 그것보다 더 급한 건 빨리 이 스헤르토도 떠야겠단 것이었다.

"내일 바로 부레티로 가야겠네요."

아마 이 정도의 속도라면 곧 아빠가 여기로 쳐들어와도 이상하지 않았다. 아직 못 본 것도 많은데, 벌써 잡힐 순 없지! 아빠한텐 미안한 말이지만 이왕 한 가출, 본전은 뽑고 돌아가고 싶었다.

내가 고개를 끄덕이자 아힌이 묻는다.

"그런데 부레티엔 왜 가시는 건지 여쭈어도 될까요?"

"제 어머니가 부레티 사람이었대요."

"아."

나는 그냥 어깨를 으쓱였다. 저 한마디면 충분하니까.

하지만 저 한마디로 내 상황을 납득시킬 수 있다는 게 왜인지 갑자기 씁쓸해져 나는 애써 웃었다. 내가 웃는 걸 아무 말 없이 지켜보던 아힌이 문득 입을 연다.

"혹시 그거 아십니까?"

"네? 뭐요?"

"부레티의 왕족은 스헤르토의 왕족이랑 닿기만 해도 눈 색이 변한다는 사실."

"어? 진짜요?"

그건 몰랐던 사실인데.

내가 두 눈을 동그랗게 뜨고 있으려니 갑자기 아힌이 일어난다. 뭐지? 왜 일어난 건지 몰라 고개를 갸웃하는데, 어느새 다가온 아힌이 내 바로 앞에 섰다.

어, 어?

뭐 하려는 건지 몰라서 그냥 쳐다만 보는데, 불현듯 아힌이 가까워진다 싶더니 어느새 내 이마에서 보드라운 입술의 감촉이 느껴진다.

나는 그대로 굳어 버렸다.

이게 뭐지? 저지른 건 아힌인데, 당황한 건 나다.

어? 어어어어?! 잔뜩 굳어서 아무 말도 못하고 나는 대체 이게 무슨 상황인지만 되뇌었다.

진짜 뭐야, 이 상황?

"정말 변하는군요."

멋대로 내 이마에 키스해 놓고 아힌이 환하게 웃는다.

내 눈동자가 색이 변했는지 안 변했는지 내가 알게 뭐람.

나는 그저 갑자기 열이 확 오른 얼굴만 손으로 가린 채 고개를 숙였다. 아니, 지금 이거 뭐냐고! 뭔데! 뭔지 나한테 설명 좀 해봐!

뭔진 모르겠지만 죽고 싶은 기분인데, 왜 죽고 싶은 건지도 모르겠다. 그저 새빨개진 얼굴을 숨기며 왜인지 울고 싶은 기분을 참았다.

내 기분도 모르고 예쁘게 웃는 아힌이 미웠다.

넌 지금 이게 아무렇지도 않냐고!

"말로만 들었지 보는 건 처음입니다. 마력이 성흔을 거부한다더니, 사실이었네요."

당황도 잠시. 아힌이 웃다가 멋쩍어 하는 모습을 보니 그새 기분이 풀린다. 어쩐지 그 모습이 묘하게 부끄러워하는 것 같기도 해서 나는 이 돌발 상황을 너그럽게 이해해 주기로 했다. 물론 따질 용기가 없다는 게 가장 큰 이유였지만.

그런데 이쯤 되니 정말로 눈 색이 변하는지 궁금하다. 정말 변한 건가?

"어······. 저도 보고 싶어요."

"거울 가져올까요?"

아힌이 움직여 거울을 가져오자 나는 순간 긴장했다.

서, 설마 또 뽀뽀를 하는 건 아니겠지?

그러나 이번엔 단순히 아힌의 손이 내 손을 잡았다. 그리고 그걸 보며 나는 뭔가 알 수 없는 요상한 기분을 또 한 번 느껴야만 했다. 진짜 뭐야, 이 기분?

"정말 변하네."

"성흔에서 나오는 기운에 거부반응으로 나타난다니, 이렇게 하면 좀 더 변할 것 같네요."

거울에 비친 내 붉은 눈동자가 처음엔 살짝 다른 빛으로 바뀌었다. 주황색이라고 해야 하나. 그런데 아힌이 무어라 형언할 수 없는 기운을 내뿜기 시작하자 급격히 변하더니 이내 투명한 보라색이 되어 버렸다.

눈동자 색이 변하다니. 렌즈를 낀 게 아니라 진짜 내 눈동자 색이 변한 거라 나는 이 기현상에 무어라 할 말을 잃어버렸다. 그저 이 신비로움에 놀랄 뿐.

아힌이 내뿜는 청량한 기운은 몸을 시원하게 만들어 줬지만 동시에 알 수 없는 피로감이 쌓였다. 나는 결국 오래 버티지 못하고 아힌의 손을 놓았다.

"내일 가실 겁니까?"

아힌의 손을 놓자 눈동자 색이 천천히 붉은빛으로 되돌아온다. 엄마의 눈동자는 녹색이었다던데, 이 눈동자가 녹색이었어도 예뻤을 것 같다는 생각이 얼핏 들었다.

"네, 가야죠."

"이제 가면 또 언제 뵐 수 있을까요?"

"음, 언젠간 보지 않겠어요?"

내가 애써 웃어 보였지만 침울해진 아힌의 표정은 여전했다. 이런 아힌은 처음이라, 나는 어쩐지 좀 신기했다. 물론 아힌이랑 헤어진다고 생각하니 서운하기도 했고.

나도 궁에서 쉽게 나올 수 없는 몸인데, 신의 장벽을 수호하는 아힌은 오죽하겠는가. 애초에 이 동행도 순례 핑계를 대서 가능한 것이었으므로 부레티는 아무래도 무리인 듯싶었다.

뭐 다른 방법 없나?

별다른 말 없이 시간만 보내고 있으려니 불현듯 아힌이 말한다.

"가지 마십시오."

"네?"

"아닙니다."

급하게 덧붙이며 아힌이 웃는다. 그 미소가 어쩐지 제 마음을 감추려는 것 같아서 나는 그냥 어안이 벙벙했다.

"……가야 된다면 가야겠지요."

마치 제 스스로 납득하려고 애쓰듯 되뇌는 말에 괜히 마음이 약해진다. 나는 그냥 안절부절못했다.

"예하는 부레티로 못 가시나요?"

"성황의 후계는 원칙적으로 제국 내를 나갈 수 없습니다."

"나가면 큰일 나요? 신의 장벽이 없어지고 그래요?"

"아니요. 그냥 보안상의 관례라."

어? 정말?

나는 두 눈을 동그랗게 떴다. 지금까지는 예하가 자리를 비우기라도 하면 신의 장벽이 사라져서 문제가 되는 줄 알았는데, 그런 건 아닌 모양이었다. 하긴 한 나라의 왕족이 제 맘대로 돌아다니는 건 문제가 되겠지만.

잠깐 있어 보자. 그럼…….

나는 반색을 하며 손뼉을 쳤다.

"그럼 가출은 가능한 거죠?"

"네?"

어쩐지 의무에 묶여 있는 아힌을 보자니 그 속에서 꺼내 주고 싶다. 그게 비록 잠시뿐인 달콤함이라고 해도.

"같이 갈래요? 아니, 같이 가요."

나 역시 그러니까.

내 제안에 당황한 듯 말이 없던 아힌이 입을 다문다. 망설이는 기색이라 나는 대번 그의 팔을 붙잡아 당겼다.

"문제없다면서요. 그럼 나랑 같이 가요."

그래, 이때 아니면 평생 못 해 볼 테니.

"나랑 같이 가출해요, 예하."

* * *

쇠뿔도 단숨에 빼랬다고 아힌을 꼬셔서 가출을 시킨 건 그다음 날이었다. 아무 말 없이 사라지는 건 도리가 아니라고 고민 끝에 친한 몇몇에게만 알린다고 했는데, 의외로 그분들이 이번 가출을 적극적으로 찬성해서 일이 잘 풀렸다.

뭐지, 이 의외의 전개는.

단지 사소한 문제가 있었다면, 그렇다고 예하를 혼자 보낼 수는 없다고 우겨서 성기사 몇 명이 일행에 포함되었다는 점인데.

"역시 아그리젠트의 검! 뭔가 달라요. 무척이나 좋군요!"

"이 무게감 봐. 균형도 잘 잡혀 있고! 우와아!"

"군수산업은 역시 아그리젠트라더니. 정말 예쁜 검입니다."

……어느새 저런 모습이었다.

발르는 신이 나서 자기 검을 보여 주며 자랑질이고, 아시시는 불편한지 한 걸음 물러나 있으면서도 간혹 한두 마디 던져 주는 게 절대 저 반응이 싫은 모양은 아니었다.

그나저나 군수산업은 역시 아그리젠트라니. 전 세계에 널리 펴진 아그리젠트의 위명이 어떤 건지 뻔하다.

슬퍼하는 나를 보며 아힌이 고개를 갸웃했다. 나는 그냥 입을 다물었다.

불현듯 아힌이 웃는다.

"지금까지와 달리 이제 전 아마 별다른 도움은 못 드릴 것 같습니다."

씁쓸한 듯 입을 다무는 모습에 나는 오히려 고개를 갸웃했다.

"도움이 안 돼도 뭐 어때요? 그냥 아힌이랑 여행하고 싶어서 꼬신 걸요."

애초에 내 뒤에서 무서운 시선을 보내고 계신 한 분도 여행에는 그다지 쓸모가 있고 그러진 않았다.

내 대답에 아힌이 잠시 말을 아낀다. 무어라 대답해야 좋을지 모르는 것 같은, 살짝 그런 표정이었다.

"그…… 렇습니까."

"네, 그러니까 아무 걱정하지 마세요."

활짝 웃으니 아힌이 내 미소에 같이 웃는다. 가끔 예의상 짓는 것 같긴 해도 아힌은 역시 웃고 있을 때가 제일 예뻤다.

흡, 이 미모 좀 봐.

내가 그래도 예쁜 사람들을 많이 만나 봤다고 자부하는데, 아힌의 미모는 그중에서도 단연 최고였다. 아, 물론 하벨도.

에라이, 뭐 다 이렇게 잘났어!

하다못해 발르도 잘생겼다. 더러운 세상!

"이 마을 지나서 한 다섯 시간쯤 가면 부레티랑 국경 마을인 것 같아."

"뭐 좀 사 갈까?"

"흠, 그럴까?"

다섯 시간씩이나 말을 타고 가야 한다니. 곤욕도 그런 곤욕이 없었다. 물론 느긋하게 가는 거니까 그리 오래 걸리는 거지만.

"그럼 마을 조금만 구경하다 가지, 뭐."

마을이라고 말은 해도, 도시라 불러도 손색이 없을 만큼 발전한 마을에 우리는 곧 도착했다.

애초에 남부 도시가 무역이나 자연환경이 탁월해서 작은 마을이라고 해도 남부럽지 않을 만큼 발전된 곳이 많았다. 이 벨지엄이라고 불리는 마을도 역시 그러했다. 특히 마을이 브뤼주 못지않게 예뻤는데, 먼 곳에서부터 감탄사가 나올 정도였다.

마을에 도착하자마자 발르는 아힌과 하벨 두 사람을 끌고 내 눈 앞에서 사라졌다.

본인 말로는 둘이 제일 부려 먹기 편해서 데려간다던데, 아무래도 눈치를 보니 뭔가 나는 알 수 없는 그들만의 이야기가 있는 모양이었다.

뭐, 그러시다니 나 같은 인간은 끼면 안 되는 거겠지.

나는 아시시를 이끌고 언덕 아래쪽 골목을 가리켰다.

"아시시, 우린 저쪽이나 구경할까?"

자연환경이 좋은 곳이 으레 그러하듯 이곳에도 예술가들이 많았다. 브뤼주 화방에서 은퇴했거나 아니면 그곳으로 가지 못했거나 혹은 이곳이 좋아서 눌러앉은 화가들.

마을 외곽 쪽에서 이젤을 들고 다니는 사람들을 많이 봐서인가 나는 벌써부터 그림 구경할 생각에 들떴다. 사실 이게 처음엔 알아야 한다는 생각에 무작정 구경했는데, 이젠 어느 정도 이해도가 생기고 나니 취미가 되어 버린 모양이었다.

나도 몰랐어.

내가 이렇게 그림 구경을 좋아하게 될 줄은.

누구 보라고 걸어 놓는 게 아니라 그려 놓은 게 하도 많아서 골목골목에 놓아두거나 집 앞에 놓아두는 화가들이 많았다.

인정받는 화가라면 애초에 제공되는 환경이 좋을 수밖에 없어서 이러진 않겠지만 보통 대다수의 화가들이 돈이 없는 것이 현실인지라 가끔은 종이가 없어서 그림 위에 그림을 덧그리기도 했다. 돈이 있더라도 좋은 물감을 사려고 밥을 굶는 경우도 많고.

이런 거 보면 진짜 예술은 돈 있는 사람만 할 수 있는 것 같이 느껴지기도 한단 말이지.

왕궁의 회랑이나 좋은 집의 복도에 걸려 있는 그림은 아니더라도 이런 소소한 그림들도 그 나름의 정취가 있었다. 마을 사람들의 평범한 생활을 그린 그림도 있고, 눈이 부시도록 아름다운 해질녘의 들판이라던가, 그런 그림들도 많았다.

천천히 쭉 살펴보고 있노라니, 문득 어떤 그림이 내 시선을 사로

잡았다.

"어? 이거 그림……."

나도 모르게 캔버스를 뒤적이며 그림을 쳐다봤다. 이런 화풍에 이런 느낌.

넋을 놓고 그림을 쳐다보고 있으려니 어느 사이엔가 내 옆에 누가 서 있었다. 깜짝 놀라서 고개를 돌렸는데, 아시시가 별 반응을 하지 않은 걸 보니 위험한 사람은 아닌 모양이었다.

그런데 왜 이렇게 부끄러운 듯한 표정이지?

"좀 괴상하지요."

멋쩍은 듯한 표정에 나는 설마 하는 심정으로 물어봤다.

"이거 그쪽이 그린 거예요?"

"예? 예."

자신의 그림을 보여 주기 힘겨운지 내가 보고 있는 그림을 보면서 고개를 숙인다. 약간 여위어 보이는 인상이었는데, 입고 있는 옷에 물감이 많이 묻어 있었다. 옷을 보아하니 취미로 그리는 건 아닌 것 같았다.

나는 다시 그림을 돌아보았다. 지금 이런 시대에 이런 그림이라니, 솔직히 말해 충격이었다.

"대단하네요. 제 취향이에요."

"네, 이상하지요……. 네?"

다들 예쁜 것만 그리려고 안달인데, 그로테스크라니. 기괴하긴 해도 굉장히 매력적이었다. 동시에 이상하기도 했다.

내 반응이 놀라운지 그림을 그린 화가가 두 눈을 동그랗게 뜬다. 지금 내가 하는 말을 잘못 들었다는 표정이었다.

"이거 얼마예요?"

"사, 사시게요?"

"네, 그러니까 물어보죠. 얼마예요? 근데 제가 지금 가진 게 별로 많지 않아서."

한 삼 골드면 되려나. 삼 골드가 평범한 사 인 가족이 풍족하게 한 달 치 생활을 할 수 있는 돈이라고 했지만 그 정도도 모자란 것 같았다.

이런 그림이라 지금은 비록 빛을 보지 못하겠지만 언젠간 분명히 역사적으로 회자가 될 거라고!

"한 삼 브론이면 됩니다."

"에? 겨우 그거밖에 안돼요?"

"그, 그것도 많이 받는 겁니다."

정말 욕심을 낸 모양인지 화가가 뺨을 붉힌다.

그러나 그 모습을 지켜보면서도 나는 마음이 불편했다. 얼마나 돈이 안 되면 겨우 삼 브론에 그림을 판단 말인가. 게다가 진짜 내 취향인데. 뭘 그린 건지 궁금할 정도로 창백한 색채로 그려진 마을을 보며, 나는 잠시 생각에 잠겼다.

그래, 투자한다고 생각하자.

"이거 줄게요."

혹시 몰라 가져온 장신구 중 가장 작은 귀걸이 한 쌍을 건네주니 화가가 놀란 듯 물러선다.

"이, 이건 보석이 아닙니까?"

"맞아요. 엄청 비싼 거예요."

"이, 이런 걸 받을 수는 없습니다."

"그치만 이 그림 하나로 주는 값은 아닌걸요."

"네. 네?"

나는 빙그레 웃었다.

"이거 말고 여기 있는 그림 다 살 거예요."

"네, 네에에?"

어안이 벙벙한 표정이 너무 재미있어서 나도 모르게 웃게 된다. 나는 잠시 웃고 나서 말을 이었다.

"근데 사정이 있어서 지금은 이 그림을 못 가져가요. 그러니까 나중에 가져갈 때까지 잘 보관해 달라는 의미도 있어요."

"아……."

"그리고 나중에 왔을 때 다른 그림도 더 사 갈 거거든요. 그러니까 그때까지 그림 그리고 계셔야 되는데, 밥도 제대로 못 먹으면 그림 못 그리시잖아요."

제 손에 쥐어진 귀걸이 한 쌍을 내려다보며 화가가 말을 잇지 못한다. 울 것 같은 표정이라 나는 그동안 그림을 그리면서 얼마나 고생이었을지 안타까웠다. 이 화가가 이 돈을 전부 술 마시는데 써 버린다고 해도 전혀 아깝거나 하진 않았다.

나는 아직도 어안이 벙벙한 모습인 미래의 거장 손을 꼭 잡아 주었다.

"꼭 계속 그림 그리세요. 전 이 그림이 정말 마음에 드니까. 다른 그림도 꼭 그리셔야 돼요!"

"네, 네, 네……."

"나중에 꼭 올게요. 그때까지 내 그림 소중히 간직해 주세요."

"예. 예, 꼭 그러겠습니다."

내가 웃으니 화가님이 물기 어린 눈으로 나를 보다 눈을 닦는다.
이때까지만 해도 나는 몰랐다.
이것이 아그리젠트 미술계를 넘어서 예술계의 한 획을 그을 거장과의 첫 만남이었다는 걸.

* * *

개중에 가장 작은 그림을 챙겨 일행과 만나기 위해 돌아가는데, 연신 그림을 보며 희희낙락한 나를 아시시가 의아한 듯 쳐다보았다.

"이 그림이 그렇게 마음에 드십니까?"

"어, 좋지 않아?"

그림을 보여 주며 되물으니 아시시가 진지하게 쳐다보다가 이내 고개를 가로젓는다.

"전 잘 모르겠습니다."

그리고 나를 괴상한 표정으로 쳐다보았다.

"그저…… 좀 이상하군요."

"그게 이 그림의 매력인 거야."

낄낄대며 나는 다시 그림을 쳐다보았다.

어두운 하늘과 보랏빛으로 칙칙하게 그려진 마을. 그리고 기괴하게 그려진 사람들의 모습.

"세상엔 예쁜 것만 있는 게 아니잖아."

아시시는 그래도 모르겠다는 표정이었다. 나는 그냥 웃었다.

소중하게 간직했다가 집에 돌아가면 내 방에다 걸어 둬야지. 내 방에 걸려 있는 옛 거장들의 그림이 울지도 모르겠지만 난 그 그림들보다 지금 내 손에 있는 그림이 더 마음에 들었다.

좀 더 걸으니 어느새 저 멀리 발르가 보인다. 발르가 보이자마자 나는 손을 번쩍 들었다.

"발르, 이거 봐! 나 방금!"

"악!"

어? 이게 무슨 소리지?

갑자기 옆에서 튀어나온 커다란 신음에 나는 나도 모르게 고개를 돌렸다. 거기엔 어떤 아저씨가 어떤 아줌마의 머리채를 휘어잡고 끌고 나오고 있었다.

저, 저게 뭐야?

"아빠! 아빠! 그만두세요!"

"이거 놔!"

"아빠!"

무슨 구경이라도 난 듯 사람들이 순식간에 모여든다. 이런 걸 구경할 생각은 아니었지만 하도 소란스러우니 나도 계속 쳐다볼 수밖에 없었다.

저게 뭐야? 무서워.

눕다시피 끌려온 여인이 제 머리를 붙잡으며 괴성을 지른다. 부부였는지 뒤엔 아이들이 울면서 따라오고 있었다.

"비켜! 안 비켜?! 이것들이 어디서 기어올라?"

"아빠!"

어, 뭐 저런 게 다 있어.

넋 놓고 보고 있다가 나는 깜짝 놀랐다. 주위에서도 쯧쯧 혀를 차는 소리가 들린다. 그런데 아무도 도와줄 생각은 하지 않는 것 같았다.

아주머니의 머리를 때리고 발로 차는 것도 눈살이 찌푸려졌지만 때리지 말라고 막아서는 어린아이들을 잡아 팰 때는 정말 저 남자가 나와 같은 인간이라는 생각이 들지 않을 정도였다.

"아시시, 저거······."

말려야 되지 않을까? 눈앞의 폭력에 놀라 아시시의 팔을 부여잡았는데, 정신이 팔려 있어서 여태 몰랐지만 아시시의 상태가 어째 평소와 달랐다. 손을 꽉 쥐고 인상을 찌푸린 모습을 보니 나는 괜히 의아했다.

당연한 반응인데, 그 당연한 반응을 아시시가 보인다는 게 놀라웠다.

아시시?

"아악! 아버지, 살려 주세요! 살려 주세요!"

어느새 아이들도 내동댕이쳐지고, 사내애가 막아서고 있다가 얻어맞아 불어 터진 얼굴로 소리를 질렀다. 사람들이 누가 좀 말려야 하는 거 아니냐는 우려 섞인 말들을 내뱉고 있었지만 너무 기세가 등등하니 그 누구도 쉽게 나서지 못했다.

그때 아이들이 맞을 때 움찔움찔거리던 아시시가 참지 못하고 움직인다. 나는 아시시 팔을 놓친 채로 어안이 벙벙해졌다.

잠깐, 아시시?

갑자기 다른 사람으로 바뀐 듯한 기분이다. 낯선 아시시가 마치

적군이라도 보듯 험악한 얼굴로 걸어가더니 아이들을 때리는 남자의 손을 낚아챘다.
저게 내가 알던 아시시가 맞나?
"넌 또 뭐야?"
"아시시!"
설마 아시시가 저런 남자한테 질 거라는 생각은 들지 않았지만 그래도 걱정이 되는 건 어쩔 수 없다. 달려 나가니, 그 남자가 나를 쳐다보다 인상을 일그러뜨렸다.
"저 여자는 또 뭐야? 상관 말고 둘 다 꺼져!"
"아시시, 설마 죽이려는 건 아니지?"
이런 아시시는 처음이었다. 진짜 화가 난 모습. 내가 아시시와 벌써 십여 년을 살았는데, 단 한 번도 보지 못했던 그런 모습이었다.
아시시도 화를 낼 줄 아는구나. 아니, 당연한 거겠지만.
당연한 건데 혼란이 온다. 물론 지낸 시간 중에 화를 낸 적이 없진 않았지만 그래도 이런 식은 아니었다.
낮게 그르렁거리던 아시시가 잡은 손을 확 튼다. 당연히 튀어나온 괴음에 인상을 찌푸리며 고개를 돌릴 즈음 남자가 대로변으로 던져졌다.
"으아악!"
아시시는 별다른 짓은 하지도 않았는데 널브러진 남자를 보고 있자니 뭔가 기분이 이상했다. 원래 저렇게 약해빠진 놈이었나? 저런 놈을 무서워했다니, 내 자신이 잠깐 한심하게 느껴진다.
아니, 지금 그게 문제가 아니지.

남자를 내친 아시시가 아이들에게 다가갔다.

"괜찮으십니까?"

아이들을 일으켜 주는 모습을 지켜보고 있자니, 멀리 있던 발르가 내 옆에 선다.

"무슨 일이야?"

나는 대답 대신 한숨을 내쉬었다. 그리고 머리를 짚으며 대답했다.

"근처에 묵을 데 있나 찾아봐."

* * *

혼란스럽다.

방을 잡자마자 틀어박힌 내가 지금까지의 내 감정을 한마디로 정리한 것이 바로 그랬다. 아시시가 아이들과 그 어머니를 챙기길 원했기에 그들까지 데려와 치료를 해 주었지만 나는 조금도 기쁘지 않았다.

물론 부당하게 쏟아지던 폭력에서 약자들을 구해 주고 그들을 치료해 주는 건 누구나 해야 되는 도의적인 일인데, 지금 그것에 내 마음을 쏟을 기력이 없었다.

그저 방금 벌어진 상황이 이해가 안 가서.

아시시가 왜 그런 반응을 보인 건지 알 수가 없어서 나는 그저 마냥 혼란스러웠다. 아니, 이젠 무섭기까지 하다. 내 바로 앞에 조

용히 죽은 듯 앉아 있는 아시시를 마주하고 있으려니 뭔가 이름을
알 수 없는 기분이 든다.
　도대체 왜 그런 거지?
　그냥 부당한 것을 보는 사람의 반응이 아니었다. 그것보다는 깊
은, 어딘가 망가진 듯한 상처.
　모르겠다. 아시시가 왜 그런 반응을 보인 건지 알 수가 없어서
나는 더 혼란스러웠다.
　검은 기사로 불리는 동안 아시시는 아빠의 명령이라면 그게 누
구이건 상관하지 않고 모두 죽였다. 그건 어린아이와 여자라도 마
찬가지. 워낙 제 자신이 저지르는 폭력에 익숙해져 있다 보니 근
처에서 일어나는 그 어떤 폭력적인 사건에도 아시시는 눈 하나 깜
빡하지 않았다. 너무나 태연하고 초연해서 옆에 붙어 있는 내가
이상한 사람이 된 기분까지 들었으니까.
　하지만, 하지만 지금은 뭔가 달랐다. 그리고 그게 왜 그런 건지
알지 못해서 혼란스러웠다.
　"아시시."
　한참 만에 이름을 부르자 아시시가 고개를 든다.
　마주치는 시선은 더없이 고요했다. 아시시의 금녹안은 언제 보
아도 기기묘묘했다. 항상 예쁘다고 생각했는데, 지금은 그런 생각
보다 다른 생각이 앞선다.
　"아까 왜 그랬는지 물어도 될까? 난 아무래도 이 상황을 납득할
수 없거든."
　모든 수호기사의 제일 원칙은, 주인의 명령 없이는 먼저 움직이
지 않는다는 것이었다.

명령이 있다고 해도 주인의 안전을 최우선으로 여기며, 어느 순간이든 주인의 곁을 떠나지 않는다. 그래서 보통 왕족의 수호기사들이 두세 명씩 붙는 것이고, 특별한 이유가 아니면 무조건 자신보다 주인의 의지가 먼저인 것이다.

아시시도 지금까지 그랬고, 그건 내가 가출을 해서도 마찬가지였다. 그러니 그렇게 고삐 풀린 망아지처럼 나도 마음 놓고 돌아다닌 거다.

"아시시."

하지만 방금 일은 달랐다. 내가 명령하지 않았는데도 아시시가 먼저 움직였다. 물론 그걸 책망하자는 게 아니었다. 난 단지 아시시가 왜 그랬는지 그 이유를 알고 싶었다.

"대답해 주기 힘든 거야? 그럼 그냥 간단한 이유라도 말해주면 안 될까?"

"죄송합니다."

긴 침묵 끝에 나온 대답.

이유가 아니라 단순한 사과에 나는 조금 기분이 상했다. 저런 말을 듣고자 지금 이러고 있는 게 아니니까.

"뭐가 죄송한 건데?"

"죄송합니다."

아니, 그러니까 대체 뭐가······.

"아시시."

"제 독단에 대한 책임은 확실히 지도록 하겠습니다. 이 일로 무슨 일이 생긴다면 그 책임 역시 제가 지도록 하겠습니다. 리아 님께서 제게 무슨 벌을 내리시든 달게 받겠습니다."

난 이해를 하고 싶었지 화를 내고 싶은 게 아니었다. 그리고 벌을 내린다는 소리도 꺼낸 적 없었다. 수호기사의 원칙도 그저 원칙일 뿐이지 모든 수호기사가 다 그러고 살 순 없는 노릇이니 얼마든지 이런 일 용납할 수 있다.

그러나 밑도 끝도 없이 잘못했다고 고개를 숙이는 아시시의 태도는 분명 이해할 수 없는 것이었다. 그냥 왜 그랬는지 설명해 주면 될 텐데, 오히려 아시시의 이런 태도에 어이가 없어진다.

뭐야, 이거.

"그 말은 지금 왜 그랬는지 나한테 말해 줄 수 없다는 거야?"

아시시가 시선을 내리깐다. 이런 식으로 고개를 숙인 아시시의 모습은 참 오랜만에 봤다.

"아시시!"

내가 이해해 줘야 한다고 생각은 하는데, 그래도 서운한 건 어쩔 수가 없다. 그냥 대충 이래서 그랬다, 그렇게 말해 주면 되는 거잖아. 그것도 못하는 거야?

조금 기가 찬다. 아니, 그냥 좀 황망했다.

"리아."

언제 들어온 건지 방문을 열고 들어온 발르가 나를 본다.

"그만해."

"누가 멋대로 들어오래?"

대체 내가 뭘 했다고 그만하래. 들어와도 좋단 소리 한 적 없는데, 제멋대로 발르가 내 팔을 잡아끈다. 아니, 얘는 또 왜 이래?

"자, 자, 이리 와."

"이거 놔! 나 아직 아시시랑 대화 안 끝났어!"

아직 할 말이 좀 더 남아 있다고!

내가 거부하며 나가지 않으려고 했으나 발르도 역시 기사는 기사였다. 손쉽게 나를 끌고 나온 발르의 품에서 나는 발광 아닌 발광을 하다 제풀에 지쳐 나가떨어졌다. 망할, 썩을!

"리아."

"왜?"

"그냥 내버려 둬."

아니, 그러니까 난 아무것도 한 게 없다니까.

"뭘 내버려 둬?"

"삼촌도 그럴 이유가 있었으니까 그랬을 거야. 응? 화 풀어."

난 지금 화가 난 게 아니었다. 답답해. 아, 진짜 미치겠네.

아니, 왜 나를 속 좁은 사람으로 만드는 거야? 나도 당연히 그 정도는 이해하고 넘어가 줄 수 있다.

하지만 이건 아니지. 그냥 왜 그랬는지 궁금하다는데, 그것도 안 되는 거야? 심지어 '그냥'이라고 대답해도 '아, 그렇구나' 하고 넘어가 줄 수 있다. 그런데 그것도 아니잖아. 진짜 뭔데, 진짜 그렇게 상처 입은 눈을 해 놓고.

"때론 모른 척 넘어가는 아량도 보여 줘야 하지 않겠어?"

끝내 나는 할 말을 잃었다. 모른 척 넘어가는 아량이라니. 이게 말이야, 막걸리야? 그걸 지금 몰라서 이러는 줄 아나.

머리를 쥐어뜯고 싶다. 이제 황망함을 넘어서서 억울했다.

아니, 내가 뭘 어쨌다고? 내가 말 안 하면 죽인다고 했나, 아니면 죽는다고 협박이라도 했어?

"넌 빠져."

솔직히 말이 안 통하니 뭐라 대꾸할 자신이 없다. 나는 그냥 대화를 포기했다. 고개를 돌리니 발르가 내 어깨를 톡톡 친다.
아, 뭔데!
"그나저나 저 아이들은 어떻게 처리할 거야?"
발르가 가리킨 건 아시시가 데려온 아이들이었다. 나는 그 아이들을 보다 한숨을 내쉬었다.
아무리 내가 짜증나도 이건 해결해야지.

* * *

아이들이랑 그 어머니에 대한 건 아힌에게 부탁하는 걸로 간단하게 해결했다. 돈을 쥐어 준다고 해도 그 아저씨한테 뺏길 게 뻔하고, 스헤르토의 일이니 아그리젠트와는 정서도 문화도 다를 게 뻔하다. 해서 일단 아힌을 찾아갔다.
어떻게 브뤼주의 탑에서 간단한 잡일을 시키는 정도로 되지 않을까 혹시 하며 물어봤는데, 다행히 가능하다고 해서 성기사님 한 분이랑 같이 브뤼주로 보냈다.
아무래도 스헤르토에서 일어난 일인지라 아힌이 민망해 했는데, 그런 사람은 아그리젠트에도 있을 테니 나라에 대한 이미지가 나빠지거나 하진 않았다. 단지 아시시의 일이 충격이라면 충격이랄까.
대체 뭐기에 나한테 말을 안 해 주는 거지?

내가 이해를 못해 줄 거 같나? 내가 그렇게 속 좁아 보이나?

이젠 별의별 생각이 다 들었다. 그리고 이런 생각이 든다는 자체가 짜증스러웠다.

아, 진짜.

그럴 때마다 화가 솟구치는데, 문제는 이걸 풀 데가 없다는 점이었다. 그렇다고 아무런 죄도 없는 아힌이나 하벨한테 풀 수도 없고.

생각을 거듭하면 거듭할수록 내가 그렇게 믿음이 없는 주인이었나 싶고, 그런 생각이 들면 조금 슬픈 기분이 되었다.

"싸웠나 보지?"

방으로 돌아가는데, 지나가던 하벨이 날 슥 보더니 묻는다.

내 기분이 지금 얼굴에 다 써져 있는 건가. 아힌도 그렇고 이놈도 그렇고 왜 이렇게 쉽게 알아차려? 나는 체념하고 한숨을 내쉬었다.

"그걸 네가 어떻게 알아?"

"다 들렸으니까."

아무래도 아까 발르랑 이야기한 걸 들은 모양이었다.

나는 그냥 입을 다물었다. 축 처진 날 보다 하벨이 고개를 갸웃한다.

"별일이군."

그냥 신기하다는 말투였는데, 그 별거 아닌 대수롭지 않은 어조에 괜히 마음이 풀린다.

"네가 봐도 내가 잘못한 것 같아? 내가 너무했어?"

발르가 그렇다고 말하고, 다른 사람들도 다 그런 눈치였다. 하벨마

저 그렇다고 말하면 나도 내가 너무한 거라고 생각해 보려고 했다.

그래, 다들 너무하다니까 내가 너무한 거겠지.

이유는 모르겠지만 정말 내가 너무한 모양이었다.

그러나 하벨은 그렇다고 대답하지 않았다.

"글쎄."

"뭔 대답이 그래."

그렇다는 대답이 아니라 안도되기도 하면서 뭔가 찝찝한 기분이 든다. 내 대꾸에 하벨은 그저 어깨를 으쓱였다.

"누구의 입장에서 보면 너무한 거겠지만 누구의 입장에선 아닐 수도 있으니깐."

그걸 누가 모르냐?

그래서 네 생각을 물어본 거잖아, 썩을 놈아.

마음 같아선 실컷 타박해 주고 싶은데 오히려 그 말에 이해 받은 듯한 기분이 들어서 좀 묘했다. 아무튼 이상한 놈이야, 얜.

"자라. 헛소리 말고."

내 머리를 한번 쓰다듬고 지나가는 녀석을 보니 괜히 기분이 누그러진다. 나는 하벨을 돌아보았다.

하벨이 가려다 잠시 발을 멈춘다.

"네 생각엔 이 여행 얼마나 더 갈 것 같아?"

"곧 끝날 것 같아."

나는 지체 없이 대꾸했다.

내 대답에 하벨이 돌아본다. 마주치는 검붉은 눈동자를 바라보며 나는 작게 웃었다.

"아무래도 우리 아빠 빡친 것 같거든."

내 미소에 하벨도 웃는다. 고작 입꼬리만 올라간 미소였지만 이렇게 보니 제법 근사했다.

자식, 잘생겼네.

"그렇군."

납득한 듯 하벨이 고개를 끄덕인다. 나는 돌연 떠오른 아빠 생각에 꿍했던 기분이 다 풀려 버렸다.

아, 정말 나도 중증이다.

"잘 자라."

"너도 잘 자."

* * *

말은 그렇게 했지만 막상 침대에 눕고 보니 잠이 오지 않아 결국 뜬눈으로 아침을 맞이했다.

그러면서 밤새 고민했는데.

그래, 하벨의 말대로 아시시의 입장에선 내가 너무했을 수도 있다는 생각이 언뜻 들었다. 그렇다고 이 상황을 그냥 넘어가 주겠다는 소리는 아니지만. 아무튼 그 어떤 감정적인 생각 없이 제삼자의 입장에서 오로지 이성적으로 이 상황을 정돈하니 머리가 차갑게 식는다.

그리고 내 결론은, 그래도 아시시가 왜 그런 건지 알고 싶다는 것이었다.

예전이라면 아마도 그냥 그럴 이유가 있었겠지 하고 넘어갔을지도 모른다. 아니, 분명 그랬을 거다. 그건 아시시를 배려해서가 아니라 내가 상관하기 귀찮아서가 가장 큰 이유였다. 뭔가 그 사람에 대해 더 알게 되면 신경 쓰게 되니까. 그러니까 그냥 모르는 편이 마음 편했다. 행여 그 사람한테 무슨 잘못을 저질렀더라도 몰랐다는 말로 변명이라도 할 수 있으니까.

그러나 지금은 그렇게 넘어갈 수 없었다.

아시시는 내 수호기사이기도 하지만 나한텐 더없이 소중한 내 사람이니까.

원래 인간관계라는 게 마냥 서로에 대해서 모든 걸 자세하게 알 수는 없는 법이라는 건 안다. 알지만, 그렇다고 아무것도 모르는 채 넘길 수는 없었다.

생각해 보면 레이디 시첼리아도 그렇고, 나는 아시시에 대해 모르는 게 너무 많았다. 그렇게 가깝게 지내고 오래 같이 생활했는데도 모르는 것투성이다.

좋아하면 그 사람에 대해 알고 싶고, 친해지면 더 많이 알고 싶은 게 당연한 욕구였다. 그래서 알고 싶었다. 그게 아시시의 상처를 헤집는 일이라고 해도.

어쩌면 내가 패악을 부리는 걸 수도 있다. 친하다는 명목하에 아시시에게 고통스러운 일을 강요하는 걸지도 몰랐다.

하지만 지금 이대로 넘어가면 어쩌면 평생 모르고 넘어갈 수밖에 없을 거란 생각이 든다. 왜 그랬는지 이유는 모르겠지만 그때 아시시의 태도를 미루어 보건대 분명 지금 일은 다시 발생할 가능성이 충분히 있는 이야기였다.

그럼 그때 가서 또 묻겠지. 왜 그랬냐고.

아시시는 또 침묵할 게 뻔했다. 그럼 그때도 내가 화를 내고, 이 답답한 상황이 되풀이된다는 소리.

아니, 그럴 수는 없다.

나는 고개를 가로저었다. 그럴 때마다 이 일을 반복할 수는 없었다.

"아시시, 정말 왜 그랬는지 나한테 말 안 해 줄 거야?"

다시 부레티로 출발하기 전에 나는 마지막으로 아시시의 방에 갔다. 어제의 못다 한 이야기를 끝내기 위해서, 그리고 그동안 애매하고 참 무심했던 나를 끝내기 위해.

아시시는 여전히 침묵했다.

아무 말도 없는 그를 보며 나는 어쩐지 울고 싶은 기분을 견뎌내고 있었다.

"아예 나랑 평생 말 안 하고 살 거야?"

원망 섞인 목소리를 내 보았으나 고개 숙인 아시시는 묵묵부답이었다. 지친다. 벽에 대고 이야기를 이어 가는 것도 아니고.

어차피 아시시가 이런 식으로 나오면 내가 할 수 있는 건 아무것도 없다는 걸 이미 경험으로 알고 있었다. 다른 사람들 눈엔 그냥 내가 착한 아시시 데리고 지랄하는 걸로밖에 보이지 않겠지.

그래, 그렇다면.

"좋아. 아시시 맘대로 해!"

이제야 겨우 아시시가 고개를 든다.

나는 나를 담는 예쁜 녹금안을 보며 어제 생각했던 내 최대의 강수를 두었다.

"지금 이 시간부로 아시시 널 내 호위기사에서 해면解免한다."
아시시의 두 눈동자가 크게 떠진다.
일말의 양심의 가책이 느껴졌지만 나는 꿋꿋하게 말을 이었다.
"난 날 믿지 못하는 수호기사 따위 필요 없어."

* * *

스스로 제 행동이 우습고 유치하다는 건 알았지만 그래도 이렇게 행동하는 나를 막을 수는 없었다. 아시시가 매달릴 거라 생각하진 않았지만 막상 너무 아무렇지 않게 '그러겠습니다' 라고 대답하자 나는 무어라 형언할 수 없는 기분을 느껴야만 했다.
상처를 받은 것 같기도 했고, 아닌 것 같기도 했고, 웃음이 나오기도 했고, 아무튼 무어라 탁 꼬집어 말할 수는 없는 그런 기분.
그리고 동시에 오기가 생겨 버린 모양이었다.
그날 이후, 난 아시시와 한 마디도 하지 않았다. 항상 웃으면서 아시시를 맞이하던 내가 찬바람이 쌩쌩 불자 일행은 너 나 할 것 없이 당혹스러워 하는 기색이었다. 심지어 하벨의 수호기사들도.
의외로 발르는 별다른 반응을 보이지 않았는데, 난 그게 더 짜증났다. 그냥 내가 넘어가면 될 걸 왜 상황을 꼬아 놓느냐고 뭐라 타박하긴 했는데, 죽일 듯이 노려보니 그 입을 닥쳐서 아직 살인은 나지 않았다. 물론 나도 이런 식으로까지 치닫게 만드는 내가 싫다. 하지만 이제 와서 멈출 수도 없었다.

에씨, 몰라. 아시시 생각 안 할 거야! 안 해!
"의외로 국경은 쉽게 넘었네요."
"의외라니, 형. 이거 봐. 이게 있어서 쉬운 거야."
발르의 너스레에 아힌이 웃는다.
아그리젠트인이라는 증명서와 여권 비슷한 역할을 하는 초대장을 보이니, 국경은 정말 쉽게 넘을 수 있었다. 아무리 적국이라도 워낙 가까이 있는 나라인지라 스헤르토헨보스와 부레티 사이에 왔다 갔다 하는 상인들의 행렬이 꽤 많았는데, 그 탓인지 아힌도 별 의심 없이 넘어갈 수 있었다.
"벌써 수도에 도착할 것 같아."
"정말 작은 나라구나."
아그리젠트도 그렇고, 스헤르토헨보스도 그렇고, 죄다 땅덩어리가 넓은 곳만 돌아다니다 부레티에 오니 이 작은 나라가 아담하게까지 느껴진다. 게다가 두 나라가 얼마나 큰지 실감도 됐다.
하늘을 희게 만들었던 신의 장벽이 시야에서 사라지자 고새 익숙해졌다고 어쩐지 마냥 푸른 하늘이 낯설게 느껴진다. 근데 분명 부레티엔 들어왔는데, 부레티를 지켜 준다는 마녀의 결계는 눈을 씻고 쳐다봐도 보이지 않았다.
신의 장벽이랑은 좀 다르게 생긴 건가?
"도로 정비는 잘되어 있군."
하벨도 한마디를 거든다.
별거 아닌 것 같았지만 내가 생각해도 스헤르토의 도로보다 부레티의 도로가 훨씬 더 넓고 쾌적했다. 심지어 사람이 다니는 길과 마차가 다니는 길을 마을과 마을 사이의 도로에도 구별을 해

놓았을 정도였으니까. 나라는 작지만 전체적으로 무시할 수 없을 만큼 발전된 나라라는 느낌이 강했다.

이래서 수백 년간 스헤르토의 박해를 받으면서도 명맥을 유지하고 있는 거구나.

스헤르토에 있을 때에 비해 날씨는 별로 달라진 게 없었지만 애초에 부레티가 스헤르토 수도보다 훨씬 아래쪽에 있다는 걸 고려했을 때 신의 장벽이라는 게 대단하긴 대단했다. 아무튼 약소국 취급을 당하지만 아그리젠트보다 역사가 긴 나라답게 구경할 거리들은 많았다.

무엇보다 가장 인상적이었던 건 일하는 여성들이 많이 보인다는 점이었다. 그것도 전문직들로.

다른 나라도 물론 일하는 여성들은 있었는데, 주로 가게를 보거나 밭을 일구거나 가축을 키우는 정도의 일이었다. 그런데 부레티에선 여자가 입국 심사를 하고, 도시를 다스렸다.

일종의 문화 충격. 역시 여왕이 다스리는 나라답다고 해야 하나. 요새는 남성 중심으로 바뀌어 가고 있다고 하지만 다른 나라에선 꿈도 꿀 수 없는 일들이 아직도 부레티에선 일어나고 있었다.

"뭐, 작긴 한데 작아서 더 좋은 것 같아."

오히려 땅덩어리만 넓고 관리가 안 되는 것보단 나았다.

멀리서 이 나라의 국장이 그려진 깃발이 여기저기 보인다.

사슴뿔이 달린 오팔.

어머니가 내게 남겨 준 목걸이의 문양도 저것이었다. 단지 보석은 오팔이 아니었는데, 아힌이 말하기를 다른 특수한 보석 같다고 했다. 목에서 목걸이를 꺼내 내려다보고 있으려니 묘한 기분이 나를 사로잡는다.

발르나 아힌은 내가 부레티에 볼일이 있어서 온 것이라 생각했다. 말하는 뉘앙스도 그렇고, 물어보는 기색도 그렇고.

물론 볼일은 있었다. 관광.

하지만 사실대로 말해 주면 이건 뭐냐는 듯 쳐다볼 게 뻔하겠지. 나는 그냥 입을 다물었다. 가끔 꿈과 환상을 지켜 줘야 할 때가 있는 법이니까.

그냥 꼭 와 봐야겠다는 생각만 했는데, 막상 부레티에 도착하고 나니 내가 얼마나 무모했는지 깨달았다. 막연히 도착하면 이곳에 오고 싶었던 이유를 알 것 같았는데, 여전히 모르겠다는 게 함정.

"어? 성벽 보인다. 저기가 수도인가 봐!"

드디어 도착이구나.

아직 유프레히트가 남아 있지만 부레티에 오고 나니 이 짓도 정말 곧 끝이구나 싶었다. 아빠가 저지르는 스케일이 보건대 굳이 부레티가 아니라도 곧 잡힐 것 같다는 느낌적 느낌이랄까.

근데 목걸이가 자꾸 진동하는 것 같은데, 기분 탓인가.

설마 이거 핸드폰이었나. 아니면 삐삐? 소리는 안 나서 삐삐는 아닌 것 같았다.

헤이, 여보세요?

"이 목걸이, 왜 우는 거지?"

설마 내가 무슨 잘못이라도 했나? 그런 거 없는데.

아, 아시시? 아시시한테 잘못해서 그런가?

에이, 설마 그럴 리가. 진짜 전화라도 온 듯 목걸이가 심하게 요동친다. 말을 탄 채로 대로를 걸으며 이 목걸이가 대체 왜 이러나 고민하고 있는데, 갑자기 발르가 내 팔을 잡았다.
어, 어?
"무기를 버리고 손을 들어라!"
이 병사들 뭐지? 나는 당황했다.
물론 당황한 건 나뿐만이 아니었다. 우리를 둘러싸고 위협적으로 내지르는 창끝이 유난히 날카로웠다.
"어? 어어?"
이게 진짜 무슨 시추에이션이야?!

* * *

"이게 대체 무슨 날벼락……."
날벼락도 이런 날벼락이 따로 없다.
"우리 이대로 여기서 죽는 걸까."
발르가 침울하게 고개를 숙인다. 나는 차마 살아 나갈 수 있을 거란 말을 하지 못했다.
흡, 이게 진짜 무슨 일이야.
설마 내 정체를 파악한 부레티 측에서 우리 아빠에게 넘기기 위해 날 잡은 건가? 충분히 가능성 있는 이야기였지만 그렇다면 날 감옥에 처넣을 이유가 없었다. 내가 공주라는 걸 알면 대접이 이렇게 박하진 않겠지.
수도에 들어서기도 전에 병사들에게 잡혀서 감옥에부터 처박힌 우리들은 무척이나 침울했다.

처음엔 하벨이나 아시시가 난리 치지 않을까 했는데, 역시 우리를 둘러싼 병사들이 워낙 많아서인지 함부로 움직이거나 그러진 않았다. 하긴 그저 경계하는 병사들에게 칼을 들고 설치기 시작하면 그건 일단 무력 도발에 그냥 날 잡아 죽여 주십시오 하는 거니까.

다들 일단 왜 잡은 건지 이유를 알려 주길 기다려 보자는 분위기였다. 정말 내가 아리아드나라는 게 알려져서 잡은 걸 수도 있으니까.

근데 만약 그런 거라면 대체 어떻게 알아본 거지?

"리아, 너 뭐 부레티에 잘못한 거 있어?"

"그러는 발르, 너야말로 부레티에 잘못한 거 있는 거 아냐?"

내가 의심의 눈초리를 보냈으나 발르는 정말 모르겠다는 듯 한숨을 내쉬었다.

진짜 살다 살다 별일을 다 겪는구나. 감옥이라니.

나랑 평생 인연이 없을 것 같은 곳에 들어오니 기분이 색달랐다. 그래, 역시 사람은 나쁜 짓도 좀 해 보고 그래야 하는 거지…… 는 개뿔!

으아아아악, 이 상황!

이거 대체 어떻게 된 거냐고!

나만 멘탈이 붕괴된 듯싶었다. 아힌이나 하벨을 돌아봤으나 둘 사이가 어색한 것 빼고는 별다른 문제는 없어 보였다.

왜죠? 왜 태연한 거죠?

둘 다 나 못지않게 곱게 자란 사람들이잖아? 아, 하벨은 곱게 자란 게 아니던가.

"근데 잡혀 온 것치고는 대우가 별로 나쁘지 않은데. 보통 다 이래?"

"아닐걸?"

발르가 철창을 한 번 만지더니 고개를 갸웃한다.

나는 한숨을 내쉬었다. 대우가 좋든 말든 넌 지금 그게 문제냐.

진짜 나도 모르게 우리가 부레티의 법을 어긴 게 있는 건가. 이제 하다하다 별 희한한 생각까지 다 든다. 만약 정말 법을 어긴 거라면 발르를 팔아넘기고 튀어야겠다는 계획을 세우고 있는데, 뭐가 끝난 건지 무장한 병사 하나가 우리가 있는 철창으로 다가왔다.

"따라와라!"

나오라니 일단 나오긴 했는데, 어째 불안하다.

앞서 가는 병사의 뒤통수를 쳐다보며 난 연신 발르와 시선을 교환했다.

발르, 이거 대체 어쩌지?

응? 내가 그냥 독박 쓰고 끝내자고? 아오, 이 자식이!

야, 내가 널 키웠어! 아무튼 키운 보람이 없는 놈 같으니라고. 저 사막 일교차 같은 놈!

"진짜 어디로 가는 거지?"

"그러게."

하지만 불안해 하면서도 여차 하면 우리들의 정체를 밝히면 되니까 크게 걱정은 없었다. 비록 바로 연행되어 아그리젠트로 호송되겠지만 죽는 것보단 나았다.

이것이 패에 조커가 있는 자의 여유로구나.

어디 재판장으로 갈 줄 알았는데, 감옥을 빠져나온 우리가 향한 곳은 다른 화려한 곳이었다. 그것도 부레티 왕궁에서 가장 가까운 저택.

여긴 대체 왜 온 거지? 부레티는 재판을 이런 곳에서 하나?

거대한 저택의 호화스러움에 넋을 놓고 예쁘다고 구경하면서도 한편으로는 왜 이런 곳에 온 건지 의아함이 앞선다.

설마 우리가 지금은 모르는 이유로 범죄를 저질러서 갇혔는데, 내가 아는 부레티 사람이 날 알아보고 풀어 준 건가? 응? 근데 나 부레티에 아는 사람 없는데.

응접실에 도착하고 병사가 우리를 아예 내버려 두고 나가니 의문은 더욱 증폭되었다.

"데려왔습니다."

"오오, 여기로 온 것이냐?"

"예, 그렇습니다."

문밖에서 나는 사람들 목소리에 집중해 봐도 익숙한 목소리는 들리지 않았다.

뭐지? 진짜 나 아는 사람인가?

혹시 내가 모르는 아는 사람일 수도 있어서 최대한 내 기억을 더듬어 봤으나 역시나 감이 잡히는 사람은 없었다.

"어?"

문이 열리자 들어오는 사람에게 시선이 집중된다.

아무래도 재판관은 아닌 듯했다. 군부의 인사는 더더욱 아닌 듯했다. 이 지역의 치안대장 같은 것도 아닌 것 같았다.

그러니까 들어온 이는 그냥 노인이었다. 으응?

노쇠한 금발의 노인이 나를 보더니 두 눈동자를 크게 뜬다. 그 녹색 눈동자가 확고하게 나를 담았다.

"이젤란!"

이젤란? 그게 누구 이름이지?

설마 나?

처음 들어 보는 이름이라 뭐라 미처 내가 반응을 하기도 전에 노인이 달려오더니 나를 제 품에 끌어안는다.

넋 놓고 있던 발르가 급히 반응을 했지만 내가 그만두라고 눈짓을 보냈다. 감격에 찬 노인에게서 적의 같은 것은 없었다.

"오, 신이시여, 감사합니다."

흘러넘치는 눈물을 보자니 그저 당혹스럽다.

왜, 왜 이러는 거지?

마치 나를 누군가와 착각하고 있는 것 같았다. 아, 근데 로브가 벗겨지는 것 같은데. 아무래도 어디 지체 높은 귀족인 모양인데, 적은발을 보여 봤자 좋은 꼴은 못 볼 게 뻔했다. 아니, 그전에 이 품에서 어떻게 빠져나가야 할지 좀 난감하네. 어쩌지?

그러나 다행히 이성은 남은 모양인지 노인이 곧 나를 놓아주었다. 나는 바로 물었다.

"누, 누구세요?"

당황한 날 회한에 찬 얼굴로 내려다보며 노인이 웃는다.

정말로 기쁨과 환희가 넘쳐흐르는 그 표정에 나는 할 말을 잃었다. 아까는 나를 누군가와 착각한 것 같았는데, 이젠 아니었다. 그 눈동자는 확실히 내 지금 모습을 눈에 담고 있었다. 제 눈에서 흐르는 눈물을 닦으며, 노인이 환하게 웃는다.

"처음 봐서 내가 누구인지 모르겠구나. 이거 내가 늙어서 정신이 없었구나."

서둘러 모양새를 정리한 노인이 나를 내려다본다. 따뜻한 녹색의 눈동자에 담긴 다정한 빛에 나는 꼼짝도 못하고 가만히 서 있었다.

마침내 나이 든 미노년께서 내게 자신을 소개하셨다.

"내가 네 할아버지란다, 아리아드나."

아…….

* * *

우리가 끌려온 곳은 라비에벨이란 이름의 저택이었다.

흔히 '여왕의 침실'이라고 불리는 곳으로, 그렇게 불리는 이유는 바로 이 저택이 여왕의 부군들이 머무는 곳이기 때문이었다. 그 말인즉, 지금 이 저택의 주인이 현 여왕의 아버지이자 선대 여왕의 부군인 샤를 하 로렌 대공이란 소리.

그리고 그분이 바로 내 할아버지였다.

어떻게 여기까지 온 거냐는 질문에 그냥 관광차 왔다는 내 대답을 듣고 할아버지는 바로 그럼 부레티에 머무는 동안 자신의 저택에서 머물라며 한사코 우리를 붙잡으셨다. 그럴 수 없다고 계속 거절했는데, 할아버지가 너무 간곡한지라 어쩔 수 없이 저택에 남앉지만 이곳이 어디인 줄 알고 나니 마음이 무거워서 쉽사리 돌아다니기도 힘들다.

"왜 자꾸 죽을상이야? 공짜로 숙소 얻었다고 생각해. 게다가 이렇게 넓고 이렇게 좋은 숙소를 얻은 거잖아!"

발르가 밝게 웃으며 말한다.

어이구, 저 화상, 아무튼 도움이 되지를 않아요.

발르의 말에 할아버지는 맞는 말이라며 웃었으나 나는 그냥 뻣뻣하게 앉아 있었다. 마음 편하게 생각해도 될 텐데, 그게 안 된다. 나는 사실 아직도 실감이 나지 않았다.

할아버지라니.

물론 내 엄마가 고아가 아니라면 나도 외할아버지가 있고 외할머니가 있는 게 당연했다. 그래, 오히려 지금까지 그 존재를 잊고 살았다는 게 신기할 정도로 두 분의 존재는 당연한 거였으니까.

그러나 막상 할아버지를 눈앞에 마주하고 나니, 아무런 생각도 들지 않는다. 뭐랄까, 정말 이상한 기분이었다. 이거 설마 꿈인가 싶은 그런 기분.

정말 꿈꾸고 있는 건가.

막연히 부레티에 오면 엄마와 관련된 어떤 흔적을 찾을 수 있을 거라 희미하게 그런 생각을 하긴 했었다. 하지만 그건 엄마가 남긴 물건이라든가, 엄마의 모습이 담긴 초상화 같은 걸 거라고만 생각했었다. 바보같이.

단 한 번도 피가 이어진 가족을 만나게 되리라고는 정말 상상조차 못했다.

그리고 동시에 깨닫는다.

내가 그동안 얼마나 엄마라는 존재에게서 격리되어 살아왔는지를.

나에게도 가족이 있다니. 할아버지라 부르고 이모라고 부를 수 있는 사람들이 있다니. 정말 꿈같다.

내가 지금 앉아서 꿈을 꾸고 있는 건가?

워낙 아빠와 단둘이 사는 데 길들여져 있다 보니 그 외의 혈연이 내게 있다는 것 자체가 믿기 힘들었다.

"괜찮단다. 편하게 있어다오."

할아버지는 내가 자신을 낯설어 한다는 걸 이해한다는 눈치였다.

그래서일까, 나는 괜히 미안해졌다. 할아버지라고 안기며 애교도 부리지 못한 손녀라니. 한심하지만 어쩔 수 없다. 진짜 내 할아버지라는 게 안 믿기는데 어떡해. 솔직히 말해 사기가 아니냐고 물어보고 싶을 정도였다.

자리가 불편해서 몸을 들썩이는데, 발르가 빙그레 웃으며 응접실을 나간다. 할아버지랑 둘만의 시간을 마련해 주겠다는데, 솔직히 말해서 한 대 패고 싶었다.

아오, 이럴 때는 옆에 있어야지!

"그런데 제가 아리아드나라는 건 어떻게 아셨어요?"

"그야 보자마자 알았지."

내가 의아해 하자 할아버지가 내 머리를 가리킨다. 그게 곧 내 머리카락을 가리키는 것임을 깨닫고 나는 단번에 이해했다.

아, 머리카락 색깔.

하긴 이 머리를 보고 아그리젠트인이라는 걸 의심하지 않는다는 게 이상했다. 이건 왕족의 색이었으니.

아무튼 별게 다 내 정체를 멋대로 까발리고 난리다.

하, 이놈의 머리, 진짜 염색이라도 해야지.

"하지만 네가 근처에 와 있다는 건 이미 사흘 전부터 알았단다."

"예?"

대체 어떻게?

내 의문이 표정에 다 드러난 모양이다. 할아버지께서 웃으신다. 껄껄거리며 웃으시는 그 모습이 왠지 조금 친근하게 느껴져서 나는 당황스러웠다. 아무리 할아버지라지만 오늘 처음 봤는데 친근감이라니.

"이젤란의 목걸이를 가지고 있지?"

이젤란이 누구인지 이젠 물어보지 않아도 눈치만으로 알 수 있었다.

제르에이나 왕녀.

내 어머니의 진짜 이름, 그것이 바로 이젤란이었다.

아그리젠트를 떠나오기 전 받았던 목걸이를 자기도 모르게 쥐게 된다.

"예? 아, 설마 이거……."

"그래, 이것이 그 목걸이에 공명해서 누군가가 오고 있다는 걸 자꾸 내게 알려 주더구나."

할아버지가 품에서 꺼낸 것은 투명한 빛을 내는 크리스털이었다. 손안에 들어올 정도로 작은 크리스털 모형이었는데, 어떻게 저런 게 있을 수 있는 건가 싶을 정도로 예뻤다. 가운데에 음각으로 새겨진 문양도 부레티의 국장이었다.

순식간에 시선이 사로잡혀 빤히 쳐다보고 있으려니, 내 목걸이가 살짝 운다. 마치 제 반쪽을 찾은 생물처럼.

"이젤란이 아그리젠토로 길을 떠날 때 내 멋대로 주었던 폐물이란다. 부레티를 지켜 준다는 유물 중 하나로 원래 둘이 하나인 것이지."

심상치 않은 거라고는 생각했는데, 유물이라니. 갑자기 목에 걸고 있기 부담스러워진다.

하지만 내 손에 있는 펜던트는 여전히 예뻤다. 가만히 그 목걸이를 내려다보고 있으려니 할아버지의 시선도 그곳에 머문다. 우리 둘의 시선을 받은 목걸이가 불빛 아래 예쁘게 반짝였다.

"나라의 운명을 쥐고 떠나는데, 그 길을 지켜 줄 증표 하나도 없으면 안 된다고 우기고 우겨서 내줬었단다. 모든 대신들이 참 어이없어 했었지."

"……정말 예뻐요."

"무력에 휘둘려 제 어린 딸 하나 지켜 주지도 못한 못난 아비가 줄 수 있는 최대한의 선물이었단다."

할아버지는 웃었지만 나는 그 미소가 더없이 서글프다고 생각했다. 무언가를 구구절절 늘어놓지 않았는데, 어머니를 사랑하는 할아버지의 마음이 절실하게 느껴진다. 사연이 있을 거라고 생각하긴 했지만 막상 그 사연을 들으니 마냥 안타깝고 안쓰럽다.

불현듯 할아버지가 내 손을 쥔다. 주름 쥔 마른손은 생각보다 거칠었으나 따뜻했다.

"네가 태어났다는 소식을 들었을 때만 해도 나는 믿기지 않았단다. 네가 정말로 태어났다는 사실을."

아직도 내가 눈앞에 있다는 게 믿기 힘거운 것인지 중후하게 울리는 목소리가 떨린다. 주의 깊게 듣지 않아도 알 수 있는 그 감격에 나는 괜히 고개를 숙였다.

"마냥 기뻤었지. 곧 죽을 운명이겠지만 그래도 우리들의 핏줄이 태어났다는 사실만이 마냥 행복하고 기뻤단다. 마녀의 피를 잇는 딸이라는 건 우리에겐 후계자가 태어났다는 소리니까."

하지만 그게 마냥 기뻐할 수 있는 이야기가 아니라는 걸 나는 이미 안다. 카이텔이 어떤 인간인지 누구보다 잘 알기에 더 그랬다.

역시나 감격에 젖어 입술을 깨물던 할아버지가 곧 서글픈 눈동자로 나를 내려다보았다.

"우리는 널 데려오려고 했었단다. 카이텔 황제가 비록 많은 제 자식을 죽였지만 그건 전부 자신의 후계를 넘본 자들의 비참한 말로였으니까. 우리는 그저 이젤란의 핏줄로서 너를 데려오길 원했단다. 이젤란도 그러했지."

갑자기 심장이 거세게 뛰기 시작한다.

처음 듣는 이야기였다. 무슨 까닭인지 숨이 막혀 왔다.

"너나 네 후대나 절대로 아그리젠트의 핏줄임을 주장하지 않겠다고 맹세하면 데려올 수 있을 거라고 생각했단다. 도대체 그게 무슨 용기였는지······."

부끄러운 듯 할아버지는 고개를 숙였으나 나는 이야기를 더 듣길 원했다. 내 손에 잡힌 할아버지의 손을 꽉 잡으니 할아버지가 고개를 든다.

내 절실한 표정에 할아버지가 너그럽게 웃었다.

"괜찮다. 비록 우리의 청은 거절당했으나 너는 죽지 않고 아그리젠트의 공주로서 부족한 것 없이 잘 자라났으니까."

"할아버지……."

"오히려 너에게도 부레티 같은 약소국보다 아그리젠트 같은 대제국의 공주로서 살아가는 것이 더 나을 거라 생각했단다. 우리에게 와 봤자 결국 네 어머니처럼 이리 휘둘리고 저리 휘둘리기만 할 테니."

깊은 후회가 어린 쓰디쓴 한탄에 무어라 해 줄 수 있는 말이 없다. 어떻게든 해 주고 싶은데, 뼈아픈 회한의 슬픔은 내가 어찌 해 줄 수 있는 것이 아니었다.

할아버지가 다른 손을 뻗는다. 내 얼굴에 닿은 뜨거운 온기가 나는 그저 눈물겨웠다.

"널 보고 싶었거늘. 이렇게 보게 되는구나."

"울지 마세요."

"널…… 널 정말 보고 싶었단다."

이제 알 것 같다. 왜 그렇게 나를 보고 반가워한 것인지, 그렇게 감격에 차 놀라운 것을 보는 듯한 시선으로 바라보았던 것인지.

눈가가 뜨거워진다.

눈시울이 금세 붉어졌다. 코끝이 시큰하다.

"그 아이가 살아 있었다면 정말 좋아했을 텐데……."

내 뺨을 쓰다듬는 손길이 마냥 안타깝다. 애처로운 아버지의 마음이 괜히 나까지 뒤흔들어 놓았다.

전에 흘려들은 말로 후궁에 온 공주들은 전부 다 그 나라에서 사랑 받고 자란 공주였다는 소리를 들은 적 있었다. 누군들 귀염 받지 않았겠느냐만은 그 말이 지금 너무나 뼈아프게 다가온다.

애써 울지 않으려고 북받치는 감정을 참고 있는데, 성급한 노크 소리와 함께 응접실의 문이 급하게 열린다. 그 문에서 들어온 것은 긴 금발머리가 굵게 웨이브 진, 녹색 눈동자가 아름다운 어떤 중년의 여인이었다.

"아버님, 아리아드나 공주께서 오셨다고……."

급하게 들어오던 여인이 나와 눈을 마주치더니 말을 잇지 못한다. 입을 벌리고 손으로 그 입을 가리더니 이내 두 손을 꼭 마주잡으며 고개를 숙였다.

"오, 신이시여."

이 여자는 누구지?

낯설지 않은 반응에 할아버지를 돌아보니 할아버지가 머쓱한 듯 기침을 한다. 그 기침 소리에 여인이 정신을 차리더니 금세 내 쪽으로 다가왔다. 포근한 향기가 함께 풍겨졌다.

"제가 공주님의 이모입니다. 도로시아라고 부르세요."

어, 그렇다면 이분이 지금 이 나라의 여왕인…….

놀라서 그 어떤 대답도 못하고 있는데, 갑자기 그 여인이 나를 품에 안았다.

어, 어?

"언니가 그렇게 가고 난 다음에 얼마나 공주님을 보고 싶었는지."

할아버지를 닮은 눈동자가 나를 내려다본다. 그 눈동자엔 어느새 잔뜩 물기가 어려 있었다.

"어서 오세요. 정말 그대를 너무나도 보고 싶었답니다."

* * *

 우리가 수도에 들어오기도 전에 잡힌 건 그냥 단순히 말해서 우리이기 때문이었다.
 무슨 소리냐면, 부레티를 지켜 주는 열두 가지 유물 중 하나가 나라의 운명을 바꿔 놓을 수 있는 자가 오면 크게 울려 경고를 해 주는 시계인데, 그 시계가 울려서 우리 일행을 잡아다 감옥에 넣은 것이라고 했다.
 왓 더 헬.
 나라의 운명을 바꿔 놓을 수 있는 자라니.
 하긴 나만 도 아그리젠트 공주고, 하벨은 프레치아 황제고, 아힌은 스헤르토헨보스의 차기 성황이었다. 애초에 안 잡히는 게 이상했구먼.
 이유를 들어 보고 나니 황당하긴 했지만 그래도 신기한 마음이 더 큰 건 어쩔 수 없다. 이곳은 마녀의 왕국인 부레티였고, 동시에 내 어머니의 나라였으니까.
 "알고 있었어?"
 뜬금없는 질문이었지만 나 몰래 날 뒤따르고 있던 자에겐 마냥 엉뚱한 소리는 아니었나 보다. 어느새 모습을 드러낸 아시시가 죄인처럼 고개를 숙인다.
 "예."
 나는 조금 화가 났다.

내가 몰랐던 엄마의 진실을 알고 부레티에서도 나를 만나기 위해, 그리고 엄마의 진실을 알려 주기 위해 부단히도 노력했단 사실을 알고 나니 화가 날 수밖에 없었다. 이건 내가 어릴 때도 알 수도 있는 이야기였다. 누군가 우릴 막지만 않았으면.

"왜 숨겼어?"

"폐하께선……."

아시시가 고개를 든다. 예쁘게 반짝이는 녹금안이 또렷하게 나를 응시했다.

"공주님께서 평생 모르셨으면 하셨습니다. 부레티 측에서 공주님을 계속 만나고 싶어 했지만 거절하셨던 것도 그 이유였죠. 매번 부레티의 사자가 외성에 있는 다른 궁에서 묵었던 것도 그런 이유였습니다."

그렇게 많은 사신들을 만나 보았지만 부레티의 사신은 단 한 번도 만나 본 적이 없었다. 그래, 그랬었지. 이제야 그 부자연스러웠던 일이 이해가 간다.

"폐하께선 공주님께 어머니라는 존재 자체를 지워 버리는 게 오히려 낫다고 생각하셨습니다. 그게 어떤 결과가 되었든 공주님을 위해 그러셨다는 것만 알아주셨으면 좋겠습니다."

이런 상황에서도 아시시는 아빠를 변호한다.

나는 아시시를 잠시 노려보았다.

아무튼 두 사람 다 똑같아. 한 대 쳐 주고 싶은 심정.

나는 짧게 숨을 내쉬었다.

"아빠가 미워."

그래, 밉다. 예전에도 미웠지만 지금은 더 미웠다.

"근데 그래도 내가 여전히 사랑한다는 게 짜증나."

어쩌겠는가. 그렇게 생겨 먹은 걸.

화는 나고 아빠가 미웠지만 동시에 그렇게 행동할 수밖에 없었던 아빠를 이해하게 된다. 그게 무엇이건 내가 상처받는 게 싫었던 거겠지. 더불어 자신의 자리를 어머니가 뺏을지 모른다고 생각했던 게 틀림없었다.

아무튼 그 바보.

아무리 그래도 아빠랑 엄마랑 같을 수는 없잖아.

나중에 보면 꼭 한마디 해 줘야겠다고 다짐했다.

"잘 자."

인사를 남기고 나는 뒤를 돌아 걸어갔다.

며칠만의 대화였지만 어색하진 않았다. 따라오는 기색은 없었으나 사실 따라와도 상관은 없다. 단지 혼자 있고 싶어서 그런 거였으니까.

"엄마……."

우습지만 나는 내 엄마가 어떻게 생겼는지 이곳에 와서야 제대로 알 수 있었다.

어렴풋이 어떤 생김새를 지녔는지 일린의 수다로 알긴 알았다. 금발에 녹색 눈을 가진 아름다운 소녀. 나중에 내가 말을 알아듣는 나이가 되니 일린도 내 어머니에 대한 이야기는 일절 하지 않았지만 그래도 일린 덕에 어머니가 어떻게 생겼는지 대충은 알았다.

나는 처음으로 일린이 말이 많은 수다쟁이였다는 사실에 감사했다. 그렇지 않았다면 내 어머니에 대한 이야기를 정말 하나도 모른 채 이곳에 왔을 테니까.

저택의 가장 큰 홀엔 내 키를 훌쩍 넘는, 두 배 정도 될 듯한 크기의 액자가 있었다.

그 안에 그려진 것은 한 소녀의 초상.

딱 나만 한 나이에 그려진 아름다운 공주가 그 주인공이었다.

"……."

뭐랄까.

엄마는 예뻤다. 그래, 내 엄마라는 게 믿겨지지 않을 만큼.

아무래도 엄마는 촌스럽고 투박하고 뽀글 머리에 약간 살집도 있는 사람이라는 게 내 머릿속에 박힌 선입견이었으니까. 물론 그런 아줌마는 환생하고 나서 본 적은 없지만 그래도.

그래서일까. 구부러져 폭포처럼 흘러내리는 금빛 머리카락을 곱게 땋아 늘어뜨리고 환하게 웃고 있는 이 소녀가 내 엄마라는 게 믿겨지지 않는다.

엄마, 정말 예뻤구나.

어쩌면 내가 예쁜 건 엄마의 핏줄이기 때문이란 생각도 든다. 그래, 역시 유전자의 힘은 대단한 거니까.

엄마의 나라에 왔기 때문일까, 아니면 있는지도 몰랐던 할아버지와 이모를 만나서일까. 못다 한 이야기를 오늘 다 하겠다는 듯 끝없이 이야기를 하고 나니 어느새 밤이 왔다.

아쉬웠지만 자야 했고, 그래서 헤어졌지만 나는 아직 마음이 설레서 쉬이 잠들지 못하고 이곳으로 나와 있었다.

소슬히 불어오는 바람이 차갑다.

"아직 주무시지 않으신 겁니까?"

낯익은 목소리에 고개를 돌린다. 등불을 든 아힌이 내 시야에 들어왔다.

"그러는 아힌은요?"

"잠이 오지 않아서요."

나지막한 대답에 나도 모르게 웃게 된다.

"나도 그런데."

조금 머뭇거리다 아힌이 내 쪽으로 다가온다. 자연스레 그의 고개가 돌아간 곳은 내가 보고 있던 내 어머니의 초상화였다.

주의 깊게 보더니 아힌이 웃는다.

"이분께서 공주님의 어머님이 되시는 분이신가요?"

"네."

내가 고개를 끄덕이니 아힌이 나직하게 말한다.

"아름다우시군요."

"저도 그렇게 생각해요."

조심스레 동의하니 아힌이 날 본다.

그 시선이 어째 따가워서 나는 헛기침을 했다. 아힌이 환하게 웃는다. 웃는 건 자주 보지만 소리까지 내서 웃는 건 흔치 않은 장면이었다.

근데 웃는 건 좋다만 왜 웃는 거냐, 너.

나는 뾰로통하게 입을 내밀었다.

"왜 웃어요?"

볼멘소리에 아힌이 웃음기를 거두지 못하며 대꾸한다.

"귀여우셔서요."

또 그 소리.

말도 안 된다고 생각했지만 대체 무슨 마법이라도 걸려 있는 건지 귀엽단 소리에 나도 모르게 입을 다물게 된다. 결국 얄미웠지만 그냥 넘어갈 수밖에 없었다.

어느새 웃음이 잦아들고 제법 진지한 표정으로 아힌이 나를 본다.

"걱정이 많으신 것 같은 표정입니다."

"없다고는 말하지 못하겠네요."

쌜쭉하니 대꾸하자 아힌이 작게 웃었다.

아무래도 아힌의 미소엔 무슨 꿀이라도 발라 놓은 모양이었다. 이렇게 쉽게 마음이 풀리니, 나 원.

"쭉."

휴우, 크게 한숨을 내쉰다.

"엄마가 나를 왜 낳았을까 고민했었어요."

저도 모르게 나오는 속내는 정말 줄곧 나 홀로만 번민하고 누구에게도 말하지 못했던 그런 이야기였다. 갑자기 가슴이 답답해진다.

나는 크게 숨을 들이켰다.

"물론 지금 나는 사랑해 주는 사람들 사이에서 행복하게 잘살고 있지만 그래도 가끔은 그런 게 궁금했어요. 엄마는 날 왜 낳았을까? 뭐 그런 거."

"자기 존재에 대한 의문은 누구나 같은 거니까요."

부드러운 목소리가 나를 달랜다. 이상한 게 아니라고 그렇게 위로해 주는 목소리가 이상하게 뻔한 말을 해 주는 데도 안심이 되었다.

"아힌도 그래요?"

"……글쎄요."

씁쓰레하게 자조하는 아힌이 어쩐지 낯설다. 듣기 좋게 울리는 미성이 가만가만 고요히 울려 퍼졌다.

"아니라고는 하지 못하겠습니다."

그건 아힌도 나 같은 고민을 한다는 걸까? 좀 의아했다. 그런 고민은 하지 않을 것처럼 보이는데.

부드럽긴 하지만 마치 견고한 산처럼 고요해서 아힌은 나같이 흔들리지 않을 거라고 생각했다. 그런 편견이 깨지니 조금, 뭐랄까. 음, 좀 기이한 기분이다.

"너무 심각하게 고민하지 마십시오."

생각에 잠겨 있다 시선을 드니 아힌이 웃으며 나를 잡아 준다.

"공주님 곁엔 많은 사람들이 있으니까요. 저 역시."

잠시 부끄러운 듯 아힌이 말이 없다. 나 역시 갑자기 무언가 부끄러워서 쉽게 말을 꺼낼 수가 없었다.

뭐, 뭐지? 이런 상황 오글거려!

당황도 잠시, 우리 주변을 삼킨 고요함 속에서 나는 무언가 낯설지 않은 기분을 느꼈다.

"예전에도."

아힌이 나를 내려다본다.

"이렇게 서 있었던 적이 있었던 것 같아요. 왠지 모르게 그런 기분이……."

언제였지? 아스라하긴 하지만 기억나지도 않는 옛날에도 이 비슷한 일이 있었던 것 같다.

그게 언제 적 일이지?

갑자기 옛 기억에 정신을 집중하고 있는데, 별안간 아힌이 내 쪽으로 손을 뻗었다. 놀라 물러나려 했지만 아힌의 손이 내 머리카락을 쓸어 보는 것이 더 빨랐다.

"머리카락…… 더 길어졌네요."

내 머리카락에 아힌의 시선이 고정되어 있으니 뭔가 느낌이 요상하다. 간질거리는 기분마저 들어서 나는 애써 너스레를 떨었다.

"그죠. 너무 길어서 고민이에요. 자를 수도 없고."

"긴 게 예쁩니다."

어…….

어, 음, 내가 예쁘다는 게 아닌데, 왜 괜히 부끄러운 거지.

"여전히……."

허리까지 흘러내리는 머리카락이 아힌의 손가락에 걸려 있다. 조심스레 쓰다듬는 손짓이 내 머리를 쓰다듬는 것도 아닌데 괜히 속을 울렁거리게 한다. 간지럽기도 하고, 이상하게 몸이 들썩여지기도 하는 묘한 기분에 사로잡혀 한참을 무어라 하지 못하다 겨우 아힌을 올려다본다.

"저……."

"이제 주무셔야지요."

그러나 내가 무슨 말을 하기도 전에 아힌이 먼저 내 말을 끊었다.

뭐, 자, 자긴 해야 되는데.

헤이, 저기 이보세요?

아직도 바스락거리는 마음은 진정되지 않는다. 그 순간 아힌이 내 입술을 훔쳤다.

어, 어, 어어?!
"좋은 꿈 꾸세요."
……지금 무슨 일이 일어난 거지?!

* * *

북마녀의 왕국.

부레티는 믿기지는 않지만 천사 강림 이전까지 북대륙에서 제국이라 불리며, 가장 크게 번영했던 나라였다. 그 흔적을 스헤르토헨보스에서 찾아보긴 쉽지 않지만 막상 부레티에서 찾는 건 어렵지 않았다. 도시 자체가 살아 있는 역사서였으니까.

과거엔 그렇게 번성했던 강국이었건만 수많은 전쟁과 박해 속에 대부분의 영토를 잃고 기세가 많이 기울었다. 다른 나라 사람들은 이제 망할 때가 된 거라고 혀를 찼지만 고도古都 낭트로 다시 도읍을 옮긴 부레티는 오히려 번성해 가는 중이었다.

낭트 자체가 처음 세워진 도시여서 그런지 도시엔 마법의 흔적이 많이 남아 있었다. 초대 여왕이 마법으로 지었다는 공중 정원과 마법진의 모양대로 세워진 주요 건물들과 마법사들의 존재까지.

다만 마법사들은 예전보다 그 의미가 많이 퇴색되어 학자의 또 다른 이름으로 불리는 수준이었다. 일반적인 학자들과 다른 점이라면 무언가를 끊임없이 만들어 내려 한다는 점이라고 할까. 정확히는 발명가 같은 느낌.

예전엔 정말 바람을 일으키고 불을 내는 마법을 익힌 자들에게만 붙여졌다는데, 지금은 무언가를 만들어 내는 사람에겐 전부 마법사라는 칭호가 뒤따랐다.

이제 그 옛날의 위대한 마법을 실현시킬 사람은 없지만 그 명맥을 잇는 사람들이 여전히 마법을 기리고 숭상하며 삶을 꾸려 나간다.

그건 뭐랄까. 좀 신기한 느낌이었다.

"괜찮단다. 그래도 여전히 마법이 우리를 지켜 주고 있으니까."

여왕인 이모는 부담스러울 정도로 나를 챙겨 주었다. 구경도 구경이지만 애초에 왕궁으로 오라고 하는 걸 아빠한테 들킬지 모른다며 거절했을 정도였으니까. 비록 시간이 많이 없어서 오래 보진 못했지만 우리에겐 네가 살아 있는 것조차 기적이라며 울먹일 땐 좀 안쓰럽기도 했다.

"이모, 또 가 보셔야 되는 거 아니세요?"

"아니야. 아직은 괜찮아!"

"하지만……."

뒤의 시종이 저한테 따가운 눈총을 보내는데요, 이모.

내가 부담스러워 한다는 걸 느낀 모양이었다. 이모가 뒤를 돌아보더니 어쩔 수 없다는 듯 한숨을 내쉰다.

"구경 잘하고 가렴."

"문제는 일으키지 않을 게요."

못내 아쉬운 듯 나를 한번 안아 보고 이모가 방을 나간다. 그 모습을 지켜보며 할아버지가 허허 웃는다.

이모의 지나친 친절이 부담스럽긴 한데, 어째 막상 가 버리니 또 아쉬웠다.

관광도 관광이지만 다시 볼 수 있을지 모르는 할아버지와 이모랑 보내는 시간이 더 많았다. 아직 조금 낯설긴 하지만 그래도 떨어지긴 싫다고 해야 할까. 나도 내가 이런 반응을 보일 줄 꿈에도 몰랐다.

"신기해요. 도시의 건물들이 도시를 지키는 마법진이 되어 있다는 게."

"도시뿐만이 아니라 주변의 땅들까지 지킨단다. 농지도 포함되어 있어서 결계가 발동되어 외부와 완전히 차단이 된다고 해도 자급자족이 가능한 수준이지."

마법사들은 아직도 영구 결계의 완벽함에 연구와 연구를 거듭하고 있다고 했다. 초대 여왕께서 손수 만드신 결계인지라 범상치 않은 것임은 분명했지만 아직도 그 비밀을 풀지 못했다는 건 좀 놀라웠다.

그나저나 마법이라.

"할아버지께선 어머니가 아빠에게 건 저주를 알고 계세요?"

왜 갑자기 그 생각이 들었는지는 모르겠다. 나는 그냥 어슴푸레 할아버지라면 뭔가 알고 있는 게 있지 않을까 싶어 물었다.

"너는 모르는 거냐?"

"네, 모르겠어요."

오랫동안 아빠를 봐 왔지만 아빠는 여전히 깽판을 치고 다닐 정도로 쌩쌩했고, 별다른 변화도 없었다. 아, 나에 대해 집착하는 점이 변한 거라면 변한 거긴 하지만.

음, 아빠가 저주에 걸려서 나한테 집착하는 거라고 보기엔 좀.

"마법이라는 건 아주 미약한 힘이란다."

할아버지가 웃으며 들고 있던 찻잔을 내려놓는다.

"이루어질 수도 없는 걸 이루어 내지만 막상 그 근본은 정말 미약하기 그지없단다."

"그게 뭔데요?"

"한 사람의 소망, 한 사람의 바람, 한 사람의 의지."

멀거니 찻잔만 만지작거리는 내 손을 할아버지의 손이 다정하게 붙잡았다.

"그 의지가 세상을 움직이는 것, 그것이 마법이란다."

도대체 뭔 차이냐고 물어보고 싶었지만 할아버지의 심각한 표정에 그럴 수 없었다.

작은 의지가 세상을 움직인다니.

허황된 이야기 같기도 했다. 그래서 마법인 건가.

"이젤란은 너를 지켜 낼 생각밖에 없었을 거란다."

할아버지의 얼굴이 다시금 어두워진다.

"그런 네가 이렇게 살아 있으니 네 아비에게 걸린 저주도 실현된 게지."

나를 보는 시선에 다시금 물기가 어린다.

지금은 많이 줄어들었지만 그래도 간혹 할아버지는 내가 지금 자신의 눈앞에 서 있는 것 자체를 경이롭다는 듯 바라보곤 했다. 그리고 지금도 그랬다.

"네 존재 자체가 네 어머니가 너를 지켜 냈다는 증거란다."

이건 한 번도 생각해 보지 못한 이야기. 당연히 나와 아빠의 저주는 별개라고 생각했으니까.

나는 그저 엄마와 아빠 사이에 있는 그 무언가일 거라고만 계속 생각했었다.

문득 목이 멘다. 나는 이 부레티에 오고 나서야 내 어머니에 대한 진실을 알 수 있었다. 어머니가 나를 낳은 이유, 그렇게까지 나를 지키려고 한 이유. 한 번도 알려고 하지도 않았던 그 진실을.

부레티는 마녀의 혈통으로 이어진다.

이모는 몸이 연약해 아이를 가질 수 없었고, 그래서 원랜 이모가 아그리젠트로 가기로 했었다고 한다. 그러나 집 밖을 나가서는 한 시간도 버티지 못하는 몸으로 긴 여행은 무리였고, 결국 엄마가 스스로 아그리젠트에 가길 원했다.

그리고 타국의 인정받지 못하는 후궁이라는 악조건 속에서 위험을 무릅쓰고 엄마가 나를 낳은 것은, 나만이라도 자신의 조국으로 돌려보내기 위해서였다. 자신을 대신해서.

자신은 다시 돌아갈 수 없을 테니.

"내가 아들이었어도 엄마는 날 지켰을까요?"

멍청한 질문이라는 건 알지만 그래도 하게 된다. 마녀의 핏줄은 여자에게만 이어지는 거니까. 어쩌면 내가 남자로 태어났다면 쓸모가 없다며 버리는 게 아니었을까?

"네가 아들이든 딸이든 그건 중요하지 않단다. 중요한 건……."

내 이런 작은 불안을 내쫓기라도 하듯 할아버지가 내 손을 강하게 쥔다.

"네가 우리 이젤란의 아이라는 사실이지."

무언가가 울컥한다. 나는 숨을 크게 들이마셨다. 울고 싶지 않은데 울고 싶은 기분이었다.

"전 정말."

왜 알려고 하지 않았던 걸까?

"어리석어요."

진짜 어린애도 아니었으면서. 왜 이제야 알게 된 걸까? 날 위해서 죽는 것도 마다하지 않은 분이셨는데.

말이 나오지 않는다. 잠시 입을 다물었다 요동치는 가슴을 진정시키려 했지만 시도는 물거품이 되어 버렸다. 두 손으로 얼굴을 가리며 나는 깊이 고개를 숙였다.

"멍청해."

진짜 멍청하다, 나.

이제야 사랑 받고 있음을 깨닫다니. 이토록 흘러넘치는 사랑을 받고 있었으면서.

정말 나는 이 세상에서 가장 멍청하고 어리석은 인간이었다.

겨우 진정이 되자 나는 밖으로 발걸음을 옮겼다.

할아버지는 알려 주기만 했지 따라오진 않았다. 가 보라는 듯 웃는 그 모습이 어찌나 눈에 박히던지 쉽사리 떨어지지 않는 발을 옮겨 밖으로 나오니 이른 햇살이 더없이 눈부셨다.

여왕의 호수라 불리는 이곳은 왕족의 무덤이 몰려 있는 곳이었다.

어머니는 죽고 나서야 고국으로 돌아왔다.

열아홉이라는 어린 나이에 조국과 동생을 위해 다른 나라로 향했던 공주.

무슨 동화에서나 나올 법한 비극이었는데, 막상 그게 내 어머니에게 일어났던 일이라고 하니 웃음이 나오지 않는다.

손을 편 채 들어 올린다. 내 손에 닿은 햇살이 녹아내렸다.

"엄마가…… 아빠한테 건 저주는 뭐였을까?"

할아버지는 끝내 그 저주가 무엇인지는 말해 주지 않았다. 그저 이젠 영원히 실현되지 않을 저주라고만 말했을 뿐.

그래서인지 나는 더 궁금했다. 어느새 뒤에 선 아시시가 고개를 숙인다. 내 수호기사 자리에선 잘렸지만 아시시는 자의로 나를 지키고 있었다.

"공주님께서 생각하시기엔 그게 무슨 저주였을 것 같습니까?"

"글쎄."

"증오한다, 황제여. 내 육체와 피가 너를 용서치 않으리라. 내 몸마저 으스러지면 내 피를 이은 이 아이가 나 대신 너를 저주하리라."

내 기억에 어렴풋이 남아 있던 건 한 여인의 원망 섞인 절규.

아니, 그럴 것이라 생각했다. 그 시절엔 무언가를 주의 깊게 기억하기엔 너무 어렸고, 또 그 어떤 애정이 생기기엔 내 어머니는 그저 스치듯 지나가는 사람일뿐이었으니까. 죽은 지 얼마 되지도 않아 그때의 충격이 남아 있던 것도 한몫했으리라.

그러나 다시 생각해 보면…….

그것은 절규가 아니었다.

떨리는 목소리, 안타까운 듯 나를 안던 손길.

나와 떨어지는 것이 슬퍼 목멘 듯한 목소리로 흘리던 흐느낌.

정말로 내가 죽지 않길 원했기에 내린 저주.

한 번도 본 적 없는 엄마에게서 이토록 흘러넘치는 사랑을 받고 있었다고 생각하니 가슴이 미어진다. 나를 두고 먼저 가 버린 어머니를 그리워한 적 없노라고 말하면 거짓이겠지만 그래도 한때는 필요치 않다고 여겼던 자신의 어리석음이 뼈아프다.

먼저 떠나는 그 길이 얼마나 가슴 아팠을까.

눈도 뜨지 못하고 말도 하지 못하는 이 어린 자식을 보며 어린 엄마는 도대체 무슨 생각을 하며 떠나간 것일까.

먼저 떠나는 그 길이 얼마나 가슴 아팠을까.

눈도 뜨지 못하고 말도 하지 못하는 이 어린 자식을 보며 어린 엄마는 도대체 무슨 생각을 하며 떠나간 것일까.

일족의 희망이라 그랬다. 이 나라를 지킬 핏줄을 이어야 했기에 낳았다고 했다. 그 어린 나이에, 그렇게 어린 나이에. 천 리 만 리 떨어진 타국에서 조국을 위해, 그리고 자기 자신을 위해.

……내가 도대체 뭐라고.

나 같은 게 도대체 뭐라고 날 위해 그리도 모든 것을 바쳤단 말인가. 혈통을 위한 어쩔 수 없는 선택이었다 말한다 해도 그것이 결코 쉬운 일이 아니라는 것은 누구보다 내가 잘 안다. 그냥 나를 포기했다면, 나를 낳지 않기로 결정했다면 엄마는 어쩌면 죽지 않아도 되었을지도 몰랐다.

그 어린 나이에 얼마나 무서웠을까. 이제 겨우 내 또래였을 텐데.

이제야 알 것 같다. 이제야 이해한다.

"길고 긴 길을 걸어 이렇게 돌아왔어요."

호수의 가장 깊숙한 곳에 큰 버드나무가 그늘을 드리운다. 그 앞에 세워진 자그마한 비석 앞에서 나는 발걸음을 멈췄다.

죽어서야 돌아온 고국.

겨우 안식에 든 나의 어머니.

"나도."

얼마나 길었던가, 이곳에 오기까지.

엄마 품에 안겨 직접 건네고 싶지만 이젠 이런 식으로밖에 말할 수 없다.

"나도 사랑해요, 엄마."

그렇게 한 번도 본 적 없는 이 세계의 어머니가 안식을 찾은 장소에서 다 자란 그녀의 어린 딸이 숨죽여 울었다.

이젤란 레 엘로 브로링거

488~509

에인셀의 첫째 공주, 아리아드나의 어머니.

* * *

낮에 정신없이 울었던 터라 기운이 빠져 일찍 잠에 들었던 게 원인인 모양이었다. 눈을 떴는데 아직 밤인 하늘을 보며 나는 허탈하게 웃었다.

아직도 밤이라니. 까만 하늘을 보아하니 이 새벽이 곧 끝날 것 같지도 않았다.

거참, 밤새는 건 오랜만이네.

적적한 풍경이 눈에 들어온다. 새벽의 어두운 풍경은 항상 상반된 느낌을 동반했다. 더없이 적막하고 쓸쓸하면서도 더없이 고요하고 평온한 듯한.

"아시시, 거기 있지?"

물어보는 게 아니었다. 그냥 거기 있는 거 다 아니까 나오라는 뜻이었다. 아니나 다를까, 한참 동안 조용하던 문밖에서 기척이 들린다. 아시시가 문을 열고 안으로 들어왔다.

아시시가 내 수호기사가 된 이례로 늘 보았던 익숙한 장면.

나는 나를 향해 다가오는 아시시를 보며 작게 웃음을 머금었다.

"미안해."

내 사과에 아시시가 놀란 표정을 짓는다. 정말 놀란 얼굴이라 나는 괜히 머쓱했다.

"내가 심술을 부렸어. 아시시가 자꾸 다 받아 주니까 나도 모르게 욕심을 부렸던 모양이야."

멈춰 선 아시시에게 이번엔 내가 다가간다.

"용서해 줄 거지?"

당연히 용서해 줄 걸 알고 이러는 거지만, 이런 걸 보면 나도 참 약았다. 이런 나한테 붙잡힌 아시시가 나조차도 불쌍할 지경이다.

잠시 머뭇거리던 아시시가 고개를 끄덕인다.

나는 환하게 웃었다. 다시 잡은 아시시의 손은 여전히 차가웠지만 그래도 나에겐 따뜻했다.

"항상 묻고 싶었던 게 있었어."

나는 조심스레 입을 열었다.

"아빠랑 아시시, 단순히 그냥 주군과 기사는 아닌 거지?"

"예."

그래, 이것은 언제고 궁금했던 것이었다.

내 질문에 아시시가 쉽사리 대답을 하지 않는다. 망설이는 기색이 느껴졌으나 나는 채근하지 않았다.

한참 후, 아시시가 고개를 끄덕인다.

"저는 폐하께 갚을 것이 있습니다."

그게 뭔지 물어보고 싶지만 입이 떨어지지 않는다. 거기까지 알고 싶다고 욕심내면 안 되는 거겠지.

내가 빙그레 웃자 아시시가 어두운 얼굴을 한다. 왜 이러지?

붙잡은 아시시의 손을 꽉 잡았다. 아무것도 말하지 않아도 된다는 뜻이었는데, 어째서인지 아시시는 더 어두운 표정으로 고개를 떨구었다.

"전…… 저주받은 아이입니다."

"응? 그게 무슨 소리야?"

나는 당황했다.

얘가 갑자기 무슨 소리를 하는 거야?

그러나 말을 내뱉는 아시시는 더없이 진지했고, 심각했다. 농담이 아니란 소리. 그걸 증명이라도 하듯 아시시가 이어 말한다.

"주변 사람들을 불행하게 만들고 언젠가 나락으로 이끌 겁니다. 태어나서조차 안 될 그런 아이입니다."

대체 무슨 개소리를 들은 거야? 나는 조금 화가 났다.

"누가 그런 소리를 해?"

"제 아버님께서요."

저도 모르게 입이 다물어진다. 나는 숨을 죽였다.

이런 내 반응을 확인이라도 하듯 주의 깊게 지켜보던 아시시가 괴로운 듯 입술을 깨물었다. 그러면서도 이야기는 그만두지 않았다.

"어릴 적 매일 잠들기 전에 아버지께서 제게 벌을 주셨습니다. 악마의 자식이니 벌을 받아야 한다면서요. 살갗이 부어오르고 찢어져 피가 나도 저는 소리조차 지르지 못하고 그 벌을 달게 받아야 했습니다."

"괜찮아. 말하지 않아도 돼."

하루 종일 검만 휘둘러도 가뿐한 남자가 고통스럽게 얼굴을 일그러뜨린다. 보고 있기 안쓰러워 말려 보았지만 아시시는 단호했다.

고개를 가로젓더니 아시시가 숨을 들이켠다. 그리고 다시 이야기를 시작했다.

"아버님께선 어머니를 사랑하셨습니다. 그러나 어머니는 아버지를 사랑하지 않으셨죠. 아니, 사실 사랑하신 건지 아닌 건지도 모르겠습니다. 어머니께선 항상 알 수 없는 분이셨으니까요."

아시시의 어머니라면 레이디 시첼리아였다. 단순히 왕의 정부라고만 생각했는데, 그러고 보면 그 여인도 한 아이의 어머니이자 한 남자의 아내였다. 당연한 건데도 묘한 충격으로 다가와 나는 작게 신음했다.

"제 어머니에 대한 사랑이 좌절되어 그러신 건지, 단순히 제가 미우셨던 건지는 모르겠습니다. 많은 것이 기억나진 않지만 제가 기억하는 어린 시절은 항상 아프고 괴로웠습니다."

그래서, 그래서 그때 참지 못하고 나선 거구나. 구해 주려고.

이런 이야기까지 하지 않아도 안 좋은 추억 때문에 그랬다고 했으면 그렇게까지 행동하지 않았을 거다. 살짝 원망이 들기도 하는데, 그러면서도 마냥 안타까웠다.

아시시의 몸에 난 수많은 상처.

난 그 상처가 단순히 전쟁터를 오래 굴렀기 때문이라고 생각했으니까.

"그런 것까지 말하지 않아도 돼."

"아니요."

아시시가 고개를 가로젓는다.

"말하게 해 주세요."

아시시의 말을 막자는 건 아니었다. 그저 아시시가 너무 괴로워 보여서 그랬던 것뿐이었다. 말하는 것조차 저런 표정인데, 도대체 기억 속의 어린 아시시는 얼마나 끔찍한 일을 당했다는 걸까.

그런 일이 있었다는 사실을 기억하는 것조차 괴로울 텐데, 그 때의 일을 회상한다니. 단지 말을 꺼내는 것조차 새로운 상처가 될 게 뻔했다.

그런데도 아시시의 의지가 너무 확고해 나는 차마 아시시를 더 이상 말리지 못했다.

"제가 검을 잡은 건 아버님께서 시키셨기 때문이지만 검을 잡을 때면 때리지 않으셨기 때문이기도 했습니다. 이 검을 무엇에다 쓰겠다는 목적도 없이 그저 도피하듯 잡았을 뿐이었습니다. 그런 제게 다가온 건 페르델과 시르비아가 전부였죠."

왜 아시시의 인간관계가 그렇게 좁은지 알 것 같다. 더불어 페르델과 시르비아가 아시시를 왜 그렇게 걱정하는 건지도 알 수 있었다. 그저 아시시가 쉽게 다가가기 힘든 사람이라 그런 줄 알았는데.

"다만 폐하께선 다가오지도 물러나지도 않으셨습니다."

"뭔가 아빠답네."

"그래서 오히려 시르나 페르델보다 편했습니다. 제가 필요했던 건 그저 옆에 있어도 된다는 작은 위안일뿐이었으니까요."

단지 카이텔의 이야기를 꺼내는 것만으로도 아시시의 표정이 한층 누그러졌다.

나는 어렴풋이 학대하던 아버지에게서 아시시를 구한 것이 우리 아빠라는 걸 알아차렸다.

"그렇게 자란 제가 정상적일 거라 생각하지는 않습니다."

아시시가 고개를 숙인다.

나는 그 앞에서 이러지도 저러지도 못하고 끙끙거렸다.

이건 도대체 어떤 위로를 해야 하는 걸까? 무슨 말을 해야 상처가 되지 않고 위로가 되어 줄 수 있는지 모르겠다.

아, 나는 왜 이렇게 멍청한 걸까, 정말.

나는 그저 아시시의 손을 꼭 잡았다. 다신 떨어지지 않게, 놓을 수도 없게.

"네 잘못이 아니야."

아마도 그를 목메게 하는 건 사랑 받지 못했다는 기억. 아시시에게서 늘 느껴지던 이 깊은 슬픔이 대체 어디에서 연유한 것인지 알게 되니 마음이 아프다.

나는 조심스레 그를 품에 꼭 껴안아 주었다. 어릴 때 그러했듯.

"네 잘못이 아니야, 아시시."

그래, 이건 아시시의 잘못이 아니다. 아시시가 잘못했기 때문에 그런 일을 겪은 게 아니었다. 그게 무엇이건.

내 단호한 말에 아시시가 입술을 깨문다.

"그럼."

아시시가 묻는다.

"그럼 대체 뭐가 잘못되었던 걸까요?"

고통스러운 거친 숨소리가 가까이서 들렸다. 나는 그저 아시시를 좀 더 꽉 안아 주었다. 내가 해 줄 수 있는 거라곤 고작 이런 것뿐이니까.

"네 잘못이 아니야. 그 무엇도 너로 인해 일어난 일은 없었어."

네가 나빴던 게 아니야. 네가 무언가를 잘못한 게 아니라고.

도대체 부모라는 게 무엇이기에 이리도 제 자식을 흔들어 놓을 수 있단 말인가. 한 조각의 사랑으로, 한 조각의 증오로 이렇게 자식들을 들었다 놓는다.

이렇게 애증이 깊은 관계도 또 없을 거야.

버리고 싶어도 버려지지 않는, 끊고 싶어도 끊어지지 않는 그런 관계.

"제 피엔 아직도 두 분의 피가 흐릅니다. 그 어떤 남자도 사랑할 수 없었던 여자와 사랑 때문에 모든 게 망가진 남자의 피가."

나지막하게 흐르는 비탄에 잠긴 목소리.

"이렇게 비틀린 제 자신이 진정으로 사랑할 수 있는 여자는 이 세상에 없습니다. 마찬가지의 이유로 제 자식을 올바르게 사랑해 줄 수 있을지도 잘 모르겠습니다. 그 아이가 나중에 커서 그 두 분처럼 되지 않는다는 보장마저 없지요. 이 저주받은 피는 제 대에서 끝낼 겁니다. 그 누구도 다신 아프지 않게, 다시는…….”

숨을 쉬는 것도 괴로운지 아시시가 한숨을 들이마신다.

"저 같은 아이가 나오지 않게."

그건 너무나 슬픈 선언이었다.

나는 그 어떤 말도 해 줄 수 없어 그저 아시시를 품에 안은 채 빌었다. 누구인지 모를 상대에게.

우리 아시시가 행복하게 해 주세요. 아프지 않게 해 주세요.

"언젠가 리아 님께서 말씀하셨죠. 제가 원한다면 언제든지 나를 떠나도 좋다고. 하지만 리아 님, 저는 당신을 떠나 하루도 살 수 없습니다."

"왜?"

내 되물음에 아시시가 씁쓸하게 웃는다. 쓰디쓴 조소가 너무 아파 나는 아시시가 어떤 기분을 느끼고 있는 건지 알아차릴 수도 없었다.

"그저 아프고 싶지 않아 쥔 검이 누군가의 행복을 빼앗은 순간부터 제겐 행복을 느낄 자격조차 사라졌습니다. 많은 이들을 죽음으로 몰아넣은 것이 저 혼자만의 의지는 아니었지만 분명 제 스스로가 행한 일입니다. 그것들이 용서받을 수 없는 대죄라는 것, 저 역시 잘 알고 있습니다."

그렇지 않아라고 부정하고 싶지만 목소리가 나오지 않는다. 나오지 않는 내 대꾸 위로 아시시의 말이 이어졌다.

"이런 제가, 이렇게 보잘것없고 추악한 제가 마지막으로 욕심을 낸 것이 바로 당신입니다."

"나?"

"그저 리아 님 곁에 있고 싶습니다."

내가 마지막으로 욕심 낸 상대라니. 그런 게 어디 있어?

고개를 가로저으며 뭐라고 말을 해 주고 싶었는데, 막상 내 입에서 나오는 말은 없었다. 머릿속이 엉망이야.

그런 날 보며 아시시가 웃는다.

이번엔 다른 미소였다.

"지금의 이 작은 일상마저 죄악으로 느껴질 만큼 행복한데, 이보다 더 많은 걸 줄 수는 없습니다. 저에겐 딱 이 정도가 적당합니다."

"하지만 아시시……."

"공주님."

날 떼어 낸 아시시가 내 손을 잡는다. 마주 잡은 손이 이젠 별 차이가 나지 않아서 나는 내가 진짜 컸다는 걸 실감했다.

"제가 지킬 분은 당신 하나뿐입니다."

아시시가 조용히 내게 고한다.

"그러니 제가 가질 행복까지 전부 공주님께 드리겠습니다."

그런 게 어디 있어? 말도 안 되는 거잖아, 그거.

나는 투정을 부렸다.

"그냥 아시시가 행복해지면 안 돼?"

"지금 이 순간만으로도."

아시시가 힘겹게 웃는다.

"저는 충분히 행복합니다."

하지만…….

주저하는 나를 보며 아시시가 못을 박는다.

"당신이 행복해지는 걸 지켜보는 것, 그게 제 행복이니까요."

행복은 각자 개개인마다 다르다지만 이건 좀 너무하다. 정말 너무하다 싶을 정도였다.

나는 아시시가 잡은 손을 놓고 그 손을 뻗어 아시시의 뺨을 쓰다듬었다. 아시시의 눈동자가 나를 담는다.

"아시시가 행복해지는 걸 보는 게 내 행복이기도 해."

어릴 때부터 함께한 내 수호기사.

내 하나밖에 없는 백마 탄 기사님.

"그러니까 우리."

힘겹지만 나는 최대한 내가 지을 수 있는 환한 미소를 지었다.

"누구의 행복을 빌어 주기보다 같이 행복해지자."

내가 아무리 행복해도 아시시가 행복하지 않다면 그것이 어찌 행복이겠는가.

"그건 어때?"

아시시는 내 가족이었다. 가족이라는 것이 혈연으로 이어진 사람만을 칭하는 게 아닐 터. 나를 지켜 주고 함께 살아온 아시시가 내 가족이 아니라면 나에게는 가족이라고 부를 수 있는 사람이 없는 것과 다름없었다.

내 대꾸에 아시시가 머뭇거린다. 망설이는 기색이 나에게도 전해졌다.

"제가 감히 그래도 될까요?"

감히라니. 나는 더 환하게 웃었다.

"이 공주님이 허락하잖아. 그래도 돼."

이런 알량한 관계에 절실하게 매달릴 만큼 우린 서로가 너무나 필요하니까.

* * *

아시시의 이야기는 내겐 일종의 충격이었다.

어두운 그늘이 아시시에게 드리워져 있다는 건 어릴 적부터 알고 있었지만 그런 사정이 있을 줄 상상도 하지 못했다. 그냥 내가 짐작할 수 없는 무슨 큰일이 있었던 거겠거니 했었으니까.

부모의 학대라.

다 큰 지금까지도 흉터가 선명하게 남을 정도로 도대체 얼마나 그 어린아이가 맞았다는 것인가.

상상하기도 끔찍한데, 그게 아시시에게 일어난 일이라고 생각하니 그 어떤 말도 나오지 않는다.

정말 난 쓸모없고 무능한 인간이었다. 아시시한테 아무것도 해 주지 못하다니.

정말 아무짝에도 쓸모가 없어.

하지만 그러면서 든 생각은 바로 아빠였다.

"아무튼 애증이야, 애증."

비록 '애愛'는 어디로 가 버리고 '증憎'만 남은 것 같지만.

한숨을 내쉬고 나는 부레티에서 보내는 마지막 밤을 보냈다. 해가 저무는 걸 지켜보고 있으려니 어제 아시시가 했던 이야기가 다시 불쑥 떠오른다.

그리고 동시에 처음 아시시를 봤을 때가 겹쳐졌다.

그래, 뭐 그때에 비하면 지금은 사람이긴 하지.

"리아 님."

"어, 아힌."

방으로 돌아가려는 때 만난 아힌의 모습에 나는 활짝 미소 지었다. 아힌도 옅은 미소로 나를 맞이한다.

"이제 방으로 돌아가시는 겁니까?"

"예, 돌아가는 중이에요."

"내일 유프레히트로 가면 바로 가실 겁니까?"

아그리젠트로 바로 가는 거냐고 묻는 거겠지. 나는 생각할 것도 없이 고개를 끄덕였다.

"아무래도 그렇겠죠?"

"그렇군요."

어쩐지 가라앉은 표정이 걸린다. 나는 조심스레 아힌에게 가까이 다가갔다.

"가면."

아힌이 시선을 든다.

"다신 못 보겠죠."

그 시선에 담긴 낯선 감정에 나는 나도 모르게 긴장했다.

"네, 뭐, 아마도."

아마 한동안은 궁 안에만 처박혀서 지낼 것이 당연한 수순이었다.

적막한 공기가 감돈다.

웃고 싶은데 어쩐지 웃을 수 없는 분위기였다.

"나랑 결혼할래요?"

어, 어? 방금 내가 무슨 소리를 들은 거지?

"예?"

내 되물음에 아힌이 작게 웃는다. 그 와중에 마주친 은청안이 마치 별빛을 담은 듯 반짝거려서 순간이지만 가슴이 설레었다.

근데 방금 이놈이 뭐라 그런 거지?

"솔직히 말하자면."

"……?"

"보내기 싫습니다."

갑자기 가슴이 철렁 내려앉는다.

보내기 싫다니, 이거 무슨 뜻이지?

"처음 로를랑에서 봤을 때 사실 꿈인 줄 알았어요. 그대가 여기 있을 리 없으니까."

마치 꿈을 꾸는 듯 초점이 흐려진 시선으로 아힌이 나를 본다. 그 눈동자에 어린 희미한 열망에 나는 처음 느껴 보는 기분에 빠져 마냥 혼란스러웠다.

"항상 느끼는 바지만 그대는 제게 너무 멀군요."

그저 숨죽인 채 어쩔 줄을 모르는 내 이마에 아힌의 짧은 키스가 내려앉는다.

"잘 자요."

아힌은 갔으나 나는 그 자리에서 움직이지를 못했다.

이거 뭐지? 진짜 뭐지? 레알 뭐지?

"어떡해."

혼란스럽다. 두 손으로 뺨을 감싸 쥔 채 방금 내게 무슨 일이 일어난 건지 다시 생각해 봤다.

그러니까, 그러니까 말이지.

나 지금 청혼 받은 건가? 진짜? 정말? 진심? 레알? 리얼리?

끝엔 장난스럽긴 했지만 결혼하자는 말을 철회한 건 아니었다.

아, 아냐. 일단 방으로 가자. 진정부터 해야지. 잠을 자고 나면 진정이 될 거야. 그래, 그럴 거야!

그러나 딱 뒤를 돈 순간 마주친 한 남자 때문에 나는 그 자리에서 그대로 굳고 말았다.

"하, 하벨."

놀란 내가 가슴을 쓸어내리며 이름을 부르니 누구 하나 죽일 듯한 시선으로 하벨이 인상을 쓴다.

"남자랑 야밤에 둘만 있는 거 아니다."

"그러는 넌."

넌 남자 아니냐?

남자가 아닐 리가 없지. 내가 이렇게 저놈이 남자라는 걸 여실히 느끼고 있는데.

눈썹을 치켜 올린 하벨이 성큼 다가오더니 내 손목을 잡아챈다. 그리고 그대로 벽으로 밀어붙였다.

잠, 잠깐!

이게 지금 연타로 무슨 상황이지? 여자로서의 위기감보다 황망함이 앞선다. 갑자기 왜 이렇게 흘러가는 건데?!

마음 같아선 어떻게 반항이라도 하고 싶은데, 하벨의 눈동자를 마주하니 아무런 용기가 나지 않는다. 이글거리는 검붉은 눈동자는 정말 나를 잡아다 죽일, 아니, 잡아다 잘근잘근 씹어 먹을 것 같았다.

나 이러다 내일 변사체로 발견되는 건 아니겠지?

뺨이 붉어진 건 둘째치고, 손이 떨리는 것도 둘째치고, 갑자기 확 와 닿는 진심에 무어라 답해야 할지 모르겠다. 차라리 말을 해 버리면 좀 나을 것 같은데.

아니, 아니다. 그냥 이대로가 나았다.

하벨이 이걸 말해 버리고 나면 정말 돌이킬 수가 없을 것 같으니까. 그게 무엇이건 간에.

"그래."

얼마나 시간이 흐른 걸까.

갑자기 하벨이 제 표정을 감췄다. 순식간에 사라져 버린 압박에 나는 어안이 벙벙했다. 그런 내 머리를 손을 들어 가볍게 쓰다듬으며 하벨이 이만 물러나 주겠다는 듯 말했다.

"자라."

자라니. 하벨도 가 버리고 혼자 남은 복도에 서서 나는 한숨을 내쉬었다.

……아무래도 잠들긴 그른 것 같아.

* * *

부레티에 머무는 동안은 정말 즐거운 일밖에 없었다. 그저 스치

듯 지나가려 했던 곳이었는데, 이곳에서 만난 있는 줄도 몰랐던 친척들이 이곳을 또 다른 곳으로 기억하게 만든다.

이대로 계속 살고 싶다는 생각마저 얼핏 들었지만 카이텔이 북대륙에 전쟁이라도 치를 듯한 기세로 쳐들어왔다는 소식을 듣고 돌아가기로 마음먹었다. 아마 그 성질에 내가 여기 와 있다는 걸 알면 부레티를 초토화시킬지도 몰랐으니까. 물론 아빠 얼굴을 보기가 무서운 것도 있었지만.

그래도 가기 전에 마지막 인사는 해야지.

"이제 가 보겠습니다."

"잊지 마렴. 넌 우리의 자랑스러운 공주란다."

나를 배웅하는 할아버지가 아쉬운 듯 자꾸 내 손을 놓지 못한다. 이모는 공무가 바빠 오지 못했다.

아쉬웠지만 괜찮다.

나는 빙그레 웃었다. 나도 비슷한 기분이었으니까.

가기 전에 마지막으로 줄 것이 있었다. 나는 목에 걸린 걸 풀어서 할아버지의 손에 올려놓았다.

"이것. 그렇게 중요한 것이었다면 돌려 드릴게요."

"아니다."

유물이라는 소리를 듣고도 내가 가져갈 수는 없어서 그런 건데, 할아버지는 대번에 고개를 가로저었다.

"그건 하잘것없는 내가 이 나라의 운명을 위해 떠난 내 딸에게 해 줄 수 있었던 마지막 선물이었단다. 그것이 네게 있다면 그 아이가 너에게 이 축복을 주고 싶었던 거라고 생각하렴."

그렇게까지 말을 하는데 차마 거절을 할 수가 없었다. 난 어쩔 수 없이 그 목걸이를 다시 받아 들었다.

내 손에 꼭 쥐어 준 할아버지가 그제야 환하게 웃는다.

"언제고 이 보석에 담긴 축복이 너에게 기적을 가져다줄 거란다."

"기적이요?"

"그래."

기적이라. 그게 뭔진 모르겠지만.

그래, 뭐 사실 내게도 하나밖에 없는 엄마의 유품인지라 계속 가지고 싶기도 했다.

"다시— 와도 될까요?"

내 수줍은 질문에 할아버지가 환하게 웃는다.

"네가 원한다면 언제든지."

마지막으로 안긴 할아버지의 품은 무척이나 따뜻했다.

"이 땅은 언제나 널 환영한단다, 얘야."

* * *

유프레히트로 가는 길목에서 마지막으로 돌아본 왕성은 무척이나 평화로웠다.

비록 충동적으로 시작한 여행이지만 부레티를 지나서야 나는 이렇게라도 황궁을 나선 게 자랑스러웠다.

작은 나라라 그런지 우린 하루 만에 부레티를 벗어나서 유프레히트 동부에 도착했다. 내일 헤멜 강을 타고 남부 항구로 가서 아그리젠트로 돌아갈 예정.

그래서 아힌에겐 이대로 스헤르토로 돌아가는 게 어떻겠냐고 제안을 했는데, 그 제안을 받아들이면서도 아힌은 어쩐지 서운한 기색이었다.

그냥 아그리젠트로 같이 돌아가자고 할 걸 그랬나? 스헤르토 안내 받은 것도 보답할 겸. 근데 관광을 시켜 주고 싶어도 내가 아그리젠트를 다녀 보질 않아서 아는 곳이 없었다. 이런 썩을!

"리아 없는 동안 내가! 형이랑 저놈의 황제랑 다 관리했다고. 알아?"

"그래, 알아. 고마워."

발르가 다 죽어 가는 얼굴로 내 옆에 선다. 나는 빙그레 웃으며 발르를 안아 주었다.

"아냐고, 알아?"

"그래, 안다니까."

발르 스스로 내가 친척들과 더 오래 있을 수 있게 배려해 준 것 잊지 않고 있다. 도시를 구경할 땐 같이했지만 이모나 할아버지와 만나고 있을 땐 발르가 두 사람을 책임졌었다.

내 미소에 발르가 툴툴거린다. 이놈이 일부러 더 이러는 거 같은데, 그래도 고마운 마음이 큰지라 나는 곧이곧대로 받아 줬다.

"그래서 좋았어?"

대답 대신 크게 고개를 끄덕인다.

내 미소에 발르가 마주 웃었다.

"나 그런 생각을 한 적 있어."

우울한 성격은 아니지만 그래도 가끔 사람이 비관적이 될 때가 있는 법이다. 그럴 때면 지금 이 상황이 더없이 힘겹게만 느껴졌다.

"어쩌면 난 태어나선 안 될 아이가 아니었을까. 팔려 온 엄마가 억지로 나를 갖게 되어 나를 낳는 것을 원망하지 않았을까. 나는 엄마도 아빠도 원하지 않은 존재가 아니었을까."

그 누구든 자신이 환영 받지 못하는 존재라는 것이 어떻게 아무렇지 않을 수 있을까. 나 역시 그랬고, 그렇기에 어머니에 대해 더 알려고 하지 않았다.

사실 아빠가 그렇게 막았다고 해도 결국 다 핑계일 뿐. 내가 알아보고자 했다면 얼마든지 알아볼 수 있는 이야기니까. 아빠를 사랑하긴 하지만 신뢰할 수는 없었을 때, 그런 생각은 더 날 음울하게 만들었다.

항상 나 혼자란 생각이 들기도 했으니까.

"그런데 이젠 상관없어."

그러고 보면 늘 나 혼자는 아니었구나.

아시시가 내 가족인 것처럼 발르도 내 가족이었다. 때론 얄밉고 때론 정말 좋은 내 동생. 시토도 산세도 우리 시르비아랑 세르이랑 페르델까지.

와, 생각해 보니 나 가족 정말 많구나.

근데 그동안은 왜 아빠랑 나 단둘이라고 생각한 걸까. 진짜 바보였네.

발르가 턱짓을 한다. 말해 보라는 뜻이었다.

"아빠도 날 사랑하고, 엄마도 날 사랑했으니까."

그래, 둘이 사랑해서 날 얻은 게 아니라고 해도 괜찮다.

내 부모님 두 분 다, 나를 이렇게나 사랑하니까.

"있잖아, 나."

살면서 지금까지 이렇게 행복한 적이 없었다.

"정말 태어나길 잘한 것 같아."

"그걸 이제 알았냐."

발르가 타박한다. 당연하다는 듯 뻐기는 그 모습에 나는 나도 모르게 웃음을 터뜨렸다.

"아빠 보고 싶어."

그래, 방황이 끝나니 집이 그립다.

"이제 돌아가자, 우리 집으로."

내 제안에 발르가 고개를 끄덕인다.

"그래."

* * *

"설마 이러다 진짜로 만나는 건 아니겠지?"

"에이, 설마."

불안해 하는 우리를 보며 아시시가 한숨을 내쉰다.

나는 그저 로브를 더 빈틈없이 둘러썼다.

아빠가 북대륙에 강림했다는 소식은 정말 뜬소문이 아니었다. 유프레히트가 국경을 폐쇄하는 것으로도 모자라 도시를 지날 때마다 신원을 철저히 확인하는 바람에 불안감이 증폭된다. 그건 발르도 마찬가지였다.

워낙 철저한 보안이라 부유선을 타고 돌아가는 건 꿈도 꿀 수 없었고, 배를 타는 것도 조심스러웠다.

이러다 진짜 잡히는 게 아닐까?

안 그래도 돌아갈 생각이었다지만 그래도 아직은 아빠 얼굴을 보는 게 좀 무서웠다. 가출했는데 아빠 얼굴을 어떻게 봐. 아직 그 정도로 낯짝이 두꺼운 건 아니었다, 흡.

"그래도 북대륙은 크잖아. 만날 리가 없어."

"그, 그렇겠지?"

불안해 하는 우리 둘을 보며 하벨은 그저 관심 없는 듯 고개를 돌린다. 그 얼굴을 보자니 낯간지러워서 나는 부러 더 고개를 숙였다.

어째서인지 마차는 아까부터 가만히 제자리에 멈춰 서 있었다. 그건 다른 마차들도 마찬가지.

여긴 신호등도 없는데, 왜 이러고 있는 거지?

"누구 왕족이라도 지나가나?"

"왕족이 여기 왜 있어? 말도 안 되는 소리 하지 마."

발르의 헛소리를 흘려 넘기며 마차 안에 쳐진 커튼을 걷어 문득 밖을 내다보았다. 진짜 뭐 때문인지 알고 싶어서였는데…….

나는 밖을 보자마자 바로 옆에 앉은 발르를 쳤다.

"내려!"

"어?"

"내리라고. 빨리 내려!"

아시시를 재촉해 문을 열고 다 같이 내리라고 하니, 다들 왜 그러냐는 듯 나를 본다. 나는 마음이 급해져서 제대로 설명도 안 나왔다.

"대체 왜 그래?"

"아빠!"

"어?"

그러나 내가 이유를 설명해 주기도 전에 커다란 뿔나팔이 울려 퍼진다. 왕족의 행차 때나 울릴 법한 소리라 나는 그대로 멈춰 섰다.

망했다.

발르도 그 소리를 듣고 나서야 내가 왜 나가라고 했는지 알아차렸다. 다시 마차 안으로 들어가고 싶었으나 우리는 일단 급하게 움직이다 그 자리에 멈춰 서야 했다. 이미 많은 인파가 몰려서 어떻게 움직이고 싶어도 움직일 수가 없었다.

아, 망했어요.

"여기에 우리 따님이 있다고?"

멀리서부터 흐릿하게 들리는 목소리가 반갑다. 이 와중에 아빠를 봐서 좋다고 생각하고 있으니, 나란 인간은 진짜.

다들 다른 사람들처럼 고개를 숙이고 그저 나 죽었소 아빠가 지나가길 기다린다. 문제를 일으킬 생각은 눈곱만큼도 없으니까 당연한 행동이었다.

나도 고개를 숙이고 제발 아빠가 조용히 지나가 주었으면 좋겠다고 생각했다. 제발, 제발!

"폐하?"

근처를 지나가는 것 같더니 다그닥다그닥 말발굽 소리가 점점 더 가까워진다.

이렇게 사람이 많은데 거리에 소음은 없었다. 다들 누가 이 거리를 지나가고 있는 건지 알고 있는 모양이었다. 팽팽하게 당겨진 긴장감 속에서 나는 고개를 들어 주변을 살펴보고 싶은 충동을 감내했다. 바닥만 한참 쳐다보고 있는데, 자꾸 어디선가 낯익은 시선이 느껴진다.

"그래서."

낯익은 목소리에 몸이 움츠러든다.

나는 설마 하는 심정으로 천천히 고개를 들었다. 검은 말을 탄 카이텔이 내 앞의 사람들을 걷어 내고 어느새 내 앞으로 바짝 다가왔다.

하, 하하.

어색하게 내가 웃자 카이텔이 서늘한 시선으로 묻는다.

"내 눈 피해 가출해 보신 소감이 어떠셨나, 우리 따님?"

비아냥거리는 걸 보니 정말 기분이 많이 상한 모양이다.

하지만 심각한 정도는 아니다. 정말 화가 날 정도로 기분이 상했다면 이렇게 말을 거는 대신 아무 말 없이 날 당장 붙잡아 어디에다가 처박아 놨을 테니.

얼굴을 보기 전에는 무척이나 두려웠는데, 그래도 내 두 눈에 아빠를 담으니 무어라 알 수 없는 감각이 나를 지배한다.

오랜만에 보는 아빠.

아빠다.

"재미있었어."

그래, 다시 해 보고 싶을 정도로 재미있었다. 정말 미치도록.

내 대답이 만족스러운 건지 아빠가 조금 풀어진 표정으로 나를 내려다본다. 나는 빙그레 웃었다.

"나 데리러 온 거야?"

아빠가 대꾸가 없다. 삐진 모양이었다.

나는 당장 달려가 말 위에 있는 아빠에게 손을 내밀었다.

"아빠—."

난 정말 행복한 인간이야. 아빠가 이렇게 먼 곳까지 데리러 와주기도 하고. 비록 그사이 대륙이 겪었을 몸서리쳐지는 과정은 생략된 결과였지만 난 그래도 만족스러웠다.

웬수라도 보듯 내려다보던 아빠가 한숨을 내쉰다.

그 카이텔이 못 말린다는 표정을 짓는 게 나는 정말 너무나도 재미있었다. 그도 그럴 게 다른 왕국을 상대로 패악을 부리는 아빠가 가만히 당하고만 있는 상대라니. 그 상대가 나라는 건 좀 미안했지만 재미있는 건 재미있는 거였다.

"돌아가자, 집으로."

"응!"

내가 크게 고개를 끄덕이자 아빠를 호위하는 기사들이 다가온다. 더불어 말을 타고 있는 낯익은 얼굴도 볼 수 있었다.

응?

"근데 페르델은 여기 왜 있어?"

날 봤는데 인사도 안 하고 페르델이 우리 아빠만 노려보고 있다. 카이텔은 별 신경 쓰지 않는 눈치였지만 페르델은 달랐다. 철천지 원수를 보는 듯한 시선에 나는 아빠를 돌아보았다.

"왜 저렇게 부은 표정이고?"

카이텔은 대답하지 않았다. 단지 분노에 가득 찬 페르델의 목소리만 따갑게 들려왔을 뿐.

"저 미친놈이 저지른 짓을 해결해야 되니까 억지로 따라온 겁니다. 절대 오고 싶어서 온 게 아니라고요! 절대로!"

"응?"

반응을 보건대, 아빠가 보통 미친 짓을 저지른 게 아닌 모양이었다. 페르델의 시선에 카이텔이 뭐가 문제냐는 듯 뻔뻔하게 고개를 쳐든다.

페르델은 그냥 죽으려고 했다.

"카이텔, 넌 진짜 미쳤어."

"알아."

"칭찬 아니야, 이 미친놈아. 너 미친 새끼라고!"

웬만큼 제정신이 아니고서야 저런 폭언을 퍼붓기가 힘든데. 그것도 주변의 눈이 이렇게 많은 곳에서 페르델이 대놓고 아빠 욕을 하는 건 놀라웠다. 처음은 아니지만, 익숙한 장면이지만 그래도 놀랍달까.

하긴 아그리젠트를 돌봐야 할 재상을 여기까지 끌고 온 것부터가 대단하다.

"도대체 뭘 했기에 그래?"

가벼운 호기심이 번져 물었는데, 페르델이 전투적으로 대꾸한다. 무슨 하소연이라도 하는 듯한 기세였다.

"앤시프에 무력 도발, 랑그르를 포함해 남쪽 왕국들에게도 전쟁 초읽기에 들어가질 않나. 왕궁에 대놓고 쳐들어가질 않나. 남의 나라 왕한테 내 딸 내놓으라고 하지 않나. 아, 전 지금 제가 살아 있는 것도 기적처럼 느껴집니다."

"……헐."

"독립 승인을 하자마자 다시 프레치아로 쳐들어가려고 하는 건 기본, 유프레히트에 오자마자 국경을 봉쇄시키는 건 그냥 덤일뿐이죠. 아, 난 진짜 살다 살다 이런 미친놈은 처음 봐요, 진짜."

힘내라, 우리 스승님.

이제 페르델이 욕하는 건 당연한 배경음으로 느껴지는 경지인지 그 와중에도 아빠의 표정은 하나도 변하지 않았다. 아시시가 고개를 숙인다.

"이상한 거 물어보지 말고 마차에 타기나 해."

언제 온 건지 작은 마차 하나가 아빠 뒤에 선다.

나는 배시시 웃었다.

"말 타면 안 돼?"

"안 돼."

"왜?"

이유를 묻는 내 질문에 아빠가 진지하게 대꾸한다.

"또 도망가면 안 되니까."

나는 결국 실실 웃으며 고개를 끄덕일 수밖에 없었다.

아, 귀여워.

"알았어. 얌전히 들어갈게."

처음에는 그냥 무섭고 이상하고 어디 나사 하나 빠진 또라이라고만 생각했는데, 이제 이 아빠가 귀여워 보일 지경에까지 이르렀다.

하, 이래서 사람은 오래 살고 볼 일이라는 건가.

마차로 향하며 나는 뒤를 돌아보았다. 일행이 아닌 척 멀리 물러나 있었지만 하벨이 보인다.

나는 눈짓으로 인사를 했다.

마차로 들어오니 갑자기 피로가 확 느껴진다. 그동안 쌓인 여독이 이제야 몰려오는 듯했다. 어차피 내가 가기 싫다고 해도 곧 집에 갈 테니 잠이나 자 볼까?

마차의 푹신한 의자에 몸을 기댄 채 나는 그대로 잠에 빠져들었다.

아, 정말 힘들었다.

* * *

내가 눈을 뜬 건 한참의 시간이 지난 후였다.

갑자기 눈을 떴는데, 이상하게 마차 안이 어두웠다.

"어?"

잠깐. 여긴 마차가 아닌데?

설마 벌써 어딘가에 도착해 방으로 들어온 건가?

황급히 몸을 일으켜 주변을 돌아보았으나 눈에 보이는 건 없었다.

그런데…….

뭔가 차갑다.

눅눅한 기분에 지배당해 나는 나지막이 신음을 흘렸다.

뭐지? 이런 기분 나쁜 느낌.

"오늘 날씨 한번 좋지?"

갑자기 뒤에서 들린 목소리에 깜짝 놀라 몸을 돌린다.

보이는 건 없었다. 그런데 때마침 촤르륵 무언가 걷히는 소리가 들리며 환한 빛이 들이친다. 갑자기 확 들어오는 햇살에 나는 인상을 찌푸렸다.

눈부셔.

약간의 시간이 지나자 빛에 익숙해진 눈이 내가 어디에 있는지를 알려 준다.

처음 와 보는 곳이었다.

단 한 번도 와 본 적 없는 곳.

어디 여관 같은 곳인지 주변은 여행하는 동안 내내 보았던 단순하고 익숙한 구조였다. 그 순간 내게 말을 건 남자가 이쪽으로 다가온다.

"안녕."

안녕이라니.

뭐지, 이 남자.

처음 보는 남자의 등장에 나는 긴장했다. 무언가 좋지 않은 기분이 든다.

남자는 서른아홉 정도는 먹었을 것 같은 외모였다. 솔직히 말해서 미중년이라고 해 줘도 될 정도로 훈남의 기운이 느껴지는 외모였는데, 어째서인지 그런 표현을 써 주기가 싫다.

빛에 눈이 익숙해지자 나는 그 남자의 머리카락에서 눈을 뗄 수 없었다. 귀에 닿을 정도의 길이인 그 남자의 머리는 짙게 노을이 진 붉은색이었다.

그것뿐이라면 아무 상관도 없겠지만 어째서인지 그 머리에 내려앉은 눈빛 같은 하얀 은빛.

나는 할 말을 잃었다.

그리고 그런 내 기분을 비웃기라도 하듯 남자가 웃었다.

"내가 네 큰아빠란다."

— End. Cancer

다 너를 사랑해서 그런 거란다.

한바탕 뜨거운 고통이 온몸을 휩쓸고 나면 눅눅한 목소리가 귓가에 대고 그렇게 속삭였다.

아시시, 다 널 구원해 주기 위해 이러는 거야.

구원이고 사랑이고 그것이 무엇인지 알지 못할 나이에 그저 제 아버지가 내뱉는 것이 진실인 양 그렇게 믿고 따랐다. 그것이 내 삶의 유일한 구원인 양.

나는 구원받지 못하는 아이다. 사랑받지 못한다. 살아 있는 것조차 죄악이다. 사랑하는 모든 사람을 멸망으로 이끌 악마다.

온몸에 피멍이 들어 그저 건드리는 것조차 아릿한 것이 내가 지고 태어난 죄를 사하기 위해 필요한 고통이라고 생각했다.

다 아버지가 날 사랑하기 때문에 날 위해 이러는 것이라고.

이것이 다 사랑을 받고 있다는 증거라고.

어머니는 저택에 잘 돌아오지 않았다. 어머니, 레이디 시첼리아라는 이름이 유명한 건 알았지만 어째서 저택에 잘 들어오지 못하는 것인지 아시시는 몰랐다. 어머니의 애정이 필요할 때 유모가 있었고, 그나마도 아버지가 잘라서 아시시는 그 커다란 자바이칼의 저택에서 고립된 채 살았다.
 어머니가 오시면 괜찮아질 거야. 괜찮아질 거야.
 겨우 한 달에 한 번꼴로 보는 어머니였지만 아시시는 그래도 좋았다. 어머니를 보는 일은 정말 드물었으니까.
 "아시시."
 으레 어린아이들이 그렇듯 어머니의 애정을 갈구한 것은 아시시도 마찬가지였다. 그러나 가끔 보는 어머니 품에 안겼을 때 엄마의 몸에서 나는 은은하고 달콤한 향이 너무나도 싫었다.
 그래도 어머니에게 안겼던 건 어머니가 안아 주는 그 품이 너무나도 따스했기 때문이었다.
 "날 너무 닮았구나."
 자신에게 보내 주는 그 은은한 미소도 좋았다. 아버지는 항상 인상을 찌푸리거나 아무것도 느껴지지 않을 정도로 무미건조한 표정뿐이었으니까.
 "네가 차라리 딸이었다면 좋았을걸."
 아들로 태어난 자신의 아이가 무엇이 그리 안타까운지 어미는 언제나 안쓰러운 시선을 보내곤 했다.
 "그래도 내 아이는 너 하나뿐이니 아무 걱정 말고 자라렴."
 여리고 아름다운 목소리가 귓가에 울린다.
 "이 자바이칼은 네 거야."

* * *

　부인을 사랑하는 마음이 지나쳐 자신의 아이마저 학대하게 된 남자. 그걸 알면서도 막아 줄 생각은 하지 않던 여자.
　누가 잘못되었고, 누가 이상한 건지는 말하고 싶지 않다.
　뒤돌아 생각해 보면 이상하기 짝이 없던 나날들이었다. 아버지는 맹목적일 정도로 자신의 어머니를 사랑하면서도 막상 어머니가 황궁으로 나가는 걸 막지 못했다. 그저 믿고 기다리겠다고 커다란 저택에서 화석이 되도록 돌아오기만을 바라다 결국 자신의 아이마저 때리게 된 건지 모르지. 그걸 알면서도 어머니는 그 어떤 조치도 취하지 않았다.
　돌이켜 생각해 보면 애정은 있지만 그렇게 사랑하지는 않았다는 걸 안다. 작게나마 주는 온기와 길들이듯 던지는 미소가 사랑이라 착각하며 목매달던 시절이 아릿하게 와 닿는다.
　다른 남자와 키스하는 엄마를 본 건 여섯 살쯤이었다.
　그 모습을 마주하고 나서 아시시는 그다지 슬프지 않았다. 그저 왜 어머니가 저택으로 돌아오지 않는지 알게 되어 만족했을 뿐.
　페르델을 만난 건 다섯이 된 어느 날이었다.
　아버님의 친구, 그분의 아들.
　또래의 아이를 본 건 처음이었다. 페르델은 처음이 아니라고 했지만 어쩐지 다른 이의 관심이 더없이 낯설었다. 나는 저주받아서 아무하고도 가까이 하면 안 되니까.

사촌 동생인 시르도 마찬가지였다.

시르를 좋아하기 때문에 가까이 할 수 없었다. 내가 받은 저주가 시르를 고통스럽게 만들 테니까. 둘 다 너무나도 좋아하지만 그래서 가까이 할 수 없었다. 둘이 살고 있는 세계는 자신이 살고 있는 세계와 전혀 다른 곳이었으니까.

옆에 있어도 그런 생각이 들지 않은 사람은 카이텔밖에 없었다.

아무도 다가오지 못하도록 밀어내는 데만 익숙해진 아이가 찾아 헤매다 만난 건 자신과 비슷한 아이였다. 본능적으로 타인을 밀어내는 자기 또래의 아이를 보는 순간, 우습게도 아시시는 안도했다.

자신만 그러는 게 아니구나.

그리고 자신을 밀어내지도 다가오지도 않는 카이텔의 옆자리가 그 당시엔 아시시가 찾아낸 가장 소중한 장소였다.

겨울나무의 옆에 있으면 그 무엇도 하지 않아도 마음이 편해졌다. 자기처럼 버려진 아이가 이런 성스러운 나무에 마음을 맡겨도 되는 걸까 걱정되었지만 카이텔이 그런 건 상관없다 말해 주었다. 그러지 않았다면 겨울나무 옆에도 있을 수 없었을 터였다.

그래서였을까.

열세 살, 모두가 카이텔이 죽었다고 했을 때, 아시시는 제가 있을 곳을 잃어버렸다.

"그럴 리가 없어. 전하께서……."

"안타깝지만 사실이야. 그냥 잊어버려."

페르델은 잊으라 했다. 그냥 잊으라고.

그게 위로였을지 몰라도 아시시는 그럴 수 없었다.
어떻게 찾은 장소인데.

* * *

언제면 될까요? 언제면 저는 행복해질 수 있을까요?
울부짖던 아시시에게 아버지는 항상 같은 목소리로 속삭였다.
네가 더 착해지면 된단다.
그래서 아시시는 착해지기 위해 노력했다. 말도 잘 듣고 아파도 참고 울지도 않고, 그렇게 참고 참았다. 너무나도 행복해지고 싶었으니까.
지금 회고해 보면 처절하기까지 한 생각이었지만 그 당시엔 오로지 그것만이 진실이었다. 그것을 믿지 않으면 살 수 있는 다른 길은 없었으니까. 그것이 진실이 아니라고 그 누가 부정해도 끊임없이 매달릴 수밖에 없었다.
그것이 진실이 아니라면 남은 것은 하나뿐이니까.
아무리 괴롭고 힘들어도 자신이 사랑받지 못했다는 사실은 받아들일 수 없었다. 그 진실이 정말 사실이라고 믿고 싶지 않았다. 모두가 믿으라 했지만 아시시는 믿을 수 없었다.
그럼 나는 왜 살아 있는 거지?
아무리 착해져도 행복해지지는 못했다.
마치 아시시를 놀리기라도 하는 듯 행복은 항상 저 멀리 닿을 수 없는 곳으로 달아나 버렸으니까. 그래서 아시시는 행복해지는 것도 포기했다. 그러고 나니 모든 게 편했다.

그리고 열아홉, 열셋에 불에 타 죽었다던 카이텔이 돌아왔다.

카이텔의 반역은 전 아그리젠트에 피비린내를 흩뿌렸다. 아시시의 아버지 또한 그 광기에 휩쓸려 검을 들었다.

원래 검을 잡고 살아온 자였으므로 검을 모르는 여인 하나를 죽이는 건 너무나도 쉬운 일이었다. 항상 어머니가 뒤돌아봐 주기만을 바라던 아버지가 어머니를 죽일 줄은 몰랐으나 아시시가 어머니의 방에 들어갔을 땐 이미 모든 것이 끝나 있었다.

"네가 왔구나."

어머니의 심장에서 뿜어내는 피에 젖은 채 아버지가 저 홀로 아시시를 맞이했다.

"자, 너도 함께 가자꾸나. 그냥 다 함께 가자!"

검을 들으면 막을 수 있었다. 아무리 아버지라고 해도 살지 못해 검만을 휘두르며 살아온 아시시에 비한다면 너무나 노쇠했으니까.

그러나 아시시는 검을 들지 못했다.

"넌 저주받은 아이다. 모든 사람들을 지옥으로 데려갈 거야. 네가 죽는다고 해도 그게 끝은 아닐 거다. 넌 악마야."

정말 그럴 리는 없다고 생각했다. 아니, 그렇게 되뇌면서도 불행했다. 난 정말 엄마, 아빠를 불행하게 만드는 저주를 받은 게 아닐까. 그래서 엄마, 아빠가 저러는 게 아닐까. 다 내 잘못은 아닐까. 그래도 아닐 거라 그렇게 되뇌며 애써 부정했었다.

그러나 눈앞의 광경이 그 부정을 단번에 무너뜨린다.

불행은 익숙했다. 더 이상 익숙하기 힘들 정도로. 고통 또한 익숙했다. 불에 덴 듯 뜨거운 피부가 언제나 불을 뿜으며 숨을 죄여와도 그것에서 제가 아직 살아 있다는 걸 느낄 수 있었으니까.

지금 바로 자신의 앞에서 펼쳐진 광경은 너무나 잔혹했다.

"죽지 마."

정신을 차렸을 땐 칼을 든 아버지는 없었다. 어머니를 품에 안은 채 쓰러진 한 불쌍한 남자만 보였을 뿐.

"넌 죽으면 안 돼."

카이텔의 목소리가 조용히 울린다. 고개를 들자 그저 흥건히 젖은 피 웅덩이에서 가만히 숨을 몰아쉬는 카이텔만이 보였다.

"일어나."

그가 자신의 아버지를 베었다는 것은 이미 중요하지 않았다. 그런 걸 신경 쓰기엔 너무나 많은 일이 있었으니까.

"네가 죽어야 할 이유는 아무것도 없어."

제 몸에 피가 튄 것도 개의치 않으며, 그 순간 카이텔은 조용히 아시시에게 말했다.

"왜 이런 인간의 손에 죽어, 멍청하게."

그의 칼날에서 떨어지는 붉은 피가 시리다.

아시시는 조용히 오열했다.

사실 어떻게 되든 상관없었다. 죽는다고 해도 별로 아쉬운 것이 없었다.
그런 삶이었으니까 죽어도 상관없다고 생각했다.
그러나 끝까지 사랑받지 못했다는 사실은 칼날이 되어 심장을 도려낸다. 그 아픔이 아픔이라는 걸 알지 못할 정도로.
"왜 저만 살아 있는 걸까요?"
"그걸 내가 어떻게 알아?"
냉정한 대꾸가 무심하다.
아시시는 고개를 가로저었다. 모르겠다. 하지만 아시시는 지금 자신이 무엇을 해야 하는지는 알 수 있었다.
바닥에 떨어진 아버지의 검을 들었다. 피에 잠긴 검이 혐오스럽도록 붉었다. 카이텔이 긴장하는 기색이 느껴졌으나 그를 치려고 든 검은 아니었다. 자살하려는 것도 아니었다. 죽고 싶었지만, 죽을 수 없었다.
죽는다고 해도 구원받을 수 없다는 걸 아니까.
아시시는 바닥에 검을 내리꽂으며 그대로 무릎을 꿇었다.
"폐하의 기사가 되겠습니다. 제 두 부모가 이 땅에 저지른 죄를 제가 대신 갚겠습니다. 폐하께서 살려 준 목숨이니 폐하께서 쓰십시오."
살아갈 이유가 사라졌다. 그러나 아시시는 죽을 수 없었다.
"그리하여 제가 제 죗값을 달게 받으면."
감은 두 눈에서 뜻 모를 눈물이 떨어졌다.
"저를 죽여 주십시오."
받아 주지 않을 거라 생각했다. 이렇게 더러운 걸로 덮인 저를 당연히 거부할 줄 알았다. 그러나 카이텔에게서 돌아온 답은 굵고

짧았다.

"알겠다."

밀어내지도 다가오지도 않는 나의 주군.

그러나 아시시의 손을 잡아 준 것은 언제나 그런 카이텔이었다.

"나랑 함께하면 평생 구원받을 수 없을지도 몰라."

"괜찮습니다."

저를 일으켜 주는 손을 잡으며 아시시가 고개를 든다.

"구원받지 못해도 지금 이 생만큼은 당신을 위해 쓰고 싶습니다."

나를 위로한 한 줌의 온기를 위해.

Arca Ⅲ

하데이언력 519년, 7월 16일, 페르델 남김.
우리 리아 님은 천재인지 범재인지 알 수가 없다. 가끔 기발한 생각을 하긴 하는데 응용력을 보면 영.
카이텔, 그 자식은 리아 님이 천재라고 생각한다.
웃기고 있네!

하데이언력 526년, 9월 16일, 날씨 비 옴.
일린의 일기를 내가 받아 적기 시작한 게 얼마나 지났는지 모르겠다. 가끔 재상님께서도 적긴 하지만 그래도 역시 폐하께서 적는 것이 좋을 것 같은데.

하데이언력 528년, 5월 12일, 바람이 심하게 부는 날.

리아 님께서 한없이 바르게 자라나서 기쁘기만 하다. 진짜 어머니가 되어 줄 수는 없었겠지만 이리도 나를 잘 따라 준 공주님을 보니 서운한 마음이 들기도 한다.

어릴 땐 나 없인 밥도 못 먹는 귀여운 아이였는데, 이젠 내가 없는 곳에서 어른이 되어 가고 있다니…….

하이데언력 528년, 6월 1일.

……카이텔, 멍청이.

-궁에서 발견된 작자 미상의 일기에서 발췌-

(황제의 외동딸 5권에서 계속)

BLACK LABEL CLUB 004
황제의 외동딸 4

1판 1쇄 2013년 9월 12일
1판 15쇄 2019년 1월 31일

지은이 윤슬
펴낸이 신현호
편집부장 예숙영
편집 박상희
편집디자인 한방울
마케팅·관리 김민원 조인희
물류 이순우 최준혁 박찬수

펴낸곳 ㈜디앤씨미디어
출판등록 2002년 5월 1일 제117-90-51792호
주소 서울시 구로구 디지털로 26길 111 JnK디지털타워 503호
대표전화 (02)333-2513 팩스 (02)333-2514
전자우편 dncbooks@dncmedia.co.kr
디앤씨북스 블로그 http://blog.naver.com/dncbooks

ISBN 978-89-267-6161-8 (04810)
ISBN 978-89-267-6140-3 (SET)